Sonja Delzongle

Dust

Denoël

Diplômée des Beaux-Arts de Dijon, Sonja Delzongle est une ancienne journaliste installée à Lyon et passionnée d'Afrique.

Née en 1967 d'un père français et d'une mère serbe, Sonja Delzongle a grandi imprégnée des deux cultures. *Dust* est son premier roman à paraître en Folio Policier.

Aux victimes de la barbarie et de l'obscurantisme.
À vous, qui n'êtes plus.

À Didi.

« La poussière qui reste, c'est le temps qui se dépose. »

Jean-Luc Hennig,
Beauté de la poussière

Waloyo, olowa, wagoi !
(« Nous gagnons, nous perdons, nous vous rosserons de toute façon », cri de guerre du Gor Mahia, club de football kenyan.)

22 JUIN 2010, KENYA

Nairobi, 7 h 29

Le jeune Salim avait déjà vu du sang dans sa courte vie. À commencer par le sien, qui coulait d'une plaie après qu'il se fut entaillé un doigt ou écorché les genoux. Il savait même que les filles, à la puberté, en perdaient tous les mois et que c'était le signe qu'elles étaient devenues des femmes. Il en avait vu aussi à la télévision et dans la rue. Des images gluantes, le bitume ou la terre, rougis du sang versé lors de combats fratricides. Des crimes, des guerres sans fin.

Le sang était la vie et la mort.

Ce matin de juin, debout sur son vélocross, à évaluer les aspérités exploitables du sol à des fins acrobatiques, il fit une découverte singulière.

Sur le terrain vague des faubourgs de Nairobi où il avait l'habitude de se retrouver avec ses copains, un miroir pourpre réfléchissait les rayons du soleil naissant.

Il donna quelques coups de pédale et s'approcha, tel un animal curieux. La chose se révéla plus précisément. C'était la surface lisse et luisante d'une grande flaque de sang encore frais, dont l'odeur métallique

15

avait dû alerter les deux hyènes qui venaient de s'enfuir, dérangées dans leur festin par le petit d'homme et sa monture.

Les charognards se risquaient rarement aux abords des villes. Mais le sang sur la terre desséchée avait attiré les animaux nécrophages à plusieurs kilomètres.

Salim regarda partout autour. Il manquait quelque chose à cette scène. Un corps, un cadavre. Le garçon émit un petit sifflement. Il avait dû être sacrément amoché, le type. Un homme, ou une femme. Peut-être un enfant. Salim grimaça.

Où était-il passé, le mort ? Enterré quelque part ? Dévoré ? Le plus étrange dans tout ça, c'était la forme de cette traînée de sang. Celle d'une croix.

L'enfant demeura là, devant, immobile sur son vélo, le menton frémissant, partagé entre son appréhension et l'excitation d'avoir découvert quelque chose d'insolite. Ses yeux tombèrent dans leur propre reflet, une paire de prunelles noires, incertaines, au fond du miroir sanglant, où il vit son visage se rider doucement, puis se troubler. Il fit une boule de salive qu'il cracha dans la flaque. Elle laissa une empreinte blanchâtre avant de se dissoudre. Il balaya les environs du regard. Personne en vue. Ses frères avaient du retard ou bien ne viendraient pas aujourd'hui.

Soudain, poussant un cri de guerre, il appuya d'un coup sec sur la pédale et la roue avant de son bicross plongea dans la traînée rougeâtre, fendant avec un bruit mouillé la pellicule visqueuse qui avait commencé à se former à la surface.

Les baskets et le cadre de son vélo couverts de mouchetures pourpres, Salim freina, soulevant une volute de poussière. Il fit brusquement demi-tour dans un crissement de pneus et fonça droit sur la croix sanguinolente, comme si elle n'était qu'une vulgaire trace de peinture fraîche. À chaque passage forcené, les roues du bicross dessinaient des arabesques rouges. Bientôt, il n'y eut plus que des graffitis écarlates dans la poussière.

9 JUIN 2012, ÉTATS-UNIS

New York City, Jay Street, Brooklyn, 3 heures

Le hululement du sonar retentit à ses oreilles. Aussi lugubre que le cri d'un oiseau de nuit. Hanah ouvrit les yeux sur une pénombre urbaine en pointillés. Non, elle ne se trouvait pas dans un sous-marin.

Sa main gauche s'empara de l'iPhone sur la table de chevet. Ses doigts effleurèrent l'écran tactile d'un geste incertain. Trois heures et une minute. Elle reconnut l'indicatif. 254. Afrique, Kenya.

Elle caressa une nouvelle fois l'écran, d'un geste plus assuré.

— Baxter.

— Collins. Heureux de vous entendre, Hanah. Comment allez-vous ?

Ti Collins… Il lui sembla recevoir un appel de l'au-delà. Ce qui était un peu le cas.

— Comme quelqu'un qu'on tire du lit avant l'aube, bâilla-t-elle.

— Je croyais qu'on ne dormait pas, à Big Apple.

Hanah toussa. Toux rauque de l'ancienne fumeuse.

— À Brooklyn, si. Au moins de 2 heures à 5 heures du matin. Qu'est-ce qui vous amène ?

Une question pour la forme… Elle le devinait. Ses pensées voyagèrent.

Deux ans auparavant, lorsque Collins lui avait téléphoné du Kenya où il dirigeait le Criminal Investigation Department, ce n'était pas pour lui parler du dernier match de rugby de l'équipe nationale. C'était du lourd, un charnier en pleine réserve Massaï Mara. Une quarantaine de gosses, entre cinq et douze ans. Les corps étaient hérissés de pointes et de clous, transformés en poupées vaudoues humaines. Le monstre avait jeté puis enseveli ses victimes dans une fosse aménagée à l'écart des pistes, là où les rangers ne s'aventuraient pas. Mandatée par le CID de Nairobi, Hanah avait établi le profil du tueur en deux semaines. Un chef massaï respecté, Tanor, qui, la nuit, changeait de peau pour se glisser dans celle du pire prédateur du pays.

La voix chaude de Collins la rappela à l'instant présent. Elle ronronnait à son oreille comme un sèche-cheveux.

— La série de crimes pour laquelle je vous téléphone à cette heure, Hanah, est une affaire des plus complexes. Un mystère total.

Ti Collins s'exprimait dans un anglais courant, avec un léger accent swahili. Son père, un géant afro-britannique au caractère bien trempé, né dans la banlieue de Londres, était venu s'installer en Afrique pour étudier les insectes exotiques. Il s'était marié à une Kikuyu — les Massaïs et les Kikuyus étant les deux groupes ethniques les plus importants du Kenya — dont Collins avait hérité le port de tête digne et le côté racé.

Lors de leur rencontre, Hanah avait été saisie par la couleur de ses yeux, plutôt inhabituelle chez un

Noir. Deux galets gris au fond de l'eau. À la surface flottaient les débris d'une vie morcelée, passée davantage au bureau et sur le terrain qu'en famille.

— C'est probablement une nouvelle série, sauf que cette fois le tueur ne laisse pas de cadavre derrière lui.

— Alors que laisse-t-il ?

— Rien que du sang. Beaucoup de sang avec lequel il a tracé une croix de la taille d'un homme. Ces flaques apparaissent depuis deux ans avec une régularité frappante, sans aucune trace des corps. La quantité d'hémoglobine retrouvée est trop importante pour que les victimes aient survécu. D'ailleurs, j'imagine que dans ce cas elles auraient averti la police.

— Sauf si le traumatisme est trop violent... Cette croix tracée avec du sang, il s'agit peut-être de crimes rituels ? L'œuvre d'une secte ? suggéra Hanah maintenant tout à fait réveillée. J'ai entendu que depuis 2009, l'Afrique, notamment l'Ouganda et le Gabon, connaît une recrudescence inquiétante de sacrifices humains, en particulier d'enfants.

— C'est vrai, convint Collins d'un ton embarrassé. Mais nous avons approfondi en vain cet aspect de crime rituel.

— Avez-vous creusé du côté des crimes religieux, ethniques ou politiques ? demanda Hanah, dubitative. Des règlements de compte suite aux événements qui ont secoué le Kenya en 2008...

Elle faisait allusion aux sanglantes émeutes après les élections présidentielles truquées. Les Kikuyus, assimilés à la défense d'un pouvoir corrompu, avaient été pris pour cible par les opposants. Les combats avaient fait au moins quatre cents morts.

— Je ne pense pas. Ça ne s'étalerait pas sur deux ans, avec cette régularité.

— Ou bien des actes de certains mouvements rebelles, poursuivit Hanah sur sa lancée, les Mau-Mau et autres gangs ?

— Ce n'est pas leur mode opératoire. Ils préfèrent abandonner les cadavres mutilés dans la rue, à la vue de tous, comme des avertissements.

Hanah changea de coude d'appui. Le matelas suivit son mouvement. Pour elle, la nuit était terminée.

— Vous avez donc pu obtenir un profil génétique des victimes ? Sont-elles principalement des hommes ? Des femmes ? Ou les deux ?

— Je vous en parlerai en détail quand vous viendrez, car vous allez nous aider, n'est-ce pas, Hanah ?

On y était. Baxter frissonna. Elle tira le drap sur elle. Cette fichue clim… Mais aussi, quelle idée de dormir à poil…

— Hanah ? Vous êtes toujours là ?

— Oui, Collins. J'allumais une clope.

Elle avait arrêté depuis un an et n'avait pas repris. Sauf le reste. La coke, la bonne fée blanche qui l'aidait à affronter toutes ces nuits sans répit depuis plus de trente ans. Comme d'autres ingurgiteraient des anxiolytiques ou des antidépresseurs. Chaque aspiration de la poudre au fond des sinus était suivie d'une fulgurante sensation de légèreté et de puissance. Son cerveau fonctionnait à 200 à l'heure. Pour rien au monde elle n'aurait renoncé à cet état.

— Nous prenons tout en charge, comme d'habitude et…

Et… c'est ça, elle connaissait la musique. « Nous », c'étaient les services de la police criminelle kenyane. Chacun y allait de sa poche. Comme ça, Hanah était sûre d'être rémunérée aux calendes grecques. Mais la passion de son métier compensait ces retards financiers. Plus de vingt ans à traquer des monstres autour de la planète, sur quatre continents et demi — elle excluait les États-Unis. Par sécurité. Ne pas prendre trop de risques. Mais aussi parce qu'elle n'était pas sortie de Quantico. Au FBI, ils risquaient de mal prendre une concurrence déloyale.

Pourtant, Hanah Baxter s'était forgé une sérieuse réputation auprès des polices du monde entier. Elle flairait, analysait et dressait le profil d'un tueur comme un œnologue chevronné détecterait le cru du siècle. Mais...

— Collins... En fait, j'ai décidé de raccrocher les gants. À quarante-trois piges, bientôt quarante-quatre, il est temps de se mettre à vivre, vous ne croyez pas ?

— Vous serez bien payée, nous sommes prêts à mettre le paquet, insista Collins d'une voix brouillée.

— Avec une main de gorille en cendrier et de l'or massaï ?

Hanah savait qu'elle ne blesserait pas le Kenyan. Il avait déjà goûté à son humour brut de décoffrage.

— Avec ce que vous voulez, mais on a sacrément besoin de vous.

Le piège gluant de la culpabilité.

— Collins, vous savez bien que ma principale motivation n'est pas le fric, lui rappela-t-elle, soudain sévère.

— Ce n'est pas ce que j'insinuais, mais il nous faut de l'aide. C'est urgent ! Le tueur a déjà un surnom dans la presse et la population : Mchinjaji. L'Égorgeur.

Hanah marqua un temps d'arrêt.

— Je vais voir si parmi mes étudiants en fin de cursus il y en a un ou une qui...

— On a besoin de VOUS, Hanah. Ça fait deux années entières qu'il nous mène en bateau !

Les mots de Collins palpitaient. Comme s'il était au

bord des larmes. Elle inspira profondément. Ce qu'elle allait dire lui demandait un effort. Après, elle ne pourrait plus se défiler.

— OK. C'est bien parce que c'est vous, Collins, et que j'ai une très forte sympathie pour l'homme que vous êtes et pour votre pays. Je pourrais arriver… disons… dans… deux jours. Le temps de me faire vacciner et de dégotter un billet pas trop cher. Grâce à ma thérapie comportementale, je peux enfin remonter dans un avion.

Effectuer un vol aurait été impensable pour Hanah environ cinq mois auparavant. Une phobie fulgurante, survenue après des années de trajets sur des long-courriers. Australie, Amérique du Sud, Europe, Asie, Afrique. Ça lui était tombé dessus au retour d'une mission en France, début 2007. Un retour mouvementé, des turbulences particulièrement violentes, puis le décrochage soudain. Deux cents, trois cents mètres. Les pilotes étaient parvenus à stabiliser l'appareil. Mais Hanah n'en avait pas fermé l'œil pendant une semaine.

Ce nouveau handicap n'était pas étranger à sa décision d'arrêter. Devoir prendre le bateau à chaque mission, même à raison de deux fois par an, était devenu ingérable. Elle avait fini par se décider à suivre une thérapie comportementale. Avec un premier objectif : pouvoir entrer dans un aéroport sans se mettre à trembler et à claquer des dents. Ensuite, mais ce fut beaucoup plus long, parvenir à gravir les marches de la passerelle télescopique sans faire demi-tour en courant.

Elle n'avait jamais repris de long-courriers.

— Merci, Hanah, mille fois merci.

Le soulagement du Kenyan était palpable.

— Portez-vous bien, Collins.

New York City, Jay Street, Brooklyn, 3 h 12

Pensive, Hanah reposa son smartphone. Gagna le bar pour se concocter un whisky latte, mélange de scotch, kahlua et lait, et, son shaker à la main, alla se poster derrière la grande baie vitrée sans rideau, ni store. Les lumières de la nuit new-yorkaise laisseraient bientôt place à l'éclat du jour, sans filtre.

— À New York, les journées font vingt-quatre heures, lui avait annoncé Karen, alors que Hanah vivait encore en France.

Elle était venue pour ça. S'immerger dans la ville des nuits blanches. Dormir n'était qu'une perte de temps à ses yeux. Elle se contentait du minimum vital, pas une minute de plus.

Si elle était restée au fond de sa Bretagne natale et humide, à Saint-Malo, jamais elle n'aurait connu l'expérience existentielle de loger au quarante-deuxième étage d'une de ces tours qui grattent le cul de Dieu. Et, sans l'argent de ses missions, judicieusement placé pour faire des petits, son salaire de chargée de cours à l'université ne lui aurait pas permis cette folie, un loft en duplex dans Jay Street à Brooklyn :

27

deux cents mètres carrés sur deux niveaux, aménagés dans un ancien entrepôt par un architecte d'intérieur qui avait su harmoniser mur de briques, larges baies vitrées et escalier métallique en colimaçon entre les deux plateaux.

Hanah avait même pu y monter un quart de queue laqué noir — elle s'était promis de se remettre au piano dès qu'elle en aurait terminé avec ses missions —, un billard américain et un coin musculation avec des appareils de cardio-training.

À l'origine, les locaux, d'une vétusté à décourager un peintre en bâtiment, étaient restés à la vente pendant des années sans trouver acquéreur. L'endroit avait la réputation de rendre fou. Sur les cinq propriétaires qui s'y étaient succédé depuis les années cinquante, les trois derniers avaient succombé à une forme de démence. Le premier, se prenant pour la réincarnation d'Abraham Lincoln, se promenait nu avec un chapeau haut de forme, le deuxième y avait amené une truie avec laquelle il vivait en ménage, quant au troisième, il avait commencé à creuser méthodiquement les murs de briques rouges et à manger la poudre obtenue.

Apparemment épargnée par la malédiction, Hanah, qui n'avait pas renoncé à son rêve américain, se baladait elle aussi à poil dans son loft, le crâne passablement ébouriffé, sauf qu'à la compagnie d'une truie, elle avait préféré celle d'un sphinx — une race ancienne de chat sans pelage — du nom de Bismarck et s'était dépêchée de reboucher quelques trous dans les murs avec des sachets de coke.

Malgré les événements du 11-Septembre, imprimés dans tous les esprits pour des siècles, elle n'avait pas eu peur d'habiter à cette hauteur. Au contraire, à chaque fois qu'elle y pensait, collant son front au-

dessus du vide pour se remplir les yeux de ce pano-
rama urbain, elle sentait cette poussée d'adrénaline qui
lui était nécessaire pour avancer. Elle ne se lasserait
jamais de la vue que lui offrait l'écran vitré… Une
jungle de tours miroir rivalisant de hauteur, qui réfléchissaient le ciel en mosaïques lumineuses. L'espace
azuréen et ses nuages laineux, qu'elle aurait presque
pu toucher du bout des doigts… Avec l'aube nais-
sante, on l'aurait cru éclaboussé de sang. Encore une
journée de juin qui allait être belle et chaude.

Debout derrière la baie vitrée, Hanah avala le fond
de son whisky latte.

L'Égorgeur. Un mot qui sentait la peur, la mort
imprévisible.

Seulement, pourquoi Collins avait-il attendu autant
de temps, deux ans, avant de faire appel à ses services ? Autre chose l'avait-il mobilisé ailleurs ? Peut-
être avait-il épuisé toutes les pistes auxquelles il avait
d'abord pensé. Presque en fin de carrière, il lui fallait
se retirer en beauté, tout comme elle.

Le regard dans le vague, Hanah finit par se diriger
vers le petit autel bouddhiste qu'elle avait installé en
hauteur, sur un meuble laqué en teck, dans le coin le
plus sombre du loft. Ouvrit les deux battants tout en se
préparant à la méditation.

L'idole représentée par Bouddha était en réalité la
partie « éveillée » de l'être. Dans le bouddhisme, il n'y
avait aucun dieu à vénérer. Lorsque Hanah se proster-
nait devant la statuette, ce n'était pas devant la maté-
rialisation d'une divinité, mais devant la part la plus
construite et la plus élevée d'elle-même.

Elle avait ainsi acquis un niveau très honorable dans

l'exercice de la méditation. Le yoga l'avait aidée à prendre le contrôle de ses émotions et de son affect.

Au centre du meuble, légèrement surélevée, trônait une statuette de Bouddha de belle taille, une trentaine de centimètres de hauteur et presque autant de largeur. Bouddha avait l'apparence d'un bon vivant. C'est dans son aura généreuse que Baxter aimait se blottir de longues minutes, pour atteindre une autre dimension.

Hanah avait réparti, sur l'autel recouvert d'un carré de tissu rouge, sept bols de taille similaire correspondant aux sept offrandes traditionnelles.

Tout autour, elle plaça des pierres semi-précieuses, des bougies, un chapelet tibétain en bois et corne incrustée d'éclats de turquoise, de corail et de lapis-lazuli.

Un rituel pratiqué régulièrement et à la veille de chaque mission, qui lui procurait espoir et apaisement.

Le bouddhisme n'était pas la seule croyance vers laquelle Baxter s'était tournée. Elle s'était aussi approprié une superstition amérindienne sur l'étroite corrélation entre l'homme et la nature.

Chaque être humain serait accompagné d'un animal totem, un guide, un esprit protecteur. Lorsqu'elle entrait en connexion avec les âmes des personnes qu'elle rencontrait, y compris celles des criminels, Hanah cherchait à détecter quel pouvait être leur animal totem. Le sien était l'ours, toujours avide de vérité, en quête permanente des secrets terrestres. Ça lui correspondait bien.

Celui de Vifkin, son mentor disparu, était l'aigle, symbole de pouvoir et de sagesse, voyageur céleste fortement relié à la terre, excellent observateur, se distinguant par son courage et une volonté d'aller toujours plus loin, plus haut.

Elle se remémora avec une précision qui la surprit elle-même au bout de tant d'années, son visage aquilin, son regard acéré, scrutateur, sa façon de décrire des cercles en hauteur avant de fondre sur ses proies, qui elles-mêmes étaient des prédateurs… Sans conteste, Vifkin avait tout d'un aigle.

Pieds nus, elle s'installa sur le tapis rouge et se prosterna trois fois devant Bouddha. Les paumes et les avant-bras plaqués au sol, le front touchant le tapis. Ensuite elle se releva, resta assise quelques instants, les fesses posées sur les talons.

Sa tête résonnait encore des mots de Ti Collins. Un vent de sable.

« Une affaire des plus complexes. Un mystère total. »

Elle pouvait lui faire confiance lorsqu'il s'agissait d'évaluer la difficulté des missions. Aucune surenchère. Collins n'était pas marchand de tapis, mais flic. Un excellent professionnel qui, malheureusement, ne disposait pas de moyens suffisants pour la plupart des enquêtes. Là, il semblait décidé à mettre le paquet.

Comment ferait-elle « parler » le corps des victimes, cette fois, puisqu'il n'y en avait pas ?

À quoi allait-elle être confrontée ? Et que représentaient ces croix sanglantes ? Le corps était-il enterré plusieurs mètres au-dessous ?

Une bonne partie de sa vie, Hanah avait suivi cette route. La route du mal. La route du sang. Celui des victimes et parfois du tueur. Son destin était tracé au rouge. Elle aurait pu ne pas choisir cette voie. Mais avait-elle vraiment eu le choix ? Le libre arbitre n'est-il pas un mythe, une invention, pour avoir l'illusion d'échapper à son destin ?

La question sans réponse hantait encore ses nuits.

11 JUIN

Quelque part dans le ciel, entre New York et Nairobi,
6 h 13

Une secousse tira Baxter de sa torpeur médicamenteuse. Elle mit quelques secondes à prendre conscience qu'elle se trouvait au cœur des nuages, dans le Boeing 737 qui l'emportait vers l'Afrique. Un monstre. Une baleine d'acier volante. Elle se demandait toujours comment ces engins gigantesques, dont le ventre pouvait contenir jusqu'à cinq cents passagers, parvenaient à défier les lois de la gravité. Voler, comme un aigle. Sa thérapie comportementale l'avait aidée à surmonter son aviaphobie mais elle avait dû malgré tout se shooter au Lexomil, arrosé d'une mignonnette de J&B.

Ses pensées se remirent en place peu à peu et, les mains crispées sur les accoudoirs, elle colla son front au hublot, offrant sa peau aux rayons d'un soleil généreux.

Karen, avec qui elle avait vécu trois ans, était venue la surprendre la veille de son départ, elle en souriait encore. Elles n'avaient pas pu s'empêcher de remettre le couvert. C'était à chaque fois comme ça. Les bonnes résolutions qui volaient en éclats dès que

Karen faisait son apparition. Un ventre bronzé et parfaitement modelé, doré comme une madeleine par les UV du Fitness club où elle sévissait quotidiennement. Une superbe plante brune perchée sur douze centimètres de talons. Et, lorsque Hanah avait quelques milligrammes de coke dans le nez, Karen se transformait soudain en une putain de belle *lipstick** de trente-six ans au corps sublime, moulée dans une combinaison en cuir et dotée d'une paire d'yeux couleur chlorophylle, assortis à son vernis à ongles vert fluo.

En travers du tee-shirt tendu sur une poitrine façonnée par Dieu, une inscription sans équivoque : NO MAN'S LAND. Il n'y avait pas plus décomplexée comme fille que Karen.

Hanah avait parfois du mal à réaliser que son ex tenait l'une des plus prestigieuses galeries d'art de New York, « K. », qu'elle avait choisi d'ouvrir à East Village, cœur palpitant d'un des quartiers branchés de Manhattan, Greenwich Village. Karen n'était pas seulement amateur d'art et collectionneuse, elle était aussi une femme d'affaires redoutable. Hanah avait toujours pensé qu'une nana qui pouvait se peindre les ongles en vert fluo était capable de tout.

Si Baxter avait connu des aventures sans lendemain avec des hommes, les femmes lui apportaient la douceur et l'harmonie qu'elle ne parvenait pas à trouver dans les bras masculins. La première fois avec l'une d'elles fut aussi belle que terrifiante. Elle avait seize ans. Hanah, un an de moins. Au contact de la peau soyeuse, des lèvres entrouvertes sur une langue habile,

* Lesbienne ultra-féminine.

36

des seins gonflés, aussi doux que des poussins, Hanah avait entrevu le paradis. Elle ne croyait pas qu'un tel plaisir pût exister.

Elle s'était livrée aux caresses expertes, telle une bonne élève, dont la seule ambition était d'apprendre, d'emmagasiner le plus de savoir-faire possible pour, à son tour, faire céder les digues et retourner à l'origine du monde.

Des hommes avaient essayé de la séduire, maladroitement, peut-être, puis, découragés, s'étaient retirés de sa vie, comme l'eau du sable, au rythme du ressac. Marée basse, donc, très basse, pour un temps indéterminé.

Toujours célibataire à quarante-trois ans, Hanah se refusait à échouer sur des sites de rencontres lesbiennes.

Elle n'était pas vraiment ce que l'on appelle «un canon» ou «une bombe» — surprenant, tous ces termes d'artillerie lourde, juste pour décrire une belle femme. De taille inférieure à la moyenne, genre 1,55 mètre, un corps plutôt râblé, une mâchoire carrée légèrement proéminente où courait un duvet blond, un nez fin et trop court à son goût, des lèvres ourlées, d'un rouge frais, des pommettes hautes supportant des yeux marron braisé.

Les seules parties de son corps dont Hanah parvenait à être fière étaient ses fesses rebondies et musclées et ses «petits seins de bakélite».

Mais tout son charme se concentrait en un détail intime que découvrait un sourire désarmant. Un minuscule bourrelet de chair rose et humide, calé entre des incisives légèrement écartées, curieusement appelées «dents de la chance». Baxter, qui n'avait jamais gagné à la loterie, ne voyait pas vraiment le rapport entre ce qu'elle considérait comme un défaut de fabrication et le signe physique d'une prédisposition particulière à la baraka.

Hier, K. avait tenu son rôle à la perfection. Elles avaient fait l'amour comme si c'était la dernière fois. Elles se le disaient à chaque fois, que ce serait la dernière. Et puis, il y avait eu les inévitables questions sur les vaccins, le traitement antipaludéen. En plus d'être une amante douce et compréhensive, Karen était une vraie mère poule. À tel point que Hanah fut obligée de mentir. Elle n'aurait pas le temps de faire tous les vaccins nécessaires. De toute façon, contre Ebola, il n'y avait rien d'autre à faire que prier. Une seule chose était certaine, K. et Bis lui manquaient déjà. Surtout dans cette espèce d'étui à cigares volant qui donnait l'impression d'être sur le point de tomber à chaque turbulence.

Une secousse plus forte que les précédentes fit remonter son estomac dans sa gorge. Elle demanda une autre mignonnette de whisky à l'hôtesse et se leva pour aller aux toilettes. En équilibre au-dessus de la cuvette, ballottée de gauche à droite, elle vérifia que son faux tampon rempli de quelques grammes de coke était toujours en place et ne s'était pas percé avec le frottement. S'étant passé de l'eau sur le visage et les cheveux, elle regagna son siège, manquant d'atterrir sur les genoux de son voisin, un grand Black aux cheveux platine et aux lobes d'orcille élargis par des plugs en os.

Après avoir négocié le flacon en trois gorgées, Baxter ouvrit sa sacoche et en sortit son carnet de notes. Travailler un peu serait un bon exutoire à sa peur. Elle chaussa ses lunettes et entreprit de consigner sur la page blanche quelques éléments de sa conversation avec Collins.

Sur une centaine de profils qu'elle avait dressés dans sa carrière, presque tous avaient abouti à l'arrestation des tueurs. Si elle n'était pas assurée de ces résultats, Hanah Baxter aurait laissé tomber depuis longtemps. Mais pour sortir indemne de toutes ces horreurs, il fallait avoir soi-même un profil particulier. En tout cas, être sacrément blindé ou un peu dérangé. Dans ce contact permanent avec le mal, les insomnies et les crises d'angoisse doublées de paranoïa étaient, la plupart du temps, la rançon du succès pour Baxter.

Lorsqu'elle approchait ceux que l'on appelait les «monstres», elle suivait en grande partie son intuition, une sorte de sixième sens, une aptitude particulière à se glisser dans les méandres de l'esprit humain et ses abysses. Tel un courageux plongeur, la jeune femme descendait toujours plus loin dans la tête des tueurs, dans les profondeurs de l'âme humaine, sans combinaison ni oxygène.

Chaque mission ramenait inexorablement Baxter au souvenir d'Anton Vifkin. Son ex-associé. Celui par qui elle avait tout appris de son métier. Sous l'effet des deux whiskys ingurgités, Hanah pensait avec une émotion accrue au sort qu'avait connu ce Belge au caractère en acier trempé. À vingt-trois ans, elle avait été embauchée à ses côtés après des études de droit et de psychologie criminelle. Il était de loin le profileur le plus acharné de sa génération. Un vrai traqueur. Il détectait un tueur en série en quelques jours. Pour avoir une chance de lui échapper, il fallait se lever tôt.

«Un jour, l'élève dépassera le maître», avait-il pourtant prophétisé à Hanah, alors que ses tempes se couvraient déjà de minuscules fils d'argent. Malgré les années, il était resté séduisant. Sa prédiction avait fini par se réaliser. Mais certainement pas comme il le pensait.

Un matin de 1994, il n'était pas venu travailler dans leur bureau bruxellois. Les jours suivants non plus. Hanah avait tenté de le joindre chez lui, sans succès. Une semaine après que sa disparition avait été signalée, un flic de la PJ belge, Robert Peeters, trente-quatre ans et déjà commissaire, s'était déplacé lui-même pour interroger Baxter. Elle penchait plutôt pour l'hypothèse d'une disparition délibérée. Vifkin pouvait être si imprévisible…

Au bout de quinze jours, Peeters revint la voir. Le corps de son associé avait été retrouvé au fond d'un parc, à la périphérie de la ville.

Hanah fut entendue, cette fois au commissariat, comme l'un des possibles suspects. Même s'il n'y avait rien de bien surprenant à cela étant donné leur proximité, la jeune femme en fut complètement chamboulée et mit une semaine à retrouver un sommeil à peu près normal. Les enquêteurs travaillaient par élimination, en partant de l'entourage familial et professionnel de la victime. Mais quel intérêt aurait eu Hanah à tuer son mentor ? Il était bien plus probable que ce fût l'un des prédateurs qu'il traquait…

L'aigle était mort et il lui manquait toujours autant.

12 JUIN, KENYA

Aéroport de Jomo Kenyatta, Kenya, 6 h 52

L'aéroport international de JK, du nom de ce Kikuyu né dans un village de brousse, qui devint le père fondateur de la nation kenyane dont il proclama l'indépendance en juin 1963, était situé dans la grande banlieue de Nairobi, à seize kilomètres du centre-ville.

Cette construction rectiligne et basse en béton gris n'avait rien d'imposant ni de particulièrement « international ». Pourtant, même s'il se contentait d'une seule piste, c'était le plus grand aéroport d'Afrique de l'Est, avec plus de quatre millions de voyageurs accueillis chaque année.

Hanah nota que le terminal avait connu quelques travaux de rénovation et d'agrandissement depuis sa précédente visite.

Dès qu'elle mit un pied sur la passerelle, les yeux cernés d'un dégradé de violets, la profileuse sentit l'air chaud s'insinuer jusqu'à la racine des cheveux. La caresse de l'Afrique sur sa nuque. Il était à peine 7 heures du matin.

Juste à cet instant, elle aurait aimé avoir les cheveux longs pour les abandonner au tendre jeu du vent.

Soulagée que ses Converse touchent enfin la terre ferme et que ses trois grammes de coke aient passé la douane sans ennui, Hanah avançait d'un pas décidé dans un air suffocant, un vague sourire aux lèvres.

Elle était de retour sur ce continent fascinant à la morsure souvent fatale. Mais Baxter aimait cette idée. La dernière fois qu'elle s'était rendue en Afrique, fin 2010, elle avait pris le bateau. Était arrivée au bout d'une semaine. L'équipe de Collins, alors composée d'hommes, ne l'avait pas prise au sérieux. Leur chef fut le seul avec qui le courant était vraiment passé.

En juin, l'Afrique entrait dans sa période hivernale. L'air était lourd et moite. Le seul fait de marcher vous trempait de la tête aux pieds. De courtes pluies tièdes mouillaient la terre sans pour autant la rafraîchir.

Pour faire entrer son Glock dans le pays, il lui avait fallu suivre la procédure administrative en le déclarant, et le remettre à un officier durant le trajet. Hanah dut remplir quelques formalités douanières pour le récupérer avant d'atteindre le grand hall d'arrivée.

Sans avoir à tendre le cou, elle aperçut Ti Collins qui dépassait d'au moins une tête les gens massés derrière la vitre. Il l'avait déjà repérée et lui faisait de grands signes de la main.

Baxter se retrouva devant lui comme au pied d'un arbre. Il lui sembla immense. Il avait dû être un baobab dans une vie antérieure.

— Hanah Baxter ! Vraiment content de vous revoir !

Il prit sa main entre les siennes et la serra, ému. Sa voix était profonde et chaleureuse. À l'aube de la soixantaine, ses cheveux laineux et courts avaient blanchi. De petites rides mettaient ses yeux gris délavés comme entre guillemets.

Reculant de deux pas, le chef du CID la regarda, la tête légèrement inclinée.

— Vous n'avez pas changé. Juste votre nouvelle coupe, qui vous va bien aussi. Vous avez laissé votre queue-de-cheval à New York ?

— C'est ça, Collins, c'est ma coupe d'été !

L'officier de police insista pour porter sa valise à roulettes et la lui prit des mains d'autorité.

Baxter ne tarda pas à apercevoir les têtes ébouriffées des premiers palmiers. Leurs silhouettes familières qui donnaient aussitôt envie de mer et de plage lui réchauffèrent le cœur. Mais rien de tout cela ne figurait au programme, comme le lui rappela, dès qu'elle le vit, le pick-up noir et bosselé de Ti Collins. C'était dans ce même tout-terrain qu'ils avaient ramené à la cité mortuaire les corps des jeunes victimes de Tanor. Ti Collins avait-il réussi à le nettoyer ? Ils avaient dû faire plusieurs allers-retours entre le charnier découvert en pleine réserve Massaï Mara et la morgue, pour transporter tous les petits cadavres entassés dans la fosse. Il faisait 40 °C, ce jour-là, et l'odeur des chairs en décomposition avait imprégné leur peau et leurs vêtements.

— Hanah, je suis désolé de vous conduire dans ce carrosse qui doit vous rappeler de si mauvais souvenirs, lança-t-il comme s'il avait deviné ses pensées. Tous les Land de fonction sont pris aujourd'hui. Pas mal de terrain pour les gars.

Il chargea la valise à l'arrière, tandis que Hanah grimpait sur le siège passager. Il la conduirait déjà à son hôtel et reviendrait la chercher pour l'emmener à son bureau, dans le bâtiment du CID au cœur des quartiers modernes de Nairobi.

Elle vérifia l'état de charge de son iPhone qui, du

réseau américain, était passé au réseau local via le principal opérateur, Safaricom.

— Je n'ai jamais compris comment vous arriviez à faire rouler de telles casseroles ici ! Ne le prenez pas mal, Collins, c'est un compliment ! s'exclama Hanah en faisant allusion aux spécimens de véhicules antédiluviens qui étaient légion en Afrique.

Le Kenyan vissa une casquette de base-ball bleu pâle sur sa tête et démarra en riant. Un rire enveloppant comme un vent du Sud.

— Des cercueils ambulants, vous voulez dire ! Mais ils avancent, par la grâce de Dieu !

— Comme à La Havane... Savez-vous que les Cubains sont réputés être les meilleurs mécanos du monde ? enchérit Hanah, le bras passé par la vitre ouverte. Il n'y a qu'à voir quelles épaves ils réussissent à faire rouler et à entretenir ! Des voitures qu'on ne trouve plus nulle part ailleurs. De vraies pièces de musée. Face au trafic croissant qui se développait à l'export, Fidel Castro a fini par les déclarer « patrimoine national ».

— Ici, ce serait impossible de faire ça, même une casse n'en voudrait pas !

Les yeux de Ti Collins riaient derrière les verres fumés de ses lunettes d'aviateur. Baxter n'avait bien sûr pas osé lui en faire la remarque, mais il n'avait pas franchement bonne mine. Les traits tirés, un teint de cendre. Surmenage, sans doute. À part ça, il n'avait pas vraiment changé. Qu'en serait-il des autres ? Les hommes de son équipe, le noyau dur du CID... Elle se souvenait parfaitement de leurs noms, de leur personnalité et même de leurs particularités physiques.

Il y avait Buddy Daniels, surnommé « Muscles », un

46

colosse africain au crâne rasé et au corps sculptural ; Mullah Singaye, un Noir albinos dont le visage de boxeur en papier mâché rappelait les œuvres d'Ousmane Sow — les yeux fragiles, il ne quittait jamais ses lunettes de soleil — ; Tom Brandon, un jeune métis impulsif, bâti comme un top-modèle ; Juan Mendoza, dit le Mexicain, tout droit sorti des bidonvilles de Mexico, où il avait intégré les rangs de la police criminelle.

À de rares exceptions près, le CID n'avait pas pour habitude d'enrôler des ressortissants étrangers. Mais, à peine arrivé au Kenya, Juan Mendoza, à la recherche d'un poste, s'était directement adressé à Collins, sur recommandation d'une relation commune, à l'ambassade du Mexique à Nairobi. Au vu de ses états de service, le chef du CID avait appuyé la candidature de Mendoza à un poste d'inspecteur. En quelques années, le Mexicain au tempérament ombrageux avait fait ses preuves et, promu au rang d'adjoint, encadrait désormais l'équipe.

Hanah et lui s'étaient détestés au premier regard. Persuadé qu'elle serait une gêne, il n'admettait pas sa participation à une enquête du CID. De son côté, Hanah voyait en lui tout ce qu'elle abhorrait chez un homme. Autorité mal placée, vulgarité, suffisance, misogynie décomplexée.

Les agents de Ti Collins avaient entre vingt-deux et quarante ans. La plupart des policiers mouraient prématurément, tués sur le terrain, victimes du sida ou d'accidents de la route. Collins était le vétéran de l'équipe et le seul à appeler Hanah par son prénom. Pour les autres, elle était Baxter.

Sa première rencontre avec l'Afrique avait été un choc. La chaleur des rues surpeuplées de Nairobi et son million et demi d'habitants, une atmosphère urbaine oppressante, une pauvreté extrême dans certains quartiers, contrastant de façon indécente avec le faste d'hôtels de style européen, les impressionnantes tours abritant des centres d'affaires et le *upper* Nairobi, où fleurissaient de luxueuses villas sécurisées derrière leur bouclier de verdure.

Dans les rues, on frôlait l'étrangère, on la bousculait de tous côtés, parfois volontairement, pour attirer son attention, lui soutirer quelques shillings ou simplement par provocation. Hanah avait été littéralement assaillie par les odeurs. Des parfums d'épices, de poulet grillé, de viande de chèvre fumée, des relents plus lourds de poisson séché, de gas-oil ou de vieille huile, mêlés aux odeurs corporelles, quand ce n'était pas d'urine ou de chairs putréfiées.

Mais les bruits qui emplissaient ses souvenirs étaient ceux de la nature, cette musique nocturne et sauvage si différente des nuisances sonores qui agressaient le cerveau comme des rafales de pistolet mitrailleur.

Et puis, une nuit, elle avait découvert la drogue locale et la magie. L'art des guérisseurs dans les villages de brousse.

— En Afrique, vous allez voir ce que vous ne verrez nulle part ailleurs, l'avait avertie Collins. Au début, vous croirez que votre esprit vous joue des tours, mais c'est tout simplement parce que, ici, les forces de la nature sont impénétrables.

L'opération, pratiquée à mains nues sur un adolescent, était une appendicectomie sans incision. En transe, les yeux vitreux sous les effets d'une mixture à base d'iboga qu'il venait de consommer pour « s'ouvrir » à l'invisible, le crâne nu, luisant au feu de camp, l'homme qu'on avait présenté à Hanah comme le médecin du village avait plongé ses mains dans les viscères du jeune malade sans lui arracher un cri. Il n'avait pratiqué aucune entaille à l'endroit où ses doigts s'étaient enfoncés, à la recherche de l'appendice infecté. Il avait fini par le ressortir, sanglant, entre le pouce et l'index, sous les yeux éberlués de l'assemblée.

Cette nuit-là, Hanah avait compris que la science occidentale ne détenait qu'une part infime de la vérité sur les mystères de la nature et de l'esprit.

— Où se produisent ces crimes exactement ? demanda-t-elle sans transition.

— Nairobi, ses faubourgs et plus loin, dans un rayon de 200 à 300 kilomètres, Thika, Muran'ga, Nyeri, Nakuru et Naivasha, soupira Collins. Sur un périmètre bien délimité. C'est à chaque fois la même chose. Comme je vous l'ai annoncé au téléphone, du sang en grande quantité, mais aucune trace de corps.

— Ça reflète un profil victimologique plutôt stable, nota Baxter.

Elle se souvenait être passée dans la région de Nakuru, une ville de plus de 300 000 habitants avec une très forte concentration de population et une démographie exponentielle. Les conditions de vie devenaient dures, notamment lorsqu'il s'agissait de s'approvisionner en eau. La violence montait, les agressions en pleine rue se multipliaient.

Elle avait gardé en mémoire une ville fourmillante et sale au bord d'un lac servant de réserve à des milliers de flamants roses. Tout autour, indomptable, se déployait la nature souveraine, un des plus beaux parcs naturels du Kenya en plein cœur de la vallée du grand rift. Le refuge des éléphants et des rhinocéros. Mais il n'était pas question de faire du tourisme maintenant.

Plus tard, peut-être. Lorsqu'elle ne sentirait plus le froid silence de la mort au fond de ses nuits. Lorsqu'elle trouverait enfin une réponse à ses questions. *Lorsqu'il n'y aurait plus un seul tueur sur cette planète.*

— J'ai vu un reportage sur le massacre des albinos africains, reprit-elle. Leurs membres et leurs organes, supposés avoir des vertus magiques, valent cher. Ils se font même découper en morceaux en pleine rue. Ça expliquerait au moins la disparition des corps. Il pourrait y avoir un lien avec votre affaire ?

— Aucun. Nous avons recherché le gène de l'albinisme, le TYR, dans le sang retrouvé, il n'y était pas.

— Que donnent les résultats des prélèvements ? s'enquit Hanah.

Ti Collins s'épongea le front avec un vieux mouchoir. Le pick-up manquait d'air conditionné. Dans l'habitacle flottait une odeur grasse de gas-oil, de sueur épicée et de tabac froid.

— Les séquences ADN du sang répandu ont permis d'identifier le sexe des victimes comme étant majoritairement mâle, répondit-il d'une voix altérée. À peu près une fois sur trois, nous avons retrouvé de l'ADN correspondant à celui d'une femme, également de race noire. Seulement, nous n'avons pas pu analyser toutes les scènes de crime recensées. Trop polluées par des passages d'animaux et les intempéries. Et d'autres nous ont peut-être échappé.

— Avez-vous creusé la terre à la recherche d'un cadavre éventuel à l'emplacement des croix ?

— Oui, nous l'avons fait sur trois scènes de crime. Ça n'a rien donné.

Baxter sentit un frisson lui parcourir le dos et se propager aux épaules.

Le chef du CID secoua la tête tristement.

— De toute ma carrière de flic, ici, bientôt quarante ans, je n'ai jamais vu ça, dit-il. L'affaire Tanor, à côté...

— Oh non, Collins, les victimes de ce monstre étaient des enfants ! s'écria Hanah, qui se remémora le sinistre tableau : des hyènes et des vautours grattant la terre du charnier et se disputant les lambeaux de chair des petits corps en décomposition.

— Cette enquête a été plus simple à résoudre, c'est ce que je voulais dire... rectifia Collins. Et dans cette nouvelle affaire, le plus déroutant est l'absence de corps. Et ces croix tracées avec du sang... Vous verrez, Hanah, c'est glaçant.

— Pour le moment, tout est envisageable, répondit-elle. Où sont passées les victimes ? À quoi peuvent servir leurs dépouilles ? Pourquoi les faire disparaître et laisser le sang visible ? Un mystère parfaitement entretenu, vous avez raison. Insoutenable, pour des enquêteurs. Et « il » le sait.

Le Kenyan hocha la tête. Son expression se fit plus grave.

— Le tueur veut nous délivrer un message. Il sait qu'on en déchiffrera une partie avec les analyses. Qu'on découvrira déjà le sexe et les origines des victimes, souffla-t-il.

Après un court silence, il poursuivit. La sueur lui coulait le long des tempes.

— Autre chose... Les analyses des échantillons exploitables ont révélé des traces de neurotoxines paralysantes. Plus exactement du venin de serpent. Une substance extrêmement puissante, censée tuer un homme en quelques minutes. Mais ce qui reste un mystère est la présence d'anticoagulant. Comme pour contrer certains effets du venin. Je n'ose pas imaginer l'agonie des victimes.

— Tout est minutieusement étudié pour une mise à mort lente, comme si cette agonie devait se prolonger à une fin précise.

Ses propres mots firent frémir Hanah.

Le pick-up, qui filait sur la route défoncée de l'aéroport, tanguait comme un bateau soulevé par les vagues. C'était pourtant une autoroute, celle de Mombasa, deuxième ville du Kenya, située au bord de l'océan Indien, qui reliait l'aéroport à la capitale.

Les piétons, les animaux errants ou domestiques et les véhicules en tout genre se partageaient l'espace, se fondaient en une mosaïque chatoyante et mouvante. Les énormes pneus du pick-up tamponnaient l'asphalte ramolli par un soleil implacable. Il fallait rouler avec prudence. Être prêt à donner un coup de volant. Avancer sans s'arrêter, sinon des hordes d'enfants, en quête de friandises ou de gadgets, surgissaient de nulle part, se précipitant sur le tout-terrain pour ouvrir la portière. Mais ils convoitaient plutôt l'argent des touristes.

Cette fois, prévoyante, Hanah avait apporté quelques stylos Bic et des porte-clés publicitaires pour satisfaire leur cupidité.

Baxter sentit monter en elle l'envie de fumer. Peut-être lui passerait-elle en mâchant une des racines que Collins suçotait à longueur de temps. Mais elle n'osa pas lui en demander.

Dans la grisaille moite, au-delà des plantations de café et de thé d'un vert intense, exploitées par des coopératives agricoles indépendantes, Hanah vit se dessiner les premiers contours de Nairobi. Une araignée géante au cœur de sa toile tissée de fibres d'acier.

Ville récente, flanquée au sud de ce qui était devenu en quelques décennies un des plus vastes bidonvilles du continent africain, Kibera, comptant au moins un million d'âmes, Nairobi avait vite remplacé l'historique Mombasa en rayonnement économique et en nombre d'habitants.

Pour les Kenyans, tandis que Mombasa, port de commerce majeur de l'océan Indien, restait le lien brûlant avec un passé colonial entaché d'affrontements sanglants, Nairobi incarnait l'avenir et l'esprit de modernité.

Le regard de Baxter s'attacha au sommet des stalagmites de verre et de béton qui dressaient leurs silhouettes monolithiques vers les nuages. Le centre administratif de Nairobi et ses architectures futuristes.

Une pluie sale striait la route. Une de ces averses urbaines, qui rendait la peau visqueuse et l'asphalte glissant. Quelques matatus customisés, la peinture originelle recouverte de tags fluo et de graffitis urban art, les dépassèrent en trombe, soulevant des gerbes d'eau.

Hanah retrouvait l'Afrique. Ses couleurs gueulardes, sa musique, sa crasse, ses villes tuberculeuses aux poumons saturés.

Bienvenue à Nairobi !

Le pick-up venait d'emprunter une allée bordée d'arbres entre lesquels Hanah put apercevoir la toiture et le haut de la façade blanche de son hôtel. Le même que lors de sa dernière mission. L'hôtel Heron. Elle n'y était restée qu'une seule nuit avant de partir dans la réserve naturelle du Massaï Mara.

— Nous sommes arrivés, on dirait… Je pose mes affaires et je redescends, dit-elle.

— Vous ne voulez pas vous reposer un peu ? Il est seulement 8 heures. Prenez votre temps, Hanah, je reviens vous chercher, lui proposa Collins.

— Je ne suis pas venue de si loin pour prendre mon temps et vous faire perdre le vôtre, Collins. Chaque jour compte. Chaque heure.

— Comme vous voudrez…

Après avoir récupéré les clés de la chambre 403, Hanah monta déposer sa valise, accompagnée du garçon d'étage, un tout jeune homme, sans doute mineur, en pantalon à pinces marine et chemisette blanche, du nom de Fahari, à qui elle donna deux shillings.

La chambre sentait la poussière. Fahari brancha la climatisation qui se mit à faire un bruit de vieux moteur. Hanah se dit que si elle ne la coupait pas pour dormir, elle ne fermerait pas l'œil de la nuit. Mais sans air conditionné, elle risquait d'étouffer de chaleur.

Sous le souffle de la clim, l'indispensable moustiquaire battit faiblement des ailes comme pour se rappeler à son bon souvenir. En vain, car Hanah n'avait retenu de son premier voyage aucune des images sensuelles et intimes censées hanter l'esprit des voyageurs : elle ne se souvenait que des nuits presque blanches à élaborer le profil de Tanor. Des nuits hantées par les sombres réminiscences du passé que la fée Cocaïne transformait en orgasmes cérébraux.

Le garçon d'étage la remercia pour le bakchich et sortit de la chambre.

Après s'être débarbouillée à l'eau froide et avoir retiré le faux tampon contenant le sachet de coke, Hanah enfila un short et un tee-shirt à manches courtes. Au passage, elle se tartina les gencives d'une pincée fugace de poudre, histoire de dissiper toute fatigue.

Avant de redescendre, elle s'approcha de la fenêtre. Même du quatrième étage, la vue n'avait rien d'extraordinaire. Des bosquets et des arbres. Mais, le regard perdu dans la végétation, Hanah sentit qu'*il* était là, quelque part, à l'attendre. Elle était venue pour lui, pour remonter sa piste.

Elle mettrait deux ou trois semaines, peut-être plus, à le deviner, le percevoir au fond d'elle. Mais tout d'abord, elle devait penser comme lui. Atteindre ses fantasmes, en démanteler le sombre mécanisme. Ensuite, elle entendrait sa voix dans sa tête, devinerait le moment précis où il commettrait son meurtre. Très vite, il l'habiterait, l'accompagnerait jour et nuit, sans relâche.

Sa mission terminée, il lui faudrait du temps pour récupérer, se retrouver tout à fait elle-même. Comme chaque fois.

Elle enveloppa d'un foulard le holster dans lequel était glissé son Glock 19, cacha le tout au fond du placard, derrière sa valise — planque très sommaire, mais elle n'avait pas mieux — et descendit rejoindre Collins à l'entrée.

Ils prirent le chemin du poste de police de l'unité des services généraux, là où les attendaient les hommes du CID, là où, elle le savait, elle serait accueillie comme un chien dans un jeu de quilles.

Nairobi, Kiambu Road, CID Headquarters, 8 h 14

Les quartiers généraux de la police criminelle se trouvaient sur Kiambu Road, dans un ensemble ultramoderne et dépourvu de charme qui abritait centres d'affaires et grands magasins.

Lors de sa première mission au Kenya, Hanah Baxter avait eu droit de la bouche de Ti Collins à un véritable cours sur le fonctionnement et l'arborescence des forces de la police kenyane, composée de plusieurs sections, la police régulière, la police administrative et l'unité de services généraux ou General Service Unit, GSU.

Tandis que les deux premières sont préposées à l'application de la loi, au contrôle routier, et responsables de l'ordre public dans les régions rurales, le GSU est une police paramilitaire bien distincte, dont le rôle est d'arrêter les criminels dangereux. Outre ces trois sections, la police kenyane en comprend deux autres, le département d'enquêtes criminelles — Criminal Investigation Department, ou CID, l'équivalent africain du FBI, créé en 1926 — et le service national du renseignement, National Security Intelligence Service.

56

Viennent ensuite les divisions de district et de province, au nombre de huit, ainsi que d'autres services de sécurité comme la police des chemins de fer et aéroportuaire, les centres des forces aériennes et de formation.

Ti Collins dirigeait le CID depuis octobre 2004 et travaillait étroitement avec le GSU, sous le seul contrôle du chef de la police et, plus haut encore, du président.

Baxter et Collins empruntèrent les grandes artères chargées de piétons, vélos, cyclomoteurs, quatre roues. Au coin des rues, sous des parasols chamarrés, des marchands ambulants de sorbets ou de limonades. Des petits kiosques où l'on pouvait déguster de la banane plantain en barquette, frite à l'huile de palme ou de moteur. D'autres vendaient des mangues, des papayes ou des noix de coco percées, dont on aspirait le jus à l'aide d'une paille, en même temps que le virus de l'hépatite.

Le long des trottoirs s'alignaient des échoppes, des cybercafés, des commerces divers où on trouvait de tout, des films et des albums piratés et gravés sur des CD-rom, ainsi qu'un choix incroyable de produits high-tech made in China.

Parmi les piétons qui traversaient devant la file de voitures, quelques femmes, en boubou ou vêtues à l'européenne, portaient sur leur tête d'impressionnants ballots serrés dans une toile et remplis à craquer des produits qu'elles allaient vendre au marché ou qu'elles venaient d'acheter.

Hanah aperçut enfin les blocs rectilignes d'un blanc sale du CID, avec le drapeau kenyan et les plaques de gazon qui lui évoquaient un de ces hôtels sans âme des complexes touristiques en bord de mer.

Sur le trajet, elle avait abordé un peu à contrecœur

le délicat sujet de l'équipe de Collins. Demandé des nouvelles par politesse.

— Tom Brandon est mort il y a un an, lui apprit le chef du CID.

— Désolée… Que lui est-il arrivé ?

— Son corps a été retrouvé passablement amoché sur un terrain, à l'extérieur de la ville. Les os et le crâne brisés. On a aussi découvert, un peu plus loin, tué par une balle en pleine tête, le cadavre d'un type, une balance. Les deux morts n'ont peut-être aucun lien, même s'ils ont été assassinés la même nuit, selon le légiste. On n'en sait pas plus.

Collins ne souhaitait visiblement pas s'attarder sur le sujet.

— Vous avez ouvert une enquête, j'imagine. Elle n'a rien donné ?

— Aucun indice valable. Rien, conclut-il, la mine assombrie.

Le chef du CID s'interrompit. Son statut de flic et de patron de la police criminelle lui commandait de tenir sa langue.

Hanah avait de Brandon le souvenir d'un jeune pit-bull plutôt agressif, aux crocs acérés. Trop agité pour ce métier. Il aurait davantage eu sa place dans les forces paramilitaires ou les milices. Elle se dit malgré tout, sans une once de culpabilité, qu'elle aurait préféré savoir Mendoza à la place du pit-bull.

— C'est une femme qui remplace Tom.

Une femme à la Criminelle de Nairobi… Hanah en resta bouche bée.

— Elle n'est pas aussi expérimentée que le reste de l'équipe, mais elle est très professionnelle, enchaîna Ti Collins.

— Et elle est bien acceptée ?

Hanah regretta aussitôt l'allusion acerbe à ses rapports quelque peu difficiles avec les hommes de Collins.

Le Kenyan se racla la gorge. C'était apparemment un tic à chaque fois qu'il abordait un sujet délicat.

— Ils n'ont pas eu le choix. C'est un bon agent et, en plus, elle a su s'intégrer et gagner leur respect. Tout comme vous, Hanah, sauf que vous n'avez pas la même formation et ils ne comprennent pas toujours que…

— Quelqu'un comme moi, de surcroît une femme, vienne sur leur terrain et leur mâche un travail qu'ils pensent pouvoir accomplir sans l'aide de personne, coupa Baxter, agacée.

Une bonne odeur de café les accueillit dans la salle de réunion où se tenait l'équipe des inspecteurs au complet.

Baxter serra tour à tour les mains tendues sans conviction.

Ils étaient tous là. Sauf Brandon. Pourtant, comme c'est fréquemment le cas lorsqu'un flic trouve la mort sur le terrain, cette équipe ne semblait pas porter les stigmates de la perte de leur jeune coéquipier. La routine s'était refermée sur l'événement qui, au bout d'un an à peine, paraissait déjà digéré.

L'accueil ne lui sembla ni aussi froid ni aussi hostile qu'elle le craignait. Elle eut même le sentiment qu'un changement s'était produit au sein du noyau du CID. Peut-être la mort de Tom y était-elle pour quelque chose. Ou la présence de Kate Hidden dans l'équipe les avait-elle familiarisés avec l'idée de travailler avec une femme?

Tous la gratifièrent d'un « Salut, Baxter, bienvenue au pays des Massaïs », sauf Juan Mendoza, qui s'abstint de lui serrer la main, se contentant de recracher quelques fibres de tabac d'un Partagas à moitié suçoté. Hanah préféra ignorer la provocation.

Au même moment, un grognement sourd monta du sol. Couchée aux pieds de Mendoza, une espèce de grande chose jaune au museau et aux oreilles noirs fixait Hanah en remuant faiblement la queue.

— Oh, j'allais oublier Keops, intervint Collins, une pauvre chienne que Mendoza a sauvée *in extremis* d'un bourbier l'année passée. Sans lui, elle aurait connu une mort atroce. Nous avons failli les perdre tous les deux. Depuis, elle ne le quitte pas d'un pouce et elle est devenue la mascotte du CID.

Le Mexicain avait risqué sa vie pour sauver cette pauvre bête, alors qu'il semblait éprouver le plus profond mépris envers ses semblables. Il était fou ou héroïque. Avait-il une revanche à prendre ? s'interrogea Hanah. Que cachait-il, sous cette chape d'arrogance ? Une authentique bonté, une charité chrétienne ou bien une profonde fêlure… Peut-être tout à la fois.

Une vingtaine de chaises étaient disposées en rangées de cinq. Elles furent bientôt toutes occupées par les agents et officiers du CID. Seul Mullah Singaye restait assis à l'écart, les bras croisés. Collins avait fait part à Hanah du drame qui avait bouleversé sa vie à peine deux semaines auparavant. Retenu au bureau, Singaye n'avait pas pu conduire son père chez le médecin à un rendez-vous de routine. Le vieil homme, qui avait décidé de s'y rendre à pied, avait été violemment heurté par un camion, et était mort durant son transport aux urgences. Depuis, le flic albinos ne cessait de s'en vouloir, convaincu de sa responsabilité dans cet accident.

Kate Hidden était une jeune sang-mêlé aux cheveux de sable, à la peau chocolatée. Ses cheveux blonds et crépus, un nez fin légèrement épaté et des lèvres moelleuses, éclairés par des yeux émeraude, en faisaient une femme très attirante. Hanah lui aurait donné trente-cinq ans maximum.

— Kate Hidden, se présenta-t-elle d'une voix claire, plongeant un regard vert comme l'enfer au fond des yeux de Baxter, qui sentit aussitôt un picotement parcourir son corps.

— Ravie, sourit à son tour Hanah, les mains moites.

Les présentations terminées, Collins l'invita à prendre place au premier rang. Un policier en uniforme s'occupait du rétroprojecteur.

— Messieurs-dames, s'il vous plaît, nous allons commencer, lança le directeur du CID d'une voix ferme.

Hanah remarqua le changement de ton. Ti Collins s'adressait à une trentaine d'hommes et à deux femmes dans l'intention de les motiver pour poursuivre des recherches qui duraient depuis deux ans sans résultat, avec les nouvelles informations qu'il allait leur donner. Et elles n'étaient pas nombreuses.

Le silence retomba comme un voile. Les nouveaux sur l'affaire retenaient leur souffle, les autres fixaient leurs rangers d'un air blasé.

— Pour ceux qui ont intégré le CID entre-temps et ne la connaissent pas encore, je tenais tout d'abord à présenter Hanah Baxter, spécialiste en sciences criminelles et en profilage, arrivée de New York ce matin.

Quelques murmures s'élevèrent, rapidement contenus par Collins qui leva la main pour demander le calme.

— Les compétences de Miss Baxter nous seront très précieuses. Je vous rappelle que c'est grâce à son travail, complémentaire au nôtre, que nous avons pu appréhender Tanor, le chef de tribu infanticide. Je ne veux pas, vous entendez, je REFUSE que le Kenya emboîte le pas à l'Afrique du Sud avec un nombre aussi élevé de tueurs en série et un taux de criminalité intolérable. À elle seule, l'année 2009 a enregistré plus de 70 000 crimes sur l'ensemble du territoire, toutes catégories confondues. Ce pays devrait concentrer son énergie sur d'autres combats. Grâce au profil que Miss Baxter dressera à l'aide d'éléments que nous lui fournirons, nous trouverons le ou les auteurs des meurtres qui nous occupent aujourd'hui. Il y a d'autres affaires en cours, des crimes, des assassinats, des braquages. Mais nous allons focaliser toute notre attention sur cette affaire de croix sanglantes sans trace de cadavres. Juma, peux-tu lancer la projection, s'il te plaît ?

Hanah se mordit la lèvre pour ne pas sourire. Elle aurait pu parier que la manière solennelle avec laquelle Collins s'exprimait portait l'empreinte du FBI et que l'acquisition d'un matériel de pointe influençait ses manières. Et en vint à regretter l'ambiance décontractée de sa première mission kenyane. À cette époque, le chef du CID ne portait pas de cravate et s'adressait à son équipe assis sur une table, en mordillant nonchalamment son bâton de kola. Hanah se demanda si sa nouvelle tenue était désormais réglementaire ou bien s'il l'avait mise en l'honneur de son arrivée à Nairobi.

Se sentant observée, Hanah tourna instinctivement la tête sur sa droite et croisa le regard de Kate Hidden. Elles échangèrent un bref sourire.

L'exposé commença dans une certaine pesanteur. Ces deux années d'enquêtes et de recherches infructueuses semblaient avoir altéré la perspicacité et l'enthousiasme des enquêteurs du CID.

Collins commença avec un rappel des faits, en

s'appuyant sur une carte qui montrait les lieux où les traînées cruciformes avaient été découvertes. Le plus souvent, elles étaient isolées. Cependant, on en avait retrouvé parfois dans des lieux très rapprochés, à moins d'un kilomètre l'une de l'autre. L'ensemble se concentrait sur un circuit qui reliait une ville à une autre dans la région de Nairobi.

Kate Hidden notait tout, telle une élève sérieuse.

Vinrent ensuite les clichés des scènes de crime. Les photos projetées sur le mur se succédaient dans la lumière du rétroprojecteur. Les croix sur la terre, d'un rouge sombre, apparurent en plan serré. Ti Collins avait raison. Ce dessin tracé au sang en l'absence du corps accentuait le malaise. À partir de là, on pouvait tout imaginer. Les lieux choisis par le tueur étaient de préférence des parcs, des terrains vagues, et même un terrain de foot. Le venin de serpent, qui servait à paralyser les victimes, était une partie de l'arme du crime. Où se trouvait l'autre ?

Le nom des villes concernées claquait sinistrement dans le silence. Thika, Murang'a, Nyeri, Ndaragwa, Nyahururu, Subukia, Nakuru, Naivasha, Kikuyu : chacun de ces lieux — ou leurs environs — avait été marqué par la découverte d'un de ces motifs sanglants.

Au bout de la dixième photo, Hanah sentit une pression sur les tempes, en même temps qu'elle commençait à manquer d'air. Ses oreilles se mirent à bourdonner et la voix de Collins devint plus sourde, étouffée, comme s'il parlait la bouche pleine.

La profileuse crut se trouver mal, dans la moiteur de la pièce. Cela dura quelques secondes, au bout desquelles elle parvint à se reprendre sans que personne s'aperçût de ce trouble passager. Seul Collins l'avait regardée avec insistance, une pointe d'interrogation dans les yeux.

Hanah reconnaissait ces manifestations. Son corps réagissait comme un radar à certaines ondes. Celles que lui renvoyaient ces clichés.

— Le ou les tueurs semblent se limiter aux villes que je viens d'énumérer, reprit Collins après une courte pause. Mais dans le pays, la communication entre postes de police n'est pas fiable à 100 %, surtout s'il y a eu des cas isolés. Sans doute d'autres scènes de crime nous ont-elles échappé, passées inaperçues en raison de leur localisation… Comme il est impossible d'établir un lien entre le sang retrouvé sur chacune d'elles et des personnes signalées disparues, on tourne en rond.

Hanah commençait à mesurer l'ampleur du travail qu'il lui faudrait fournir pour établir ce profil. Son intuition, qui la trompait rarement, l'orientait vers un tueur unique particulièrement actif. Les meurtres se succédaient à un rythme soutenu. En moyenne, d'après ce que l'on savait, une victime par mois.

— Les scènes de crime présentent-elles des caractéristiques particulières ? demanda-t-elle.

Collins réfléchit avant de répondre. Le front plissé comme un gant de cuir.

— Les meurtres semblent se produire toujours à l'extérieur, dit-il. Dans des endroits déserts, mais de préférence sur du sable, de la terre.

— Et à part le sang, aucun autre indice qui pourrait en dire plus sur le tueur ou ses victimes ? demanda un agent, un dénommé Kiplagat, nouvellement arrivé sur l'enquête.

— Non, du moins pas à notre connaissance, répondit Collins gravement.

— À quand remonte le dernier meurtre présumé ?

— Trois semaines.

— Où ça ?

— Kikuyu Town.

Il y avait peu d'espoir que la scène de crime eût été préservée. Mais Baxter devait, quoi qu'il en soit, se rendre sur place.

Maintenant, c'était à son tour de jouer.

Arrivée à Kikuyu Town, 10 h 50

Le véhicule au logo du CID filait sur l'axe de Waiyaki Way où se pressaient camions, pick-up, motos, piétons et animaux. Les champs de thé défilaient de chaque côté de la voiture, formant une bande verte continue. Les petites taches de couleur qu'on y apercevait étaient les ouvriers agricoles occupés à couper les feuilles.

Collins avait donné son aval et ils étaient partis aussitôt.

Assise à l'arrière, Hanah en prenait plein les yeux. Elle s'était déjà heurtée avec Mendoza au sujet de l'air conditionné. Il voulait le couper et ouvrir les fenêtres, pour économiser du carburant, mais l'atmosphère était si humide et huileuse qu'avec la chaleur elle devenait très vite étouffante. Sans parler des remugles virils du Mexicain, qui devait aussi économiser l'eau de la douche, ni de l'odeur canine de Keops, installée à côté d'elle, les oreilles au vent…

Sur le siège passager avant du Defender, Kate Hidden gardait le silence. Elle ne semblait pas non plus avoir d'atomes crochus avec Mendoza et avait l'air de supporter sa présence pour le seul bon déroulement de la mission.

Ils croisèrent des bus bondés, sur les toits desquels s'accrochaient des grappes de passagers comme des moules à leur bouchot, des taxis d'État ou privés, et toujours les matatus aux couleurs criardes. En plus grand nombre, des cyclomoteurs et des scooters fusaient de toutes parts, slalomant entre les vélos bringuebalants, les chevaux et les vaches erratiques.

Kikuyu Town se trouvait à une vingtaine de kilomètres du centre de Nairobi, dans le comté de Kiambu. De taille modeste, la ville intra-muros dénombrait un peu plus de quatre mille habitants et connaissait depuis quelque temps un certain essor dans les secteurs financiers, mais sa principale ressource restait l'agriculture. L'agglomération, touchée par une récente explosion démographique, atteignait les six cent mille âmes. La ville avait forgé sa réputation sur l'éducation dispensée aux notables kenyans et hautes personnalités, dont le premier président kenyan, qui y vécut quelque temps.

Cependant, le problème majeur de Kikuyu Town, outre l'état des routes menant aux villages environnants, restait l'insécurité. Pour rendre la ville plus attractive aux investisseurs, il était impératif de réduire, à court terme, le taux de criminalité. Ce qui, avec une recrudescence de vols et de meurtres, dont celui qui intéressait l'équipe du CID, s'annonçait plutôt mal.

Au fil de leur progression, le grouillement urbain se renforçait autour d'eux. La circulation s'intensifia sous un rideau de poussière. Mendoza conduisait vite et Hanah se demandait comment il pourrait éviter un gosse qui viendrait se jeter sous ses roues.

Arrivé aux abords de Kikuyu Town, délaissant les axes principaux trop fréquentés, le Defender du CID

s'engagea soudain dans un dédale de rues collection-
nant trous et bosses impossibles à éviter. Avec la
vitesse, le tout-terrain avançait en rebondissant. En
quelques minutes, le décor changea.

Au fur et à mesure qu'ils approchaient de leur destination, l'atmosphère se cimentait. Même Keops semblait
écrasée par le soudain silence des rues. Ils pénétrèrent
dans une zone désertée par les piétons et les voitures.
Les barres d'immeubles qu'ils venaient de dépasser ne
formaient plus qu'une ligne d'horizon grisâtre.

Hanah essayait de contrôler une tension croissante.
Malgré toutes ces années à côtoyer le crime, à traquer
les tueurs en série les plus dangereux, chaque mission
était une plongée dans l'inconnu.

La profileuse ne savait pas à l'avance comment elle
allait réagir. À chaque nouvelle affaire, elle était comme
vierge. La routine ne ferait jamais partie de cette traque
folle. Heureusement, l'expérience qu'elle avait acquise
était sa force.

À cet instant précis, une chose préoccupait Hanah
plus que tout le reste. Aborder la scène de crime à sa
manière. Même si elle devait de nouveau faire face
aux sarcasmes du Mexicain. Elle pouvait craindre également une réaction hostile de Kate Hidden. Mais elle
ne changerait rien à ses méthodes.

Soudain, une double détonation retentit jusque dans
l'habitacle. Le Defender, dévié de sa direction, se mit
à tanguer sur quelques mètres avant de s'immobiliser,
déséquilibré. Il penchait nettement du côté conducteur.
Un instant, Hanah crut que le véhicule avait été pris
pour cible par des snipers cachés.

— *Puta de Dios !* Manquait plus que ça ! s'emporta
Mendoza, qui ouvrit la portière pour sortir. On a crevé !

Pendant que le chef adjoint menait son inspection, Hidden, tournant le dos au tout-terrain, la main sur la crosse du semi-automatique calé dans son holster, scrutait intensément les alentours.

Sa vigilance alerta Hanah. Dans cette zone, n'importe quel gang armé pouvait les attaquer par surprise.

Soudain, le Mexicain poussa un cri de rage.

— *Puta*… deux pneus crevés, les fumiers ! Ils ont été changés récemment, mais ils nous ont filé de la merde, au garage ! On n'a qu'une roue de secours, on doit rechaper sur place !

La métisse se tourna vers Hanah et la fixa de son regard de malachite.

— C'est un endroit isolé, lui fit-elle remarquer. À l'intérieur de cette zone, il y a très peu de chance de croiser d'autres voitures, même à cette heure du jour. Nous sommes sans doute les premiers à passer aujourd'hui. Il faut espérer qu'on ne fasse pas de mauvaise rencontre.

Baxter hocha la tête. Un frisson lui descendit le long de la colonne vertébrale. Elle regretta d'avoir laissé son Glock à l'hôtel.

— Hidden, ça te dérangerait de me donner un coup de main ? l'interpella Mendoza, agenouillé devant une roue du Defender, le visage rouge comme la braise sous sa casquette.

Baxter voulut les aider, pour se sortir au plus vite de ce pétrin, mais la métisse l'arrêta.

— Laissez-nous faire, Hanah. Les pneus crevés, nous avons l'habitude avec l'état des routes ici.

Occupés à changer l'énorme roue du Land, les deux agents du CID ne s'aperçurent pas que Baxter s'éloignait d'un pas rapide en direction de la scène de crime.

Il lui avait suffi d'un coup d'œil au plan qui se trouvait dans la voiture pour situer le terrain vague, à deux rues de là. Mendoza et Hidden en avaient pour un moment, cela lui laisserait le temps de faire un état des lieux afin de s'en imprégner à sa manière.

L'endroit qu'elle découvrit était sordide. Un climat de poussière, de terre meurtrie et souillée s'en dégageait à chaque pas.

Hanah commençait à sentir les « vibrations » envahir ses membres, comme chaque fois qu'elle approchait une scène de crime, ce théâtre intime et délaissé du tueur, profané par les équipes de police et de techniciens scientifiques.

Il y avait plus de trente ans de cela, elle avait ressenti les premiers tremblements internes, du sternum aux bouts des doigts, lorsqu'elle avait surpris son père en train d'enterrer au fond du jardin une masse oblongue sanglée dans une bâche par de larges bandes adhésives. Elle se souvenait de leur scintillement intermittent sous la lune et du bruit mouillé de la pelle raclant la terre.

Le soir, après le dîner, en fillette docile et raisonnable de neuf ans, Hanah était montée se coucher dans sa chambre lorsque la dispute avait éclaté dans la cuisine, entre ses parents. Leurs querelles étaient devenues fréquentes du jour où son père, ayant perdu son travail suite à un plan social au sein de l'usine de pièces détachées pour voitures où il était employé depuis une dizaine d'années, s'était mis à boire.

Ce soir-là pourtant, la violence de l'accrochage avait atteint des sommets, faisant trembler les murs de la maison et la petite fille dans son lit. Les mains plaquées sur les oreilles, elle s'était enfouie sous la couverture rêche pour ne plus entendre les hurlements. Mais le pire fut le silence qui avait succédé à un bruit sourd, un choc sur le sol carrelé. Les cris avaient cessé, le calme semblait revenu. Seulement, plus tard dans la nuit, un son étrange au rez-de-chaussée — comme une sorte de frottement —, suivi de celui d'une porte qu'on ouvre, avait attiré Hanah, qu'un cauchemar venait de réveiller en sursaut. Les chiffres verts de son réveil indiquaient 3 heures et 2 minutes. Ses parents ne sortaient jamais à cette heure.

Intriguée, elle s'était glissée hors de sa chambre en direction des escaliers, puis, telle une petite ombre furtive, à l'extérieur de la maison, suivant le raclement singulier qui s'éloignait dans le jardin. Alors qu'elle s'en rapprochait sur la pointe des pieds, elle avait aperçu une silhouette sombre, encapuchonnée, arc-boutée sur le manche d'une pelle. Encore plus près, depuis le bosquet où elle s'était cachée, elle avait reconnu les bottes de son père claquant sur la tranche de l'outil pour l'enfoncer dans la terre. Elle l'avait regardé creuser le trou et y balancer le paquet saucissonné, tout en longueur, mais de taille moyenne. Alors qu'il recouvrait le tout, elle en avait profité pour retourner à la maison sans se faire surprendre, puis était remontée dans sa chambre, grelottante. Qu'avait bien pu enterrer son paternel à une heure si tardive ?

Le lendemain, devant l'étonnement de la fillette de ne pas voir sa mère en rentrant de l'école, Kardec, le visage ravagé, lui avait annoncé que celle-ci avait fait ses valises et qu'elle était partie. Simplement. Comme ça, sans se retourner. Qu'elle n'avait pas hésité à abandonner sa fille unique. Encore une mère indigne, avait-il soulevé, faisant référence à la sienne qui avait été plutôt volage.

Mais le souvenir de la scène nocturne ne quittait pas

la petite Hanah. Le travail de son inconscient fit le lien avec la dispute, puis ce choc terrible, suivi d'un silence absolu. Profitant d'une absence de son père parti rejoindre des anciens collègues au bar PMU du coin, elle était retournée dans le jardin, à l'endroit où la terre avait été remuée. Hanah se retrouvait sur sa première scène de crime. Un crime atroce, le meurtre de sa mère, dont l'auteur était son propre père.

Debout à cet endroit précis, son corps d'enfant avait ressenti ces vibrations qui, plus tard, au cours de sa vie de psycho-criminologue, se manifesteraient sur les lieux des meurtres. Elle « savait » que c'était le cadavre de sa mère qui était enterré là. La terre lui parlait. Sa chair, ses tripes et ses sens avaient perçu la présence organique sous ses pieds.

Au reste de la famille, Kardec avait donné la même version. Sa femme l'avait quitté, sans dire où elle partait. Elle devait avoir un amant, point barre. Personne, au demeurant, ne s'en inquiéta réellement, comme il arrive parfois. Il n'y avait même pas eu d'enquête. Peut-être parce que tout le monde, y compris les gendarmes, se retrouvait au bar PMU pour boire un coup.

Ce n'est que trois ans plus tard qu'Hanah avait eu la volonté et le courage de tout dire aux bonnes personnes. D'abord à Marc Carlet, son professeur principal. Hanah et son terrible secret ne pouvaient plus cohabiter dans le même espace. Et elle n'avait plus la force de vivre avec le monstre qui avait fait du mal à sa mère. Sinon, un jour, elle l'aurait tué à son tour. Alors elle avait tout lâché. Que sa mère n'était en réalité pas partie, parce qu'elle ne l'aurait jamais abandonnée, et que son corps était sans doute enterré dans le jardin de sa maison. L'enseignant avait pris au sérieux celle qui était une de ses meilleures élèves et avait averti la gendarmerie. Dans la foulée, la maison avait été perquisitionnée et le jardin retourné à l'endroit qu'avait désigné Hanah, malgré les vociférations et les menaces de son père ivre et menotté. Des restes humains avaient été exhumés et identifiés comme étant ceux de sa mère.

Les services sociaux étaient ensuite venus chercher Hanah pour l'emmener loin de lui, dans un institut dirigé par des carmélites. Son père, quant à lui, avait été conduit ailleurs, derrière des murs très hauts surmontés de barbelés. C'était fini pour lui. Mais pas pour Hanah. Cette tragique quête de vérité, cette traque permanente au cœur de la noirceur de l'âme humaine, ne faisaient que commencer. Elle les avait faites siennes dans un pacte avec elle-même. À la mémoire de cette mère qui lui avait été arrachée par son géniteur, et de toutes les victimes d'individus violents et sans égard pour la vie humaine.

Depuis cet épisode tragique de son enfance, les vibrations, signaux infaillibles émis par ses antennes naturelles, ne l'avaient jamais trompée. Hanah avait appris à les interpréter et à les analyser dans toutes leurs nuances. Son corps devenait alors une sorte de baguette de sourcier. Elle commençait à ressentir le « vent » dans sa tête, ce souffle intime qui lui en disait plus long sur le tueur que n'importe quel rapport de police.

Le jour de son quinzième anniversaire, en une sorte d'élan prémonitoire, une des sœurs de l'institut, qui s'était prise d'affection pour elle, lui donna un magnifique pendule en cristal facetté, fixé à une chaînette. Aussi limpide que de l'eau, avec ses reflets irisés, l'objet était envoûtant. La religieuse avait des dons de radiesthésiste et pratiquait le pendule, à ses heures perdues, dans le plus grand secret.

— Ce cristal est appelé « diamant de Herkimer », le quartz le plus pur au monde, ce qui lui a valu cette appellation un peu erronée de « diamant ». Il est extrait dans les mines du comté de Herkimer, dans l'État de New York. Il est doté d'une puissance vibratoire exceptionnelle. Garde-le, ma chère petite, ce sera un bon compagnon, il te sera d'une aide précieuse dans tout ce que tu entreprendras, lui avait dit la sœur sur le ton de la confidence.

Son œil droit fuyait vers l'extérieur et donnait l'impression à la jeune fille que, en même temps qu'elle la regardait, son attention était attirée ailleurs, vers un point qu'elle seule voyait. Peut-être avait-elle un œil rivé à Dieu sans quitter le monde terrestre de l'autre.

— Mais je ne sais même pas comment m'en servir ! s'était écriée Hanah. Le pendule, au creux de sa paume, dégageait une douce chaleur, accompagnée de picotements aux extrémités de ses doigts.

— Il te montrera le chemin. Écoute-le, observe chacune de ses réactions. Il te suffira de le laisser aller au bout de sa chaînette. Il fera le reste. Avec ton aide. Car tu es médium, ma fille.

Et comme Hanah, stupéfaite, allait répliquer, la vieille femme leva un doigt.

— Je ne parle pas de voyance, mais avec ce que tu as vécu, tu es devenue tout simplement un excellent réceptacle aux ondes vibratoires. Et il n'y a rien de surnaturel à cela.

« Invictus » — ainsi avait-elle nommé son pendule, en hommage au poète William Ernest Henley dont elle avait étudié l'œuvre — ne l'avait plus quittée. Dans l'ignorance totale du métier auquel se destinait sa protégée, la sœur avait dit vrai. Il lui ouvrait les scènes de crime, vibrait au sang répandu sur les murs, dans une baignoire, tournoyait au-dessus des corps inanimés, et lui avait même fait découvrir des empreintes, des indices qui se dérobaient aux enquêteurs, permis d'entendre l'écho du meurtre, de voir l'invisible. Le pendule était le lien avec le tueur et fut infaillible, lorsqu'elle sut enfin l'apprivoiser.

Un des rubans jaunes qui entouraient la scène de crime avait été arraché par de fortes bourrasques ou vandalisé et pendait, son autre extrémité fixée à un piquet. Au sol, les restes de sang évaporé et séché par le soleil qui grillait le terrain vague formaient une croix d'un brun sombre et de la taille d'un homme.

Sur ses gardes, Hanah s'approcha, prête à affronter le mal une fois de plus.

Elle savait que le choix géographique du lieu du crime avait son importance. La victime, entièrement vidée de son sang, n'avait pas forcément été tuée et saignée sur place. Cela semblait avoir été fait proprement. L'absence de corps donnait une indication valable. Contrairement aux apparences, Hanah était sûre de ne pas avoir affaire à un boucher. À moins que l'on ne retrouvât les morceaux de cadavre éparpillés un peu partout dans la ville comme cela avait déjà été le cas dans des affaires de meurtres en série, il s'agissait ici de l'œuvre d'un esprit rationnel et méthodique.

Hanah examina les alentours. De la caillasse, des débris de verre et de plastique, vestiges de passages successifs, jonchaient le sol desséché. Un peu plus loin reposait la carcasse rouillée d'une voiture. L'endroit n'était pas aussi désert qu'il en avait l'air.

L'impression de malaise qui l'avait envahie depuis qu'elle était arrivée sur le terrain vague s'accrut. Cette fois, ses antennes et ses signaux d'alarme l'avertissaient qu'elle n'était pas seulement l'intruse d'une scène de crime, mais d'un territoire beaucoup plus étendu. Le quartier, la ville… Le pays tout entier.

Les premières années, à New York, elle avait été une étrangère, une expatriée, mais elle avait réussi à se faire à cette nouvelle vie. Ici, c'était différent. Fraîchement arrivée dans un pays régulièrement agité de troubles politiques et ethniques, seule en plein terrain vague perdu entre des blocs de béton en périphérie de la zone bidonville, elle se sentit soudain de trop.

Les étroites fenêtres de ces barres d'immeubles sans âme, qui encerclaient le terrain vague comme des remparts, étaient autant d'yeux braqués sur chacun de ses gestes.

Respirant péniblement l'air épais, la bouche sèche et douloureuse, Hanah se dit qu'elle boirait bien une bonne bière fraîche. Deux ou trois, même. C'est alors qu'elle perçut très distinctement une présence derrière elle.

Tournant lentement la tête, son regard croisa celui d'un gosse d'à peine douze ans, torse et pieds nus, vêtu d'un seul short kaki à poches dont les trous laissaient voir une peau couleur de terre brûlée au niveau des cuisses et des parties génitales. Sur le pourtour de ses narines palpitantes, des croûtes de morve séchée. Mais ce qui frappa aussitôt Baxter fut la profonde balafre qui courait sur toute la largeur de son front, d'une tempe à l'autre, comme si on avait voulu lui ouvrir la boîte crânienne façon « œuf à la coque ».

Il serrait dans sa main droite une fronde métallique qu'il avait dû fabriquer lui-même avec des matériaux de récupération. Tapie au fond de son regard sauvage se lisait la haine primale du Blanc, de l'étranger. Justifiée, songea Hanah, presque intimidée par la détermination qu'affichait ce gosse à peine plus petit qu'elle. Il était sans doute le plus âgé : quatre autres se tenaient postés derrière lui, immobiles, attentifs au moindre signe de leur meneur. Ils étaient de ceux qui ne tendaient pas la main pour recevoir quelques pièces, mais pour voler. C'étaient des enfants des bas-fonds, leurs prunelles noires encore vitreuses de la colle et du trichlo qu'ils sniffaient pour oublier leur misère, ne serait-ce que quelques heures.

Scrutant l'étrangère en silence, les gamins semblaient à l'affût, prêts à bondir au signal de leur aîné, comme une horde de jeunes lions débutants exerçant leur instinct de prédation sur une proie plus faible. Ces gosses-là étaient des fauves, leurs frondes pouvaient aussi servir à tuer. Des animaux, avec lesquels ils se nourrissaient, et des êtres humains. Ils étaient ici chez eux. Hanah ne s'en serait jamais prise à des enfants, même pour les corriger, mais s'il le fallait, dans ce genre de situation, elle n'hésiterait pas à rendre coup pour coup.

Baxter se garda bien de laisser son trouble transpirer. D'habitude elle n'était jamais seule sur les scènes de crime, elle était toujours accompagnée d'agents et d'enquêteurs. Dans ce cas précis, elle savait qu'elle avait enfreint les règles.

Soudain un coup de feu retentit, puis un deuxième, et des balles sifflèrent à quelques centimètres, sans atteindre personne. Mais les tirs dans le vide suffirent à chasser les gamins qui s'enfuirent à toutes jambes, abandonnant sans hésiter l'objet de leur convoitise.

— Vous êtes soit totalement inconsciente, soit définitivement folle, Baxter. Dans les deux cas, vous êtes un danger pour nous tous !

La voix de Mendoza vint se planter dans sa nuque alors qu'elle regardait la petite bande s'éloigner en leur criant des injures. Kate Hidden arrivait derrière le Mexicain en courant, tendue, son arme à la main.

— Qui vous a dit de filer en douce, hein ? aboya le Mexicain. Non seulement vous voulez jouer à la plus fine alors que vous ne faites pas le poids face à des gosses, mais vous désobéissez aux ordres…

À ces mots, Hanah leva lentement la tête vers Mendoza. Son regard aurait refroidi un mort. Elle répliqua néanmoins d'un ton calme :

— Je crois que vous n'avez pas bien saisi la situation, Mendoza… je ne suis sous les ordres de personne et surtout pas sous les vôtres. Ma mission consiste à prêter main-forte à Collins et à son équipe, dont vous faites partie, alors pour le bien de l'enquête, laissez-moi faire mon boulot et foutez-moi la paix avec vos sarcasmes !

— Ce que mon collègue veut dire, Hanah, s'interposa Hidden avec fermeté, c'est qu'en venant toute seule sur le terrain, vous avez pris d'énormes risques, alors que vous êtes sous notre responsabilité. Ce ne sont que des gosses, mais ils sont dangereux et vous n'êtes pas armée. Ils auraient pu vous tuer avec leurs frondes.

Sans rien dire, Hanah sortit Invictus sous le regard interloqué des deux agents du CID.

— Qu'est-ce que vous foutez avec ça sur une scène de crime, Baxter ?

— C'est mon outil de travail.

— Non, sans blague, je croyais que c'était pour faire joli ! railla le Mexicain. J'avais pas remarqué ce machin lors de votre dernière mission ici. Collins est au courant ?

— Peu importent les moyens, seuls les résultats comptent. Je l'avais déjà à l'époque. C'est ma façon de travailler et il la respecte.

— C'est un pendule ? risqua Hidden, intriguée.

— Mon assistant, sourit Hanah en se tamponnant le front avec un mouchoir. Je crois que, grâce à lui, un élément important va s'ajouter à l'enquête. Mais il me faut une confirmation.

— Moi, j'ai la confirmation que vous êtes un brin dérangée, bougonna Mendoza.

— Peu m'importe ce que vous pensez.

Surmontant son malaise récurrent à chaque inspection d'une scène de crime qui la renvoyait irrépressiblement plus de trente ans en arrière, au fond de ce jardin, Hanah leva son pendule devant elle. Les facettes réfléchissaient la lumière en mille éclats sur la terre ocre.

À un mètre au-dessus de la croix sanglante, au fil de ses déplacements, Invictus tournait plus ou moins vite, changeant de sens de rotation. Parfois, stoppant net sa progression, soudain immobile, il semblait aimanté vers le sol. Elle commençait à ressentir plus intensément les « vibrations ».

Baxter évitait les regards sceptiques des deux agents. Celui de Hidden se voulait encourageant, mais l'idée de s'y frotter la perturbait d'avance. Ce qu'elle allait leur annoncer était simplement inconcevable.

Pour écarter le moindre doute, Hanah réitéra l'opération.

Le pendule reprenait sa danse, changeant de cap et se figeant brusquement aux mêmes points.

Soudain, Baxter s'accroupit, ramassa un peu de poussière du sol qui recouvrait par endroits le sang séché, et roula doucement les particules entre ses doigts.

Puis elle inspira profondément, secoua ses mains, remit le pendule dans son étui qu'elle glissa dans sa poche.

— C'est tout ? Et ce truc, là, c'est censé faire avancer l'enquête ? On vous paye pour ça ? Vous ne vous fichez pas un peu de nous, Baxter ? tonna le Mexicain.

Sa voix puait le mépris. Hanah se tourna vers Hidden.

— C'est à peine croyable, Kate. Mais, d'après les indications du pendule, il n'y aurait pas que le sang de la victime, ici. Je dois le vérifier sur une deuxième scène de crime.

— Et à quoi vous voyez ça ? grogna le Mexicain.

Même si les vibrations « parlaient » clairement et si elle faisait confiance à son pendule, Hanah préférait rester prudente.

— Les champs électromagnétiques et les ondes telluriques varient quand je déplace le pendule. Peut-on aller sur une autre scène de crime ?

— Et perdre notre temps ?

Hanah répondit à la pique de Mendoza sans prendre la peine de le regarder.

— Je ne veux pas m'avancer sur la base d'une seule exploration. Ce n'est pas pour le plaisir de faire des mystères. C'est sérieux. Nos problèmes relationnels doivent passer au second plan.

— OK, j'ai pigé, bien joué, Baxter, vous avez raison, assurez vos arrières. En tout cas, moi, je rentre au CID.

— Dans ce cas, tu fais du stop, Mendoza, parce que

je prends le Land pour conduire Hanah à Murang'a, riposta Hidden.

Le Mexicain tapa violemment le sol du talon de ses rangers. La terre s'enfonça de trois centimètres.

— T'es malade! bondit Kate, excédée. Qu'est-ce qui te prend de détruire une scène de crime? S'il y a d'autres prélèvements à faire en fonction des conclusions de Baxter, on sera bien avancés!

Mendoza ne répondit rien et regagna le Defender où les attendait Keops, la gueule ouverte de chaleur, mais résignée. Tout le monde à bord, il démarra rageusement le 4 × 4, faisant gémir les pneus dans une odeur de gomme brûlée.

Sur la route de Murang'a, 12 h 45

À une dizaine de kilomètres de l'axe principal nord, Murang'a, anciennement nommée Fort Hall, comptait parmi les neuf étapes du circuit macabre, que les enquêteurs avaient baptisé « la route du sang ». Elle se trouvait toujours en territoire kikuyu, entre Nyeri et Thika, deux autres étapes où les scènes de crime étaient devenues inexistantes à force d'être balayées par le vent et piétinées par des animaux nocturnes et des curieux.

Ses banques, ses immeubles modernes, ses stations d'essence, ses grandes surfaces et ses discothèques propulsaient Murang'a au rang des cités les plus développées du territoire kikuyu. Presque toutes les rues étaient asphaltées et en bon état.

Le GPS se trompa une ou deux fois avant de conduire le Land et ses passagers à destination, à deux pas de la cathédrale. C'était un édifice de pierre claire d'une architecture récente, construit dans les années cinquante, à la mémoire des Kikuyus massacrés par les Mau-Mau, en plein conflit ethnique.

Mendoza arrêta le Defender le long du trottoir. Tous

trois en descendirent et se dirigèrent vers un petit terrain arboré. Des groupes de palmiers prodiguaient de timides taches d'ombre qui avaient préservé quelque fraîcheur. Au soleil, l'herbe avait jauni par plaques.

À quelques mètres du chemin qu'ils empruntèrent, on devinait la scène de crime, encore délimitée par un ruban jaune fluo reliant cinq arbres entre eux. Là encore, en partie arraché, le ruban pendait en berne le long d'un tronc.

À l'intérieur du périmètre matérialisé, la végétation déshydratée avait pris une teinte brunâtre, comme si on y avait versé de la peinture qui aurait ensuite séché. La croix tracée était identique à la précédente. Ses contours étaient encore plus nets. Face à cette vision saisissante, une série de questions se pressaient dans la tête de Baxter. Ici, la victime était-elle une femme? Un homme? Quel était son âge? Son statut social? Le tueur la connaissait-il?

Elle sortit son pendule et le promena au-dessus de la croix.

Frissonnante malgré la chaleur étouffante, elle se livra au même rituel que sur le terrain vague de Kikuyu Town.

Un coup de vent souleva de petits tourbillons de terre rouge, là où l'herbe avait cédé la place faute d'arrosage régulier et de pluies abondantes.

Soudain, mu par une force invisible, le pendule se mit à tournoyer de plus en plus vite, puis se figea, attiré vers le sol.

Les vibrations. Encore. Hanah les sentit remonter le long de son bras, jusque dans son épaule.

— C'est incroyable, murmura-t-elle, prise d'un léger vertige.

Pour ses déplacements sur la scène de crime, elle portait cette fois les surchaussures réglementaires.

84

Craignant l'impact que son hypothèse pourrait avoir sur le CID, elle redressa lentement la tête pour donner son verdict.

— Cette seconde lecture me confirme ce que la première m'avait déjà révélé partiellement. Le sang est le seul élément visible. Pourtant, le corps est là, lui aussi, à nos pieds. Mais plus dans sa forme solide. Et c'est sans doute la même chose sur toutes les autres scènes de crime. Ce sont des tombes à ciel ouvert avec des corps invisibles.

Son regard croisa ceux de Mendoza et de Hidden, où alternaient stupeur et incrédulité. Ils demeurèrent muets, comme sonnés. Le Mexicain avait pâli.

— Vous vous rendez compte de ce que vous avancez, sans analyses, ni preuves matérielles ? gronda-t-il.

La réponse de Hanah se fit plus conciliante qu'elle ne l'aurait voulu, mais une voix dans sa tête lui suggérait de prendre des pincettes.

— C'est à peine concevable, je sais, reconnut-elle. Pour une fois, Mendoza, on se rejoint. En fait, le corps n'est pas *visible à l'œil nu*, pour la bonne raison qu'il est… réduit en particules. À l'état de poussière.

— Si je comprends bien, Baxter, enchaîna le Mexicain, vous insinuez que le processus de décomposition aurait été accéléré ? Pourtant, cette scène de crime est l'une des plus récentes. Et que faites-vous des os ? Où sont-ils ? Cachés quelque part ou bien incinérés, peut-être même comme le reste du corps, et les cendres auraient été répandues ici avec le sang ? Et tout ça c'est votre espèce de couille de cristal qui vous l'a dit ?

La profileuse secoua la tête.

— Je ne parlerais pas de « décomposition » dans le cas présent. Ni de cendres. Ces particules n'en ont pas la texture. Il s'agit de désintégration sous une autre forme, par un autre moyen que la crémation.

Elle en avait trop dit. N'irait pas plus loin. Réserverait le reste de ses conclusions à Ti Collins.

Les yeux rivés à la scène de crime, la métisse restait étrangement silencieuse et pensive.

Hanah se tourna vers elle.

— Qu'en pensez-vous Kate ?

— Pardon ? fit Hidden, clignant des yeux comme si elle émergeait d'un puits.

— Qu'en pensez-vous ? Mendoza s'est exprimé. D'après lui, ce constat est une ineptie. Et pour vous ?

— Je ne remettrai pas en question vos méthodes, qui ont déjà donné, semble-t-il, de très bons résultats. Vous savez ce que vous faites. Mais mon collègue a raison, dans une enquête, on ne peut pas se contenter de simples suppositions. Même aussi fondées que la vôtre. J'ai beau tenter de me figurer ce corps, là, sous nos yeux, désagrégé selon vous, je n'y arrive pas et ça me rend un peu nerveuse.

Dans cette série, deux années durant, avec la certitude acquise que les victimes n'avaient pas pu survivre, les flics s'étaient faits à l'idée qu'on ne retrouverait jamais les corps. Ils avaient travaillé sur des éléments abstraits, contraints de vivre avec cette conviction. Et voilà qu'une femme, éminente spécialiste des tueurs en série, arrivait comme une fleur de l'autre côté de l'Atlantique, munie d'un pendule, pour leur asséner cette réalité : depuis deux ans, sur chaque scène de crime, ils avaient les cadavres sous les yeux sans les voir. Des corps désintégrés. Des particules organiques, de l'atome ! Ils en avaient peut-être même respiré ou avalé, lorsque le vent arrachait au sol des tourbillons de sable et de terre. Personne n'y avait pensé. Personne n'aurait pu y penser. Car c'était tout simplement impensable.

Cette découverte déconcertait aussi Baxter. C'était la première fois qu'elle faisait face à pareil cas de figure. Pourtant, Invictus ne se trompait pas, elle en était certaine. Les vibrations et les ondes auxquelles il réagissait n'étaient pas seulement celles qui émanaient d'un liquide organique, mais bien celles d'une matière solide, de ce qui avait été un corps de chair, d'os, avec des organes, désagrégés eux aussi. De la matière réduite en poussière, sans avoir subi de combustion. À ce propos aussi, Hanah était formelle. Les cendres émettaient une vibration bien distincte, qu'elle qualifiait de « vibration morte ».

Elle réalisa qu'elle tremblait. Un tremblement infime, à peine perceptible, mais suffisant pour trahir son épuisement. Elle ne fut pas la seule à s'en rendre compte.

Kate s'approcha et lui demanda si elle se sentait bien.

— Très bien, éluda-t-elle, juste un peu fatiguée, comme toujours, après ces manipulations.

Chaque séance de radiesthésie l'épuisait. Consumait presque toute son énergie.

Son regard s'attarda sur celui de Hidden, impénétrable. Le mystère s'y lovait comme un serpent. Oui, c'était bien ça, l'animal qui correspondait à la métisse était le serpent. Pour les chamans amérindiens, il incarne l'énergie vitale, la renaissance et l'énergie sexuelle. Baxter n'avait pas encore une connaissance suffisante de Kate Hidden pour se prononcer, mais son instinct lui parlait. La métisse avait tout du reptile. Restait à savoir si c'était un crotale, un anaconda ou une couleuvre inoffensive. Quant à Mendoza… Son double animal ne pouvait être que le porc. Et encore, Hanah se demandait si ça ne serait pas une insulte pour le mammifère.

Alors qu'ils s'apprêtaient à rebrousser chemin, accablés par leur découverte, un homme les aborda.

Hanah avait vaguement perçu sa présence, à quelques mètres, dans l'ombre des arbres. Toute à son exploration, elle ne lui avait accordé qu'un coup d'œil distrait. Il était resté là, immobile, à les regarder depuis son poste d'observation avant de s'approcher. Un costume noir et une chemise surmontée d'un petit collet blanc laissaient deviner l'homme d'Église.

— Permettez-moi de me présenter, révérend Necker. Priorus Necker.

Sa voix, modelée de vibrations chaudes et profondes, jouait de la contrebasse. C'était sans aucun doute celle d'un orateur qui savait captiver son auditoire.

Ses cheveux aussi drus que de la paille de fer, sa haute stature — beaucoup plus imposante que la moyenne des Kenyans — en faisaient quelqu'un d'impressionnant. Il aurait pu sans mal se servir de ces arguments naturels pour intimider ses interlocuteurs.

Mais le révérend s'approcha dans une attitude affable et interrogative.

— Cela fait un petit moment que je vous observe et j'avoue que vous avez piqué ma curiosité. Je sais qu'il s'agit d'une scène de crime liée à cette sombre série dont parlent les journaux. La police locale m'a, d'ailleurs, déjà interrogé à ce sujet. Je trouve cela terrible, ces croix de sang et aucune trace du corps de la victime. Et de surcroît, ce qui est une véritable provocation, juste à côté de mon église, dans ce parc où les enfants viennent jouer… Ils apportent tellement d'innocence et de fraîcheur, par ici. J'aime les regarder se défouler, rire… Je ne voudrais surtout pas qu'ils courent un danger. Avez-vous une idée de qui ça peut être ? Seriez-vous sur une piste ?

Les deux flics échangèrent un regard entendu. Ils n'entreraient pas dans les détails.

Au même moment, une bande de jeunes dreadlockés, canettes de Pepsi et de bières s'entrechoquant dans un sac plastique et djembé sur le dos, vint s'installer à quelques mètres de là, sous un arbre.

— Je suis très intrigué par ce que vous teniez dans votre main, au bout d'une chaînette, reprit le révérend à l'attention de Baxter.

— Je travaille avec un pendule. Il m'aide à analyser le terrain.

— Et puis-je me permettre de vous demander ce que vous avez… détecté, ici ?

— C'est strictement confidentiel. Désolée, révérend.

— Vous n'avez rien remarqué d'anormal, depuis ce qui s'est passé ? demanda Hidden.

Priorus Necker, la paume sur sa poitrine, le front luisant au soleil comme un morceau d'ébène patiné, parut réfléchir. Son humilité se heurtait à la défiance à peine retenue des deux officiers du CID.

— Pas que je sache… Les enfants… les enfants qui jouaient, c'est tout…

— Ouais, on sait, et vous aimez les regarder, mais il ne s'agit pas d'enfants, là, grinça Mendoza, soudain agressif.

Le pasteur ne sut que dire.

— Y a-t-il eu un événement récent qui ait mobilisé la ville à peu près dans les mêmes temps ? demanda Hanah, craignant encore un dérapage du Mexicain.

Sa question surprit ses coéquipiers, qui la regardèrent avec des yeux ronds. *Quel rapport ?* semblaient-ils dire.

Mais le visage de Necker s'éclaira. Il avait enfin quelque chose à leur mettre sous la dent.

— Nous avons eu la visite du Président. Il y a environ quatre semaines.

C'est-à-dire sept jours avant le meurtre, releva Hanah *in petto*. Elle savait que Hidden et Mendoza faisaient le même calcul et ne voyaient aucun lien direct avec le crime. Elle non plus. Pour l'instant. Pourtant, cela constituait malgré tout un élément marquant à ajouter à ses notes.

Après avoir avalé leur boisson gazeuse et lâché un chapelet de rots en ricanant, les jeunes Noirs aux dreadlocks, vêtus de tee-shirts à l'effigie de Bob Marley et du Che, le djembé calé entre les genoux, s'allumèrent un joint. Ils s'échauffèrent un peu les doigts sur la peau de l'instrument.

Des rythmes à deux ou trois temps jaillirent. Les percussions se répondaient de plus en plus vite, dans un roulement assourdissant, au mépris du monde. Bientôt, les joueurs atteindraient un état de transe et plus rien n'existerait autour d'eux.

— Hé ! Trous du cul ! leur cria Mendoza exaspéré, on est en train de travailler, là, on s'entend plus ! Éteignez-moi tout de suite cette merde avant d'avoir de gros problèmes. Allez, circulez !

Il s'adressait aux jeunes en sheng, un argot tout droit issu des bidonvilles mêlant anglais et swahili, et parlé par les couches populaires aussi bien que par la jeunesse du pays.

— Non, attendez, les apostropha Hanah, sous le regard stupéfait du Mexicain avant qu'il ait le temps de répliquer. Venez par là… Ho! Vous entendez? On ne va pas vous manger!

Elle leur fit signe d'approcher.

Deux des jeunes se déplièrent et traînèrent leurs énormes baskets jusqu'à Baxter. Ils comprenaient aussi l'anglais, la deuxième langue parlée au Kenya après le swahili, la langue nationale d'origine arabo-bantoue qui servait dans les échanges commerciaux en Afrique orientale.

— Ouais?

— Vous venez souvent ici?

— Assez, ouais, renifla le Che, les yeux larmoyants de cannabis.

— Le soir aussi?

Les deux adolescents se regardèrent avec des yeux de veaux ahuris.

— Ça arrive, ouais, mais pas trop. Ça craint, la nuit.

— Justement, quand ça vous est arrivé, vous n'avez pas remarqué quelque chose qui sortait de l'ordinaire?

— Genre quoi?

— Un individu seul, dont le manège vous aurait paru bizarre, un soir, au cours de ce mois. Peut-être même garé par ici au volant d'un véhicule type fourgonnette, assez grand pour transporter à l'arrière un corps d'adulte.

Le jeune qui parlait se gratta le menton où se battaient quatre poils noirs et frisés.

— Ben non. On n'a rien vu.

— Tu perds la mémoire, mon frère, s'indigna Bob Marley, ou la ganja t'a grillé les neurones! Mais ouais, un soir, qu'on a vu un fourgon blanc, garé, là, un peu plus loin… Un type est descendu, il est venu par le chemin, là et quand il nous a vus, il a fait tout de suite demi-tour.

— Vous pourriez le décrire? demanda Baxter.

— Ta mère, ouais ! « Décrire » un Black en pleine nuit, tu te fous de nous ou quoi ?

— Allez c'est bon, maintenant, vous virez vos fesses d'ici, on joue pas au djembé à côté d'un lieu de culte, cracha le Mexicain en guise de point final.

— Et mon culte ! balança le Che par-dessus son épaule en raclant ses épaisses semelles par terre.

— Que faites-vous, Mendoza ? s'écria Hanah, pourquoi vous les chassez ? Apparemment, ils ont vu quelqu'un !

— Et vous, vous avez maté leurs yeux ? Quand on a des pupilles de cette taille, on ne voit plus grand-chose à part des éléphants roses, surtout la nuit ! En plus, ces bandes de jeunes, on peut pas dire qu'ils portent les flics dans leur cœur, comme vous pouvez voir…

— Notez quand même qu'ils ont parlé d'un fourgon blanc.

— Et alors, combien de types, ici, possèdent ce genre de véhicule ? Ce que j'aurais « noté », comme vous dites, c'est s'ils m'avaient parlé d'une Aston Martin…

Le ventre vide, déshydratée, Baxter se sentit tout à coup épuisée.

Hidden et Mendoza donnaient, quant à eux, quelques signes d'impatience et de frustration. Avec cette allumée et son pendule, l'enquête leur échappait.

— Je lui aurais bien réglé son compte, à ce pédophile, grogna Mendoza une fois qu'ils eurent regagné le Land et pris la route du retour.

Il y avait toujours autant de monde sur l'axe routier de Nairobi, ligne droite et grise comme une cicatrice dans la végétation. Une cicatrice pleine de trous et de bosses. Le soleil déclinait déjà, répandant une clarté sanguine sur le paysage urbain.

— Vous avez vu comme ses yeux se sont allumés quand il a parlé des gosses qui jouaient dans ce square ? Il dit carrément qu'il aime les regarder, ce sale pervers…

— Mendoza, on n'a aucune certitude au sujet du révérend, mais il n'a rien d'un tueur, objecta sa coéquipière.

— C'est sûr, la bleue, tu t'y connais en tueurs et en pédophiles…

— Peut-être pas autant que toi, mais je pense avoir assez de flair pour les repérer s'ils se trouvent sur mon chemin.

Sur le trajet du retour, la tête abandonnée contre la fenêtre arrière du Defender, les yeux rivés sur les nuages d'un crépuscule couleur pourpre, l'attention de Baxter fut attirée par le vol plané d'un rapace qui semblait suivre leur trajectoire de loin et de haut. Aussi solitaire, ce devait être un aigle, les vautours, nombreux dans la région, évoluant de préférence en groupes.

Hanah le regarda tout d'abord distraitement, puis se mit soudain à éprouver intensément sa présence.

Elle avait le sentiment que quelqu'un l'aidait et l'accompagnait, pas à pas. L'esprit de sa mère ? Ou celui de Vifkin, peut-être.

L'aigle qui se trouvait encore dans son champ de vision, à condition qu'elle tourne la tête pour le suivre du regard, décrivit un arc de cercle, les ailes tendues, appuyées sur l'air avec cette grâce immatérielle qui caractérise les rapaces, puis il reprit de l'élan et de la hauteur avant de disparaître, avalé par un nuage crépusculaire.

Hanah eut la certitude à cet instant que la présence de l'oiseau était un signe. Le double animal de quelqu'un de proche. Son âme ou son animal totem.

Nairobi, Kiambu Road, bureaux de la Crim, 17 h 35

Lorsqu'ils arrivèrent au CID, il n'était pas loin de 18 heures et il faisait presque nuit. Collins rongeait déjà son frein en faisant les cent pas dans le hall d'entrée.

— Ah, je vous attendais ! s'exclama-t-il d'une voix impatiente et forte. Si vous le voulez bien, on monte dans mon bureau et ensuite je vous reconduis à l'hôtel. Mendoza, Hidden, j'attends votre rapport.

Situé au premier étage, son bureau se résumait au strict minimum. Une table en formica où s'élevait une pile de dossiers, un vieux fauteuil à roulettes en skaï bordeaux, une chaise et une plante qui, un jour, avait dû être verte. Le sol n'avait pas été nettoyé depuis un siècle. On se serait cru dans un local des années cinquante. Le téléphone cellulaire, l'ordinateur, un scanner et une imprimante étaient les seuls signes qui indiquaient que le progrès technique s'était frayé un chemin jusque-là.

Sur les murs d'un jaune d'hôpital, un grand portrait du Président, une carte du Kenya piquée de punaises de toutes les couleurs et des photos anthropométriques de divers criminels. Un autre panneau était recouvert de photos. Sous les visages, écrit en lettres capitales : MISSED. Combien de familles étaient ainsi privées de leurs proches ? Hanah songea que parmi ces disparus se trouvaient peut-être les victimes du tueur aux corps de poussière.

Après lui avoir proposé un café qu'elle déclina pour pouvoir dormir, Collins prit place et invita la profileuse à en faire autant sur une chaise style US Navy, face à lui.

Il croisa les doigts, regarda Baxter d'un air interrogateur, sa lèvre inférieure retroussée. Une mimique révélatrice, chez lui, d'une attention intense.

— Vous allez commencer à rédiger votre compte rendu, Hanah, mais quelles sont vos premières conclusions ?

— Parler de conclusions est encore prématuré, Collins… J'ai malgré tout bien avancé, avec l'aide de Hidden et de Mendoza.

Prononcer le nom du Mexicain lui écorcha la bouche. Même si elle n'en laissa rien paraître, Collins ne s'y trompa pas.

— Ça a été, avec Mendoza ? Il s'est montré coopératif ?

— C'est un bon mécanicien.

Baxter sourit. Mais, ignorant tout de leur crevaison, le chef du CID ne comprit pas cette allusion.

— Collins…, commença-t-elle. Les corps des victimes ne sont pas ailleurs, ni évaporés dans la nature… Ils sont présents sur les deux scènes de crime où nous nous sommes rendus aujourd'hui.

— QUOI ? Qu'est-ce que vous dites, Hanah ?

— Je sais… C'est à peine croyable, mais le corps

n'est pas caché ou enterré quelque part, comme on pouvait le supposer. Il est là, éparpillé tout autour de la croix, mêlé à la poussière du sol. Réduit en particules.

— S'agit-il de... de corps incinérés ? demanda-t-il enfin.

— Non. Ce ne sont pas des cendres. D'après mes observations, le tueur a désintégré les corps en une poudre organique, sans aucune combustion. Faites pratiquer d'autres prélèvements. Sans tarder.

La stupéfaction du Kenyan ne dura que quelques secondes. Puis, sans poser plus de questions, il saisit le combiné téléphonique et composa un numéro. Ses doigts fins volèrent sur le clavier.

— J'envoie tout de suite l'équipe du labo faire les prélèvements sur chaque scène de crime encore exploitable, lança-t-il à Hanah, une main sur le micro du téléphone.

— Mais... il fait presque nuit, ça va leur compliquer le travail, lui fit remarquer Baxter.

— Ils sont habitués à travailler en pleine obscurité, ils ont leurs lampes et des projecteurs, pour ça. Le soleil se couche à 18 heures ici. On ne peut pas risquer que le tueur vous ait repérée en compagnie de Mendoza et Hidden et qu'il revienne faire le ménage. Excusez-moi un instant... Allô ? Collins. Stud est là ? Passez-le-moi.

Au bout de quelques minutes, Collins raccrocha pesamment.

— Stud envoie une équipe sur-le-champ. Ce paramètre nouveau vous donne-t-il une indication sur le tueur ? À votre avis, agit-il seul, a-t-il des complices ? demanda le directeur de la Criminelle en sortant une racine de kola d'un des tiroirs.

— Je vous l'ai dit, il est prématuré de se lancer dans des conclusions.

— Je suis sûr que vous avez déjà une petite idée.

— Un germe. À partir duquel il m'est encore impossible de développer quoi que ce soit. Juste une chose… Les photos des personnes disparues m'ont fait penser que les victimes se trouvent probablement parmi elles.

Le visage de Collins s'assombrit d'un coup.

— Dans la mesure où la disparition nous est signalée, c'est possible, oui. Outre les appels à témoins, nous avons lancé des recherches dans ce sens, et passé au crible tous les fichiers des personnes signalées disparues dont nous avons l'identité. Pour l'instant, nous n'avons pu faire aucun recoupement avec les meurtres.

— Ce qui corse l'affaire… Excusez-moi, Collins, mais je suis vannée. Je crois que le jetlag commence à se faire sentir.

Malgré sa frustration, le chef du CID se leva aussitôt.

— Je vous raccompagne.

Le pick-up de Collins s'arrêta devant la porte vitrée du Heron. Le visage du Kenyan luisait comme de l'asphalte mouillé dans la touffeur de la nuit africaine. Aux confins de son regard, Hanah crut voir planer l'ombre de la peur. Une peur ancestrale, atavique, qui n'avait plus rien de rationnel.

— Grands dieux, Hanah, dit-il, comment ces corps ont-ils pu être réduits en… en poudre sans être brûlés ? Serions-nous malgré tout confrontés à de la magie noire ? Quelqu'un qui se livrerait à la sorcellerie ? Alors pourquoi désintégrerait-il les corps des victimes ? Les sacrificateurs gardent au contraire les éléments corporels, mains, organes et sang pour en faire de puissants talismans servant à diverses protections et donnant soi-disant le pouvoir à celui qui les porte ou les consomme.

Le chef du CID semblait perdre pied.

— Les organes ont pu être prélevés avant que le corps ne soit réduit en poussière. Mais les prochaines analyses vous en apprendront davantage sur ces particules, j'espère, conclut Baxter. Et il faut absolument tâcher d'en savoir plus sur l'identité des victimes. Savez-vous de quelle espèce de serpent provient le venin inoculé ?

— Du mamba noir, le plus dangereux des serpents africains. Son venin est foudroyant.

— Alors il faut peut-être chercher de ce côté-là. Mais avant, faites comme moi, et allez vous reposer, Collins. On doit vous attendre, chez vous…

Hanah n'avait volontairement pas dit « votre femme vous attend », ne sachant pas exactement où en était Collins de la traditionnelle polygamie africaine, bien qu'au Kenya elle ne soit que tolérée. Elle n'ignorait pas qu'il avait eu deux femmes, seulement, en avait-il d'autres ?

Elle descendit du pick-up après un dernier salut au Kenyan, qui attendit qu'elle soit entrée dans le hall de l'hôtel.

Les rues de ce quartier de Nairobi étaient sombres. À cause des restrictions. La fréquence des coupures d'eau ou d'électricité fragilisait un équilibre déjà précaire. Tout était coupure dans ce pays. Paradoxes, incohérences, désordres. De surcroît, les coutumes locales ne voulaient pas céder le terrain à une occidentalisation endémique. À proximité des mégapoles vivaient encore des tribus dans leurs villages. Aux limites des grandes agglomérations s'étendaient la brousse et les reliefs verdoyants. Le royaume de la faune sauvage. Le Heron se trouvait à la frontière des deux mondes.

Comme d'autres pays d'Afrique, le Kenya s'enfonçait dans ses anachronismes. Rien d'étonnant à ce que les structures modernisées souffrent de ces violents décalages, avec la prééminence d'un système aussi anarchique.

Sa fatigue atténuant sa claustrophobie, Hanah prit quand même l'ascenseur, dont les portes se refermèrent sur elle comme celles d'un coffre-fort. Il atteignit le quatrième étage avec force grincements avant de libérer sa passagère.

Tandis qu'elle remontait le couloir faiblement éclairé jusqu'à sa chambre, elle éprouva un malaise inexplicable. Imputa tout d'abord cette sensation à la fatigue accumulée au cours de cette première et éprouvante journée. Mais alors qu'elle avançait, elle surprit une ombre qui glissait furtivement le long des murs. Elle se retourna brusquement, ne rencontra qu'un couloir désert. Elle s'arrêta et tendit l'oreille. Tout était parfaitement silencieux. Avait-elle rêvé ?

Atteignant enfin sa chambre, elle s'y enferma à double tour. Regarda sous le lit, dans le bac à douche. Il n'y avait pas de mamba noir.

Nairobi, hôtel Heron, chambre 403, 22 h 40

Depuis l'acte insensé commis par son père, le but de Hanah avait été d'essayer de comprendre les meurtriers et leurs pulsions, d'analyser leurs crimes et leurs mobiles — quand il y en avait — en toute objectivité, avec l'indulgence de la connaissance.

En choisissant sa voie, elle avait beaucoup appris d'eux et sur eux, mais également sur elle-même. Sur ce qu'elle aurait pu devenir, elle aussi. Comme lui. La chair de sa chair. Elle portait en elle ses gènes, le germe du Mal. Il l'obsédait, mais elle ne lui avait jamais cédé.

Un jour, pourtant, elle avait fini par découvrir ce que ces monstres pouvaient être d'autre. Des faibles et des lâches. Les rejetons d'une société urbanisée et violente, obéissant avant tout à leurs propres règles, à leurs pulsions et à leur logique. Parce qu'ils ne pouvaient faire autrement. Son père non plus n'avait pas pu. Comme tant d'autres hommes persuadés d'être les seuls maîtres à bord et propriétaires absolus de leur femme ou de leurs victimes, avec droit de vie ou de mort sur elles. Lui pardonner était pourtant au-dessus

100

des forces de Baxter. Était-il toujours vivant ? Elle ne voulait pas le savoir. N'avait plus jamais souhaité le revoir.

Au cours d'une des conférences archi-combles qu'elle donnait dans les grandes villes des États-Unis, un frémissement avait parcouru tout l'amphi lorsqu'elle avait exposé sa théorie sur les tueurs en série, eux aussi victimes d'un système.

Seule une fille n'avait pas bronché, immobile, le visage fermé. Hanah connaissait sa sombre histoire. Il s'agissait de Joan Weiss, étudiante en criminologie et sciences du comportement. Sa sœur aînée avait été violée et poignardée sous ses yeux par l'un des tueurs que Baxter avait profilés au cours des cinq années qui avaient précédé le colloque. Premier d'une longue série qui s'étala sur vingt ans, le crime avait eu lieu en 1979. Joan n'avait que quatre ans. Sa sœur en avait seize et tenait pour ainsi dire le rôle de deuxième maman.

Après avoir obtenu le silence complet dans l'amphi, Baxter s'était adressée à l'étudiante.

— Joan, et toi ? As-tu quelque chose à dire ?

La jeune fille se leva de son siège.

Ses mots fendirent l'assemblée. Ce fut un coup de vent sur une mer agitée.

— Mon histoire personnelle ne me confère pas de statut privilégié. Le traumatisme que j'ai subi, voir ma grande sœur violée puis tuée par un psychopathe, fait partie des dommages collatéraux, avait-elle déclaré à l'assistance, d'une voix fébrile. Ces hommes, ces tueurs, si absurde que cela puisse paraître, sont eux aussi des martyrs, avant d'être de sombres héros de roman. Ils sont leurs propres victimes, après avoir été celles d'un système et d'une société où la notion d'humanité est pervertie.

— Et leur notion d'humanité à eux n'est pas pervertie, peut-être ? Ce sont des êtres ignobles, des sadiques et il ne faut pas que la fascination morbide qu'ils peuvent exercer sur les esprits au travers de films ou de livres nous le fasse oublier ! avait lâché un étudiant, interrompant Joan dans sa diatribe. Nous sommes ici pour apprendre leur façon de penser et d'agir afin d'aider la police à les confondre !

Une gerbe d'applaudissements avait accueilli cette intervention.

Trop fragile et impliquée pour débattre avec un amphi entier, Joan Weiss avait repris sa place, les mâchoires serrées, et n'avait plus ouvert la bouche.

Quelques mois plus tard, Hanah avait reçu un mail de l'étudiante, qu'elle avait toujours gardé en mémoire :

Chère Miss Baxter,
Vous auriez été mon guide, le parfait exemple à suivre, si j'avais continué sur cette voie. Mais je dois cesser de me mentir sur mes réelles motivations. Si j'ai opté pour la psycho-criminologie, c'est bien à la mémoire de ma sœur. Pour comprendre et analyser, face à l'impuissance totale de mes parents, avec la distance nécessaire, toute l'atrocité de ce crime dont elle a été la victime.

Mais comment me lancer dans cette analyse à tête reposée alors que jamais je ne trouverai le repos ? Le seul fait de m'interroger, de me poser cette question légitime : «Pourquoi elle ? Pourquoi pas moi ?» ne m'autorise pas à faire carrière dans la criminologie. Pour que je puisse avancer, il aurait fallu que ma sœur ait été une victime lambda. Autrement dit, une parfaite inconnue à mes yeux.

Je tenais à ce que vous soyez la première à apprendre que j'arrête là cette quête aussi vaine que désespérée. Rien ni personne ne me ramènera Gillian. Comprendre l'horreur pour lui survivre est illusoire.

Merci pour vos travaux et votre compétence qui ont permis l'arrestation du meurtrier de Gillian ainsi que sa condamnation. Merci de vous être déplacée de Belgique pour ça.

Je ne dois pas me voiler la face plus longtemps. Je suis comme tout le monde. À la barbarie, je réagis avec mes tripes.

L'assassin de ma sœur est mort en prison et c'est mieux ainsi. Tant qu'il aurait été de ce monde, au fond, j'aurais attendu, voulu sa mort.

J'arrête donc là l'imposture, mais je continue à vous admirer parce que vous avez réussi à dépasser ce seuil, à oublier l'affect, ennemi N° 1 du sens critique et de la raison.

Poursuivez votre admirable travail, Miss Baxter et prenez soin de vous.

Joan Weiss

Weiss n'était plus revenue aux cours de Baxter, qui n'avait jamais su ce qu'était devenue cette étudiante prometteuse.

C'est à tout cela que Hanah repensait en prenant une douche sommaire.

Un mince filet d'eau couleur rouille sortait du pommeau blanc de calcaire. Elle mit dix minutes à rincer sa peau du gel douche qu'elle avait eu la bonne idée d'emporter avec elle. « À vous décourager de vous laver ! » pesta-t-elle.

La profileuse pouvait endurer beaucoup de choses, mais ne pas pouvoir se laver ne serait-ce qu'un jour entier relevait de la torture. Il lui fallait n'importe quoi, un robinet, une source, une rivière, un point d'eau quelconque, pourvu qu'elle puisse s'y rafraîchir. Sentir l'eau couler sur son corps, la purifier des mauvaises vibrations accumulées sur sa peau.

Du bout des doigts, elle rabattit en grimaçant le rideau mouillé et sortit de la cabine.

Dans la chambre, la lumière de la lampe faiblissait par moments pour reprendre un peu d'intensité, puis s'atténuait de nouveau. Il y aurait sûrement une coupure de courant dans la soirée. Qu'à cela ne tienne, elle avait mis son MacBook en charge toute la journée, il était à bloc. Elle disposait de quelques heures d'autonomie. La wi-fi était comprise dans les prestations de l'hôtel. Pourtant, étrangement, il y avait de fréquents problèmes de connexion Internet. Comme par magie, ils cessèrent lorsque Hanah descendit glisser quelques billets à l'informaticien de l'hôtel. Son premier voyage au Kenya l'avait rodée.

Hanah pensa à ces bidonvilles voisins, théâtres d'une pauvreté absolue, des verrues malsaines collées aux flancs des grandes agglomérations, où les gens étaient pour la plupart équipés de téléphones mobiles, alors qu'ils n'avaient pas de quoi manger et dormaient sur une natte à même le sol.

Une fois au lit sous la moustiquaire, dans le souffle de la clim, son Mac ouvert sur les genoux, Hanah se souvint qu'elle n'avait rien avalé, à part un café le matin et quelques chips dans la journée. Elle n'avait même pas faim. L'esprit l'emportait, au détriment des besoins du corps. C'était un de ses travers — ou de ses atouts — en pleine mission. Elle se mettait en « mode fakir » — encore une trouvaille de Karen — et, grâce à sa grande pratique du yoga, n'était que muscles et concentration. Elle pouvait ainsi résister plusieurs jours sans se nourrir, en se contentant de boire beaucoup d'eau, du thé vert et quelques sodas, sans oublier ses prières à Bouddha, qui lui pardonnerait bien ses petits écarts avec la cocaïne.

Quelques milligrammes de poudre blanche dans chaque narine lui firent oublier toute sensation de faim et de fatigue.

En fond d'écran, Bismarck, les yeux pailletés d'or, lui faisait du charme, tout nu avec ses oreilles de chauve-souris et sa bouille de Gremlin, du haut de ses trois mois. Avec Karen, ils étaient devenus toute sa famille. Pourtant, elle osait à peine se l'avouer, «ses» serial-killers formaient une sorte de famille, une famille sinistre, une collection de portraits et de profils tristement proches, tous archivés sur un disque dur externe qu'elle avait placé dans son coffre-fort, chez elle. Parfois, elle se disait qu'elle finirait en illuminée, prêchant l'amour du crime au sein d'une communauté d'anciens tueurs en série.

Elle chaussa ses lunettes de presbyte et attaqua son rapport.

Elle ouvrit un nouveau dossier sous le titre de «Corps de poussière, Nairobi, Kenya, 2012-06-12».

De l'autre côté de la fenêtre, la nuit africaine, profonde, mystérieuse, où la lune était réduite à une parenthèse lumineuse, bruissait de mille échos.

Tapi quelque part au fond des ténèbres, celui qu'on appelait l'Égorgeur repérait ses prochaines victimes.

Se fiant à son intuition, Hanah était de plus en plus convaincue que ces crimes étaient ceux d'un seul homme. Le rituel du sang, ces croix tracées, était un acte solitaire, une intimité sans partage.

Hanah s'interrompit, relut depuis le début ce qu'elle avait écrit.

Au fur et à mesure qu'elle développait le profil, insensiblement, se formait dans son esprit le portrait psychologique du tueur, avec ses caractéristiques pour le moment abstraites.

Elle savait qu'il lui faudrait de nombreux contacts avec les scènes de crime pour percer l'énigme des corps de poussière. D'autres indices, d'autres vibrations. Encore du temps et de la patience. Celle du chasseur à l'affût, dans un long bras de fer avec la cible.

La tension de l'écriture sur le clavier d'ordinateur avait gagné sa nuque. Lentement, Hanah balança la tête de gauche à droite, puis dans l'autre sens et fit craquer ses cervicales. Poussa un profond soupir. Ses doigts rencontrèrent sous les draps la petite hématite offerte par Karen, fixée sur le bord de son nombril, cratère de vie, nid d'amour où ses amantes laissaient tomber leurs baisers comme des pièces porte-bonheur.

Elle eut brusquement envie d'entendre la voix de Karen. Simplement ça. Mais les règles qu'elle s'était imposées en mission ne pouvaient pas être transgressées sur un seul coup de nostalgie. Pas d'appel privé. Stupide et, au fond, pas tant que ça. Que ferait-elle, l'esprit distrait par d'autres sentiments, d'autres images que celles pour lesquelles elle était venue ? Mais qu'est-ce qui lui pourrissait le plus la vie, cette fascination morbide envers des individus déshumanisés, considérés comme l'incarnation du mal, ou bien une vie privée réduite à néant ?

Ils s'étaient installés insidieusement dans son existence et dans son être. Elle vivait par eux et pour eux. Consacrait son temps à établir leurs portraits-robots psychologiques. En oubliait de vivre. Ou alors était-ce ça, sa vie ? Ce fragment de vide…

Personne ne l'attendait nulle part. Sauf « lui », le tueur.

« Ils » avaient tous fini par l'attendre. Avaient « tous » voulu lui montrer ce dont ils étaient capables, se jouer de leurs victimes et des polices du monde entier, y compris d'elle-même.

Le pouvoir, encore lui, était leur principale motivation. Et pour que certains individus puissent assouvir ce désir de toute-puissance, d'autres devaient mourir.

Il était 23 h 45 lorsqu'elle décrocha de l'écran. Mettant son smartphone en mode MP3, elle vissa les earpods à ses oreilles et se laissa envahir par le son de Led Zeppelin. La chanson parlait d'une dame qui achetait un escalier pour le ciel.

Ce gros lard de toubab du Heron lui avait donné du fil à retordre, ce soir-là. Plus que les autres. Après avoir retiré ses gants en latex encore tout gluants de sang, le tueur nota dans son carnet : « Sadaka 68 ». Le soixante-huitième sacrifice.

Il les lui fallait vivants. Mais pour qu'il puisse intervenir sans qu'ils se débattent, il leur injectait par surprise une substance paralysante à base de venin de serpent. La quantité inoculée était calculée pour ne pas provoquer la mort immédiate.

La proie neutralisée, il la chargeait sur un diable, la recouvrait d'un tissu et la transportait ainsi aisément jusqu'aux portes latérales de son fourgon, transformé en laboratoire mobile. Ensuite, il n'avait plus qu'à les faire coulisser et à faire glisser le corps inerte sur une bâche disposée à l'intérieur. Pendant ce temps, l'effet paralysant des neurotoxines se propageait dans les cellules, altérant peu à peu les facultés respiratoires.

Une fois la victime allongée, encore vivante, sur une table métallique, le rituel pouvait commencer. Pratiquer proprement une petite incision dans la carotide, y fixer un cathéter dont l'autre extrémité plongeait dans un bidon stérile placé plus bas que le corps et où, suivant le principe des vases communicants, le sang, environ 8 % de la masse corporelle, s'écoulait doucement. Il fallait un certain temps pour que le corps se vide. Or, avec le venin, le processus de coagulation s'accélérait. Le cœur ne remplissant plus son rôle, le sang stagnait dans les vaisseaux et cessait de s'écouler. C'est pourquoi, en une deuxième injection, il leur administrait de l'Héparine, un anticoagulant qui contrecarrait les effets du venin sur la circulation sanguine.

Pendant ce temps, il incisait la chair et prélevait les organes encore palpitants, dans les râles de la victime sacrifiée. Il écoutait le crissement de la peau qui s'ouvrait sous le scalpel en une fine ligne pourpre. Se remplissait de cette funeste musique. Son oreille exercée lui signalait la matière humaine de qualité.

Les os de la cage thoracique cédaient facilement sous la petite scie électrique. Il n'était pas un barbare. Il accomplissait son travail dans les règles de l'art. Mais l'intensité de la douleur qu'éprouvait la victime était nécessaire au prélèvement. Il lui fallait des organes chargés de cette souffrance exprimée. L'action des fétiches n'en serait que plus forte.

Les autres, ceux qui s'improvisaient sacrificateurs, étaient des sauvages qui ne savaient que découper, déchiqueter, ravager et souiller la chair. Il détestait ces scènes grotesques de cadavres mutilés, abandonnés au hasard dans une sinistre nudité quand ils n'étaient pas enterrés, comme les os cachés par les chiens.

Les victimes pouvant être atteintes du sida, le tueur s'entourait d'infinies précautions et ne travaillait qu'en combinaison des pieds à la tête, avec des gants et un masque. Les seringues usagées étaient jetées dans un container scellé.

Le rituel était soigneusement programmé, minuté. Pourtant, cette fois, le sacrifice avait failli mal tourner.

Le N° 68, de sexe masculin, avait tardé à réagir au venin. Il s'était débattu, avait manqué s'échapper. Or, si le « travail » était bien exécuté, les sacrifiés n'avaient pas le temps de lutter. Leur corps se paralysait avant même qu'ils ne réalisent ce qui leur arrivait. Le 68 avait pourtant paru neutralisé au moment où il lui avait planté la seringue dans le cou tout en exerçant une pression sur le poussoir. Mais le Blanc s'était brusquement agrippé à son bras alors qu'il commençait à inciser la carotide gauche à l'aide d'un scalpel. Il avait dû l'étrangler de ses propres mains. Le toubab avait fini par lâcher prise, la vie l'ayant définitivement quitté. Le sacrificateur n'avait pas pu récupérer les organes asphyxiés. Mais qu'importe, ce n'était pas le but. Pas cette fois.

Était-ce sa punition pour avoir enfreint les règles et sacrifié un Blanc ? Que se serait-il passé ensuite ? Il aurait pu avoir les pires ennuis. Mais ce soir-là, il avait choisi sa cible pour une tout autre raison que le *sadaka*. Un toubab, comme cette imbécile de profiler. Qui était descendu au même hôtel. Elle comprendrait l'avertissement, il en était persuadé. Au cas où, il laisserait cette fois un bel indice sur la scène de crime. Il n'avait jamais rien abandonné au hasard. Au moins, le message serait clair pour tous ces connards et surtout pour elle. Profiler... Pour qui elle se prenait, avec sa prétention affichée de pénétrer ses pensées, de remonter sa piste ? S'il le fallait, il lui ferait son affaire.

Il se sentait sali, souillé par cette odeur de mort âcre et doucereuse sur les mains. Prit quelques minutes pour les frictionner au gel désinfectant qu'il portait toujours sur lui. Ensuite il s'attaqua à la part la plus pure de son travail : la dissolution du corps en particules. En fine poudre.

Il n'attirait pas l'attention avec un feu et des relents de chair grillée. Seuls des esprits simples se livraient à de tels actes. Lui, brûlait ses cadavres par le froid extrême, -260 °C. Tout était prévu, adapté pour cette délicate opération. La dépouille devait disparaître.

À l'arrière du fourgon, il avait installé un caisson étanche aux dimensions d'un corps d'adulte dans lequel il envoyait l'azote liquide sous pression. Un halo de vapeur blanche flottait autour du cadavre ouvert encore tiède, tel un drap mortuaire. Le corps se raidit instantanément, devenu aussi cassant qu'un bâton de glace. Puis se fissura avant d'éclater en morceaux dans le caisson. Prélevant les fragments, dans une cuve en aluminium qui servait de mortier, le tueur les pila et les réduisit en une fine poudre grisâtre très claire. Le broyage terminé, il veilla à réserver un peu de cette poudre dans une boîte en ébène numérotée. Le reste du corps était recueilli dans un autre récipient. Il retourna ensuite au lieu défini pour entreprendre la dispersion des particules sur la croix qu'il traça avec le sang du sacrifié.

Il était un purificateur. Le Rédempteur. Et le Rédempteur viendra pour détruire les œuvres du diable. « Jésus-Christ a fait la paix par le sang de la Croix », récitait-il alors, reprenant le verset 20 du premier chapitre des Colossiens.

Il libérait les âmes de leur enveloppe charnelle, et « traitait » les corps de façon qu'ils retournent à la poussière après avoir été vidés de leur substance.

Il n'avait pas connu les liens du sang. Tout ce qu'il avait appris venait de l'enseignement de son père spirituel. Celui qui l'avait élevé dans cet orphelinat. Il n'avait pas eu les mêmes privilèges, le même entourage familial que la plupart des enfants de son âge. Son père biologique ne l'avait jamais vu. C'était à peine s'il connaissait son existence. Quant à sa mère, elle l'avait abandonné.

De retour chez lui, après s'être douché, il monta dans la chambre de son fils Adam, embrasser l'enfant endormi. Trouver la paix dans la respiration douce et régulière de l'enfant. Respirer son odeur chaude. Sa main s'attarda sur le petit front moite.

Il voulait offrir à son fils ce dont il avait cruellement manqué, la reconnaissance paternelle. Son fils unique existerait lui aussi, deviendrait quelqu'un. Aucun des deux parents ne lui ferait défaut. Adam aurait la vie à laquelle lui-même aurait dû être destiné. Des études supérieures, une carrière brillante. Pour tout ça, il fallait beaucoup d'argent. Bien plus qu'il n'en gagnait.

Avant de partir, il avait serré Adam dans ses bras, comme si c'était la dernière fois. Mais lorsqu'il sortait la nuit, il le quittait toujours *comme si c'était la dernière fois*. Il prenait alors le van blanc au lieu de sa vieille Jeep garée dans le hangar, qui lui servait pour aller au travail.

À son retour, se glissant dans le lit, contre sa femme, il déposa un baiser furtif sur ses lèvres. Elle ne dormait pas encore. Mais avait cessé de lui reprocher ses absences et ses retours tardifs à coups de « Où étais-tu ? Pourquoi tu rentres si tard ? ». Elle en avait pris son parti.

À l'instar du commun des mortels, l'homme avait fondé une petite famille et, grâce à l'argent qu'il gagnait en plus de son salaire, le trio vivait confortablement dans une villa moderne, près du quartier résidentiel de la capitale kenyane. Aux yeux de sa femme, cela valait bien de ne pas poser de question.

Toutefois, malgré cette existence normale, ils ne fréquentaient personne. Il avait souhaité que madame ne travaillât pas et ne l'avait présentée à aucun des hommes qu'il côtoyait dans son métier. À son travail, personne ne le savait marié et encore moins père. S'il lui arrivait d'être invité à dîner ou à boire un verre dans un bar, il s'y rendait seul.

Lorsque, au début de leur mariage, sa femme s'était étonnée de leur absence de vie sociale, au moins quelques dîners avec ses collègues les plus proches, il lui avait répondu qu'ils n'étaient pas très drôles et qu'elle s'ennuierait vite en leur compagnie.

« Je te donne tout ce dont tu as besoin, une vie confortable et aisée, alors cesse de me poser des questions idiotes », lui avait-il conseillé sur un ton qui ne souffrait aucune contradiction. Devant ses larmes, il l'avait aussitôt serrée dans ses bras en lui avouant qu'elle était son plus beau trésor, un trésor qu'il ne souhaitait surtout pas voir rafler par le premier venu. Elle avait souri à ce dernier argument et avait semblé s'en contenter.

Or cette vie était une coquille vide. Sonnait aussi creux qu'un décor de cinéma. L'homme avait fondé une famille, mais n'avait pas de vie familiale.

Parfois, la fierté d'avoir un fils, un héritier, un prolongement de lui-même, le rappelait à l'ordre. Alors il décidait de s'absenter moins souvent pour ses affaires nocturnes. Il tenait quelque temps, puis repartait toujours au volant du fourgon, son laboratoire mobile, sillonner les villes, retourner aux endroits qu'il avait repérés lors de ses déplacements professionnels et choisir ses proies à sacrifier. Pour « lui », pour son père adoptif.

Il ne serait jamais un homme comme les autres. Dieu en avait décidé autrement. Et à aucun moment il n'y aurait vu plutôt la main du diable.

Mais au moins, il voulait voir son fils grandir en paix. Que le Tout-Puissant lui accorde ce privilège avec Sa bénédiction.

13 JUIN

Nairobi, hôtel Heron, 5 h 12

La sonnerie du téléphone s'enfonça dans le crâne de Hanah comme une aiguille. Cherchant d'une main l'agresseur, de l'autre elle attrapa sa Swatch chrono. L'aube déversait ses premières rougeurs sur la capitale kenyane déjà grouillante et résonnante.

— Putain… cinq heures et demie du matin ! C'est une manie ! bougonna Baxter en se frottant les yeux.

Elle s'était endormie sur des visions de poupées vaudoues cannibales et d'araignées géantes suceuses de sang qu'elle avait tenté de combattre presque toute la nuit.

La voix de la réceptionniste coula de l'écouteur.

— Baxter ? Oui, c'est bien moi. Vous voulez la police ? Ah non, je ne suis pas de la police…

— Vous avez une arme dans votre chambre, madame. D'ailleurs, il aurait fallu nous la remettre. C'est le règlement de l'hôtel, crachota la voix.

— Comment vous… Peut-être, oui, mais il se trouve que j'en ai besoin.

Au même moment, Baxter se maudit de ne pas avoir caché son Glock dans une planque plus sûre que l'armoire. Elle aurait dû se douter que les agents d'entretien fouineraient partout.

— Les touristes ne portent pas d'armes de ce genre avec eux. Et celui qui en a une est soit un policier, soit un criminel.

Hanah déclara forfait.

— C'est bon, je travaille avec la Criminelle. Que voulez-vous de moi à cette heure ? soupira-t-elle.

— Pouvez-vous venir à la réception ? C'est urgent.

De mauvaise humeur et passablement inquiète, Hanah sauta dans son treillis. La réception allait être le lieu de rendez-vous des yeux chassieux, des haleines chargées de la nuit et de quoi d'autre, encore ? Que pouvait-il y avoir de si urgent à l'accueil du Heron à 5 h 30 du matin ?

Au comptoir, une femme éplorée attendait devant la standardiste.

— Que se passe-t-il ? demanda Hanah à l'employée, une Africaine aux cheveux noirs et lissés qui faisaient penser à une tête de Playmobil.

— Cette dame dit que son mari a disparu cette nuit. Mais je lui ai répondu qu'il a sûrement dû sortir et s'attarder quelque part.

Une allusion à peine voilée à certaines tentations auxquelles aurait pu succomber un toubab.

— Mais puisque je vous dis qu'il est juste descendu à la voiture de location, hier soir, chercher le spray anti-moustiques ! Il m'a dit « Je reviens » et il n'est toujours pas revenu ! Mon mari n'est pas du genre à disparaître comme ça ! protesta la femme.

— Alors pourquoi ne l'avez-vous pas signalé tout de suite ? lui lança le Playmobil sèchement.

— Je… j'ai pensé qu'en revenant il était passé par le

bar jouer au billard, dans les hôtels, il a l'habitude de terminer la soirée par une partie de billard et un verre de whisky, alors je me suis endormie. En me réveillant un peu plus tard en sursaut, j'ai vu qu'il n'était pas là.

La pauvre femme semblait désemparée.

— Laissez, je m'en occupe, dit Hanah à la standardiste.

La prenant doucement par le bras, Baxter entraîna la cliente dans le petit salon du hall d'entrée et la pria de s'asseoir.

— Racontez-moi tout en détail… madame ?

— O'Neil. Emma O'Neil. Et vous ? Qui êtes-vous ?

— Hanah Baxter, psycho-criminologue, profileuse, si vous préférez.

— Ah… Et vous faites du tourisme, vous aussi ? demanda Emma.

— Si vous voulez bien tout me raconter depuis le début, lui enjoignit Hanah, ignorant la question.

La femme commença tant bien que mal son récit, à travers une salve de reniflements.

— Mon mari et moi sommes venus ici pour nos trente ans de mariage, c'est lui qui a insisté, moi, je ne le sentais pas, ce voyage au Kenya et…

— Excusez-moi, coupa Baxter, aimable mais ferme, parlez-moi d'hier soir. Qu'avez-vous fait avec votre mari ?

La femme la regarda comme si la réponse était évidente.

— Il n'y a rien à faire, ici, le soir, à part descendre au bar boire un verre, jouer au billard ou regarder à la télévision des émissions sans intérêt ou encore les nouvelles, toujours de mauvaises nouvelles ! Les seules distractions nocturnes sont destinées à ces messieurs !

— Donc, comment avez-vous occupé votre temps ?

— Je suis remontée à la chambre, prendre un bain…
enfin, une douche et lire un peu. Aujourd'hui nous
devions faire un petit circuit dans un parc naturel. Harry
est redescendu à la voiture de location chercher un spray
antimoustiques et… et il n'est jamais remonté ! Je me
suis réveillée en pleine nuit, ai regardé l'heure, il était
trois heures et quelques. Harry n'était pas revenu. J'ai
pensé qu'il se trouvait peut-être au bar, à discuter entre
hommes. Alors j'ai pris mon livre, je suis restée comme
ça, sans vraiment arriver à lire, jusqu'à quatre heures et
demie environ et là, je me suis inquiétée pour de bon.
Vous comprenez, je pouvais m'inquiéter quand même,
au bout de tout ce temps, sans passer pour une femme
possessive ! J'ai attendu encore, pour finir j'ai enfilé un
peignoir et suis descendue au bar, qui était fermé depuis
une heure du matin et, là, j'ai été prise de panique. Où
pouvait être mon Harry, puisque le bar avait fermé depuis
un moment ? Jamais il n'a eu ce genre de comportement.

— Quel genre de comportement ? demanda Hanah.

— Sortir pour une chose précise et ne pas revenir
sans me dire quand il rentrera…

Tout en parlant, Mme O'Neil, une petite femme à la
beauté quelconque, mais encore appétissante, roulait
un Kleenex imbibé de larmes entre ses doigts potelés.
Hanah n'en avait malheureusement pas d'autre à lui
proposer. Elle s'était mise à réfléchir très vite. Mais
elle sentait aussi les vibrations. Elles étaient là, autour
de la femme en pleurs. L'enveloppaient de leur champ
électrique.

Pour elle, la disparition de Harry O'Neil ne laissait
pas vraiment de place au doute, dans un tel contexte
criminel. Le tueur s'était manifesté, cette fois tout près
de là où elle se trouvait. Si ce n'était pas un hasard,
cela voulait dire qu'il savait que quelqu'un avait été

missionné par le CID sur cette affaire et dans quel hôtel elle était hébergée. Lui adressait-il un message en exécutant un Blanc ?

Elle regarda la femme prostrée sur le fauteuil recouvert d'un batik représentant un soleil stylisé et essaya de profiler Harry au travers de ce qu'Emma O'Neil lui renvoyait.

La cinquantaine, attaché à une épouse docile par la chaîne dorée des habitudes et d'un confort conjugal associé à une certaine aisance matérielle, s'octroyant quelques écarts sexuels, pas vraiment un intellectuel, plutôt dans l'action permanente que dans la réflexion et les idées, protecteur et paternel au sein de son couple.

Hanah l'imaginait brun, une barbe de quelques jours, jalousement entretenue, bon vivant, dépassant sa femme d'une tête et demie, 1,75 mètre environ et d'un embonpoint favorisé par l'hédonisme des cinquantenaires aisés. Il devait porter un des trophées ostentatoires de la réussite, l'inévitable Rolex en or. Sa femme ayant gardé la sienne pour dormir, la déduction n'avait rien d'exceptionnel.

Établir le profil des victimes et de leur entourage l'aidait à construire celui du tueur. On a tendance à se focaliser sur ce dernier, alors que ce sont aussi les caractéristiques de ses victimes qui guident ses choix. Pourquoi scellera-t-il le sort d'une telle plutôt que d'une autre ? La corrélation entre le tueur et sa victime est étroite. Rien n'est laissé au hasard.

Dans ce duel, Baxter ne pouvait s'empêcher de penser à « ceux qui restent ». À leur vain combat face à un système judiciaire et à ses failles, en quête d'une reconnaissance de leur perte insurmontable. Ceux à qui ont été arrachés un fils, une fille, des parents. Les proches de ces victimes, qui ne pourront jamais comprendre pourquoi c'est arrivé. Qu'on leur dise qu'une anomalie génétique touchant une zone du cerveau, une enfance malheureuse ou un morbide concours de circonstances pourraient être à l'origine d'un crime sans nom, pour eux le résultat est le même. On leur a pris un être cher.

Malgré sa grande détresse et une rafale d'interrogations, le visage de la femme de Harry dégouttait d'espoir. Si elle-même voulait tenir le coup, Baxter savait qu'il ne lui faudrait pas trop s'attarder sur ce regard.

— Avez-vous une photo de votre mari ? demanda-t-elle.

— Pas ici… Ah si, j'ai pris mon portable avec moi, au cas où il m'appellerait et, justement, j'avais fait quelques photos de Harry, hier, devant la ferme de Karen Blixen. Un endroit magnifique. Tenez.

Emma tendit son smartphone à Baxter, après avoir affiché une photo à l'écran. Sans trop de surprise, Hanah constata qu'il était comme elle l'avait imaginé, une arrogance punaisée au coin des lèvres, qui lui déplut aussitôt. En tenue de safari, ventripotent, une lourde Rolex au poignet. Il ne manquait plus qu'un lion ou un éléphant gisant à ses pieds.

Arrivés sur les lieux peu après que Baxter eut prévenu Collins, les hommes du CID se répartirent aussitôt par groupes de deux pour entreprendre les recherches dans le périmètre de l'hôtel.

Hanah remarqua les traits tendus de leur supérieur et sut qu'il pensait la même chose sur cette disparition, qu'il avait la même intuition, la même appréhension qu'elle.

Collins n'avait pas voulu s'entretenir avec l'épouse du disparu et avait délégué cette tâche à Kate Hidden.

Il pensait sans doute qu'en de pareilles circonstances, il était préférable que l'épouse du disparu eût affaire à une femme.

Hidden se révéla plutôt à l'aise dans cet exercice difficile. Hanah, qui l'observait discrètement, put ajouter des éléments précis au profil de l'agent du CID. En effet, à chacune de ses missions, elle observait, étudiait, disséquait à leur insu les policiers avec qui elle travaillait et consignait précieusement leurs profils dans un dossier à part, ultra-confidentiel. Au cas où elle aurait à s'en servir. Le tueur pouvait se trouver parmi eux. C'était déjà arrivé.

La métisse s'était assise à côté d'Emma, sur un des fauteuils. Elle menait l'entretien sur le ton de la confidence. Au fil des questions semblait se tisser entre elles une certaine complicité.

Baxter remarqua que la métisse ne prenait cette fois aucune note. Une stratégie habile pour établir une plus grande proximité. Elle en déduisit également que Kate Hidden était dotée d'une excellente mémoire. Détail non négligeable à ajouter à son profil.

Collins, refermé sur lui-même, une branche de kola fichée entre les lèvres, observait, lui aussi, les deux femmes du coin de l'œil. Hanah ne l'avait jamais vu aussi taciturne, en proie à une agitation silencieuse. Ses mâchoires mastiquaient furieusement la racine ancestrale.

Quand Mendoza, accompagné de Buddy Daniels et Keops dans ses jambes, fit irruption dans le hall de l'hôtel, Collins, Hidden et Hanah devinèrent aussitôt ce qu'il était sur le point de leur annoncer. Mais, alors que le Mexicain allait se lancer, son chef le stoppa net d'un regard sans équivoque.

Emma s'était approchée d'eux, le visage figé dans

une interrogation muette. Ses yeux suppliaient, imploraient la vérité. Mais celle-ci ne devait pas sortir du cercle policier. Pas encore.

Collins et Mendoza s'éloignèrent jusqu'à disparaître dans la pénombre du couloir. Ils s'y attardèrent une bonne dizaine de minutes. Lorsqu'ils réapparurent, le chef du CID avait le visage fermé.

Baxter sentit un vent glacé lui parcourir la nuque. Elle cherchait à éviter le regard d'Emma, qui se posait, affolé, sur chaque membre de l'équipe.

Le moment était venu de s'occuper de la pauvre femme tout en la maintenant à distance de ce qui était probablement la vérité. Jusqu'à ce que celle-ci soit techniquement confirmée.

Il devait être environ 8 heures lorsque Mendoza et Buddy Daniels étaient tombés sur la rituelle croix sanglante. Le sang, n'ayant pas eu le temps de coaguler, luisait au soleil, épais et visqueux, sinistre miroir où se reflétait la mort.

Cette fois encore, il n'y avait pas de cadavre. Mais si Baxter et son maudit pendule disaient vrai, le corps serait bel et bien là, à leurs pieds. Réduit en poussière.

Dans le doute, Mendoza avait fait signe à son coéquipier de contourner la croix en faisant attention où il mettait les pieds. Ils ne devaient surtout pas risquer de souiller la scène de crime ou d'éparpiller les particules corporelles. Les bourrasques et les averses, fréquentes en cette période hivernale, s'en chargeraient bien assez tôt.

Le Mexicain avait ordonné à ses hommes par talkie-walkie d'interrompre leurs recherches et de venir les rejoindre à 200 mètres au sud-est du Heron. Le tueur avait pratiqué son rituel morbide presque sous les fenêtres de l'hôtel.

— Fils de pute… lâcha Mendoza entre ses dents. Quand on va te serrer, tu comprendras ta joie…

Kate Hidden resta à l'hôtel auprès d'Emma, effondrée, pendant que Mendoza conduisait Collins et Baxter sur les lieux.

En dépit des circonstances, Hanah ne put s'empêcher d'admirer la beauté enflammée du paysage sous les rayons matinaux, qui contrastait de façon presque impudique avec l'horreur muette de la scène, la rendant à la fois fascinante et dérangeante.

Munie de son pendule, elle aborda cette scène de crime comme toutes les autres, concentrée sur sa tâche.

Ralentissant son pouls grâce aux exercices de yoga, elle ne laissait voir de sa tension qu'un front plissé et un regard scrutateur. Le reste, ces vibrations caractéristiques qu'elle avait appris à reconnaître et à écouter, n'appartenait qu'à elle.

Après s'être rempli les yeux de la lumière tiède et moite du jour naissant, pour y puiser toute l'énergie dont elle avait besoin, sans plus prêter attention aux évaluations silencieuses de chacun de ses gestes, Hanah leva son pendule, qui scintilla doucement sous le cercle rose pâle du soleil.

Hanah suspendit brusquement le mouvement d'Invictus. Quelque chose, qui avait échappé aux hommes du CID, sans doute à cause de l'orientation différente du soleil au moment de leur inspection des lieux, attira son attention. À moitié enseveli, un objet cylindrique étincelait sur la terre sèche, à peu près à un mètre de la croix…

Elle se pencha, le ramassa avec un mouchoir, plissa les yeux en s'efforçant de déchiffrer sans ses lunettes. C'était un spray antimoustiques.

Un nouveau frisson la parcourut. Emma O'Neil avait dit que son mari était descendu chercher du spray antimoustiques. Celui-ci lui appartenait-il ? L'avait-il perdu au moment où son agresseur l'avait surpris ? Ensuite, ce détail avait-il échappé au tueur, qui avait pour habitude de nettoyer la scène de toutes les traces laissées ? Ou bien était-ce l'abandon délibéré d'un indice ?

L'ayant profilé comme plutôt méfiant, consciencieux et très fin, Baxter avait tendance à pencher pour cette dernière hypothèse. Elle y voyait un défi lancé à ses traqueurs, comme c'était le cas la plupart du temps. Peut-être *voulait-il* qu'on sache qui était sa nouvelle victime.

D'autres questions se pressaient en cascade…

Le malheureux s'était-il débattu ? Le tueur saignait-il ses proies sur place après les avoir surprises, puis neutralisées ? Dans ce cas, que faisait Harry dans cet endroit sombre, à l'écart de l'hôtel, alors qu'il était descendu chercher le spray antimoustiques dans la voiture de location garée sur le parking de l'hôtel ? Avait-il été agressé à ce moment et entraîné plus loin sous la menace d'une arme ? Sa forte corpulence excluait l'hypothèse qu'une personne seule ait pu le kidnapper. À moins qu'il n'ait été maîtrisé sur-le-champ. Or, après avoir récupéré le spray, Harry O'Neil aurait dû remonter se coucher : il n'avait rien à faire dans cette zone.

Comme si elle y cherchait une réponse, le regard de Hanah se perdit dans une parcelle de ciel épargnée par les nuages, formant une trouée lumineuse où s'engouffraient les rayons du soleil. Son attention fut aussitôt attirée par un point plus sombre, qui décrivait des cercles loin au-dessus de leur groupe. Le point noir devint plus distinct et Hanah put enfin voir les ailes déployées reposant solidement sur l'air, chaque plume aux reflets sombres jouant son rôle, la tête en posture d'observation, bougeant à un rythme régulier, les serres repliées, prêtes à s'ouvrir sur une proie, au bon moment.

Elle en fut persuadée, il s'agissait du rapace qui avait semblé les suivre au retour de Murang'a. L'extrémité blanche des ailes était identique.

Il passa au-dessus du groupe et disparut dans les hauteurs, comme il était arrivé, indifférent et majestueux.

Ce ne pouvait plus être une simple coïncidence.

Ce que, l'autre jour, elle avait pris pour un signe, se confirmait. L'aigle était l'animal totem d'Anton Vifkin, son mentor. Son esprit lui envoyait-il un message ? Une mise en garde ?

Parfois, elle se demandait si elle n'allait pas elle-même sombrer dans la folie.

Hanah remit le spray antimoustiques à Collins qui, les mains dans des gants en latex, le glissa à l'intérieur d'un sachet en plastique estampillé «pièce à conviction» que lui tendait un officier de la police scientifique. Celui-ci avait entre-temps effectué des prélèvements sur la scène de crime, parsemée de petites balises numérotées correspondant à chaque élément relevé.

— Nous avons, là aussi, la même configuration : la croix de sang et sans doute le corps désagrégé, constata le policier scientifique d'une voix grinçante.

C'était Andry Stud, le chef de la police technique et scientifique, un Kenyan de haute stature, mince et musclé, aux mains étonnamment longues et fines, et à la démarche chaloupée. On aurait dit un dromadaire traversant le désert.

— Moi, je voudrais bien être dans la tête de ce malade ! bougonna Mendoza en se passant la main sur la nuque.

— Eh bien pas moi… répliqua Collins, j'aurais trop peur de ce que je pourrais y trouver ! Il faut faire un relevé d'empreintes sur ce spray, dit-il à Stud.

— Vous devriez le montrer à Mme O'Neil, elle identifiera peut-être la marque, suggéra Hanah.

— À mon avis, vous n'aurez pas plus d'empreintes cette fois-ci que les précédentes… Le tueur est trop malin, rétorqua le technicien avec une assurance qui agaça Baxter sans qu'elle sût s'expliquer pourquoi.

Elle n'aima pas non plus le sourire qu'elle vit passer comme une ombre sur ses lèvres. Ni la nonchalance avec laquelle il déplaçait son grand gabarit au nez de Collins et de son équipe.

Elle s'approcha de lui, assez près pour sentir son souffle. Planta ses yeux dans ceux de Stud, qui se dérobèrent aussitôt.

— Alors si, selon vous, le tueur est trop malin pour laisser ses empreintes, pourquoi placerait-il sur la scène de crime ce spray qui appartenait peut-être à la victime ?

— Justement parce qu'il est malin. Si c'est bien le spray d'O'Neil, vous croyez *vraiment* qu'il a échappé par hasard au tueur alors qu'il a l'habitude de tout passer au peigne fin derrière lui ?

Hanah jeta un coup d'œil en biais à Collins. Il affichait un air amusé.

« Hanah, ton principal défaut est d'être trop sur la défensive. Ça te rend beaucoup moins crédible. » Ces mots de Vifkin lui revinrent. Ils l'avaient marquée, à l'époque. Depuis, elle avait fait un travail considérable sur elle-même, mais parfois, le naturel revenait au galop.

— Je voulais simplement avoir confirmation que nous pensions bien la même chose, répondit-elle du tac au tac.

— Stud, je vous présente Hanah Baxter, qui nous seconde dans cette enquête, tempéra Collins. Sa mission consiste à dresser le profil du tueur. Elle nous avait déjà aidés sur l'affaire Tanor, mais vous n'étiez pas encore en poste chez Biogene.

— Je suis au courant, siffla l'officier scientifique

avec morgue avant de retourner à ses moutons sans un regard pour Baxter.

Collins se tourna vers la profileuse avec un sourire qui découvrit deux rangées de dents d'une blancheur provocante. Le résultat d'années de mastication de racines de kola.

— Vous voyez, Hanah, votre belle réputation vous précède, dit-il sans ironie.

À leur retour à l'hôtel, Collins et Baxter retrouvèrent la femme d'O'Neil et Hidden, quelques mèches de cheveux blonds frisottés collées sur son front mouillé de sueur. Des auréoles humides et sombres se détachaient sur sa chemise kaki, juste sous les aisselles. La clim semblait encore une fois en panne.

Emma O'Neil se leva et se précipita vers Collins.

— Avez-vous trouvé quelque chose ? gémit-elle, fixant le flic de ses grands yeux suppliants.

— Reconnaissez-vous cet objet ? lui demanda-t-il sans préambule. Est-ce le spray que votre mari était allé chercher ?

Posant le regard sur le tube, visible dans son sachet en plastique, Emma blêmit.

— Oui... c'est bien cette marque-là et c'est la même taille...

— Sachant qu'il y a d'autres touristes dans cet hôtel qui peuvent très bien en utiliser aussi, intervint Hanah.

— Exact, approuva Collins et, se tournant vers Hidden : Vous avez pu interroger un maximum de résidents de l'hôtel ?

— Oui, chef, acquiesça-t-elle. Un maximum réduit à six personnes. La saison touristique n'a pas encore vraiment commencé on dirait, ou alors c'est un des effets de la crise mondiale. Personne n'a rien vu, rien entendu, ils dormaient tous avec des boules Quies à cause des chambres mal insonorisées.

— Ça ne me dit rien de bon, tout ça…

Collins se tourna vers Baxter d'un air interrogateur.

— Et vous, Hanah ? Vous n'avez rien entendu cette nuit, entre 23 heures et 3 heures ? Aucun bruit suspect ? demanda-t-il.

— Si ça avait été le cas, vous en auriez été le premier informé, Collins, mais j'avoue que moi aussi, je porte des bouchons d'oreilles. Les murs de cet hôtel sont en papier cigarette et je n'ai aucune envie d'avoir en stéréo les ébats sexuels, les ronflements et autres flatulences de mes voisins de chambrée. Après 23 heures, les premières pages de mon rapport terminées, j'ai mis le casque pour m'endormir en musique. Quand j'ai senti le sommeil me gagner, j'ai remplacé les oreillettes par les bouchons.

— Et je ne peux que vous approuver, s'esclaffa le chef du CID en reprenant sa racine de kola.

Mendoza, qui s'était attardé sur le terrain pour superviser les prélèvements, débarula, essoufflé, brandissant un autre sachet plastique à la main.

— On a trouvé également ceci, à quelques mètres de la scène de crime…

— Emma, si vous voulez bien, je vous raccompagne à votre chambre, proposa aussitôt Hidden en jetant un regard noir au Mexicain.

— Qu'est-ce que c'est ? s'inquiéta la femme.

— Nous prélevons tout ce qui peut paraître suspect ou servir d'indice, dit Kate Hidden. Mais seules les analyses pourront confirmer s'il y a bien un lien avec votre mari. Allons-y, maintenant, vous devez vous reposer un peu avant de venir faire votre déposition.

— Qu'est-ce que c'est, Mendoza ? s'enquit Collins,

une fois que les deux femmes se furent éloignées vers l'ascenseur, Hidden soutenant Emma O'Neil qui avançait dans un cauchemar.

— Une capote usagée.

Tous les regards convergèrent avec stupeur vers le contenu du sachet, presque aussi transparent que la pochette elle-même.

— Ce salopard violerait ses victimes avant de les tuer, ou peut-être même après !

— Du calme, Mendoza. Pas de conclusions hâtives. Peut-être n'est-ce qu'une coïncidence et ce préservatif n'a-t-il rien à voir avec notre affaire, pondéra Collins. La présence de détritus de ce genre aux abords d'un hôtel n'a rien d'étonnant. Faites suivre à la Scientifique pour analyses.

Depuis deux bonnes années, le théâtre du tueur était resté muet, refermé sur ses sombres secrets. Il était étrange qu'il devienne tout à coup aussi bavard…

Pour le retour au CID, Hanah monta à bord du pick-up de Collins et Mendoza embarqua Kate Hidden avec deux de ses coéquipiers dont Daniels, et son inséparable Keops. Malmené par les aspérités du bitume, le tout-terrain secouait ses passagers comme des sacs de noix, sans ménagement. Hanah, dont l'estomac était vide depuis la veille, commençait à ressentir des nausées.

— Vous n'avez pas l'air dans votre assiette, Hanah, s'inquiéta le Kenyan.

— Ce sont les secousses de votre pick-up et cette vieille odeur de tabac froid… Je n'ai pas mangé depuis hier…

— Cette affaire est très prenante, mais il n'est pas question de vous laisser mourir de faim ! Je vous emmène déjeuner quelque part, un bon steak de croco !

Et désolé pour ces désagréables relents de mon passé de fumeur…

Hanah lui lança un clin d'œil.

— J'ai moi aussi été une grande fumeuse, en revanche je suis devenue végétarienne…

— Dans ce cas, je vous propose un curry de légumes.

Alors que Baxter s'apprêtait à lui répondre, le mobile de Collins bipa. En même temps qu'il écoutait son interlocuteur, son expression se délitait. Il raccrocha sans rien ajouter et colla le deux-tons sur le toit du pick-up.

— Tant pis pour vos crampes d'estomac, Hanah, je crois qu'il va falloir remettre notre tête-à-tête gastronomique ! Bouclez votre ceinture de sécurité. Nous avons un problème.

*Nairobi, God's House of Miracles International
Church, 10 h 22*

Collins et Baxter déboulèrent, sirènes hurlantes, au
milieu d'un attroupement bruyant qu'un cordon de
policiers s'employait à maintenir tant bien que mal
à distance du point d'attraction. La foule vociférait,
s'apprêtant à un lynchage collectif, devant la façade
bleue de la God's House of Miracles International
Church.

Ils sautèrent du pick-up garé à l'arrache et se précipitèrent au cœur du rassemblement. Au fur et à mesure
qu'ils approchaient, Hanah sentait l'appréhension l'envahir. Machinalement, elle palpa Invictus resté dans sa
poche et éprouva une sensation de forte chaleur dans la
paume.

Des hommes, mais aussi des femmes et des enfants
se pressaient en poussant des cris autour des policiers,
qui ne tarderaient pas à être débordés.

Quelques adolescents serraient des bâtons dans leur
main. Le moindre attroupement pouvait dégénérer en
émeute. Surtout autour de l'objet d'une telle convoitise : le corps décapité et en partie démembré d'une

Africaine à la peau étrangement blanche, qu'une partie de la foule était déterminée à défendre contre la cupidité d'un groupe d'individus voulant profiter de la situation.

Bien que la mort ne remontât qu'à quelques heures, les mouches nécrophages, attirées par le sang, formaient déjà des grappes mouvantes agglutinées sur ses restes et commençaient à pondre.

Collins et Baxter notèrent aussitôt que la tête et les bras manquaient. Pourtant, le sang n'avait pas coulé du moignon gauche. Relevant ce détail, Collins fut pris d'un sombre pressentiment.

La vue de ce cadavre mutilé glaça Hanah, qui sentit ses jambes faiblir. Prenant le recul nécessaire, elle parvint malgré tout à garder contenance.

Kate Hidden était déjà arrivée sur les lieux, ainsi que Mendoza et Keops, alléchée par les premières odeurs de fermentation du corps, encore imperceptibles pour l'odorat humain.

La métisse se pencha sur les restes et les inspecta avec une aisance et un détachement qui surprirent Hanah.

— Avant d'entrer dans la police, Hidden avait commencé à se spécialiser en médecine légale après ses cinq années de médecine à Londres, expliqua Collins, flairant l'étonnement de Baxter.

— Sauf que mon intérêt pour le corps humain, vivant ou mort, ayant atteint ses limites, j'ai tout arrêté, avoua Hidden, esquissant un vague sourire, censé être modeste.

Pourtant, Hanah ne put s'empêcher de frémir en voyant cette femme au visage angélique capable de sourire tranquillement dans de telles circonstances.

— La tête et le bras droit ont été sectionnés à la machette. Le meurtrier s'y est repris à plusieurs fois pour la tête, comme s'il manquait de force ou d'assurance. Il peut s'agir de l'acte d'un adolescent. En revanche, la victime avait déjà subi une mutilation du bras gauche. Beaucoup plus précise. La cicatrice est ancienne, elle doit remonter à une dizaine d'années, conclut Hidden en se relevant.

— Alors, Baxter, vous comptez encore nous servir votre bordel à champs vibratoires ? éructa Mendoza. Cette fois le corps est bien là, et votre truc, il sert à rien ! Si, il va peut-être nous donner le nom de l'assassin ?

Collins fronça les sourcils et Hanah ignora la provocation. Sous l'œil du chef coroner arrivé entre-temps, les restes de la malheureuse furent conditionnés dans une housse mortuaire et embarqués pour la morgue en vue de subir l'autopsie réglementaire.

Le légiste était un solide Kenyan d'une trentaine d'années, à qui ses lointaines origines massaïs valaient un corps élancé, aux muscles noueux et fins. Sculpté dans l'ébène. Étonnamment beau, pour un type qui passait son temps à disséquer des macchabées à la lumière crue de la Scialytique, dans la solitude la plus absolue et le silence des morts.

Leur presque vingt ans de différence d'âge n'avaient pas empêché une amitié virile de naître entre le coroner en chef et le directeur de la Criminelle kenyane, tissée sur le métier du temps.

Ali Wildeman, littéralement « homme sauvage » — surnom qu'on lui avait donné pour son naturel farouche et taciturne —, était le meilleur légiste du pays, et le seul à exercer son métier par vocation. Vouloir travailler avec les morts n'était pas donné à tout le monde. D'autant que les coroners gagnaient moins bien leur vie que les autres membres du corps médical. Mais Ali était un orfèvre de la chair morte, qu'il faisait parler mieux que personne. Consciencieux et méthodique, il ne lâchait pas le cadavre tant que celui-ci n'avait pas craché tout ce qu'il avait dans les tripes.

Les papiers de la jeune victime, récupérés dans son sac à main, furent remis à Collins par l'équipe de police arrivée sur place la première.

À la confirmation de l'identité du corps mutilé, la bouche de Collins se contracta douloureusement.

— Aka Merengue ! Ils ont osé s'en prendre à elle...

Sa voix vibra comme une corde cassée.

— Qui est-ce ? demanda Hanah.

— La fondatrice de la Ligue de défense des albinos d'Afrique. Une jeune femme d'un grand courage à qui, il y a une dizaine d'années en effet, un de ces chasseurs d'albinos avait réussi à couper un bras presque devant chez elle. Il était sur le point de l'achever lorsqu'une voiture de police est arrivée. Aka a survécu par miracle à cette mutilation sauvage et, grâce à son combat, elle a même gagné une place au Parlement. Mais elle était seule face à toute cette corruption. Ça ne pouvait que finir comme ça pour elle.

— «Toute cette corruption » ? C'est-à-dire ? insista Baxter.

— C'est une longue histoire, Hanah, et compliquée... Un dossier lourd...

— Des chasseurs d'albinos ? Ce que j'ai vu dans ce reportage ? Il y en a beaucoup, ici ?

— C'est compliqué, répéta-t-il, mais c'est une autre histoire, qui n'a rien à voir avec les corps désagrégés.

Collins avait durci la voix, malgré lui. On aurait dit que le sujet l'embarrassait.

— Hidden ! Allez de ce côté avec Daniels, ordonna-t-il, ratissez large, interrogez d'éventuels témoins, ceux qui ont vu quelque chose de suspect, notez tout et après on fera le tri.

Le matin même, sans se douter que ce serait pour la dernière fois, Aka Merengue avait franchi, comme tous les jours d'office, le seuil de la God's House of Miracles International Church située dans le quartier Ngara, à proximité du centre de Nairobi. Cette même église catholique, qui avait été l'objet d'une attaque terroriste à la grenade quelques mois auparavant et dont le sol en marbre clair avait été souillé du sang des quinze victimes déchiquetées.

Aka n'avait pas peur de la mort. Depuis sa naissance, cette jeune femme d'une trentaine d'années, à la peau et aux cheveux presque translucides de blancheur, les yeux incolores, vivait dans son ombre. À cause d'un gène qui faisait d'elle et de ses semblables un objet aussi précieux qu'un diamant. Le gène TYR. Celui de la forme la plus répandue de l'albinisme.

Dans de nombreux pays d'Afrique, dont le Kenya, l'albinos est considéré comme un être aux pouvoirs surnaturels ou, parfois, comme une créature maléfique. Les sorciers diffusaient ces croyances auprès de la population en promettant longue vie, richesse et pouvoir à qui consommerait des poudres et des substrats obtenus à partir des membres, des organes ou des cheveux d'albinos, qui se vendaient à prix d'or. Face à ce marché juteux, la chasse aux albinos se répandit en Afrique avant les années 2000, prenant au fil du temps un essor inquiétant.

Rejetée par sa famille — ce qui pouvait encore lui arriver de mieux, certains parents vendant leurs propres enfants —, la jeune Kenyane était entrée à l'âge de trois ans à l'orphelinat, qu'elle avait quitté quinze ans plus tard. Elle avait pu ainsi échapper aux prédateurs.

Jusqu'à cette première agression barbare où elle avait failli laisser sa vie.

La jeune albinos fut tirée d'affaire *in extremis*, tant elle avait perdu de sang. L'agresseur avait détalé, emportant le bras sanguinolent d'Aka dans un sac-poubelle. Il le revendrait pour environ 2 000 dollars cash.

Après cet épisode sinistre survenu la veille de ses dix-huit ans, rétablie de sa blessure, mais à jamais lésée dans sa chair et dans son âme, Aka décida de consacrer sa vie à la cause méconnue de ses semblables. Elle n'avait pas voulu déménager du logement modeste trouvé par la directrice de l'orphelinat, qui s'était prise d'affection pour elle.

En dépit des menaces de mort qu'elle recevait régulièrement, soit sous forme de cadavres d'animaux — blancs de préférence — devant sa porte, soit écrites, Aka créa la LDAA, et s'obstina dans cette voie avec une bravoure et une détermination inébranlables.

Dans la rue, des gens abordaient Aka en lui proposant de l'argent en échange de quelques mèches de cheveux ou d'une bénédiction, qu'elle donnait en refusant les billets.

Lorsque Aka était adolescente, la grande faucheuse frappait la nuit. Car c'était ce moment que choisissaient les chasseurs d'albinos pour faire irruption dans les foyers et trancher têtes, bras et jambes. Pourtant, depuis une décennie, quelque chose avait changé dans cette chasse infâme. Le spectre de la mort pouvait désormais surgir à toute heure du jour ou de la nuit. Et surtout, « ils » procédaient par enlèvements. Alors qu'avant le tronc démembré était laissé sur place, de plus en plus, la plupart des albinos disparaissaient sans laisser de traces.

Au bout de cinq ans, malgré son handicap, la jeune femme put entrer au Parlement grâce à toutes les voix des albinos auxquels elle avait redonné un peu de dignité et un espoir de vivre en paix. Elle avait élaboré un projet de loi qui punissait les chasseurs d'albinos et leurs complices de la peine maximale, la perpétuité. Mais étrangement, le texte tardait à être promulgué, comme si une force supérieure s'y opposait. Malgré toute son énergie, Aka se battait contre du vent.

Elle n'hésitait pas, pourtant, à se déplacer dans les écoles du pays où elle donnait des réunions de sensibilisation à la cause des albinos. Son objectif était pédagogique. Couper le mal à la racine. Faire entendre aux jeunes générations que l'albinisme, une différence génétique, n'altérait en rien l'intelligence et l'humanité des personnes. Et surtout, que les «nègres blancs» n'étaient ni des êtres nuisibles ni des créatures douées de pouvoirs surhumains — comme l'assuraient certains qui avaient tout intérêt à ce que vivent ces croyances populaires — mais des êtres humains comme les autres.

Sa bonne étoile veillait sur la jeune femme que la mort avait ignorée. Jusqu'à ce matin où, fidèle à ses habitudes, elle s'était rendue à la God's House International Church assister à un office, se fondre aux autres, ceux qui n'avaient pas cette peau blanche si étrange chez un Africain. Elle voulait que soient abolies les différences, luttait contre toute forme de ségrégation. Mais cela n'empêchait pas Aka de fréquenter assidûment, pour y rencontrer ses paroissiens, presque tous albinos, la Church of Moon, une petite église désertée depuis la construction de la God's House et où se retrouvaient désormais ses semblables. Les offices y étaient assurés par une prêtresse albinos auprès de laquelle hommes et femmes atteints de la même anomalie venaient trouver paix et réconfort.

La messe avait pris fin à la God's House, les ouailles se dispersaient sans bruit et Aka était sortie la dernière, après une ultime prière.

À peine eut-elle franchi le seuil de l'église que le tueur fondit sur elle, armé d'une machette, pour lui sectionner l'autre bras, avant de porter le coup de grâce. Le tranchant affûté de la lame s'abattit sur sa nuque, traversant les muscles et les chairs, coupant net les cervicales.

La mort la voulait depuis longtemps, elle avait fini par l'avoir. Peu lui importait que ce fût devant la maison de Dieu.

Surpris en pleine action par des passants horrifiés, l'assassin n'eut que le temps de fourrer le bras et la tête dans un grand sac en plastique avant de tourner au coin de la rue en courant, machette à la main, et de disparaître dans la foule.

Le reste du corps fut abandonné sur place, dans une épaisse flaque brunâtre. Un des témoins appela aussitôt la police, mais d'autres, peu scrupuleux, pressentant l'aubaine, se précipitèrent sur les restes d'Aka qu'ils commencèrent à se disputer, tels des charognards. Ce fut alors que la colère de la foule enfla.

À peine une heure plus tard, l'équipe réduite de Collins déclarait forfait et revenait aux 4 × 4 sans aucun élément nouveau. Ils avaient glané quelques minces témoignages qui ne leur laissaient pas grand espoir. Les déclarations les plus zélées étaient les moins fiables, parce que débordantes d'imagination. Ceux qui avaient vraiment vu quelque chose du crime s'étaient déjà évanouis dans la nature. Peut-être Hidden et Daniels auraient-ils plus de chance dans leurs recherches.

Le photographe du labo continuait à shooter l'environnement immédiat de la scène de crime jalonnée de marqueurs numérotés, ainsi que les restes du sang d'Aka, qui avait abondamment coulé sur l'asphalte brûlant et séché presque aussitôt. Du sang d'albinos. Sacré et maudit.

Une fois de plus, le travail s'annonçait incertain, les moyens mis en œuvre n'étaient pas à la hauteur.

Comme pour en rajouter, un soleil implacable surexposait une atmosphère déjà lourde et grillait les neurones encore en activité. Il n'avait pas fait aussi chaud en période hivernale au Kenya depuis dix ans. Et ce nouveau meurtre qui venait s'ajouter à un dossier aussi épais que vide…

Nairobi, périmètre de la God's House of Miracles
International Church, 12 h 05

Les investigations de Kate Hidden et Buddy Daniels les avaient conduits au sud de la scène de crime, aux abords d'un quartier populaire de la capitale dont l'ambiance n'était pas encore celle des bidonvilles. Pourtant commençait déjà le règne de la poussière et du sang.

La main ostensiblement serrée sur la crosse de leur arme, les deux inspecteurs étaient disséqués du regard, des portes entrouvertes se refermaient à leur passage, des petits groupes d'individus aux pupilles qui ne trompaient pas sur leurs occupations quotidiennes se défaisaient rapidement et chacun repartait de son côté, l'air de rien. Leur journée se résumait aux deals à la sauvette et à la consommation de drogues, cannabis, marijuana, crack, vapeurs d'essence ou trichlo. La plupart étaient malades du sida. De leurs corps décharnés émanaient déjà la pourriture et la mort. Sans traitement, ils ne survivraient pas longtemps.

Des femmes voilées glissaient le long des murs, telles

des ombres noires. Derrière leur niqab, leur bouche resterait scellée.

Hidden et Daniels interrogèrent quelques types encore debout parmi les épaves humaines en train de distiller leur cuite de la veille au soleil. Leurs réponses furent aussi évaporées que l'alcool qu'exhalait leur grande gueule d'ivrognes. Malgré les efforts unis des deux agents, comme à son habitude, la rue resta muette et hostile.

— Bon, qu'est-ce qu'on fait, on y va ? tenta Daniels qui estimait qu'ils avaient fait le tour des possibilités. Personnellement, je me demande ce que Collins attend, sur ce coup-là. On sait tous de quoi il retourne. Cette malheureuse est une nouvelle victime des chasseurs d'albinos. Rien de plus.

— Rien de plus ? bondit Hidden. C'est ça, pour toi, Daniels ? C'est comme ça que tu vois ton métier ?

— Mon métier, ma jolie, je le vois comme utile et efficace. On ne fabrique pas du bullshit ! Cette chasse aux albinos, rien ne peut l'arrêter ! C'est comme si on avait essayé de stopper la ruée vers l'or, de fermer les casinos de la planète et d'empêcher les planches à billets de tourner !

Hidden préféra ne pas répondre à tant de cynisme. Si elle avait choisi d'entrer dans la police c'était précisément pour ça, changer le monde dans un sens meilleur, rétablir un semblant d'ordre social et des règles qui lui avaient peut-être fait défaut dans son environnement familial.

À une centaine de mètres de là, dans des toilettes publiques aux forts relents d'urine, un gamin, douze ans maximum, chargé d'un sac-poubelle gris, finissait de laver la lame ensanglantée de sa machette dans le lavabo souillé de merde et de crachats au bord duquel il avait posé son autre arme, une fronde. Il était vêtu d'une salopette kaki déchirée, dont les trous laissaient entrevoir ses testicules glabres. Sur son front courait, d'une tempe à l'autre, une profonde cicatrice.

Tandis qu'il nettoyait la lame sous un filet d'eau brunâtre, il serrait entre ses genoux le sac-poubelle au précieux contenu, la tête et les bras de la femme albinos qu'il avait décapitée à la sortie de l'église.

Bientôt, il serait riche, comme le lui avait promis l'homme à qui il devait livrer le trésor. Avec tout cet argent, il pourrait sortir ses quatre petits frères et lui-même de la misère et des dangers de la rue. Il n'aurait plus besoin de respirer du trichlo pour donner corps à ses rêves, se ferait construire une maison avec une piscine et, le temps venu, conduirait une voiture de sport rouge.

Savoir que sa seule tête et son bras droit tireraient de la rue cinq orphelins aurait sans aucun doute consolé Aka Merengue de sa triste fin.

— Je crois que nous le méritons, ce déjeuner, même tardif, dit Collins, une fois que Hanah et lui furent remontés dans le véhicule du CID.

— Je suis d'accord, sourit Baxter, sans grande conviction.

Le drame lui avait en réalité coupé l'appétit.

— Repas végétarien alors ? demanda le Kenyan.

Hanah secoua la tête.

— Allons là où vous pourrez dévorer votre steak de zèbre, je me contenterai d'une salade… ou d'un grand verre d'eau fraîche.

Une demi-heure plus tard, ils étaient attablés dans un des restaurants favoris de Collins, où l'on servait en continu et à volonté, tant que les clients ne déclaraient pas forfait en couchant sur le bord de leur assiette le petit drapeau kenyan qui accompagnait les plats, une incroyable variété de viandes. Zèbre, crocodile, autruche, serpent, buffle. Tout ce que Baxter ne mangerait jamais. En revanche, bien qu'elle tînt à prendre un Pepsi bourré de glace pilée pour se rafraîchir, elle apprécia le vin qu'avait commandé Collins et y retourna pour un deuxième verre bien rempli.

— Afrique du Sud, précisa le chef du CID, une pointe de fierté dans la voix. Il y a aussi d'excellents vins sur ce continent.

— Je n'en doute pas, lui accorda Hanah qui, après toutes ces émotions, s'abandonna volontiers à une certaine griserie accentuée par l'absence de clim.

Une eau sale gouttait de l'unique climatiseur qui semblait avoir rendu l'âme. Le serveur les avait installés un peu à l'écart, à une table pour deux, recouverte, comme les autres, d'un batik aux teintes chaudes. Peut-être pensait-il avoir affaire à un couple. Peut-être n'était-il pas très éloigné d'une certaine réalité. Depuis qu'ils travaillaient ensemble Collins et Baxter formaient un duo, un tandem, qui pouvait s'apparenter à une sorte de couple. Ils en étaient arrivés à communiquer d'un simple regard, à se comprendre avec un minimum de mots. L'estime qu'ils se portaient était presque filiale et paternelle, en tout cas, dénuée de toute pensée parasite.

À peu près à la moitié de son steak, une belle tranche longue d'environ trente centimètres et épaisse de cinq, le fonctionnaire de police s'arrêta de manger et regarda Hanah au fond des yeux.

— Tout va bien, Collins ? s'inquiéta Baxter.

— Écoutez, Hanah, se lança-t-il après une légère hésitation. Je voulais vous présenter mes excuses pour avoir été un peu abrupt tout à l'heure, à propos des meurtres d'albinos.

— Si le sujet est sensible, je comprends.

Le chef du CID regarda son assiette un instant, puis, relevant la tête :

— C'est bien plus que ça. Il est en réalité brûlant et dépasse même nos compétences. Il fut un temps, j'ai été seul chargé du dossier, après en avoir fait la demande expresse. C'est un combat qui me tient à cœur. Mon meilleur ami au collège et au lycée était albinos. Il fut l'une des premières victimes des chasseurs alors qu'il était étudiant. Il a été assassiné chez lui, en pleine nuit. Ses parents n'ont rien pu faire sous la menace. Ça remonte à une quarantaine d'années. À l'époque, personne n'en parlait parce que ces actions étaient sporadiques. Mais depuis les années 2000 la pratique de ce « sport » macabre est en nette augmentation. Le dossier albinos est classé confidentiel. En réalité, l'affaire s'étend bien au-delà de nos frontières. D'autres pays africains sont impliqués dans un immonde trafic humain.

Baxter sentait comme une boule de feu se propager dans son estomac.

— Quels sont-ils ? demanda-t-elle entre deux gorgées de Pepsi glacé.

— La Tanzanie et le Burundi, officiellement. Les massacres d'albinos connaissent une recrudescence inquiétante dans les trois pays, mais aussi ailleurs, seulement, ils ne rentrent pas dans les statistiques. C'est très difficile à quantifier.

— Et on vous a retiré le dossier ?

— Officiellement, oui. Ayant pressenti que certains politiques étaient mouillés dans l'affaire sans avoir vraiment de preuves tangibles, j'en ai référé à mon supérieur. De ce moment, je me suis vu retirer le dossier. En réalité, je n'ai pas lâché l'affaire. Dans la plus grande discrétion, j'ai fait appel à un homme, un enquêteur hors pair que les services de police de ce pays finissent par solliciter en dernier recours. C'est un ancien officier de l'armée et du GSU. Il travaille maintenant à son compte. Personne ne connaît sa véritable identité. Pas même moi. C'est un Massaï, d'une rapidité et d'une intelligence peu communes. D'où son surnom : la Lance. Il ne faut pas aller le chatouiller, si vous voyez ce que je veux dire…

— Oui, j'en ai croisé, des types dans son genre, des sortes de justiciers mercenaires solitaires, en marge des autorités, déclara Hanah, songeuse. Ce sont des anguilles, mais tôt ou tard, on finit par retrouver leur cadavre criblé de balles dans une benne.

— En tout cas, la Lance est bien vivant, répliqua Collins en plantant son couteau dans la viande. Et son aide est inestimable. Même si c'est une ombre, il est possible que vous le rencontriez, c'est pourquoi j'ai décidé de vous en parler. Vous êtes aussi fine et aussi compétente que la Lance et moins connue que lui ici, ce qui est un avantage. Par ailleurs, mon enquêteur est sur une piste, il resserre l'étau autour de ce qui fut l'un des plus influents lobbies d'Afrique, la Communauté de l'Ivoire, à la réputation sulfureuse et mercantile. Ses membres étaient capables de tout pour de l'argent. Ce lobby a été dissous, mais je le soupçonne d'être, d'une certaine façon, toujours en activité. Un peu comme le KGB… Et puis, il faut aussi que je vous dise une chose… Je ne pense pas vous avoir jamais parlé de ma vie privée. Elle n'intéresse personne d'ailleurs, mais dans ce cas, c'est différent. Et j'ai entière confiance en vous. J'aimerais que vous fassiez partie de l'équipe officieuse, Hanah.

Baxter fixa les deux galets gris au fond de l'eau. Une

eau transparente. Collins était certainement et de loin le flic le moins corrompu du Kenya.

— Après deux premiers mariages, je vis avec une Sud-Africaine, Indra, une Blanche, poursuivit-il à voix basse. À défaut de m'épouser moi, elle a épousé mon combat et, parallèlement à une activité professionnelle officielle qui est la sauvegarde des espèces dans les réserves naturelles, elle dirige, depuis cinq ans, une structure pour jeunes albinos, où ils sont protégés. Ça s'appelle Hope Camp, c'est un lieu tenu secret, situé dans l'une des trois grandes réserves du Kenya. Il regroupe une trentaine d'enfants encadrés par des enseignants et pédagogues chargés de leur éducation. D'autres camps existent, qui reçoivent des aides confidentielles d'organisations internationales, mais Indra a préféré que le sien soit totalement indépendant, afin que le moins de monde possible soit au courant de son existence. Elle y a mis toutes ses économies et l'héritage de son père.

— Une sorte de camp ? De refuge… pour albinos ? s'étonna Baxter.

— Dans leur environnement familial, à l'école, dans la rue, partout, ils sont en danger. On les appelle les *yellowmen* ou pire encore, « excréments de blanc » ! Ils subissent des mutilations en pleine rue, comme Aka, font régulièrement l'objet de harcèlements et d'enlèvements. Avec tout ça, leur espérance de vie excède rarement la trentaine et s'ils ne se font pas massacrer, ils développent un cancer de la peau. Indra a fondé Hope Camp pour leur assurer un enseignement et des soins préventifs qui leur permettront de mieux affronter la vie. De faire des études et de devenir des gens respectables et respectés…

— En étant parqués, élevés entre eux et ensuite largués dans la jungle urbaine ? Êtes-vous sûr de la réelle efficacité de ce genre d'endroit, Collins ? Vous voyez quel sort a connu Aka, alors qu'elle était bien plus rompue au danger qui la menaçait !

— Écoutez, vous viendrez dîner à la maison, je vous présenterai Indra, elle vous fera visiter Hope Camp et vous jugerez par vous-même. Officiellement, vous êtes sur l'affaire de l'Égorgeur, et cela au vu et au su de tous les membres du CID. Si vous me donniez un coup de main dans le dossier albinos, personne ne le saurait. Ce serait en plus de votre mission, bien sûr et vous seriez payée par une autre voie.

— Je n'avais pas prévu de m'absenter si longtemps, Collins. Quand l'affaire des corps de poussière sera réglée, je devrai repartir.

— Je sais, Hanah, mais je n'ai confiance qu'en vous, ici.

— Et Mendoza ?

— C'est un impulsif, il est pour les solutions radicales. Dans ce dossier, il faut être plus subtil, à l'affût, patient. Comme un prédateur.

— Alors c'est ainsi que vous me voyez, en prédatrice, merci ! s'esclaffa Hanah en secouant un fond de Pepsi dans son verre où nageaient encore quelques glaçons à moitié fondus.

— Pour chasser des prédateurs, il faut l'être un peu soi-même. Prenez-le comme un compliment, sourit Collins.

Hanah lui trouvait vraiment une sale mine. Il paraissait amaigri depuis son arrivée et on aurait dit que le moindre effort lui coûtait. Comme à son habitude lorsqu'elle avait une importante décision à prendre et comme si ce geste pouvait l'aider, elle prit une profonde inspiration par le nez.

— Vous êtes un ami maintenant, Collins. Tout ce qu'on traverse ensemble, ça crée des liens. Si j'accepte, c'est au nom de cette amitié, dit-elle en levant cette fois son verre de vin. Et vous pouvez remercier votre excellent cru sud-africain, il fait des miracles.

N'ginri, village de brousse, 15 h 09

Avec ses dents gâtées et rares, son crâne rasé sur une affreuse cicatrice, souvenir d'un coup de griffe du roi de la savane au cours d'un safari, l'homme, pieds nus, flottant dans un pantalon crasseux et une tunique rapiécée qui avait dû être blanche un jour, à moitié recouverte d'un boubou bleu, aurait pu ressembler à n'importe quel villageois miséreux, s'il n'avait été connu comme le meilleur *mganga* de tout le pays.

Il était né à N'ginri, un village de brousse à une soixantaine de kilomètres au sud de la périphérie de Nairobi, cinquante-six ans auparavant. Fils de sorcier guérisseur, Tiko Swili s'était découvert les dons paternels très jeune et, à la mort prématurée de son père, il put ainsi assurer une relève solide. Surtout pour ses finances.

Malgré un train de vie aux apparences modestes, il possédait une magnifique propriété dans l'un des quartiers résidentiels de Nairobi.

Alors que la plupart des jeunes de N'ginri étaient partis chercher du travail en ville, Tiko Swili, à l'inverse, avait installé son « cabinet » dans une case en torchis de son village natal et revenait passer certains soirs ou les week-ends dans sa riche villa avec piscine. Mais comme il était établi que Tiko atteignait 95 % de réussite dans ses guérisons souvent miraculeuses, personne n'avait eu l'idée sinon le courage — le *mganga* n'aurait pas hésité à faire appel aux hommes de main armés qui gardaient sa luxueuse propriété — de contester sa légitimité.

Avec ce qu'il gagnait et entassait depuis des années, il pouvait entretenir sa dizaine d'épouses. Père d'une quarantaine d'enfants, il en connaissait à peine une moitié.

Or, cette dernière décennie, Tiko avait considérablement élevé son niveau de fortune. Sans être pour autant devenu milliardaire, il devait se situer dans le haut du pavé kenyan.

Ses revenus avaient triplé grâce à un marché très rentable en constante progression. La fabrication et la vente de poudres d'origine humaine. De la poussière d'homme aux vertus magiques. La miraculeuse poudre d'albinos, aussi chère et précieuse que la cocaïne.

Interviewé à plusieurs reprises par des chaînes TV du monde entier sur ses activités parfois obscures et lucratives étroitement liées à ce marché, Tiko s'obstinait à nier. Regardant la caméra droit dans l'œil, il démentait formellement utiliser des substrats d'origine humaine. Et encore plus en produire.

Ce jour de juin, le guérisseur se trouvait dans sa case de N'ginri avec un patient étranger. Passablement dégarni, ce qui lui restait de cheveux hésitant entre le blond et le blanc, vêtu d'un ensemble — pantalon et chemise — en lin beige fripé, chaussé d'une paire de rangers camel, le poignet ceint d'une énorme montre chrono, le Blanc, un Américain bronzé qui avait l'air plein aux as, venait consulter Tiko pour un problème d'impuissance qui l'avait déjà conduit à voir plusieurs médecins occidentaux, sans succès. James Right était directeur de banque à Chicago. En plein divorce après vingt ans de mariage, il avait voulu partir loin, connaître un total dépaysement sur une terre sauvage, se fondre dans le pays et sa culture, bref, oublier qui il était en Amérique et soigner sa déprime dans les bras de belles Africaines. Seulement, avant, il devait régler ce problème technique qui l'empêchait d'avoir des rapports sexuels normaux depuis l'échec de son mariage. Au cours de son séjour, il avait entendu parler des miracles effectués par le sorcier guérisseur, notamment de poudres aux vertus reconnues.

Flatté qu'un riche étranger ait parcouru tous ces kilomètres pour s'en remettre à lui, «modeste guérisseur d'un village de brousse au Kenya», Tiko Swili avait reçu son hôte avec affabilité et bienveillance.

Les Africains étant très susceptibles sur cette question d'impuissance, atteinte directe à leur virilité, Tiko promit à Right de faire tout ce qui était en son pouvoir pour le guérir. Moyennant, bien sûr, les tarifs en vigueur.

Le guérisseur invita le banquier à s'asseoir sur une natte chamarrée déroulée à même le sol et, après avoir sorti d'une trappe au fond de la case deux pots remplis d'une poudre blanchâtre, il se mit à préparer la potion, accompagnant chaque geste d'une incantation dans le dialecte propre à son village, proférée d'une voix nasillarde et monocorde.

— Tiens, bois. Tout d'un seul coup. Ensuite, ferme les yeux et descends en toi, ordonna-t-il en anglais.

Sans un mot, Right s'exécuta, tandis que Tiko poursuivait ses incantations appuyées de passes magnétiques, les mains ouvertes, partant du sommet du crâne de l'étranger et descendant de chaque côté des épaules.

— Ça s'avale comme du petit-lait, conclut Right une fois la séance terminée. De quoi est faite cette poudre miraculeuse ?

— La composition est secrète, mais l'un des principaux ingrédients est la kératine.

— La kératine ? En quoi soigne-t-elle mon problème ? Et à partir de quoi l'obtenez-vous ? s'écria Right, brusquement saisi d'un haut-le-cœur.

— Tu verras, lorsque tu seras guéri. Il ne s'agit pas de kératine courante. Celle-ci est extraite d'ongles et de cheveux d'albinos, aux propriétés très puissantes. Ils nous en font d'ailleurs don eux-mêmes.

Leur échange fut interrompu fort à propos par trois coups à la porte.

— Je suis en consultation, c'est quoi ? lança le guérisseur.

— Salim. Je viens livrer, répondit une voix d'enfant un peu enrouée.

— Alors attends, je termine.

Le regard marécageux de Tiko revint se planter au fond des yeux d'eau de son hôte.

— Voilà, je te prépare le reste à consommer chez toi, ça te fera 500 dollars pour le tout, grinça-t-il.

La suite ne prit que quelques secondes. Le *mganga* préleva dans l'un des deux pots la quantité de poudre voulue, la conditionna dans un petit sachet de cuir, dont il serra et noua solidement les deux lanières et qu'il tendit au Blanc en échange des billets.

Puis il se leva, alla ouvrir et fit entrer Salim.

Le banquier, qui s'apprêtait à sortir, croisa un gosse de douze ans à peine. Le corps, d'une maigreur de chacal, flottait dans une salopette kaki retenue par une seule bretelle, dont un large trou laissait voir les parties génitales, le front barré d'une cicatrice qui reliait une tempe à l'autre, un grand sac-poubelle sur l'épaule. Une fronde métallique dépassait d'une des poches latérales de la salopette.

En passant à sa hauteur, James Right lui frôla l'épaule et surprit son regard. C'était un de ces petits êtres sans toit et surtout sans loi, qui hantaient les rues jour et nuit tels des chats errants, dormaient dans la poussière ou les ordures après y avoir cherché de quoi manger, s'enivraient de substances hautement toxiques, auxquelles plus d'un toubab n'aurait pas résisté.

— Pose le sac… ici, lui intima Tiko.

— Je le pose quand j'ai l'argent, bourdonna le gosse en sheng.

Le sorcier soupira et tira des tréfonds de son vieux pantalon une impressionnante liasse de billets de 500 et 1 000 KES. Il les compta avec une vitesse surprenante et en détacha la moitié qu'il tendit au gosse. C'était à peu près l'équivalent de 500 euros.

— C'est pas assez, s'écria le gamin. Là-dedans, il y a la tête et un bras ! Rien que la tête vaut deux fois ce que tu me donnes, le vieux ! Je suis au courant des prix du marché.

— C'est toi qui n'en as pas apporté assez, *asshole* ! Tu te contentes de ce que je te donne, sinon je me passerai de toi. Tu es venu comment ? ajouta Tiko en jetant un coup d'œil sombre à l'étranger, toujours debout à l'entrée de la case, visiblement intrigué par la scène, bien qu'il ne comprît rien à l'échange.

— En taxi-brousse, siffla le gamin, la mine renfrognée.

— Bon, voilà de quoi te le rembourser et si tu veux,

je t'offre sur un plateau un moyen de gagner de l'argent par toi-même. Tu n'auras qu'à te servir...

Sur ces mots et un clin d'œil entendu au gamin, Tiko se tourna vers le banquier tout transpirant dans son lin froissé et s'adressa à lui en anglais.

— Tu es venu avec ta voiture, il me semble, étranger. Peux-tu ramener ce gosse en ville ?

— D'accord, pas de problème, dit Right, loin de se douter que prendre Salim à bord de sa Jeep, c'était comme transporter de la nitroglycérine.

Entre N'ginri et Nairobi, 14 h 08

En regagnant sa Jeep après la visite au guérisseur, suivi du gosse, Right avait dû faire une halte pour vider tripes et boyaux dans un buisson. Le « petit-lait à la kératine » n'était pas passé.

Ils avaient ensuite quitté N'ginri, le jeune livreur de viande d'albinos devant, sur le siège passager. Avaler quarante kilomètres de macadam avant d'arriver sur l'asphalte vérolé qui les mènerait à la capitale ne prendrait pas moins de deux heures. Deux heures sèches à meubler. De silence ou d'échanges poussifs. Le gamin était plutôt taciturne et son anglais, aussi chaotique que la route.

Le 4 × 4 rebondissait de nid-de-poule en ornière dans un nuage de poussière ocre, en une sorte de danse guerrière. La danse sauvage du macadam. Des kilomètres de secousses et de tôle ondulée dans les reins. Pour éviter le plus possible les heurts sur ce type de piste, mieux valait rouler à bonne vitesse.

— Ta cicatrice au front, c'est quoi ? risqua l'Américain dans sa langue.

— Rien.

— Pourtant, ça n'a pas l'air de rien.

En l'absence de réponse, le silence s'installa de nouveau dans l'habitacle, aussi épais que la chaleur qui y régnait. James Right avait racheté la Jeep une bouchée de galette de manioc à un type qui organisait des safaris. Le 4 x 4 diesel avait presque 300 000 km au compteur et il y avait longtemps que la clim ne marchait plus.

Dans le rétroviseur, l'Américain avisa un véhicule qui avançait sur la même piste, en soulevant les mêmes volutes de particules ocre. Il était encore loin.

— Tu habites où ? demanda-t-il au petit.

— J'habite pas.

— Alors, tu vis où ? rectifia Right.

« Je vis pas », aurait très bien pu répondre le gosse.

— Partout. Nulle part. On traînait à Kikuyu Town avec mes frères, mais y a rien à faire, dans ce trou.

Et pas assez de toubabs à plumer.

— Qu'est-ce que tu veux faire plus tard, Salim ? revint à la charge le banquier, avec la question classique lorsqu'on marque un tant soit peu d'intérêt à un enfant, tout en sachant que pour celui-ci il n'y aurait sans doute pas de « plus tard ». Il s'attendait d'ailleurs à ne pas avoir de réponse.

— Joueur de foot.

L'espoir, comme le sable, s'infiltre partout. Il lui sembla même que la voix du gosse souriait, cette fois.

— Tu joues un peu ?

— Ouais. Avec mes frères. Je suis le meilleur, se rengorgea-t-il.

— C'est qui, ton joueur préféré ?

Le gamin baissa les yeux et tordit la bouche, comme s'il était sur le point de confier, à contrecœur, un secret honteux.

— Beckham.

Un toubab, mais l'un des meilleurs joueurs de foot au monde.

Nouveau coup d'œil dans le rétroviseur. Cette fois se précisa la silhouette sombre d'un Hummer au pare-buffle chromé lançant des éclairs lumineux dans l'air gondolé. L'autre pouvait largement le prendre de vitesse, mais ne semblait pas disposé à esquisser un dépassement, ni même à réduire la distance qui les séparait.

De l'espace brûlé de la savane émergeaient de temps à autre de grosses lianes baladeuses surmontées d'une petite tête d'E.T. au bec dentelé, à proximité desquelles des rayures noires et blanches apparaissaient et disparaissaient dans une végétation flétrie. Zèbres et autruches se partageaient le territoire en bonne entente.

— Qu'est-ce que tu livrais au guérisseur ? reprit l'Américain à l'adresse du gamin qu'il avait peur de voir se refermer comme une huître.

— Ce que je devais livrer.

— Une commande pour les poudres ?

— Ouais.

— Ça marche ? Tu arrives à bien gagner ta vie, avec tes livraisons ?

Right s'efforçait d'adopter le ton le plus détaché possible vu les circonstances et le net climat de tension.

— Je veux être riche, alors j'ai décidé de bosser. Je viens de commencer. Ça marche pas mal, ouais. Je vais pouvoir mettre beaucoup de côté.

L'homme émit un petit rire.

— Pourquoi tu te marres, toubab ?

— Vous, les enfants, vous voulez tous être riches avant d'avoir vécu.

— C'est mal ?

— Ça ne rend pas forcément heureux.

160

— J'en ai rien à foutre de ton avis de toubab, cracha le gamin d'un ton cinglant.

Right ravala une boule de salive et de poussière et se tut. Désormais, la Jeep glissait tranquillement sur l'asphalte brûlant. L'air devenait gras. Ils approchaient des premiers bidonvilles.

En bordure de route, des échoppes de bric et de broc, où se vendaient des glaces et des sodas tenus dans des réfrigérateurs branchés sur des groupes électrogènes toussotants, et où pendaient, accrochés à des barbelés bouffés par la rouille, des blocs de viande à moitié faisandée, qui semblaient bouger tout seuls sous des magmas de mouches vertes aux ailes bruissantes. Ailleurs, une telle vision aurait donné la nausée, mais pour qui la terre africaine coulait dans les veines, ce spectacle permanent en était indissociable. Une seconde peau.

L'Afrique n'était pas seulement un Disneyland destiné aux amateurs de safaris proprets, c'était ça aussi, les mouches pondant leurs œufs sur la barbaque pourrissante au soleil, le dard des anophèles vecteurs du palu ou de la fièvre jaune, les hordes de gosses dépenaillés sniffeurs de trichlo et tueurs à la petite semaine, les lépreux exhibant leurs moignons nécrosés au coin des rues, les ethnocides à l'origine des massacres les plus sanglants, le paradis des mercenaires et des aventuriers, la terre du diamant mortifère, les mines d'or, le pétrole, la drogue, la corruption à haut niveau, le sida endémique, les gangs et les dictateurs sanguinaires, la haine du Blanc, les croyances fêlées et meurtrières.

L'Afrique était à l'image de l'ensemble de lin froissé de James Right. Une matière noble, salie et ravagée à force d'usure et d'exploitation. Le dard l'avait piqué, le poison contaminé. Il était porteur du virus africain.

La passion d'un continent mourant. Right buvait son existence au sein nourricier de cette terre brûlée. À la source de l'humanité et aux tétons des putes.

— J'ai soif, toubab, tu m'achètes un soda? quémanda le gosse à la vue d'une échoppe, sans abandonner son air sombre.

— Ça, au moins, c'est un cri du cœur. Avec plaisir, petit.

L'Américain se gara devant un des kiosques ambulants. Au moment de sortir, il tendit la main vers la boîte à gants puis se ravisa. Il gardait là son pistolet, un FN 5-7, et préférait que le gosse ne le voie pas : ça aurait pu lui donner plus d'idées qu'il n'en avait déjà.

La boîte à gants n'était pas fermée à clé. Il devait faire vite.

Le banquier revint au bout de deux minutes avec deux bouteilles de soda brun relativement fraîches et remonta dans la Jeep. Le gosse n'avait pas bougé, toujours maussade et indifférent. Il saisit la bouteille sans rien dire, la porta à ses lèvres et but d'un trait. Éructa. La Jeep reprit la route. Alors qu'il lui tendait l'autre soda, Right désigna la fronde métallique qui dépassait de la salopette du gosse.

— Qu'est-ce que tu chasses avec ça ?

— Des clebs, des chats, des trucs à bouffer. Et des gros porcs de toubabs comme toi.

Le Blanc sentit un serpent lui serrer les intestins.

— Des toubabs ? Pourquoi ? Que t'ont-ils fait, ces toubabs ?

— Des trucs dégueulasses avec leur queue. Ils ont voulu me la mettre, mais y sont pas arrivés. Alors ils m'ont fait ça, au rasoir.

Son doigt sale montra la cicatrice sur son crâne.

Le banquier devina que le gosse mentait en partie. Pour cacher son humiliation, sa honte d'avoir été violé. Sa haine devait être profondément enracinée dans ses tripes. Il éprouvait un instinct mortel contre tout ce qui pouvait ressembler à un étranger blanc.

— Je ne suis pas un de ces pourris, OK ? assura James Right, d'une voix douce mais sévère.

Un silence glacial retomba entre eux.

La Jeep venait d'entrer dans une sorte de zone de non-droit entre les bidonvilles et les quartiers aux tours délabrées, lorsqu'une voix de silex griffa les parois de l'habitacle.

— Arrête-toi sur le côté, toubab, ou je te grille les couilles.

Interloqué, le banquier tourna la tête vers le jeune passager et se trouva face au canon de son propre pistolet pointé vers lui. Le FN 5-7 était entre les mains de ce petit animal à sang froid. Et sa vie avec lui.

L'Américain obtempéra sur-le-champ et tira le frein. Gagner du temps serait la seule issue. S'il en existait une. Sinon, sa carcasse irait nourrir les charognards dans la poussière du no man's land.

— Si tu veux du fric, petit, t'es mal tombé, j'ai donné tout ce que j'avais sur moi à Tiko Swili. Mais on peut aller jusqu'à mon hôtel et je te donnerai de l'argent.

— Sors de la voiture sans moufter et mets-toi à genoux, enchaîna la voix dont la mue commençait à peine, mais dont le timbre était assez menaçant et déterminé pour flanquer les foies au banquier.

Dans la ligne de mire d'un pistolet automatique puissant manié par un jeune tigre, l'Américain n'avait plus qu'à s'exécuter.

— Maintenant, toubab, suce-moi, poursuivit la voix, singulièrement dure chez un enfant si jeune.

Le gosse brandissait son sexe brun impubère sous le nez du banquier. Celui-ci le fixa dans les yeux.

— Pas question, petit. Je te donne tout ce que tu veux, les quelques shillings qui me restent en poche... Prends la Jeep. Laisse-moi là, je me débrouillerai, répondit-il.

Sa dernière carte. Peut-être.

Le gamin parut un instant décontenancé par cette proposition, mais pour toute réponse il enfonça l'extrémité du canon du flingue contre le front de l'Américain dont les cuisses, cette fois, flageolèrent.

— Fais-le, je te dis, ou t'as plus de cervelle.

Mots glaçants accompagnés d'un bruit métallique. D'un geste naturel, le gamin venait d'armer le pistolet. Prêt à propulser la balle qui lui éclaterait la tête.

À genoux devant son destin, l'homme au costume de lin commença à chialer comme un môme.

Sous la menace implacable, le visage ruisselant de sueur et de larmes, James Right ouvrit la bouche sur la verge lisse qui pendait à hauteur de ses yeux.

L'humiliation allait s'abattre sur l'Américain à genoux devant le môme lorsqu'une violente déflagration
troua ses tympans. À cet instant, il vit le jeune Salim
se figer, une tache rouge au milieu du front. Le gosse
vacilla une fraction de seconde comme un pantin dont
on aurait lâché les ficelles avant de s'écrouler sur le
dos, raide mort.

Incrédule, le banquier se releva d'un bond, tournant la
tête de tous côtés dans la crainte que la prochaine balle
ne fût pour lui. Il arrivait que des bandes surprennent
les imprudents qui avaient commis l'erreur de s'arrêter
dans une de ces zones désertes de non-droit où même la
police hésitait à pénétrer. Mais aucun autre tir ne suivit
le premier et Right, penché au-dessus du corps inanimé
de Salim pour voir s'il respirait toujours, croisa ses yeux
éteints.

Ses frères allaient l'attendre quelque temps, avant de
comprendre qu'il ne viendrait plus, et de terminer de la
même façon, balancés dans un trou de chantier ou dans
une benne.

Un bruit de moteur puissant à l'arrière de la Jeep fit

sursauter l'Américain, qui braqua dans sa direction son arme arrachée à la main de Salim, encore crispée sur la crosse.

Il vit émerger de nulle part le Hummer noir aperçu un peu plus tôt sur la route et aussitôt oublié.

Un homme coiffé d'un panama, plutôt maigre dans son ensemble de safari et ses bottes marron, en descendit, un fusil à lunette à bout de bras.

— Vous ne voudriez pas tuer celui qui vient de vous sauver la vie?

L'Américain baissa son arme.

— Ça ne serait pas très poli, en effet. Merci, en tout cas. Même si c'était contre celle d'un gosse.

L'homme au panama émit un petit rire désagréable. Il s'exprimait dans un anglais parfait, avec, pourtant, une pincée d'accent indéfinissable. Peut-être tout simplement maniéré.

— Un gosse? Où ça? Il m'a semblé avoir tiré un chien… Un jeune pit-bull qui n'allait faire qu'une bouchée de vous!

— En l'occurrence, sans vouloir faire de mauvais esprit, c'est moi qui m'apprêtais à en faire une bouchée… Contraint et forcé, je précise, répliqua Right, encore vacillant de peur.

Il se retint à la poignée de son 4 × 4.

— Très drôle! J'aime votre humour… Alors que ce petit monstre allait vous coller une balle dans le crâne à bout portant, après vous avoir obligé à lui…

— Avec mon propre pistolet, en plus. À qui ai-je l'honneur? demanda Right sans se laisser démonter.

— C'est vrai, je ne me suis même pas présenté, toutes mes excuses… Darko Unger.

— Moi, c'est James Right. Vous n'êtes pas d'ici, n'est-ce pas?

166

À cette distance, l'ombre du panama dissimulait une partie de son visage, mais le bas restait visible et révélait une peau très pâle. Il ne devait pas être depuis longtemps sous le soleil d'Afrique.

— Je vis au Kenya depuis sept ans, mais vous, vous êtes Américain, sourit son interlocuteur.

Du Hummer s'échappait un air d'opéra que Right reconnut.

— Exact. Cette musique… c'est Wagner, n'est-ce pas ?

— *Le Crépuscule des dieux*, acte II. Quel bonheur de croiser un mélomane par ici ! s'exclama Unger. Et de surcroît un connaisseur de Wagner ! Je ne me félicite que davantage de vous avoir sauvé la vie…

— J'ai aperçu votre Hummer dans le rétro il y a environ une heure, coupa Right. Vous pouviez largement aller plus vite que ma Jeep et nous dépasser. Vous ne l'avez pas fait. Pourquoi ?

Le panama s'inclina.

— Ce gamin, là… C'est lui que je suivais. Bien avant qu'il ne monte avec vous. Et pour cause. Il est allé livrer un paquet jusqu'à N'ginri. Vous savez ce qu'il y avait dans son sac ?

— Pas vraiment, avoua le Blanc, un brin déconcerté.

— Des membres d'albinos.

— Qu'est-ce que… Quoi ?

— La tête et le bras d'une Africaine albinos. Ils serviront à fabriquer des potions et des poudres aux vertus miraculeuses… enfin, selon les croyances locales.

Right eut un hoquet.

— Ce… ce type, là, Tiko Swili, m'a donné à boire une poudre à base de kératine extraite d'ongles et de cheveux d'albinos, confia-t-il, pitoyable. Il m'a dit qu'ils étaient prélevés sur des hommes vivants qui lui en faisaient don !

— Il ne vous a révélé qu'une partie de la composition, dit Unger d'une voix sinistre. Il utilise dans ses poudres des membres broyés, des yeux, des langues, des oreilles.

Right fut passablement soulagé d'avoir tout rendu dans la nature.

— Mais ce gosse, pourquoi le suiviez-vous ? Et comment saviez-vous ce qu'il trimballait dans son sac ? Vous êtes de la police ? demanda-t-il, soudain méfiant.

— Pas vraiment. J'ai monté une affaire ici, une exploitation de soude près de la frontière tanzanienne et suis également atteint d'albinisme. C'est une raison suffisante pour avoir éliminé ce jeune chien. Quant à ce qu'il allait livrer à ce guérisseur, je le sais parce que j'ai ce gamin dans ma ligne de mire depuis un moment. Il vient de tuer, en pleine rue, une femme albinos pour lui prendre sa tête et le bras qui lui restait. Car il se trouve qu'elle avait déjà été amputée de son autre bras par une de ces pourritures. Elle consacrait justement sa vie à lutter contre ce genre d'exactions. Je la connaissais. Un de mes informateurs, qui filait le gamin, m'a appris le meurtre.

James Right sentit une pierre au fond de son estomac. Il venait d'avouer à l'albinos avoir bu une de ces foutues potions. Peut-être ne se contenterait-il pas d'avoir buté le gamin. L'homme semblait déterminé à venger ses semblables.

— Vous réglez vos comptes vous-même ? dit le banquier. Vous savez qu'il existe une justice, dans ce pays, malgré les apparences ?

Le panama oscilla de haut en bas.

— En effet ! La justice, parlons-en… Je n'ai confiance qu'en la mienne. Ne vous inquiétez pas, j'ai de bons appuis par ici. Mais je ne veux pas vous retenir plus longtemps et je dois m'occuper d'enterrer ce jeune chien quelque part. Nos chemins se croiseront peut-être de nouveau. Le monde est petit, dit-on !

En proie à une sérieuse nausée, le Blanc salua Unger, grimpa dans sa Jeep et démarra, soulagé d'être toujours de ce monde, même petit.

14 JUIN

À quelques dizaines de kilomètres des événements récents qui mobilisaient la police de Nairobi, dans la petite ville de Murang'a, le révérend Priorus Necker reçut une visite alors qu'il prenait son café devant chez lui, le dos calé dans un rocking-chair. Le siège à bascule oscillait doucement, accompagnant les mouvements de son corps massif.

Trois jours s'étaient écoulés depuis le passage des deux agents du CID accompagnés de cette femme, Hanah Baxter, qui semblait les seconder dans leurs recherches avec des méthodes insolites.

Sa main puissante, couleur de terre brûlée, se posa sur le front moite du visiteur, accroupi près de lui. Celui-ci avait entre trente et trente-cinq ans. Il n'aurait pu donner son âge précis, ne connaissant pas sa propre date de naissance. Le prêtre était celui qui l'avait recueilli. Sa mère, alcoolique et prostituée, l'avait abandonné une nuit sans lune devant l'église près de laquelle elle avait accouché accroupie dans la poussière, coupant le cordon ombilical d'un coup de dents. Rendre l'enfant à Dieu était sans doute ce qu'elle avait

173

réalisé de mieux dans sa pauvre vie. Du moins le pensait-elle alors, sans pouvoir imaginer qu'elle le confiait en réalité au diable.

— Alors, que m'as-tu rapporté cette fois, fils? demanda la voix caverneuse du prêtre à son interlocuteur, qui garda la tête baissée sans répondre.

Il avait toujours exécuté son travail dans les règles, pour satisfaire la cupidité de son père adoptif. Délaissant ses véritables aspirations, il n'avait fait qu'appliquer l'enseignement paternel du *sadaka* : le sacrifice humain, dans le but de prélever les organes et le sang sur des victimes des deux sexes, encore vivantes. Ici, à la différence du sorcier de N'ginri, il n'était pas question de produits issus de la chasse aux albinos. Tout simplement parce que Necker ne croyait pas en leurs supposés pouvoirs magiques.

Depuis qu'il travaillait pour son propre compte, le révérend recrutait ses clients parmi les notables du pays, certains ministres, des banquiers, des avocats véreux et même des universitaires à qui il fournissait les fétiches qu'il fabriquait dans sa cave à partir des organes et des cheveux des sacrifiés. Pasteur le jour, sorcier la nuit. Le divin et le diabolique réunis en un seul homme.

Il avait gagné la confiance de sa clientèle fortunée. Des hommes corrompus et cupides, des femmes vénales qui voulaient toujours plus d'argent, encore plus de pouvoir et de domination. Tout ce que les fétiches de Priorus leur apporteraient.

Le père Necker avait autrefois appartenu à la Communauté de l'Ivoire, officiellement dissoute en 2009, après le démantèlement de ses réseaux de trafic humain et nombre d'arrestations de ses membres. À l'origine, c'était un lobby interafricain, un cercle très privilégié et influent, dont les membres étaient sélectionnés selon leur rang social. Il comprenait des hommes politiques de différents gouvernements du monde, même quelques chefs d'État.

Aussi fermée et secrète que la franc-maçonnerie, la Communauté de l'Ivoire jouissait alors d'une envergure internationale, encadrée par des chasseurs d'éléphants et de rhinocéros — et d'un autre genre de gibier. Humain, celui-là. Les cibles étaient de jeunes Massaïs, entre douze ans et seize ans, en plein rite initiatique, séparés de leur village et isolés au cœur de la savane. De retour au village, ils seraient devenus des hommes.

La chasse se déroulait de nuit, au fusil à lunette et à la caméra infrarouge, à bord de Hummer et de pick-up énormes. Lancés à la poursuite de leurs proies préalablement repérées, les engins mortels les rattrapaient en quelques minutes. Les prédateurs, cagoulés, vêtus de rangers et de treillis, en descendaient et achevaient leur travail à la machette si les pauvres garçons n'avaient été que blessés par les balles. « Ils » leur labouraient le visage et les flancs avec leurs semelles cloutées. La chasse finie, les proies, rouées de coups, lacérées, défigurées, le corps tuméfié, avaient perdu toute apparence humaine.

Ces exactions terrorisaient les populations tribales qui fuyaient leurs propres territoires, laissant le terrain libre aux safaris vendus très cher aux étrangers. Il était même question, en Tanzanie, de vendre à des émirs des milliers d'hectares appartenant aux Massaïs.

Alors grand sorcier de la Communauté, parallèlement à ses activités d'ecclésiaste, le père Necker avait placé son fils adoptif à un poste de garde du corps pour accompagner, cette fois, les safaris animaliers qui se poursuivaient en dépit de la réglementation sur le commerce international de l'ivoire appliquée depuis 1989. De plus en plus de pays africains demandaient la reprise de l'abattage des éléphants devenus trop nombreux, conséquence d'une longue trêve, mais le Kenya s'y était fermement opposé. Le conflit avait pris une tournure politique.

La Communauté de l'Ivoire exerçait son influence sur l'arrivée au pouvoir d'hommes politiques favorables à ses activités. Pour avoir le plus de chances de gagner les élections, il fallait aux candidats de puissants talismans. La matière humaine entrant dans la composition des meilleurs fétiches, les sacrifices d'hommes, de femmes ou d'enfants leur assureraient pouvoir, santé, prospérité. Ils faisaient donc appel aux grands sorciers de la Communauté, dispersés sur tout le territoire kenyan ainsi que dans d'autres pays d'Afrique où les sacrifices avaient cours. Togo, Gabon, Mali, Burkina Faso, Tanzanie.

Necker Junior avait alors une vingtaine d'années et, ne sachant exactement ce qu'il voulait faire de sa vie, il s'était inscrit en chimie à l'université de Nairobi. Son activité de garde du corps lui payait tout juste ses études. Il mangeait peu et s'entraînait au combat. L'exercice régulier augmentait sa résistance physique et mentale. Il faisait son job au service de la Communauté comme il aurait vendu des glaces ou travaillé dans un restaurant, sans se poser de questions. Mieux valait s'exécuter, surtout ne pas réfléchir.

Les nuits étaient courtes — il dormait trois heures —, ce qui lui laissait peu de temps pour penser.

Il ne lui était alors pas venu à l'esprit que des Noirs, membres de la Communauté, cautionnaient cette chasse à l'homme dans les réserves, et que leurs proies étaient d'autres Noirs, comme eux, vivant sur la même terre africaine.

Comment tout cela avait-il pu continuer impunément ?

Plusieurs membres ayant été l'objet de poursuites pour meurtre, la pratique des safaris nocturnes se fit cependant plus rare au sein de la Communauté. Afin d'éviter d'autres fuites auprès des médias ou de la police, les gardes du corps et les veilleurs, devenus inutiles, furent éliminés. Sauf le fils Necker. « Ils » l'avaient épargné, sans doute à cause de la peur qu'inspirait son père, le Grand Sorcier du cercle. Personne n'avait osé s'en prendre à un de ses proches, de crainte d'être frappé par le mauvais œil.

Le jeune Necker quitta définitivement la Communauté pour exercer enfin son vrai métier, celui qu'il voulait faire depuis toujours et qui apaisait sa conscience. Mais un jour, lancés par son père, les démons du *sadaka* le rattrapèrent. Un peu plus de deux ans auparavant, Necker avait éveillé ce qui reposait, enseveli dans les strates de son être. Il réussit à convaincre son fils que le *sadaka* lui permettrait d'assurer à sa famille confort et sécurité financière et d'offrir de belles études au petit Adam, mieux que ne le ferait son salaire. Il fallait au révérend un *kuhani,* un sacrificateur formé au *sadaka.* Enfant, Necker Junior avait assisté aux sacrifices humains que pratiquait son père pour son propre compte, dans le dos de la Communauté. Mais à soixante ans passés, son dernier *kuhani* étant mort en tombant d'un toit, le révérend se faisait trop vieux pour repérer ses proies et les traquer jusqu'au jour du sacrifice. Le travail était trop dangereux pour un vieil homme.

Après un premier refus, Necker Junior, cédant à l'argument des études de son propre fils, avait fini par accepter. Six mois s'étaient écoulés avant que la police ne soit avertie des traces de sang découvertes dans différents secteurs. Sous l'emprise de son père adoptif, il était devenu ce prédateur sillonnant de nuit les routes en fourgon blanc, il était devenu le dépeceur, le tueur aux corps de poussière. *Killer mwili kwa udongo.*

Necker rentra dans la maison suivi de son fils, jusque-là silencieux. Les pales du ventilateur fixé au plafond du salon tournoyaient au-dessus de leur tête, faisant légèrement frémir les feuilles de quelques plantes grasses. Pourtant, l'atmosphère restait lourde.

À chaque fois qu'il revenait dans cette maison, le plus rarement possible, les souvenirs assaillaient impitoyablement le jeune homme. À l'étage se trouvait la chambre du révérend, communiquant avec celle qu'il lui avait aménagée pour ses visites du week-end, après la semaine d'internat à l'orphelinat. Il évitait de penser à certaines nuits. À cette ombre qui s'allongeait devant ses yeux entrouverts, à ces caresses licencieuses sous la moustiquaire, cette main brûlante qui s'attardait sur son sexe, tandis que le jeune garçon tremblait d'effroi. Faisait-il cela à d'autres ? Necker l'avait menacé de le rendre à la rue s'il parlait à quiconque des attouchements nocturnes. Il voulait lui faire croire que c'était un rituel de passage à l'âge adulte et une condition nécessaire pour devenir un homme sexuellement accompli.

— Je ne te rapporte rien, cette fois, père, se décida enfin Necker Junior.

— Pourquoi ? Que s'est-il passé ? demanda le prêtre en réajustant le liseré blanc de son col devant la glace.

— Rien… Je crois que je vais tout arrêter, Dada.

Le religieux suspendit son geste, fixant le reflet de son fils dans le miroir.

178

— Arrêter quoi ?

— Tout ça. Les sacrifices.

Cette fois, Necker se retourna et fit quelques pas vers lui.

— Il est normal que tu doutes parfois, fils, lui dit-il, posant la main sur son épaule.

— Il ne s'agit pas de ça, Dada. Mais d'une décision. J'ai réfléchi. Je veux m'occuper d'Adam. Il grandit et je veux être présent pour lui. Pas vivre toujours avec le risque de finir en prison ou bien de prendre une balle. De plus en plus de monde s'attaque aux sorciers et à leurs hommes de main. On retrouve leurs carcasses qui pourrissent dans la nature.

— Je comprends… Mais il me faudra faire appel à un autre *kuhani*, un sacrificateur qui ait tes connaissances et en qui j'aurai pleine confiance, comme en toi. Ce ne sera pas chose facile, tu le sais.

Le fils recula.

— Mais avant moi, tu en avais un autre et ça fait bientôt trois ans que je travaille pour toi, en plus de mon métier, s'énerva-t-il. Trois ans ! L'âge d'Adam. C'est de plus en plus risqué. Le CID joue cette fois une nouvelle carte. Une profileuse venue des États-Unis. Formée aux tueurs en série.

— Je sais, je l'ai rencontrée, il y a quelques jours. Étrange femme, qui utilise un pendule sur les scènes de crime. On va s'occuper d'elle. Et tu n'es pas un tueur en série. Tu es bien autre chose.

— À leurs yeux, non, c'est ce que je suis. Tous ces hommes, ces femmes, je les tue, non ?

— Tu les sacrifies, mon enfant. Sacrifier n'est pas tuer. Souviens-toi du code du *sadaka*.

— Je les sacrifie pour du fric, c'est pire !

Le révérend pointa un doigt sévère.

— Ose dire que tu n'aimes pas accomplir cet acte. Que tu n'aimes pas ces moments de grâce, seul dans ton fourgon, à poursuivre l'œuvre de Dieu et mon enseignement ? Le Christ s'est sacrifié pour…

Les yeux du fils s'embuèrent légèrement.

— Arrête, Dada ! La culpabilité, c'est fini ! Je ne serai coupable que d'une chose, si je continue. Avoir abandonné mon propre fils.

Necker sembla réfléchir.

— C'est ton choix et il t'appartient, en effet, trancha-t-il. Accompagne-moi en bas, je veux te donner quelque chose.

Les deux hommes descendirent dans un sous-sol voûté aux murs lépreux et suintants. Un repaire peu engageant, qui n'avait rien à voir avec la maison de Dieu. Au fond de la pièce se trouvait la partie vivarium, une cage vitrée sous des lampes chauffantes où, enroulé sur lui-même, dormait un serpent d'environ deux mètres, aux écailles couleur d'argile verte, la peau satinée. Un mamba noir, précieuse pompe à venin.

Sur des étagères en bois couvertes d'une pellicule de moisissure blanche étaient alignés des bocaux et des pots en terre, chacun abritant un contenu à usage bien précis : des ongles, des cheveux, des langues, des yeux, des organes génitaux de jeunes garçons, mais également des crânes de chats, de chiens, de singes, des queues d'éléphant, des cornes de buffle et de rhinocéros, des testicules de lion. Un vieux réfrigérateur servait de chambre froide pour les organes frais et les viscères, qui attendaient d'être ensuite séchés et traités pour la fabrication des fétiches. La table de travail était jonchée de débris organiques divers, des morceaux de peau, animale ou humaine, des lanières de cuir, des fibres naturelles, des fragments d'os et même de météorites de Gao, ces pierres venues du ciel, aux vertus magiques.

Les voix et les vibrations induites par la présence des deux hommes tirèrent le mamba de sa léthargie. Ou peut-être reconnut-il son maître, qui le nourrissait d'animaux vivants. Il allongea la tête, suivie d'une partie de son corps, et se mit à glisser le long de la vitre poisseuse, sortant et rentrant nerveusement une petite langue fourchue.

— Attends-moi ici, je reviens, ordonna le prêtre sorcier avant de disparaître dans un réduit dont il venait d'ouvrir la porte à l'aide d'une clé.

Il en ressortit au bout de quelques minutes, portant un coffret en ébène à bout de bras.

Campé devant son fils, il lui tendit l'objet et lui dit sur un ton solennel :

— Je savais qu'un jour ce moment viendrait. Que tu aurais besoin de t'émanciper vraiment. Ceci est à toi, c'est ton *djaratuta*, des fétiches que j'ai fabriqués spécialement pour toi, petit. Sa composition doit rester secrète, mais tu connais ses vertus. Tu sais aussi que le *djaratuta* est destiné aux hommes de pouvoir, aux notables et à ceux qui occupent les rangs les plus élevés de ce pays. C'est un honneur d'en avoir un. L'homme qui possède un *djaratuta* de cette qualité est invincible et sortira vainqueur de tout ce qu'il lui faudra affronter. Avec cette protection, tu n'iras jamais en prison et tu vivras en homme libre. Prends-le, il est à toi. Mais ne l'ouvre pas maintenant, tu le feras chez toi, à condition que tu sois seul, s'empressa-t-il d'ajouter, une main sur le couvercle. Garde-le en lieu sûr.

— Merci, Dada, merci pour tout, répondit le fils à travers ses larmes.

— Tu ne reviendras pas, n'est-ce pas ? devina le prêtre.

— Non, nos routes doivent se séparer maintenant. Je sais que tu vas continuer le *sadaka*. Pour moi, c'est du passé. Je dois couper avec tout ce qui pourra me le rappeler. Avec toi aussi.

— Alors, j'ai une dernière chose à te demander. J'ai besoin de venin, en attendant l'homme qui te remplacera et tu as le coup de main, plus que moi, pour ça. Si ça ne t'ennuie pas.

— Je vais le faire pour toi, père.

Enfilant des gants de cuir double épaisseur, le *kuhani* s'approcha de l'aquarium où se pavanait le mamba, dans de vains efforts de séduction, en quête d'un repas vivant.

Avec une concentration extrême, le Noir suivit les mouvements du reptile, les yeux dans les yeux, l'un cherchant à hypnotiser l'autre. Lorsque l'homme esquissait un geste au-dessus de l'aquarium ouvert, le mamba donnait des coups de tête dans la vitre ou bien se dressait en direction de la main gantée dans un sifflement menaçant.

L'approche dura plusieurs minutes, Necker Junior guettant le moment propice. Même si l'épaisse cotte de cuir protégeait ses mains et ses avant-bras, mieux valait ne pas se faire mordre.

Soudain, dans une vive détente du bras, l'homme parvint à saisir la petite tête du mamba et la maintint entre ses doigts en exerçant une pression latérale pour lui faire ouvrir la gueule. À cet instant, la vue d'une ombre sur le mur en face de lui attira son attention. Ou plutôt son mouvement singulier. En une fraction de seconde, il comprit et eut juste le temps de bondir pour échapper à la lame du poignard qui s'apprêtait à lui transpercer le dos sous l'omoplate gauche.

Dans le même temps, il jeta le serpent au fond de l'aquarium et, saisissant le bras du prêtre armé du couteau, il l'attira vers la gueule béante du reptile qui prenait déjà son élan pour frapper. Priorus résista, tentant de faire lâcher prise à son fils par un coup de genou qui rata sa cible. Le tueur renforça son étreinte et, dans une ultime traction, tandis qu'un cri de rage jaillissait de sa gorge, il maintint le bras de Necker sous le nez du serpent. Celui-ci, se sentant pris au piège, excité par le corps-à-corps qui se déroulait au-dessus de lui, ne se fit pas prier et planta ses crochets dans le gras du membre offert.

Dans un gémissement rauque, le prêtre arracha sa main de l'aquarium et recula en chancelant.

— Qu'as-tu fait, mon enfant ! Tu viens de me tuer !

— C'est toi, l'assassin ! Le meurtrier de ton propre fils ! Tu as voulu me planter ce poignard dans le dos !

— Le sérum... Il est dans le frigo ! Injecte-moi l'antivenin... Vite !

— Non ! Ne t'approche pas ! Tu n'auras rien du tout, tu vas crever !

Hors de lui, le Noir referma le couvercle de la cage vitrée et ôta ses gants. Mordu dans une veine, son père adoptif mourrait en quelques minutes, atteint de paralysie respiratoire, étouffé dans son propre sang. Il ne lui restait que quelques minutes pour savoir. L'empêchant d'accéder au réfrigérateur, il le saisit à la gorge et le secoua.

— Pourquoi, père ? Pourquoi as-tu voulu me tuer ? demanda-t-il entre deux sanglots.

— F... fils ! Éc... écoute-moi, je n'ai que peu de temps, puisque tu le décides ainsi... Je sens déjà que

mes membres se paralysent... Tu n'as pas compris...
Je voulais me tenir prêt à trancher la tête de ce serpent
au cas où il se serait retourné contre toi... J'ai... j'ai
cru... qu'il t'attaquait...

— Tu mens ! J'étais équipé, je ne craignais rien !

— Je t'en supplie... Fils ! Crois-moi... Je le connais
bien... Il... il aurait... pu... te sauter au visage... Tu
as... ma bénédiction... et mon... pardon !

D'une main raidie, Priorus Necker commença un
signe de croix qu'il ne put terminer. Les neurotoxines
commençaient à agir sur les centres respiratoires.

Il regarda, impassible, le prêtre sorcier s'écrouler au
sol, pris de convulsions, une corolle d'écume rosâtre
s'épanouissant peu à peu sur ses lèvres exsangues. Le
révérend expira dans un dernier râle, les yeux révulsés.

Son père avait voulu l'assassiner. Il en était certain.
Parce que le fils qu'il avait élevé lui échappait, parce
qu'il avait décidé de se soustraire à son emprise et de
vivre pour lui-même. Necker avait préféré le sacrifier.

— Pourriture ! Va brûler en enfer ! cria-t-il en crachant sur le cadavre de Priorus, les joues mouillées de
larmes.

Des larmes de honte et de rage d'avoir attendu aussi
longtemps pour faire ce qu'il aurait dû faire bien plus
tôt.

Il venait de prendre conscience qu'il avait, depuis sa
naissance, toujours été seul au monde, d'abord rejeté
par les enfants de l'orphelinat à cause de sa singularité,
d'une différence que les gosses sentaient à des kilomètres, et maintenant, renié par son père adoptif en
qui il croyait avoir, en dépit des faiblesses coupables
de celui-ci, trouvé soutien et amour, et qui l'avait utilisé à la seule fin d'exécuter ses plans secrets.

À cet instant, il eut la vision des premiers sacrifices auxquels il avait assisté, encore enfant. Il revit son père adoptif, dans l'obscurité humide de l'église où il prêchait, le torse nu et ruisselant de sueur, sur lequel se reflétaient les flammes vacillantes des cierges, les tiges d'encens fumantes aux parfums entêtants, levant sur sa victime une main armée d'un couteau. L'ombre de la pointe, immense, sur les murs blancs. Les cris inhumains de l'adolescent mutilé vivant. Le bruit mouillé des organes arrachés, la tache d'un rouge sombre s'élargissant sous le cadavre encore chaud. Ensuite, le sacrificateur ordonnait à son fils adoptif de laver le sol en pierre, puis tous deux partaient dans le pick-up du prêtre sorcier jeter dans la nature le corps éventré. Les animaux carnivores achèveraient le travail. Cette idée lui était insupportable. Une dépouille méritait un autre traitement.

Le père Necker pratiquait le *sadaka* la nuit, dans son église, les traits du visage transformés. Le prêtre n'était plus un homme alors, mais une bête sauvage, un prédateur assoiffé de la souffrance et des hurlements de sa proie. Quelqu'un à l'extérieur de l'édifice avait-il pu entendre, avait-il entendu sans rien dire ? Nul ne le saurait jamais. La police ne s'était pas manifestée. Le pouvoir d'un sorcier sur les esprits est considérable. Le fils de Necker l'avait appris à ses dépens.

L'homme laissa le prêtre où il était tombé. Lorsqu'il serait découvert, les enquêteurs concluraient certainement à une morsure accidentelle infligée par le mamba au moment de le nourrir. Et lui s'arrangerait pour que les soupçons se portent sur le révérend dans l'enquête qui mobilisait le CID.

— Tu n'es plus mon père, d'ailleurs, tu ne l'as jamais été, murmura-t-il à Necker, dont les yeux vides semblaient fixer le plafond.

Avant de s'en aller, il frotta avec un carré de peau souple les endroits où il avait pu laisser ses empreintes. Lorsqu'il eût fini, il avisa sur la table le coffret d'ébène qui contenait le mystérieux *djaratuta*, le fétiche suprême tant prisé par les hommes d'État. Après une brève hésitation, il posa ses mains de chaque côté et, lentement, souleva le couvercle, comme s'il s'agissait d'une bombe à désamorcer.

Un sifflement jaillit de l'intérieur et Necker Junior vit se dresser devant lui la gueule grande ouverte d'un deuxième mamba noir, prêt à lui planter ses crochets dans le bras.

Heron Hotel, chambre 403, 23 h 32

Hanah n'aurait jamais imaginé que cette soirée se terminerait ainsi. En arrivant sur cette deuxième enquête au Kenya, elle n'imaginait pas non plus que le CID aurait recruté une femme. Et que cette femme particulièrement attirante, à l'esprit vif, serait à l'origine d'une transgression. L'une des règles de Baxter en mission était de ne pas mêler vie privée et professionnelle. Aussi, lorsque Kate Hidden lui avait proposé de dîner avec elle ce soir-là, Hanah avait hésité. Sans forcément anticiper le dénouement de cette sortie en tête à tête, elle voulait se protéger. La proposition de Hidden, directe et sympathique, l'avait prise de cours, laissant peu de temps aux tergiversations. Après tout, peut-être n'y avait-il rien de retors derrière. Rien d'autre qu'un souhait de faire plus ample connaissance de la part d'une coéquipière temporaire.

La métisse était passée la chercher devant l'hôtel vers 21 heures, ce qui avait laissé le temps à Hanah de se préparer. Une préparation corporelle et mentale. Karen avait beau être son ex, Baxter ne pouvait s'empêcher de culpabiliser à l'idée de céder à une tentation.

« Elle fait sa vie de son côté, même si on se retrouve de temps en temps, je ne lui dois rien », se coachait-elle sous la douche, en insistant sur les parties intimes, pubis et aisselles.

Propre et séchée, elle s'était passé de la crème sur les fesses, les seins et le visage. Sans oublier les talons et la plante des pieds. Une fois l'opération achevée, son regard s'était figé sur son reflet dans la glace. Voilà pourquoi j'ai tant de mal à m'affranchir de Karen, songea-t-elle en observant la cicatrice d'une vieille opération d'une appendicite qui avait viré à la périto-nite. Parce que Karen la connaissait *intégralement* et Baxter n'appréhendait pas son regard sur cette partie de son corps. Faire l'amour avec K. lui semblait si naturel et spontané… En revanche, pour une aventure d'un soir, elle demandait l'obscurité et ne gardait alors en elle que cette sensation de baiser avec une inconnue qu'elle ne reverrait jamais.

Mais pourquoi donc cette angoisse devant le miroir de la salle de bains, alors que la question ne se posait même pas avec Kate Hidden ? Elle dînerait avec elle comme elle avait déjeuné avec Collins, merci, au revoir, et à demain. Son intuition l'avait cependant amenée à s'apprêter pen-dant près d'une heure, à choisir son string noir à strass et le soutien-gorge assorti, à hésiter entre une chemisette et un tee-shirt, entre cette couleur et celle-là, à bien souli-gner son regard d'un trait de khôl, à lustrer ses lèvres d'une touche de gloss et à s'asperger de Terre d'Hermès tout en priant Bouddha que rien ne se passe…

— Je suis végétarienne aussi, répondit Kate d'un air de connivence lorsque Hanah l'informa de son régime alimentaire avant que la métisse ne se fourvoie sur la piste d'un restaurant inadapté.

— Nous sommes encore des extraterrestres pour la

plupart des gens, sourit Hanah tandis qu'elle sentait ses mains devenir moites dans la voiture.

— Je me sens beaucoup mieux physiquement depuis que j'ai arrêté la viande, décréta Kate, en inondant Hanah de regards d'émeraude.

Baxter ne se rappelait pas y avoir eu droit lorsqu'elles se retrouvaient sur le terrain. C'était comme si Hidden la découvrait sous un autre jour, avec enthousiasme.

Le restaurant, exclusivement végétarien, était tenu par une femme proche de la cinquantaine, au port altier et à la voix légèrement enrouée. Ses iris d'un noir de jais sous des paupières tombantes avaient quelque chose d'envoûtant. Contrairement à la plupart des femmes ici, la patronne, coiffée d'un turban bleu touareg, était vêtue d'un pantalon en lin flottant sur de longues jambes que l'on devinait fines et musclées, et d'un bustier qui moulait une poitrine parfaite. En y regardant de plus près, dans la fossette du menton pointaient de petits poils grisonnants et, lorsqu'elle parlait, sa pomme d'Adam se soulevait discrètement. C'est à ce détail que Hanah devina. Leur hôtesse, à laquelle elle fut présentée comme une amie américaine de Kate, était un travesti. Hanah se sentit tout de suite en terrain familier — beaucoup de ses amies new-yorkaises du Bronx étaient des travestis — et se dit que ce n'était sans doute pas un hasard si Kate l'avait conduite ici. Avait-elle perçu la marginalité de Hanah ? Baxter n'étant pas une icône de la féminité comme pouvait l'être Karen, un œil averti saurait aussitôt la décrypter.

— Pour tout le monde ici, Baia est une femme, lui confirma la métisse. Si on découvrait son secret, elle risquerait sa vie. Tout ça doit être vécu caché. Ce n'est pas l'Amérique…

Elles commencèrent par un mojito tapissé de menthe fraîche et de glace pilée. Ensuite, Hanah, que l'alcool désinhibait peu à peu, laissa Kate choisir pour elle à la carte. Fruits de mer et poisson cuisiné dans un carry épicé et accompagné de petits cubes d'igname sautée. Kate opta quant à elle pour une daurade au riz gluant et au lait de coco. Leur hôte leur proposa un cabernet-sauvignon de Californie avec un petit clin d'œil pétillant à l'attention de Hanah.

Le dîner s'écoula doucement, dans une sorte d'irréalité agréable, au timbre de la voix de Kate que Baxter découvrait singulièrement sensuel. Elles parlèrent de l'enquête, évoquèrent la mort d'Aka bien sûr, mais davantage pour amorcer la conversation, qui glissa rapidement vers un terrain plus personnel et... plus meuble.

Hanah, qui ne se livrait pas facilement, abandonna l'exercice à Kate. Apprit ainsi que la jeune métisse, dont les parents s'étaient séparés lorsqu'elle avait cinq ans, avait connu une enfance plutôt solitaire sous la garde de son père, un Occidental trop occupé par ses affaires pour se consacrer à l'éducation de sa fille. Une histoire de manque affectif qui s'était terminée dans la drogue alors que Kate allait sur ses seize ans. Au mot « drogue », Hanah se troubla mais ne parla pas pour autant de sa propre expérience avec certaines substances. La vie lui avait appris à ne pas faire confiance trop rapidement. Si charmante et sympathique que se révélât Hidden au cours de cette soirée, elle restait une inconnue et, avant tout, un flic sur une enquête.

À ce moment du dîner, il se passait autant de choses sous la table qu'au-dessus, mais d'un autre ordre. Tandis que leurs bouches déversaient des propos anodins, que leurs regards s'aimantaient, plus bas, Hanah sentit une douce pression à l'intérieur de son genou. Se demandant si elle rêvait ou si elle prenait des vessies pour des lanternes, elle ne réagit pas tout de suite et laissa faire. Un autre contact prolongé lui donna confirmation que Kate tentait une approche plus intime. D'ailleurs, à chaque frôlement qui s'intensifiait, la métisse lui lançait un regard appuyé sans équivoque.

Les joues brûlantes, le rythme cardiaque accéléré, Hanah fut au bord du vertige, cherchant parfois ses mots. Kate était-elle seulement en train de l'allumer par jeu ou bien envisageait-elle d'aller plus loin ?

Ne tenant plus, Baxter s'abandonna aux silencieuses avances de la métisse, lui rendant discrètement ses attouchements.

Le message passé, les deux femmes ne s'attardèrent pas davantage à table et déclinèrent le dessert. Au retour du restaurant, le désir prit la direction des événements.

— On va chez moi ? lui souffla Kate à l'oreille après un baiser prolongé à peine montées dans la voiture.

— Je préfère dans ma chambre d'hôtel, si ça ne te dérange pas, répondit Hanah entre deux caresses sur les seins et les cuisses de Kate.

Elle préférait un terrain plus neutre pour une première rencontre.

Se contentant de hocher la tête, Hidden démarra sans un mot. Hanah écoutait sa respiration se raccourcir. Aucun doute, Kate était dans le même état. Les images les plus folles défilèrent dans l'esprit de Baxter sur le trajet du Heron. Elle se voyait renversant la belle métisse sur le lit, appuyant ses lèvres sur chaque centimètre de peau frissonnante, les refermant sur le bout dressé de ses tétons, léchant le pourtour des aréoles brunes, descendant sur le ventre, à la lisière des poils

— mais peut-être serait-elle intégralement épilée, ce qui rendrait le contact plus doux et direct —, enfoncer la pointe de sa langue entre les lèvres inférieures, à la recherche du bouton rose qui déclencherait l'explosion.

Elles étaient à peine sur le parking de l'hôtel que la sonnerie du portable de Kate l'arracha à sa rêverie. Elle regarda le beau visage de Hidden s'assombrir, une moue douloureuse tordre la bouche à laquelle elle venait de goûter.

— C'était Indra, la femme de Collins. Le chef a fait un malaise, c'est sans doute cardiaque, il vient d'être hospitalisé, dit-elle d'une voix atone.

Hanah crut que son rêve se muait en cauchemar. Pourtant, la nouvelle n'avait rien de très surprenant. Depuis son arrivée, Collins ne lui était pas apparu en bonne forme.

— Je dois y aller, vraiment désolée, Hanah, lâcha Kate d'un air contrit. Il faut que j'essaie de joindre Mendoza, il ne répond pas aux appels d'Indra. C'est lui l'adjoint du chef, c'est donc lui qui prend le relais à la direction.

— Je comprends… Vas-y, j'espère que ça va aller pour Collins.

— Je serais bien montée avec toi, tu sais, lança Kate par la fenêtre du 4 x 4 avant de repartir.

— Ce n'est que partie remise, ma douce. Essaie de dormir quand même.

— Tu peux m'appeler quand tu veux, dit Kate en lui glissant dans la main son numéro de portable griffonné sur un post-it.

Elles se quittèrent sur un dernier baiser.

Allongée sur son lit sans parvenir à fermer l'œil depuis une heure, le regard suivant le cheminement prudent d'une petite araignée au plafond, Hanah savait qu'il n'y aurait pas de prochaine fois. C'était ce soir que cela aurait dû se passer. Pour elle, c'était un de ces signes que lui envoyait la vie et qu'elle savait interpréter. Cette brusque interruption d'un élan réciproque lui laisserait le temps de réfléchir, de remettre ses idées en place. Trop de temps. Elle savait que la raison, occupant désormais cette place libre, l'emporterait.

Le visage de Kate flottant au-dessus d'elle, Hanah sourit amèrement au destin qui venait de la priver d'un moment de grâce. Quoi qu'il en soit, il avait toujours le dernier mot.

16 JUIN

Nairobi, Kiambu Road, 8 h 33

Zida était l'une des rares prostituées de la capitale à ne pas avoir contracté le VIH à seize ans et à être encore vivante à vingt-cinq. Mendoza la payait grassement pour qu'elle lui donne l'exclusivité de son corps. Malgré l'absence de tout sentiment amoureux, il n'aurait pas supporté l'idée de partager une femme avec d'autres hommes. Même si ce n'était qu'une pute. Il louait donc ses services à volonté, avec un contrat renouvelable.

En émergeant de ses cuisses ce matin-là, la langue imprégnée d'un goût de chatte épicée, et prenant pour une fois la peine de se raser devant la glace, Juan Mendoza allait recevoir, avant de partir au travail, une nouvelle explosive en rallumant son portable mis en charge la veille. «Le chef a été hospitalisé hier soir suite à un malaise cardiaque» était le message succinct que lui avait laissé Hidden.

Dans les locaux du CID la nouvelle se répandit comme une traînée de poudre. Une profonde consternation régnait, d'autant que tout le monde savait que si Collins se retrouvait dans l'impossibilité d'exercer, Mendoza devrait le remplacer, du moins temporairement.

Lui, le petit chico des bidonvilles de Mexico, dont le sort s'était joué à pile ou face, allait donc prendre, à trente-sept ans, la direction du département le plus prestigieux de la police d'État kenyane. C'était une belle réussite personnelle. Et même les caresses expertes de Zida n'avaient pas fait naître à la surface de sa peau les frissons qu'il sentit courir devant ce rêve bientôt concrétisé. Une revanche sur la vie.

Son enfance puis ses débuts inespérés dans la police criminelle de Mexico défilèrent dans sa tête sous la forme d'un film noir et blanc à la pellicule brûlée par endroits. Ceux du cœur, ceux qui font mal toute la vie. Un film dont la bande-son résonnait encore la nuit. Cette nuit fatale…

La terre qui se fissure, s'écartèle dans des craquements d'os, les cris, toujours ces mêmes cris de brebis apeurées, mais, à entendre de plus près, les cris étaient humains, ou plutôt ne l'étaient plus vraiment. Des gosses, des femmes, avalés, broyés par des mâchoires de boue et d'acier, et parmi eux, les siens. Maria, son amour, José, son petit José aux yeux si bleus, Margarita, tellement jolie et pétillante, qui ressemblait tant à sa mère, et Esperanza, deux ans. L'espoir était mort. Enseveli dans la poussière terrestre. Des tonnes de poussière et de gravats.

Une date, des chiffres de feu qui lui consumaient encore la mémoire… 19 septembre 1985, dix mille morts à Mexico. Pendant que le bateau qui le transportait, tassé avec d'autres types comme lui en fond de cale, filait vers l'Afrique.

Le monde n'est pas le même pour tous. Ce jour-là, pour Mendoza, il s'était écroulé.

Une fois au bureau, le Mexicain reçut deux résultats majeurs dans l'affaire des corps de poussière. Un premier appel du labo l'informa des résultats des analyses effectuées sur le spray insecticide. Les empreintes étaient bien celles d'O'Neil. D'autre part, l'ADN extrait du sang de la scène de crime correspondait à celui du sperme prélevé dans le préservatif retrouvé à proximité de l'endroit où O'Neil avait perdu la vie trois jours auparavant. Cet échantillon d'ADN avait ensuite été comparé à celui du spray, les deux correspondaient.

Avant d'être tué, O'Neil s'était donc livré à un acte sexuel avec quelqu'un d'autre que sa femme, inventant pour justifier son départ le prétexte fallacieux de l'antimoustiques oublié. Peut-être avait-il rendez-vous, peut-être avait-il fait une rencontre imprévue, un peu à l'écart de l'hôtel. Mais il y avait autre chose. Sur la paroi externe du préservatif, les techniciens du labo avaient décelé des traces de matières fécales dont les analyses génétiques, rendues possibles par le renouvellement rapide de l'épithélium colique entraînant l'élimination des cellules épithéliales dans les selles, révélaient un ADN différent de celui d'O'Neil. La conclusion était qu'O'Neil avait pratiqué une sodomie.

— C'est pas possible, *puta de Madre !* Cet ADN est peut-être celui du tueur ! Ils se sont livrés à cet acte et, ensuite, O'Neil a été saigné, avait tonné Mendoza, assis dans le bureau de Collins.

En vue de resserrer l'étau autour du tueur, il allait falloir prélever l'ADN de tous les hommes présents dans l'hôtel, personnel et clients, et procéder par élimination. Mendoza voyait mal un des touristes de l'hôtel rejoindre O'Neil dehors et surtout se révéler être le tueur. Mais savait-on jamais ?

Il appela la réception du Heron, se présentant comme officier en chef de la Criminelle et demandant qu'on lui faxe la liste de tous les occupants ce soir-là.

Le fax ne tarda pas à crépiter joyeusement sur le bureau de Collins, recrachant feuille par feuille des informations toutes fraîches, suivies d'un fax provenant du Heron avec les noms de ses hôtes et du personnel masculin.

Un peu plus tard, un deuxième appel du labo lui signifia que l'analyse des particules organiques prélevées sur les trois scènes de crime les plus récentes, Kikuyu Town, Murang'a et à proximité de l'hôtel Heron, révélait enfin que la dissolution des corps avait été obtenue après glaciation dans de l'azote liquide, qui permettait de les réduire en poudre sans combustion. Cautérisés par un froid extrême. Comme une vulgaire verrue.

Les pronostics et les hypothèses de Baxter sur les méthodes du tueur se confirmaient de façon regrettable.

En fin de matinée, Mendoza reçut un autre fax l'informant que le révérend Priorus Necker était porté disparu.

« Tiens, tiens, j'aurais parié qu'on entendrait de nouveau parler de toi, vieux pédé, songea le Mexicain. T'as pris la tangente, on dirait… Ça ne joue pas en ta faveur, après le crime qui a eu lieu à côté de ton église ! »

Il décrocha le téléphone et composa le numéro du poste de police de Murang'a.

— Mendoza, du CID, Nairobi. J'appelle au sujet d'une disparition récente. Le révérend Priorus Necker. Passez-moi l'un des collègues chargés de l'enquête.

— Quittez pas, lui répondit une voix traînante féminine.

Il entendit le bruit décroissant des talons sur du carrelage, puis le même martèlement revint et la voix lui répondit, peu convaincante, qu'il n'y avait personne.

Mendoza raccrocha sans remercier, furieux de buter sur un premier obstacle.

— J'irai moi-même à Murang'a, s'il le faut, bouger leur cul de provinciaux péquenots, vociféra-t-il en tapant le bureau du plat de la main.

Keops poussa un petit gémissement apeuré.

— Tout doux, ma belle, c'est rien, c'est juste papa qui s'énerve et il y a de quoi !

Puis il composa le numéro du proc pour obtenir un mandat de perquisition au domicile du prêtre.

Dans la moiteur du bureau de Collins balayé par le souffle lourd du ventilateur, les pensées de Mendoza flottèrent jusqu'à Kate Hidden.

Pris par diverses choses, il l'avait croisée une ou deux fois dans les couloirs, ces derniers jours.

Il revoyait sa blondeur illuminant un visage à l'expression distante, son regard insondable, entendait résonner sa voix glacée dans sa tête, se demandant quel volcan couvait sous cette banquise. Et éprouva, malgré toutes leurs tensions, un relent de désir inassouvi pour la belle métisse.

Depuis la mort de Maria, il n'avait plus laissé de place à l'amour dans sa vie. Et lorsqu'une femme, si rarement, était susceptible de lui plaire, il lui en voulait presque de raviver un sentiment que, par serment, il avait banni. S'il n'était pas amoureux de Hidden, il lui suffirait de peu pour que la barrière cédât. Alors, il préférait se réfugier dans la colère.

201

Obstinément muette sur sa vie privée, la métisse était façonnée dans un bloc de mystère pour ses collègues du CID, laissant libre cours à tous les fantasmes de ce noyau masculin. Était-elle lesbienne, comme cette foutue Baxter ? Saisi d'un vertige où flirtaient dégoût et jalousie, le Mexicain fantasma les deux femmes dans une étreinte qui l'excluait à jamais. Non, impossible... Pas Hidden, elle était trop canon et féminine jusqu'aux bouts des griffes pour se contenter d'un vulgaire broute-minou. Il lui en faudrait davantage pour être comblée...

Peu à peu, le fantôme d'un sentiment amoureux se mua en une seule envie. Farouche, bestiale. La pilonner à sec, la lui mettre profond et la limer jusqu'à ce qu'elle le supplie d'arrêter. Il voulait entendre cette voix, réchauffée par l'émotion, craquelée par la peur, l'écouter céder sous ses coups, se faire suppliante, puis faiblir, jusqu'à sombrer dans le silence de son corps inerte et privé de vie. Oui, c'était morte qu'il l'inventait, la rêvait. Morte, parce que aucune femme vivante ne pouvait plus prétendre à son amour.

Nairobi, Church of Moon, 9 h 30

Oh Dieu, qu'as-tu fait à notre peau ? Pourquoi lui as-tu volé sa couleur, lui donnant celle de la lune ? Qu'as-tu cherché ? À nous faire ressembler à l'homme blanc ? À des spectres errants ? Des fantômes d'Afrique ? Oh Dieu, vois comme tu nous as condamnés !

Ni noirs ni blancs, âmes tristes et damnées...

Tu as fait de nous des ombres fragiles à la peau de papier, brûlée par le soleil et rongée par les tumeurs.

Comme notre sœur Aka, les démons viendront nous chercher ! Nos membres mutilés, nos organes dérobés à l'intérieur de notre corps, réduits en poussière, finiront dans le ventre de nos frères africains. Africains, comme nous ! Trouves-tu cela normal, Seigneur ?

Tu as rappelé notre sœur près de toi, mais nous avions besoin d'elle ici ! Bénis-la, mon Dieu, bénis son âme, qu'elle trouve la paix qu'elle n'a pas connue sur cette terre !

Le prêche de Kamaria, sous la forme d'un chant lancinant, retournait les tripes de Mullah Singaye. Fondu aux ouailles éplorées, anonymes ou connais-

203

sances de la malheureuse dont on célébrait ici les obsèques, l'agent du CID, armé, était chargé d'assurer la sécurité de la cérémonie. Son albinisme le lui permettait sans qu'il risque de se faire remarquer. Pourtant ici, il était chez lui. Adolescent, il assurait déjà la sécurité de la paroisse en bénévole. Et puis, il avait, à quelques reprises, rempli le rôle d'enfant de chœur. Avait assisté aux mariages, aux naissances, aux enterrements, partagé toutes ces joies et ces peines éprouvées par les siens.

Ce chaud matin de juin, les paroles de la prêtresse résonnaient d'un écho douloureux. Elles l'atteignaient au cœur. Il pensait à son père, à ce qu'il aurait pu faire pour éviter sa mort prématurée. Mais il n'avait pas été là pour lui. Alors que son père, contrairement à certaines familles africaines, ne l'avait jamais renié à cause de son albinisme. Mullah Singaye aurait dû avoir la peau noire, comme celle de ses parents, de ses frères et sœurs, mais il était ainsi né, « enfant de la lune », oublié de Dieu. À moins que Dieu n'eût d'autres projets pour lui et ses semblables.

La petite église de la Lune, la Church of Moon, située non loin de la God's House International Church où Aka avait été sauvagement assassinée, était pleine pour la circonstance. Comme, d'ailleurs, les jours d'office.

Ce lieu de culte des Noirs chrétiens, devenu trop petit, avait été légué aux albinos africains qui venaient s'y réunir et suivre les messes tenues par Kamaria.

Abandonnée à la naissance, la prêtresse avait été recueillie dans l'un des premiers camps pour enfants albinos, dont certains étaient des orphelins ou, comme elle, rejetés par leur famille qui voyait dans ce type de naissances une malédiction. On l'avait baptisée Kamaria, en swahili : « comme la lune ».

Une centaine de Noirs à la peau délavée étaient réunis dans la Church of Moon ce matin-là, face au cercueil blanc d'Aka, dans une étroite et silencieuse communion. Au moins, ils se retrouvaient entre eux, à l'abri des regards malveillants.

Résignés, habitués à se taire et à se faire invisibles depuis leur venue au monde, ces paroissiens différents des autres n'élevaient pas la voix et, simplement, écoutaient. Ils écoutaient leur histoire dans les mots de Kamaria. Certains pleuraient doucement. Des femmes, mais aussi des hommes, atteints dans leur chair. Des êtres auxquels il manquait souvent un bras, une jambe, parfois les deux. Ils étaient là, debout, appuyés sur des béquilles, ou en fauteuil roulant, soudés dans la mort de celle qui avait combattu pour eux et payé de sa vie l'anomalie génétique dont ils souffraient.

De la prêtresse albinos, luisante de sueur et d'une émotion sincère, émanait un charisme qui gagnait les paroissiens dès qu'elle apparaissait. Elle était authentiquement belle. Un visage de pur ivoire, sans artifices, ni fard. La silhouette élancée vers le ciel, le crâne ceint d'une auréole de cheveux immaculés et tressés en nattes serpentines, les yeux à demi clos derrière leur barrière de cils blancs, presque aveugle, elle s'adressait à eux, à ce Dieu que tous continuaient à aimer et en qui ils fondaient leurs espoirs, en dépit de l'injustice dont ils étaient les victimes.

Singaye en était secrètement amoureux, mais Kamaria demeurait inaccessible au désir des hommes, vouée à l'Être suprême. Elle avait échappé à la mort par trois fois. Et avait manifesté sa reconnaissance envers le Seigneur en lui consacrant sa vie, sous serment.

La prêtresse confia l'âme d'Aka Merengue à ce même Dieu d'une voix vibrante et chaude.

Formant un ensemble sublime, le chœur des paroissiens se joignit à elle dans ce refrain : *Oh my Lord, bless our sista', bless us, God, give us love and hope, Hallelujah !*

Tandis que tous se levaient comme un seul homme, les bras tendus au-dessus de leur tête en une vague spontanée, un Noir en bras de chemise, assis au volant de son pick-up fenêtres ouvertes, dans l'ombre providentielle d'un palmier, attendait à proximité de l'église, ne quittant pas l'édifice des yeux, attentif à qui entrait et sortait.

Il alluma une cigarette avec le mégot incandescent de la précédente.

Il espérait voir quelqu'un dans les parages, peut-être même parmi les ouailles, à la sortie de la cérémonie. Celui qu'il recherchait. Ça ne l'aurait pas étonné de le trouver là, flairant, repérant ses proies. Les meilleures possibles.

Mais il ne vit personne et rien ne se produisit.

Il pouvait seulement entendre les murs de l'église de la Lune résonner des gospels. Il en avait l'estomac noué.

Sa mission le liait à tous ces gens, ces tragiques victimes de la pire des sauvageries humaines.

Après une dernière bénédiction, Kamaria signifia la fin de la cérémonie. Avant de se disperser, tous défilèrent devant le cercueil pour un dernier hommage à leur héroïne.

Les gerbes et couronnes de fleurs étaient si nombreuses que le cercueil était presque enseveli sous leur masse. Parmi elles, une couronne, sobre, de lys blancs, ornée de cette seule inscription en lettres dorées : « À une âme pure, de la part de Darko Unger ».

Nairobi, Biogene, laboratoire de la police scientifique

Les gars de Biogene, le labo rattaché à la Criminelle, ne risquaient pas de chômer dans ce nid de crimes et de violence qu'était la capitale kenyane. Un des plus hauts degrés de criminalité de toute l'Afrique de l'Est.

La mise en place de cette branche scientifique de la police criminelle de Nairobi datait d'une petite décennie et constituait pour le pays un pas de géant dans la traque aux tueurs.

Des techniciens scientifiques étaient venus de Londres afin de former les Kenyans.

Les locaux de Biogene, de construction récente, situés à cent mètres du siège du CID, formaient un monolithe rectiligne de béton couleur ardoise, posé sur le sol. Les salles de laboratoire et de biologie se déployaient en espaces souterrains, dans une ambiance stérile, carrelée de blanc. À peine y entrait-il que des effluves chimiques prenaient le visiteur à la gorge. Ce qui devait être les nouveaux bureaux de la Criminelle se trouvait de plain-pied dans ce même bâtiment. Collins aurait dû y déménager, mais il avait préféré rester dans les anciens locaux, dans ce vieux bureau ventilé mécaniquement, où il avait commencé sa carrière.

Sous les ordres d'Andry Stud, une dizaine de techniciens s'affairaient dans le labo. Leur partie à eux était d'autopsier la scène de crime et d'effectuer les prélèvements sur les cadavres, de la tête aux pieds, dans le moindre interstice. Sans oublier les orifices.

Kenyatta, un Kenyan aux lointaines origines bantoues, pas peu fier de porter un patronyme présidentiel — même s'il n'avait aucun lien de parenté avec l'ancien président Jomo Kenyatta —, travaillait dans la lumière aseptisée du labo depuis son ouverture. Un vieux de la vieille, bien que son allure parût encore jeune pour son âge, avec ses dreadlocks roussies. Son neveu, surnommé l'Intello à cause de sa précocité et de ses lunettes rectangulaires à fine monture d'écaille, avait rejoint l'équipe depuis peu. En raison de sa frêle stature, trop gringalet pour le terrain, on l'avait collé au labo, au milieu des microscopes à balayage et des produits chimiques inhalés au quotidien. Mais c'était moins risqué et moins exposé que les bidonvilles, même s'il y avait, dans les réserves, de quoi faire péter tout le complexe moderne de Kiambu Road, et le CID avec.

En réalité, Kenyatta avait la responsabilité de son jeunot de neveu et il avait préféré l'écarter de tout danger. S'il était arrivé quelque chose au gosse, sa sœur, un vrai dragon, lui aurait fait frire les couilles à la sauteuse, les yeux et la langue avec.

En ces derniers jours de la mi-juin, le labo entier était en ébullition suite aux résultats des analyses portant sur les particules corporelles recueillies récemment.

C'était la première fois que le cadavre n'était plus un simple support aux prélèvements, mais devenait leur objet même. Une nouvelle donne qui déroutait les techniciens au point de leur faire faire des cauchemars. Ils se rêvaient désintégrés à l'azote liquide. Seul l'Intello paraissait dans son élément et tout à fait à l'aise avec cette découverte.

— Eh man, le mec, il se contente pas de tuer une première fois, fit remarquer un des techniciens, Boose, un Noir élevé au grain, en plein air et qui, à dix-sept ans, avait été sacré champion olympique de marathon. Depuis, il s'était empâté à coups de hamburgers. Il tue une deuxième fois. Par désintégration, pulvérisation. Il efface, anéantit. Retour à la poussière, mon frère !

Un sourire afflua aux lèvres de l'Intello. Comme de l'admiration.

— C'est tout simplement remarquable. Et d'une élaboration... Du nitrogène liquide pour dissoudre un corps... Il faut y penser et, de surcroît, être bien équipé !

— Eh bien, moi, je crois plutôt que c'est un gros malade, man ! se récria Boose. Et toi aussi !

— Hey hey, mec, je t'interdis de parler comme ça à mon neveu, intervint Kenyatta, qui se dressa devant Boose, le dépassant d'une tête dans sa panoplie de cosmonaute.

— Oh, les coqs, là ! On se calme, gronda Andry Stud qui venait d'arriver au labo, la mallette à la main. Ou je vous fous sur les chiens écrasés. Vous êtes des policiers scientifiques, pas des chiffonniers ! Alors un peu de respect pour votre métier, s'il vous plaît.

— Il est très fort, vraiment, poursuivit l'Intello, dans sa nébuleuse. Sa méthode ne modifie pas la structure cellulaire, contrairement à l'incinération. C'est comme si on congelait, puis décongelait de la viande.

— Alors, les gars, vous avez trouvé de quoi il

retourne? s'enquit Stud, enfilant du latex sur les doigts.

À force, la peau de ses mains finirait par se transformer en latex.

— Oui, chef, c'est le boulot de mon neveu et j'en suis fier! claironna Kenyatta.

— Tu as transmis les résultats au CID? demanda Stud au neveu prodige.

— Je m'en suis chargé à sa place, dit Kenyatta. On bosse en famille, chez nous.

— Parfait. Alors c'est bon, la journée est finie.

— Pas pour toi, Stud, on dirait…

— Je termine des analyses et je rentre aussi. Reposez-vous bien, les enfants, je pense que vous en avez tous besoin.

Demeuré seul au labo devant son écran d'ordinateur, le chef de la PS appréciait ces moments de vacuité. Un dialogue avec le silence. Il avait choisi ce métier par passion de la chimie et de tout ce que cette science permet d'obtenir, mais aussi pour être au plus près de la vérité. Faire parler les traces, les empreintes, le sang.

À l'idée de la mort inéluctable, il ressentait une déchirure, un manque d'une part de lui-même. Aspiré de l'intérieur et vidé de sa substance. Il n'était alors plus qu'une enveloppe sur du néant. Un néant qui l'absorbait irrésistiblement dans ses limbes. Le monde n'était que poussière et tout devait rentrer dans l'ordre.

Stud cliqua sur le rapport d'analyses du neveu de Kenyatta. Tout collait au poil près. Le jeune morveux avait même fait du zèle. Il irait loin, à condition de le laisser faire. Il avait écrit que, selon toute probabilité, le tueur accomplissait sa besogne dans un caisson hermétique où il déposait le corps de sa victime préalablement tuée. Cette conclusion était un fait acquis par la présence d'une quantité donnée de sang sur le sol. Il devait ensuite envoyer le nitrogène liquide sous pression dans le caisson. Sous l'effet du gaz réfrigérant, le cadavre se cristallisait littéralement par -260 °C et devenait extrêmement friable, les os compris. Ce traitement permettait ensuite au tueur de désintégrer le corps en poussière au moyen d'un pilon approprié. Pas mal, pas mal du tout... Le chef de la PS eut un sourire éclatant. Tout y était. Ou presque. Bravo, petit.

Il finit de rentrer des résultats dans l'un des dossiers stockés sur l'ordinateur, puis ouvrit le dossier qui provoquait toute cette fébrilité dans son service pour y coller le rapport du neveu. Le dossier des corps de poussière, le dossier qu'il avait ouvert et baptisé « DUST ».

Nairobi, Heron Hotel, 15 h 10

Collins avait été transféré à l'hôpital militaire de Nairobi, sur Mbagathi Road. C'était là qu'il serait le mieux soigné, s'était dit Baxter. Si l'infarctus était avéré, il lui faudrait du repos. Bien que Collins ne fût pas du genre à en prendre.

Lorsque le remplacement fut validé en haut lieu et que le Mexicain prit la tête de l'équipe, Hanah, lisant dans le regard du flic « À nous deux maintenant », avait cru que sa mission touchait à sa fin. Mais rien de tel n'arriva.

Très affectée par ce qui était advenu à Collins, sachant qu'une visite à son chevet serait prématurée, Hanah souhaita avant tout regagner sa chambre d'hôtel pour s'accorder quelques heures de répit après sa brève visite au CID. Encore sous le coup des événements de la veille, elle en avait profité pour remettre au Mexicain ses premières conclusions écrites corroborées par les analyses mettant au jour la désintégration des corps et leur trace sur les scènes de crime.

Bouddha lui manquait. Bis et les bras de Karen aussi,

se surprit-elle à penser, malgré l'émotion qu'elle avait éprouvée sous les baisers ardents de Kate.

Elle informa Mendoza qu'elle serait joignable à l'hôtel et, pour rentrer, prit un taxi. Le chauffeur, croyant profiter d'une touriste totalement ignorante de la géographie des lieux, lui fit traverser la ville pour finalement revenir presque au point de départ, sur Milimani Road, à l'adresse de la résidence hôtelière. En chemin, ils tombèrent sur des manifestants qui bloquaient une rue et durent attendre une dizaine de minutes avant de pouvoir repartir. Pendant ce temps, le compteur tournait. Questionnant le chauffeur sur les banderoles qui arboraient des inscriptions en swahili, Hanah apprit que le rassemblement avait un lien avec l'affaire des corps de poussière. « Le Troisième Antéchrist est arrivé sur terre ! La fin du monde est proche ! Dieu nous punit de nos péchés ! » criaient quelques illuminés, reprenant en chœur les slogans des banderoles. Consternée, Hanah demanda au chauffeur quel rapport, selon lui, existait entre un tueur en série et le châtiment divin ou l'Antéchrist. « Les croix tracées avec du sang prouvent que c'est un message de Dieu et pas un tueur. On s'est laissé dépraver par l'Occident qui nous a apporté l'alcool, la drogue, la prostitution, les pédophiles et le sida. Ces croix, c'est la marque divine. La preuve, il y a pas de corps. Où sont les corps ? Même la police les a pas retrouvés ! » répondit-il en toute bonne foi.

Une fois devant l'hôtel, exténuée par cette chaleur humide et pressée de regagner sa petite chambre avec sa clim bruyante, Hanah paya sans broncher.

N'ayant que son Mac pour lui tenir compagnie et lui distiller des informations, elle décida de donner suite à sa dernière conversation avec Collins et d'approfondir ses recherches sur les massacres des albinos en Afrique.

Installée sur le lit après une douche qu'elle rêvait glacée, l'ordinateur sur les genoux, elle tapa « massacre albinos Afrique » dans la fenêtre du moteur de recherche et aussitôt apparurent environ 1 500 résultats. Ce qui était peu, vu l'importance du sujet.

Des liens vers des reportages et vidéos aux images insoutenables de jeunes albinos gravement mutilés, amputés d'un bras, d'une jambe, des familles effondrées, ou encore ce grand-père, qui venait de retrouver sa petite-fille massacrée et qui cachait le corps sous sa couche, au fond de sa case, au cas où ils reviendraient la chercher.

Le regard de Baxter passait de page en page. Elle sentit une corde brûlante lui nouer le cœur au fil de ses recherches.

Étrangement, c'est en Afrique, où la pathologie fut officiellement découverte en 1822, que l'albinisme est le plus répandu. Ainsi apprit-elle qu'au Mali, chez le peuple dogon, la part surnaturelle attribuée aux albinos tirait son origine d'un mythe selon lequel ces êtres seraient issus d'une relation incestueuse entre des divinités et incarneraient le lien entre le terrestre et le céleste. Fruit d'une transgression, d'une infidélité de la mère, éternellement maudit, l'albinos, dont la présence dans une famille relève du mauvais présage, serait doté de pouvoirs dangereux.

Dans plusieurs pays d'Afrique, les albinos sont perçus comme magiques. Immatériels, métaphysiques, ils ne meurent pas, mais disparaissent. Et il est nécessaire de les sacrifier. Dans l'imaginaire collectif, les nouveau-nés albinos descendaient le fleuve dans des calebasses. On accusait les mères d'avoir commis l'imprudence de dormir dehors par une nuit de pleine lune au moment de leur grossesse.

En Tanzanie, plus de dix mille albinos avaient fui les villages pour se regrouper dans les villes. Loin des sorciers et de leur influence, ils pensaient courir moins de risques. Mais même dans les agglomérations, ils n'étaient pas à l'abri : leurs familles, leurs parents ou leurs amis, dans la misère ou simplement de milieu modeste, les dénonçaient et les vendaient aux trafiquants pour quelques centaines de dollars.

Un peu plus loin, un article évoquait une communauté de pêcheurs qui confectionnait ses filets avec des cheveux d'albinos pour une pêche plus fructueuse, ainsi que des miniers utilisant des préparations à base de jambes d'albinos pour leur assurer plus de force physique dans leur chasse aux diamants. Les gens de pouvoir, hommes d'affaires ou politiques, dans leur course aux sommets, étaient de fervents adeptes de ces poudres humaines aux propriétés magiques. Pourtant, le sujet demeurait tabou. La police se trouvait confrontée à un véritable réseau dans lequel plusieurs politiques du pays étaient trempés jusqu'au cou. Les gouvernements, dont certains membres influents se fournissaient en préparations et onguents d'origine humaine, intervenaient de façon plus ou moins musclée, pour la forme.

Les rubriques faits divers des journaux africains étaient émaillées de drames touchant des enfants albinos que les trafiquants, faisant irruption chez les gens en pleine nuit, n'hésitaient pas à dépecer sous les yeux de leurs proches terrorisés. Certains buvaient même le sang de leurs victimes après les avoir saignées sur place. Une fillette de six ans avait été décapitée et démembrée en présence de sa sœur aînée, non albinos, cachée sous les draps.

Ce que Hanah découvrait accrut son malaise face à cette barbarie fondée sur un obscurantisme aveugle et dangereux, rappelant des idéologies sulfureuses à l'origine de génocides massifs de l'Histoire.

Le regard de la profileuse flotta dans la pièce.

«La vie n'est rien, ici, semble-t-il, écrivit-elle dans son carnet. Du moins, la vision n'en est pas la même qu'en Occident. En revanche, le fait de tuer, qui est un acte du quotidien, revêt parfois une dimension sacrée, mystique. L'acte de tuer serait même au-dessus de celui de donner la vie. Preuve en est cette notion omniprésente de sacrifices humains. C'est aussi un acte qui se monnaye facilement.»

Hanah se trouvait désormais devant deux affaires. L'une relevait du meurtre en série et impliquait certainement un tueur à qui ses connaissances en chimie permettaient d'opérer de façon inédite, dissolvant la matière corporelle avec du nitrogène liquide. L'autre révélait un réseau parfaitement organisé de trafiquants de corps humains s'étendant peut-être aux plus hautes sphères de l'État. Les modes opératoires étaient très différents. Pourtant, son intuition orientait Hanah vers l'hypothèse d'un lien entre les deux. Une intuition basée sur un élément matériel qui n'était peut-être qu'une coïncidence, mais qu'elle ne pouvait ignorer. Dans les deux affaires, les corps étaient réduits en particules, dispersées dans la terre pour une, vendues par des sorciers pour l'autre. Le tueur aux corps de poussière était dans le rituel pur, avec une technique élaborée. Ses mobiles restaient inconnus et ne semblaient pas mercantiles. En revanche, ceux des trafiquants et des sorciers étaient limpides. Et malgré les méthodes traditionnelles et en apparence isolées des *mgangas,* le trafic d'albinos existait visiblement à grande échelle dans plusieurs pays.

Collins avait parlé de la Communauté de l'Ivoire, dissoute quelques années auparavant. Hanah ne trouva bien sûr aucun site officiel, seuls quelques articles de presse mentionnaient brièvement le lobby dans la chasse à l'ivoire. Le tueur aux corps de poussière avait-il appartenu à ce lobby ? Il se pouvait en tout cas qu'il ait été lié d'une façon ou d'une autre à ses activités.

De l'eau gouttait de la clim au-dessus de la porte de la salle de bains, formant une petite flaque sur la moquette défraîchie. Hanah se dit que si elle l'éteignait, elle allait cuire vivante. Puis elle pensa à Collins. Avait-il ressenti des symptômes ? Pourquoi n'avait-il rien dit ? Hanah avait attribué sa mauvaise mine à ce qui lui pesait sur les épaules. Ces meurtres non résolus. La sécurité de son pays. Une responsabilité énorme pour tous ces hommes, mais plus encore pour celui qui les dirigeait. Quand rencontrerait-elle Indra ? Quand se rendrait-elle à Hope Camp ? Elle ne connaissait même pas l'homme de l'ombre dit la Lance et personne, excepté Collins, n'était au courant du dossier. En allant trouver un de ces *mgangas* réputés pour le questionner sans éveiller ses soupçons, Hanah tomberait peut-être sur un début de réponse. Il lui fallait tout d'abord obtenir une adresse. Ce qui ne devait pas être bien difficile.

17 JUIN

N'ginri, 8 h 22

Hanah, en train de scruter les lieux non sans une certaine répulsion à la vue de pots où macéraient des matières douteuses et d'autres, remplis de poudres qui laissaient imaginer le pire, sentit monter l'angoisse. Lorsqu'elle avait pris rendez-vous, elle s'était présentée au *mganga* comme une anthropologue écrivant une thèse sur les rituels de sorcellerie et les guérisseurs en Afrique. Par où commencer? Elle ne connaissait des rituels que ce qu'elle en avait écrit dans son mémoire en sciences criminelles ou lu récemment sur Internet. En repassant au CID, elle avait croisé Mullah Singaye, le flic albinos, et avait préféré s'adresser à lui plutôt qu'au Mexicain pour tenter d'obtenir le renseignement dont elle avait besoin. Singaye lui avait aussitôt parlé du médecin guérisseur de N'ginri, à la réputation aussi brillante que sulfureuse. Tiko Swili. Singaye lui avait proposé de l'accompagner au village de brousse, mais Hanah avait refusé net. Le sorcier aurait aussitôt flairé la présence d'un flic et se méfierait. Par ailleurs, l'albinisme de Singaye risquait de leur faire prendre des risques inutiles.

Les petits yeux de Swili la transperçaient. Elle se sentait mise à nu. Il s'apercevrait rapidement de la supercherie et risquait de se braquer. Elle opta finalement pour la transparence.

— Écoutez, en plus de ma thèse, je suis missionnée par le CID pour un profilage dans cette série de crimes sans cadavres. Vous avez dû en entendre parler ?

Cette fois, elle soutint le regard inquisiteur du sorcier.

— Comme tout le monde, répondit Swili sans ciller. Je comprends mieux la raison de votre visite, mais que voulez-vous de moi ?

Hanah, assise elle aussi en tailleur, se tortilla sur ses fesses.

— Eh bien, nous creusons la piste de crimes rituels. La quantité de sang répandu nous fait pencher en ce sens. D'autre part, contrairement à ce qu'on a pu penser, le corps aussi a été dispersé au même endroit. Ses restes, plus exactement, après désagrégation.

Les muscles faciaux de Swili frémirent imperceptiblement.

— Je ne vois pas où vous voulez en venir.

— Certains guérisseurs, féticheurs et autres tradipraticiens ont été impliqués dans des disparitions suspectes pouvant être liées à des rituels macabres. Je souhaiterais avoir un avis éclairé sur la question. Selon vous, dans cette série de crimes, est-ce que le mode opératoire pourrait relever de la magie noire, ou d'exorcismes ? Je sais que le sang est utilisé dans ce genre de pratiques, certains vont même jusqu'à le boire. Est-il possible qu'on ait prélevé les organes de ces corps avant de réduire ceux-ci en poudre ?

Le guérisseur se gratta le menton d'une main noueuse.

Ses doigts à la peau sèche et crevassée ressemblaient à des racines.

— Ça fait beaucoup de questions, observa-t-il en regardant Hanah d'un air concupiscent.

Captant le message, elle sortit un billet vert de son portefeuille et le lui tendit sans un mot. Les cent dollars disparurent dans les plis azur du boubou et eurent pour effet de lui délier aussitôt la langue.

— Lorsque le sang humain est employé pour ses vertus purificatrices et protectrices, pour éloigner le *pepo* ou accéder au pouvoir, il peut être ingéré par les adeptes, commença le sorcier, les paupières entrouvertes. Il est contenu dans des pots vendus à des hommes déjà puissants qui veulent renforcer leur pouvoir. On dit, au Togo, que le maréchal Mobutu buvait du sang humain et que le président Faure Gnassingbé nageait dedans. À tel point qu'il est parti voir le pape pour se purifier et se laver de tout ce sang. Quant aux organes, dans votre affaire, ils ont très bien pu être retirés des corps. On les appelle des « pièces détachées », elles sont employées dans la fabrication de puissants fétiches. Mais il faut que les personnes dont on prélève les organes soient encore en vie. Plus leur souffrance sera forte, plus le fétiche conçu à partir de leurs organes sera efficace et puissant.

Hanah retenait son souffle. Les mots du guérisseur lui soulevaient l'estomac. C'était peut-être un début d'explication à l'utilisation du venin de serpent et à l'anticoagulant pour en atténuer les effets. La victime devait être neutralisée, mais pas morte.

— Vous… vous proposez ce genre de fétiches ? s'enquit-elle, redoutant la réponse.

— Je ne suis pas féticheur, mais médecin guérisseur. Je ne fabrique que des remèdes d'origine animale et à base de plantes. Beaucoup de personnes disparaissent, dans ce pays et sur tout le continent africain, reprit-il après une respiration. Mais ces disparitions ne sont pas à relier systématiquement aux pratiques vaudoues ou rituels de magie noire. Je ne nie pas que tout cela existe et nous sommes les premiers à en payer le prix.

— Que voulez-vous dire ? s'étonna Hanah, qu'une impression de malaise gagnait de plus en plus.

Elle se dit qu'elle aurait peut-être dû accepter que Singaye l'accompagne, quitte à ce qu'il l'attende à l'entrée du village.

— Le gouvernement tanzanien, notre voisin direct, a retiré les licences des guérisseurs traditionnels sans aucune consultation préalable. D'ici à ce que nos ministres prennent la même décision, il n'y a qu'un pas. Au Kenya, dans des villages de brousse comme celui-ci, une cinquantaine de sorciers ont été immolés suite à des manifestations contre la médecine africaine traditionnelle, accusée de pratiques occultes.

— Il n'y a pas de fumée sans feu, lâcha Baxter malgré elle.

Swili la foudroya du regard. «Ma fille, si tu continues avec tes conneries, il va finir par nous jeter un sort ! » se réprimanda-t-elle les dents serrées, furieuse contre sa propre impertinence.

— L'auteur de ce supposé rituel a peut-être gardé une certaine quantité du sang qu'il obtient et a répandu le reste sur la terre, comme une semence, poursuivit le *mganga*. Une enseignante kenyane avait engagé un homme qui devait lui assurer la fortune par le rituel du sang. Pour cela, il devait sacrifier une centaine d'humains. Pour avoir leur sang. Au bout de trente sacrifiés, il a fini par être arrêté.

Hanah sentait son pouls battre au galop. À côté de l'univers que lui décrivait Swili, les rues de New York et même le Bronx lui paraissaient être le monde des Bisounours.

— Et la Communauté de l'Ivoire, en avez-vous entendu parler ? demanda-t-elle tout de go.

À cette évocation, Hanah crut surprendre un éclair dans les yeux du sorcier. Elle eut l'impression d'avoir tapé dans le mille. Mais son visage demeura impassible.

— Comme tout le monde ici, je suppose. Elle était impliquée dans le commerce de l'ivoire. Aujourd'hui, elle n'existe plus.

— C'est tout ? Seulement dans l'ivoire ? Dans aucun autre... trafic ?

— Pas à ma connaissance.

— Et vous, monsieur Swili, honnêtement, fabriquez-vous et utilisez-vous dans vos préparations des matières organiques humaines, comme certains de vos confrères le font avec les albinos mutilés ou sacrifiés ?

Cette fois, les traits du sorcier se durcirent nettement. Il se dressa face à la profileuse comme un serpent.

— Madame l'anthropologue, siffla-t-il ironiquement, je crois vraiment qu'il est temps de mettre fin à cet entretien. J'ai à faire et vous aussi, je suppose.

Hanah parvint peu à peu à identifier l'origine de son malaise croissant. C'était cette odeur dans l'air. Un relent organique de décomposition, de cadavre. Elle en était presque certaine. Une odeur hélas familière, qu'elle retrouvait dans les salles d'autopsie, finissant par l'emporter sur les effluves des produits antiseptiques.

Elle salua le sorcier à contrecœur et se dirigea vers le taxi-brousse qui l'avait attendue, le regard de Swili planté dans le dos.

Nairobi, zone industrielle, usine N2 Chemicals, 8 h 51

L'émoi régnait chez N2 Chemicals depuis que l'un des manutentionnaires préposés aux stocks, arrivé sur les lieux à son heure habituelle, 7 heures, s'était aperçu de l'absence d'une trentaine de containers de 50 litres d'azote liquide dans la réserve. Il l'avait aussitôt signalée à la direction.

Larry Randalls, le président-directeur général de la société de production anglaise, sorti du lit qu'il n'allait de toute façon pas tarder à quitter pour prendre la route de l'usine, sauta dans son coupé Jaguar, le visage en feu. Quels fils de pute avaient pu faire ça ? L'orage grondait dans l'habitacle de la Jag. C'était forcément l'œuvre d'une bande et non d'un seul individu. Pour accomplir cet exploit en solitaire, il aurait fallu sortir un par un les barils de la réserve, après avoir déjoué les systèmes d'alarme et franchi l'enceinte électrifiée à l'intérieur de laquelle on lâchait, la nuit, des molosses dressés à tuer. Non, il s'agissait forcément d'un groupe de profession-nels rodés. Trafiquants revendeurs ? Crime organisé ? Terroristes ? Cette dernière hypothèse était la plus in-quiétante.

Associés à d'autres produits chimiques comme la glycérine, le nitrogène et ses dérivés pouvaient servir à la fabrication de trinitroglycérine, explosif aussi puissant qu'instable.

N2 Chemicals, située au cœur de la nouvelle zone industrielle, tranchait dans le décor de grisaille et de gueules de cheminées béantes qui crachaient de la fumée noire. Rien ne s'échappait du producteur d'azote, à part quelques ragots sur la vie privée du manager. L'ensemble était hermétique, de l'intérieur comme de l'extérieur. Une boîte sous vide, de facture futuriste, abritant dans une verrière immense une sorte de sculpture contemporaine sphérique en titane digne de la fondation Pinault, symbole et fierté de N2 Chemicals et surtout de son directeur. L'objet, d'une dizaine de mètres de circonférence, ne servait à strictement rien d'autre qu'à occuper l'espace et les yeux quelques secondes. L'artiste avait dû être grassement payé pour cette commande.

— Appelez-moi le CID, ordonna Randalls à sa secrétaire, en épongeant son front ruisselant.

La chemisette qu'il venait d'enfiler, déjà trempée comme s'il était passé sous une averse, lui collait au dos et à la poitrine, trahissant ses rondeurs. Ce n'était pourtant pas faute de courir dans le parc les week-ends. Mais ce n'était encore pas suffisant.

— Ce n'est pas la procédure, osa lui rappeler la secrétaire, une Noire aux cheveux blonds décolorés, les seins prêts à s'échapper des balconnets du soutien-gorge qu'on devinait rose chair sous le voile de la tunique d'une blancheur transparente.

— Foutez-moi la paix avec la procédure, Tina ! Je connais personnellement Collins, le chef de la Criminelle. Vous entendez ? Alors, bougez-vous !

Attendant d'être mis en relation, Randalls mordillait sa chevalière en or aux armes de son père, feu Sir Randalls, un colon britannique à qui avait appartenu une des plus grandes exploitations de thé et de canne à sucre du pays. Après l'incendie criminel qui avait ravagé le domaine, causant la ruine familiale, Larry Randalls s'était reconverti dans des affaires plus juteuses avec la production de produits chimiques, particulièrement le N2, le nitrogène liquide.

Ainsi naquit la société N2 Chemicals, premier producteur anglo-africain d'azote sous sa forme liquide et de ses dérivés. Parmi ses clients figuraient en premier lieu l'armée, les hôpitaux et certains laboratoires pharmaceutiques.

À l'état naturel, l'azote est un corps gazeux présent dans l'atmosphère et les organismes vivants, végétaux et animaux, qui en assurent le cycle, c'est-à-dire la circulation en milieu naturel.

Randalls était littéralement tombé amoureux de cette composante de la vie. Ne vivait que pour elle. Outre la menace qu'il représentait, ce vol lui faisait l'effet d'une amputation. Et d'une terrible injustice.

Envahi d'une soudaine paranoïa, il passa en revue quelques-uns de ses clients susceptibles d'être coupables. Même les plus gros. Surtout les plus gros. Ceux avec lesquels il avait connu des déboires. Des impayés, un retard d'un an, voire deux, dans le règlement des traites. Parmi eux, la Communauté de l'Ivoire, avant sa dissolution. Randalls n'avait jamais su au juste ce qu'ils faisaient des quantités d'azote liquide qu'ils achetaient régulièrement mais, d'instinct, il préférait ne pas le savoir. Puis, les ventes avaient baissé, pour s'arrêter complètement à sa dissolution.

— Monsieur Randalls, souffla Tina dans le combiné, les pieds boudinés dans ses escarpins, je vous passe un certain Mendoza, qui remplace M. Collins, actuellement hospitalisé.

— *What a fucking mess !* grommela Randalls, mais Tina avait déjà établi la connexion.

— Mendoza à l'appareil. Bonjour, monsieur Randalls.

— Vous êtes ?

— Mendoza, comme je viens de vous dire. Le nouveau directeur du CID.

— Mendoza ? Je n'ai jamais entendu parler de vous. Ma secrétaire me dit que vous remplacez Collins. C'est donc à titre provisoire, je suppose, le temps qu'il soit sur pied. Bref. Ma société vient d'être cambriolée à grande échelle. Une trentaine de bonbonnes isothermes contenant de l'azote liquide ont disparu.

— Quand ? demanda le Mexicain du bout des lèvres, agacé par l'arrogance du PDG.

— Le vol a été constaté ce matin, par le responsable du stock.

— Dans ce cas, je vous envoie deux de mes inspecteurs. Vous tiendrez à leur disposition votre fichier clients, vos registres de comptes, les stocks, les disques de vidéosurveillance, tout ce qui pourra les éclairer sur les transactions et activités de N2 Chemicals. Avec, bien sûr, une petite visite guidée de votre usine. Et enfin, vous voudrez bien leur accorder une interview exclusive.

D'emblée, Randalls n'aima pas la familiarité avec laquelle s'exprimait le flic, tout directeur provisoire qu'il fût.

— Vous n'avez pas l'air de me prendre au sérieux, Mendoza.

— Oh mais si, Randalls, vous vous trompez, je vous prends très au sérieux. Surtout quand on connaît votre histoire familiale. Parce que moi, en revanche, j'ai entendu parler de vous. Combien l'assurance vous a-t-elle versé pour l'incendie du domaine Randalls dont vous aviez hérité ? De quoi vous recycler dans l'industrie chimique… Un bon filon, de nos jours. D'autre part, vous ne devez pas ignorer l'affaire de supposés meurtres en série sans cadavres. Un tueur qui utiliserait de l'azote liquide pour faire disparaître rapidement et proprement les corps de ses victimes sans laisser de traces visibles à l'œil nu, ça peut vous mettre en mauvaise posture, vous, le spécialiste numéro un de ce produit sur le continent africain, Randalls.

— Je n'aime pas vos allusions scabreuses sur ma famille et sur ma personne, pas plus que vos menaces, Mendoza, et vous pouvez être sûr que j'en référerai à Collins lorsqu'il sera rétabli.

— Et moi, mon cher Randalls, grinça le Mexicain en écrasant le combiné entre ses doigts épais comme s'il entendait le broyer à la place du PDG, je peux aussi vous mettre en garde à vue en tant que responsable de tout ce qui se passe dans votre société. Car vous pourriez très bien déclarer comme un vol ce qui n'en est pas. Y a-t-il eu effraction ?

Randalls hésita. C'était bien le problème. L'absence d'effraction.

— Non, pas que je sache…

— Je m'en doutais, coupa le Mexicain, une pointe de triomphalisme dans la voix.

— Mais nous n'avons pas encore tout vérifié, s'empressa d'ajouter Randalls. Je dois voir avec la société de gardiennage et visionner les séquences de vidéosurveillance.

— Vous serez bien aimable de ne toucher à rien de

tout ça, Randalls. Ça, c'est notre partie. Mais vous pouvez déjà convoquer vos vigiles, comme vos employés, en vue d'un interrogatoire. Ça risque de prendre quelques heures. Si vous coopérez sans problème, tout devrait bien se passer. Au revoir, Randalls, mes hommages à votre épouse.

Il était de notoriété publique que Larry Randalls n'avait pas de femme ou du moins ne s'en était-il pas vanté. Mais la rumeur courait qu'il allait régulièrement en Europe où il fréquentait des clubs échangistes.

Il raccrocha, rongeant son frein. C'est toujours comme ça avec ces putain de flics, de victime, on passe à pratiquement coupable, pestait-il. Et pourtant, coupable, oui, il l'était, d'avoir laissé une trentaine de containers de N2 s'évaporer dans la nature.

Nairobi, bureaux du CID, 9 h 45

Les cartes géographiques punaisées au mur et les photos anthropométriques se soulevaient dans le souffle du ventilateur, mais le Mexicain suait abondamment et semblait mal à l'aise dans ses rangers. Après avoir réglé quelques affaires courantes, Mendoza fit appeler Kate Hidden et Singaye dans le bureau de Collins. Quelqu'un allait devoir se rendre en zone industrielle chez N2 Chemicals interroger le PDG et ses employés sur la disparition des barils d'azote liquide. Il était en train de donner ses instructions lorsqu'on frappa à la porte.

— C'est quoi ? aboya-t-il.

— Baxter.

— *Puta de Madre*, encore cette fouille-merde, bougonna-t-il dans son cigare, puis, plus fort : On n'a pas rendez-vous, que je sache !

Sans répondre, Hanah ouvrit la porte et s'imposa dans le bureau en prenant soin d'éviter le regard de Kate.

— Je ne vous ai pas dit d'entrer, Baxter !

— Écoutez, Mendoza, si ça vous chante de vous adresser de cette façon à vos collègues, libre à vous, mais je vous rappelle que c'est Collins qui a signé mon ordre de mission. Alors d'une certaine façon, c'est lui, mon employeur.

— Ah non, erreur, ma p'tite dame, c'est l'État qui vous paie, mais si vous l'entendez comme ça, allez voir Collins et venez pas m'emmerder. Le débat est clos, j'ai du boulot, *adios*.

Baxter resta sur place sans broncher, les bras croisés, un sourire aux lèvres, sentant sur elle les regards approbateurs de Hidden et de Singaye. Ce n'était pas à eux d'intervenir pour elle, mais ils n'en pensaient pas moins.

— Qu'est-ce que je viens de vous dire, Baxter ? Foutez le camp de mon bureau ! explosa Mendoza, à en faire trembler Keops couchée à ses pieds.

Les oreilles de la chienne s'aplatirent sur son crâne.

— Erreur, inspecteur, corrigea Baxter sans se départir d'un calme ironique, je crois bien me trouver actuellement dans le bureau de Collins, il y a d'ailleurs la photo de ses enfants, là, juste devant vous. Je vous signale que votre boulot est en l'occurrence aussi le mien, s'il concerne les corps de poussière. J'ai eu connaissance des dernières analyses par l'agent Singaye. Au passage, merci de m'avoir tenue au courant.

Le Mexicain la fixa d'un air mauvais.

— Je vois que je n'ai pas besoin de le faire, vous vous débrouillez très bien sans moi.

— Hanah, si vous voulez venir avec nous… proposa Kate Hidden sur un ton très professionnel, tout en fixant froidement Mendoza. Nous allons interroger le directeur de N2 Chemicals au sujet de la disparition d'une grosse quantité d'azote liquide dont ils sont les premiers producteurs en Afrique. Si ça peut vous intéresser…

— Et comment ! Merci, Kate. Je vous suis.

— C'est tout, Mendoza ? lança Hidden à la face du Mexicain abasourdi devant cette audace.

Mais il décela autre chose dans cet échange. Quelque chose qui ne lui plaisait pas du tout, qui l'irritait même sérieusement. Une pointe de complicité qui n'existait pas auparavant entre les deux femmes.

— Fichez le camp ! fut sa réponse. Ah, sauf toi, Hidden. Cinq minutes. Ferme la porte.

Kate s'exécuta et demeura debout, telle une statue de glace, tandis que Mendoza tournait autour d'elle comme un fauve, les narines dilatées.

— Ton père est bien Mark Hidden ?

— Pourquoi ? Tu veux lui demander ma main ?

— Je suis pas maso, ma belle. Dans une autre vie, pourquoi pas… En attendant, il y a plus urgent. Mark Hidden, homme d'affaires, propriétaire à 55 % de la Sodash Society, exploitation minière de soude, au bord du lac Magadi et dont le siège est basé de l'autre côté de la frontière, à Loliondo, Tanzanie. Un associé, Darko Unger. Or, cette compagnie fait partie des clients de N2 Chemicals.

Kate eut un frisson imperceptible, mais un instinctif comme Mendoza le perçut aussitôt. Ce qui l'excita davantage.

— Je ne vois pas le rapport avec moi.

— Eh bien moi je vois se profiler un conflit d'intérêts dans cette histoire. On ne sait pas encore qui est le responsable du vol des barils, ni à quelle fin. Donc, pour le moment, les premiers suspects, hormis les employés de Randalls, sont forcément ses clients. Parmi eux, ton père et son associé. Tu me suis ?

Hidden se mordit violemment l'intérieur de la joue, et sentit aussitôt le goût métallique du sang.

Mendoza était aussi sournois qu'un scorpion. Il allait la broyer avec ses pinces et sa piqûre pouvait être mortelle. À moins de réagir vite, avec de meilleures armes.

— Où veux-tu en venir, Mendoza ? Ils m'attendent...

— Normalement, tu ne devrais pas être sur cette enquête.

La voix du Mexicain craqua comme une branche d'arbre dans la moiteur du bureau.

— Mon père et moi sommes en froid depuis quelque temps, dit Kate.

— J'en ai rien à foutre de vos histoires de famille. Le règlement, c'est le règlement.

— Je ne peux pas interroger Randalls, c'est ça ? Pourquoi tu as fait mine de m'envoyer là-bas alors ?

Mendoza lui lança un regard narquois derrière une volute de fumée grise.

— On peut régler ça entre nous, ma belle... Que dirais-tu d'un petit dîner en tête à tête ?

Hidden le toisa de la tête aux pieds.

— Tu me fais gerber, Mendoza. Tu as de la chance que Collins soit hors service.

— Ah ouais ? s'écria le flic. Pourquoi ? Tu serais allée lui cafter ? Pas de témoins, ici, à part nous... Tu penses qu'il te croirait ? Il serait tout à fait d'accord avec moi sur le principe...

Cette fois, Hidden perdit contenance.

— Tu sais où tu peux te le mettre, ton principe ? cria-t-elle. C'est un chantage immonde et tu n'as aucun moyen de m'empêcher d'aller interroger Randalls, tu entends ? Aucun ! Sinon, je ne me gênerai pas en effet pour faire un rapport à Collins sur les propos que tu viens de tenir et on verra qui il croira !

À cet instant, la porte du bureau s'ouvrit, laissant passer la tête de Baxter.

— Il y a un problème, Kate? demanda-t-elle en toisant le directeur par intérim.

— Il est réglé, Hanah, nous pouvons partir.

Nairobi, zone industrielle, N2 Chemicals, 10 h 32

Debout au milieu de son bureau climatisé, Larry Randalls macérait dans une attente fébrile devant un aquarium où évoluaient des tortues californiennes à oreilles rouges de bonne taille. Sur un écran plat de 220 pouces qui mangeait presque entièrement l'un des murs, se déroulait en boucle une vidéo présentant la société, un peu d'histoire avec quelques chiffres à l'appui, suivi d'un exposé concis sur la production de l'azote et ses dérivés.

Les doigts épais du manager allaient piocher dans un pot de la nourriture lyophilisée en paillettes dont ils saupoudraient ensuite la surface de l'eau, créant aussitôt une compétition sans merci entre les reptiles aquatiques.

Randalls n'envisageait pas le monde sans compétition. Depuis son enfance, il s'était toujours fixé pour but d'être le premier en tout. Également pour devenir l'un des leaders de sa branche. L'industrie chimique.

Les deux sous-officiers de la Criminelle, accompagnés de Hanah Baxter, étaient attendus comme des prophètes. Lorsqu'ils se présentèrent, Randalls les accueillit avec force courbettes que Baxter trouva plutôt déplacées pour la circonstance. Tout comme le regard dont il gratifia Mullah Singaye. À croire qu'il n'avait jamais vu de Noir albinos ou bien qu'il se demandait comment un Noir albinos avait pu intégrer une des plus hautes branches de la police kenyane.

— Prenez place, je vous prie, suggéra-t-il d'une voix confite après les présentations, en désignant les trois fauteuils en cuir marron face au sien, plus haut et nettement plus imposant. Quels que fussent ses interlocuteurs, Randalls savait les maintenir en position d'infériorité, nota Baxter *in petto*, prête à prendre des notes.

— Je vous offre un café ?

Les deux femmes déclinèrent, seul Singaye accepta.

Sortant une chemise cartonnée d'un dossier après avoir demandé à sa secrétaire d'apporter le café, Randalls s'adressa à Kate sur un ton circonspect.

— Mademoiselle Hidden, c'est bien ça ? Excusez-moi, mais auriez-vous un lien de parenté avec Mark Hidden, propriétaire associé de la Sodash ?

Hanah tiqua. Kate lui avait parlé de son père, au dîner, mais sans lui dire qui il était. Était-ce par manque de confiance ?

— C'est moi qui pose les questions, monsieur Randalls. Combien de containers ont été volés ? attaqua la flic, qui voulait d'entrée montrer qu'elle dirigeait l'interrogatoire.

À cet instant, elle paraissait tellement différente de la femme embrassée l'autre soir que Hanah en fut presque décontenancée. Plus lointaine, plus froide. Mais peut-être Kate pensait-elle la même chose d'elle.

— Vingt-neuf, pour être précis. Vous pourrez le vérifier auprès du responsable des stocks, répondit

Randalls, un peu surpris par les manières et l'audace de la métisse blonde.

— Ce qui fait quelle quantité exactement ?

— Une bonbonne contient 50 litres d'azote liquide. Au total 1 450 litres ont disparu.

Hidden parut sourire au terme de « bonbonne ». Un peu désuet et décalé.

— À quelle heure le vol des containers a-t-il été constaté ?

— Dès l'arrivée du responsable des stocks, à 7 heures. Il m'a aussitôt téléphoné.

— Il n'a pas pu y avoir de confusion ?

Les sourcils roux de Randalls remontèrent dans les plis du front.

— C'est-à-dire ?

— Dans vos chiffres. Ou d'erreur, si vous préférez.

— Ah non, impossible. Tout est géré avec la plus extrême rigueur. Il est arrivé qu'un responsable du stock se trompe une fois sur une grosse quantité et il n'est plus là pour vous en parler. Plus à l'usine, je voulais dire.

— Quel est le nom du responsable actuel ?

— Winston Blade.

— Un Kenyan ?

— Non. Un Anglais pure souche. Mais pourquoi cette question ?

Baxter assistait à une véritable partie de ping-pong avec un joueur sur la touche. Mullah Singaye n'avait pas vraiment d'espace pour intervenir.

— Combien d'employés travaillent sous vos ordres ? poursuivit Hidden, imperturbable.

— Ici, 955. En Tanzanie où j'ai une filiale, 510.

— Combien de Kenyans et combien de nationalité étrangère, ici ?

Randalls se racla la gorge et parut gêné.

— Six cents.

— Six cents quoi ?

Randalls sembla rétrécir dans son fauteuil prêt à l'engloutir. On aurait dit une mouche dans la gueule d'une plante carnivore. Aurait-il une forme de crainte de l'autorité ? se demanda Baxter. Ses rapports avec son père n'avaient pas dû être évidents. À moins qu'il n'eût un problème avec les femmes.

— Six cents de nationalité étrangère. Britannique, pour être plus précis.

Hidden afficha un sourire ironique.

— Bien entendu, monsieur Randalls.

— Au moins, on ne peut pas m'accuser d'exploiter la main-d'œuvre locale à bon marché, tenta-t-il de se justifier.

— Oui, c'est sûr. Mark Hidden et son associé emploient dans leur société kenyane 90 % de locaux, et ils les paient au prix fort.

— Je suis né au Kenya, mademoiselle Hidden, tout comme mon père et mon grand-père, protesta le manager, les lèvres retroussées sur un rictus indigné.

— Mais vous faites partie de ces Blancs qui pensent que l'homme noir, l'Africain, est moins productif et moins efficace et peut-être même moins travailleur que le Blanc, n'est-ce pas ?

— Ce n'est pas ce que j'insinuais… On dit par ailleurs que les ouvriers de la Sodash meurent massivement de problèmes respiratoires et pulmonaires à cause des émanations de sel et de soude dans les mines. Et que leur espérance de vie ne dépasse pas les quarante-cinq ans. Une mort aussi prématurée vaut bien le « prix fort », non ?

Pour la première fois depuis le début de l'interrogatoire, Randalls venait de marquer un point. Hidden encaissa le coup très stoïquement. Après tout, les affaires de son père n'étaient pas les siennes. Baxter avait arrêté d'écrire et Singaye retenait son souffle. Il ne se sentait pas à sa place, ici.

— Pas besoin de travailler dans les mines du lac Magadi pour voir son espérance de vie réduite, monsieur Randalls, il suffit de naître noir en Afrique, riposta Kate.

— Si je peux me permettre une question à mon tour, monsieur Randalls, intervint la profileuse sans attendre le feu vert de Hidden, quel rapport votre société entretient-elle avec la Sodash ?

— Elle fait partie de nos plus gros clients. Mark Hidden est un brillant homme d'affaires pour qui j'ai beaucoup de respect, malgré quelques divergences.

Sans savoir pourquoi, Baxter fut persuadée que sur la question du respect Randalls mentait. Et elle avait raison. Larry Randalls n'éprouvait de respect pour personne.

— Nous souhaitons avoir accès à votre fichier clients, et au cahier des charges, s'empressa d'ajouter Singaye, trop heureux de profiter de la diversion de Baxter.

— Mais tout à fait, j'ai justement fait préparer les copies des documents qui peuvent vous intéresser...

— Ce sera à nous de juger de ce qui peut nous intéresser, monsieur Randalls, envoya Hidden. Pouvez-vous faire venir M. Blade pour que nous l'interrogions ? Seul, bien sûr.

— Avec plaisir, même si vous m'expatriez de mon propre cabinet de travail ! Enfin, c'est pour la bonne cause, j'espère que vous retrouverez vite ces containers et les salopards qui les ont tirés. Tina, voulez-vous appeler Winston, s'il vous plaît ?

Randalls s'adressait à la paire de seins sur talons aiguille qui venait de débarquer dans son bureau et de déposer devant lui un épais dossier. Les copies demandées. Ils en auraient pour des heures à éplucher tout ça. Sans compter les disques de vidéosurveillance.

L'interrogatoire de Blade, un petit homme trapu et chauve au regard de putois, se passa sur le même mode que celui de Randalls. Kate Hidden menait la danse.

Winston Blade travaillait pour N2 Chemicals depuis une dizaine d'années et était un employé irréprochable. L'homme de confiance de la maison et l'un des plus anciens salariés. Il avait commencé au bas de l'échelle, manutentionnaire au stock pendant deux ans, puis s'était rapidement imposé au rang de responsable, profitant du licenciement de l'ancien chef de stock pour faute professionnelle.

D'un tempérament taciturne, il réduisait ses réponses au strict minimum. Sans les fioritures verbales de son patron. Se contentait parfois de « oui » ou « non ». Travailler en sous-sol, neuf ou dix heures sous les néons, ça donne sans doute envie d'aller à l'essentiel.

Le questionnaire terminé sans qu'ils en apprennent vraiment plus sur les circonstances du vol présumé, Blade conduisit les deux inspecteurs et Baxter dans son antre aux allures d'abri antiatomique, où reposaient, entre les murs de béton armé de la salle étanche, des centaines de containers sous une lumière verdâtre. De la mort liquide en barils. Si l'un d'eux tombait et se mettait à fuir... Baxter préférait ne pas y penser.

— Les systèmes et les règles de sécurité sont à la pointe, ici, nous y veillons tous, du patron à l'agent de nettoyage, avança Blade comme s'il avait lu dans les pensées de la profileuse.

— Pourtant, on dirait qu'il y a eu une faille dans le système, rétorqua Kate. Comment l'expliquez-vous ?

— Tout est contrôlé informatiquement, les commandes de verrouillage, les alarmes. Quelqu'un a pu pirater le système et s'y introduire.

— Vous ne vous êtes rendu compte de rien ?

— La nuit, il m'arrive de dormir. Mais je peux vous présenter le chef de la sécurité, si vous le souhaitez. Il sera plus à même de vous éclairer techniquement.

À l'issue du dernier entretien, les agents du CID apprirent une chose que Blade avait omise ou tue : son domicile était relié au stock par un système d'alarme, une sorte de circuit externe indépendant, censé l'alerter à la moindre intrusion. Fût-ce la présence d'un cafard. En effet, il devait dormir, cette nuit-là. Dormir sur ses deux oreilles.

18 JUIN

Nairobi, hôpital militaire, 13 h 21

Hanah Baxter avait enfin pu se rendre au chevet de Collins, qu'elle n'avait eu ni le temps ni vraiment la force de voir depuis son hospitalisation. En revanche, elle l'avait appelé, mais son extrême fatigue avait empêché le chef du CID de tenir une conversation téléphonique.

Elle trouva Ali Wildeman, le chef coroner, assis sur une chaise à la tête du lit. Les deux hommes semblaient immergés dans une communion silencieuse. En voyant apparaître Baxter dans l'embrasure de la porte, Wildeman afficha un air contrit. Visiblement, elle troublait un ordre installé, un partage viril dont elle était exclue. Pourtant le légiste se leva, la salua d'un signe de tête et, après une pression de la main sur l'épaule saillante de Collins, se dirigea vers la porte.

Lorsqu'il passa à la hauteur de Baxter, le regard de celle-ci fut attiré par l'éclair doré de la médaille qu'il portait au cou. Elle distingua nettement la tête d'un Christ, avec, cependant, un détail singulier : les traits de son visage étaient ceux d'un Noir. En dessous, deux initiales : PN.

— Sauf au cours d'une autopsie, vous entendrez rarement le son de sa voix, soupira Collins, pour excuser son taciturne ami.

— Je suis intriguée par la médaille qu'il porte. Une drôle de représentation du Christ ! Et ces initiales, PN… Savez-vous ce que c'est ?

— La médaille d'un orphelinat. Ali y a grandi, mais n'a jamais souhaité en parler, ni me dire à quoi correspondent ces lettres. Je ne lui ai pas posé la question, par discrétion. Ce sont peut-être les initiales d'une femme, qu'il a fait graver plus tard…

Collins semblait perdu, enfoncé dans les énormes oreillers qui servaient à lui caler les reins. À ses bras, d'où partaient des perfusions, Hanah vit qu'il avait maigri. Ses yeux semblaient s'être agrandis et faisaient ressortir toute la lassitude du corps.

Le chef du CID n'avait pas eu d'infarctus, mais une syncope d'origine cardiaque.

— Ils vont me garder pour passer une coronarographie et d'autres examens, souffla-t-il. Je ne suis pas sorti, on dirait… En tout cas, je suis content de vous voir, Hanah. Quoi de neuf ?

Baxter hésitait à trop le solliciter. Son regard balaya la chambre aux murs vert pâle. Le store à moitié tiré tamisait la lumière du jour. Sur une petite table à roulettes était posé un vase où trempaient des tulipes rouges à peine ouvertes. Hanah se demanda si c'était un présent de Wildeman ou bien d'une personne plus proche. À côté des fleurs, une Bible reliée en cuir.

— Je ne voudrais pas vous fatiguer, Collins. Vous n'avez pas repris le travail…

— Ce n'est pas le travail qui risque de me tuer, Hanah, c'est de ne pas travailler !

Baxter sourit et lui relata l'entrevue plutôt fraîche

avec le guérisseur de N'ginri, puis enchaîna sur l'affaire des corps de poussière.

Un lourd silence succéda aux informations sur les résultats des dernières analyses confirmant que les corps dispersés sur toutes les scènes de crime dont s'étaient occupés les techniciens scientifiques avaient été réfrigérés, puis broyés à l'azote liquide, nouvelle suivie de la disparition d'une trentaine de barils chez N2 Chemicals de cette même substance chimique. Et pour finir, ce qu'elle avait appris lors de l'interrogatoire de Randalls, à savoir l'étroit lien de parenté entre Kate et Mark Hidden, propriétaire de la Sodash, à parts égales avec un certain Darko Unger.

Seul s'entendait le discret goutte-à-goutte des perfusions.

— J'ai déjà eu l'occasion de rencontrer Larry Randalls, se décida enfin Collins. Un homme tout en rondeurs, sûr de lui, un brin d'arrogance. L'homme d'affaires typique.

— A-t-il déjà eu des déboires avec la police ou la justice ? s'enquit Hanah.

— À part les contraventions qu'il refuse de payer, s'imaginant sans doute que rouler en coupé Jaguar lui donne ce droit, aucun, non. Depuis sa création, N2 n'a jamais connu de vol de cette ampleur. C'est plutôt inquiétant. Je comprends que Randalls soit dans tous ses états. Mais je sens que vous avez votre propre idée sur cette mystérieuse disparition.

— Et elle n'engage que moi, Collins. Difficile de ne pas faire un lien avec notre affaire, même s'il paraît un peu trop évident.

— Que voulez-vous… dire ? haleta Collins.

— La nouvelle concernant l'utilisation d'azote liquide dans l'affaire des corps dissous est déjà passée dans la presse. Les auteurs du vol des containers ont très bien pu jouer là-dessus pour que les soupçons se tournent vers notre mystérieux tueur. Alors qu'il n'y est pour rien.

— Déjà dans la presse ? Ils ne perdent pas de temps, gronda Collins d'une voix affaiblie. Mais je vous suis, Hanah.

— Le tueur aux corps de poussière sait que toute la police du pays le recherche. Voler autant de containers du produit dont il se sert serait grossier de sa part. Et ne correspond pas à son profil plutôt discret.

— Sauf s'il veut nous provoquer, corrigea le chef du CID.

— Il y a une différence entre un clin d'œil et un doigt d'honneur comme les trente barils de N2.

— Vous pensez plutôt au crime organisé, alors ?

— Ou à un groupuscule terroriste. Quoi qu'il en soit, quelqu'un a fichu Larry Randalls dans la mouise.

— Histoire d'attirer l'attention sur lui et le faire accuser d'avoir lui-même organisé ce vol ? enchérit Collins. Dans quel but ? Pour toucher une somme intéressante des assurances, il en faudrait plus.

— Ou alors c'est lui-même qui aurait manigancé tout ça pour renouveler son stock, dans le cas où il utiliserait l'azote liquide à des fins plus confidentielles…

Un chariot passa dans le couloir dans un roulement métallique.

— Vous insinuez que Randalls pourrait être notre tueur ? s'exclama Collins avec indignation.

— Non, je me fais l'avocat du diable et, dans ce cas, il faut tout envisager. Même l'impensable.

— En a-t-il le profil ?

— Si vous voulez mon avis, il pourrait. Sauf physiquement. Un peu trop d'embonpoint. Ce n'est pas un sportif et encore moins un athlète. Porter un corps d'adulte serait au-dessus de ses forces.

Collins hésita à poser sa question.

— Votre profil n'exclut pas un Blanc…

— En effet. Mais alors quelqu'un qui connaîtrait bien le pays.

— Le mobile pourrait être d'ordre racial ? suggéra Collins.

Baxter entendait l'inquiétude poindre dans la voix lasse du flic.

— Possible. Dans l'hypothèse où ce serait un Blanc, vu que les victimes sont toutes d'origine noire, sauf Harry O'Neil. Dans ce dernier cas, le tueur aurait pu changer de cible pour un mobile particulier. Seulement, je crains que le vol d'une telle quantité de liquide cryogénique ne cache quelque chose d'une plus grande ampleur.

Baxter sentit le doute s'installer dans l'esprit de Collins. Elle regretta aussitôt d'être venue le perturber avec ses incertitudes. Cependant, à l'étincelle qui animait de nouveau son regard, elle s'aperçut qu'il revivait.

— Mais j'ai plutôt tendance à penser que la piste d'un crime rituel reste plausible.

Collins sembla contrarié.

— Qu'est-ce qui vous fait dire ça ?

— Les victimes, des hommes, majoritairement. Leur corps est-il intégralement réduit en poussière ? Sont-ils vidés de leurs organes ? Éviscérés ? Swili m'a parlé des… « pièces détachées »…

— Oui, un terme un peu cru, qui décrit bien l'objet de ce trafic, acquiesça gravement le Kenyan.

— Ce n'est pas tout, Collins… La disparition du révérend Priorus Necker a été signalée aux postes de police de toute la région. La nouvelle est tombée au

CID après votre hospitalisation. Il a disparu peu de temps après que nous l'avons interrogé avec Hidden et Mendoza. Savait-il quelque chose d'important sur notre affaire ? Le tueur a-t-il été mis au courant de notre rencontre ? Et par qui, si ce n'est par Necker lui-même ? Le tueur, craignant qu'on ne revienne interroger le prêtre, l'a peut-être éliminé en même temps qu'il s'en prenait à O'Neil qui était, comme moi, au Heron. Il a été tué presque sous mes fenêtres, Collins ! Cela implique que le tueur est au courant de ma présence ici. C'est comme s'il voulait me prévenir et, de ce fait, vous prévenir vous aussi. Si c'est le cas, cela constitue un indice de taille et pourrait orienter les recherches vers le CID.

Collins était sur le point de répliquer lorsque la porte de la chambre s'ouvrit sur une femme blanche, la cinquantaine rayonnante, vêtue d'un short marron et d'une chemisette claire, sandales aux pieds, un physique de nageuse, une masse de cheveux d'une teinte cuivrée déployée sur des épaules droites et carrées avec, en prime, un petit air de Meryl Streep, releva Baxter.

Le visage de Collins s'éclaira d'une douce lumière. Hanah comprit aussitôt qui était la nouvelle venue et lui sourit.

— Je vous présente Indra, ma femme. Hanah Baxter, de New York, spécialiste en sciences criminelles et profilage, en mission pour la deuxième fois chez nous.

— Hello ! lança Indra d'une voix de basse en serrant vigoureusement la main que lui tendait Hanah.

— Indra, j'ai parlé à Hanah de Hope Camp. J'aurais souhaité que vous vous rencontriez dans d'autres circonstances. Lors d'un dîner à la maison que je lui avais promis et…

— Tu ne devrais pas trop te fatiguer, Col, l'interrompit Indra doucement, une main sur le front de son mari. Nous aurons le temps de faire plus ample connaissance, n'est-ce pas, Hanah ? Vous permettez que je vous appelle par votre prénom ?

— Bien sûr.

Cette femme dégageait quelque chose de profond et d'envoûtant. Une incroyable générosité émanait de son regard franc. Baxter se sentit aussitôt en confiance.

— Je suis ravie de faire votre connaissance, Hanah. Depuis le temps que Collins me parle de vous ! Le pauvre, son problème de santé tombe vraiment mal.

— L'essentiel est qu'il se remette d'aplomb. Pour ça, il est impératif qu'il puisse se reposer, dit Hanah, appuyant ses mots d'un regard entendu en direction de Collins.

— Col ne sait pas ce que « repos » veut dire, pouffa Indra.

— J'ai hâte de visiter votre camp, si c'est possible, dit Hanah.

— Eh bien nous ferons la visite sans toi, hein, mon Col…

— Oui, oui, montre le camp à Hanah. Elle en aura ainsi une idée plus précise.

— Merci, Collins, et bonne chance, lui dit Baxter affectueusement.

Hanah sortit de la chambre, heureuse de laisser son ami entre des mains aussi bienveillantes. Le sentiment qu'elle avait perçu entre Collins et sa femme était de l'amour à l'état pur. Un lien, une complicité comme il en existe peu au sein d'un couple. Elle se dit que si cet amour s'étendait aux enfants de Hope Camp, alors oui, il y avait encore de l'espoir en ce monde.

Nairobi, hôtel Heron, 20 h 33

Alors que la ville brillait déjà de tous ses feux dans la nuit tombante, Baxter avait regagné sa chambre d'hôtel. Après cette nouvelle journée éprouvante, elle comptait s'octroyer une pause télé.

Les résultats de la perquisition qui s'était déroulée la veille au domicile de Necker à Murang'a bouleversaient singulièrement la donne. Selon les policiers locaux envoyés sur place, le prêtre avait été retrouvé mort, un poignard dans une main, au fond d'un sous-sol où il semblait s'adonner à des pratiques occultes, ainsi qu'à la fabrication de fétiches et de poudres à partir d'organes et de morceaux de peau, aussi bien humains qu'animaux.

D'après les premiers examens légaux, il aurait été mordu par un mamba noir maintenu en captivité dans un aquarium. Un tableau sinistre auquel s'ajoutait un élément troublant : un deuxième mamba noir, plus petit, gisait à terre, décapité, à côté d'un coffret en ébène retourné, le couvercle ouvert.

La police locale et le légiste avaient conclu au décès par arrêt respiratoire suite à une morsure de serpent.

Le prêtre sorcier, qui avait sans doute eu besoin de la tête des deux mambas pour confectionner un fétiche, avait réussi à décapiter le plus petit mais s'était fait piquer par l'autre avant de l'atteindre avec la lame de son couteau.

— J'avais bien deviné que ce foutu cureton cachait quelque chose sous sa soutane ! triompha Mendoza, se rangeant aux conclusions de la police locale. C'était un putain de sorcier ! Et le con s'est fait mordre par un de ses reptiles ! Ça en fera un de moins dans ce pays. Affaire classée.

Hanah, debout en face de lui dans le bureau de Collins, n'en revenait pas de tant de légèreté.

— Vous ne comptez envoyer personne de la Scientifique sur place, Mendoza ? s'enquit-elle, ulcérée.

— Pour une putain de morsure de serpent ? On a autre chose à foutre, Baxter. L'affaire des corps de poussière, par exemple. C'est bien pour ça que vous êtes venue, non ?

— Justement, c'est par rapport à ça que je vous pose cette question. Collins m'a dit que les analyses de sang sur les scènes de crime exploitables ont aussi révélé des neurotoxines contenues dans le venin du mamba noir. Vous ne trouvez pas étrange la présence d'une de ces scènes de crime juste à côté de la paroisse de Necker et, maintenant, la découverte de deux de ces spécimens venimeux dans sa cave ?

— Simple coïncidence, ce serait justement trop gros que Necker soit le tueur, et plus d'un sorcier féticheur de ce pays élève des reptiles de toutes sortes qui entrent dans la fabrication de porte-bonheur, grogna le Mexicain, un cigare entre les dents, les pieds croisés sur le bureau.

Depuis la remarque de Baxter sur la photo des

enfants de Ti Collins, Mendoza l'avait rangée dans un des tiroirs.

— « Simple coïncidence », pour la scène de crime ou pour les serpents ?

Mendoza leva sur Hanah des yeux pleins de défi.

— Vous pensez sérieusement que ce prêtre sorcier est notre homme ? cracha-t-il.

— Mon job n'est pas de penser, mais de déduire, à partir d'éléments tangibles, répondit Baxter sèchement. Il se pourrait en effet que ce soit lui le tueur. Bien que son âge ne corresponde pas au profil. Mais les croix sanglantes, oui.

— Eh bien si c'est vraiment lui, les crimes devraient s'arrêter, n'est-ce pas ?

Mendoza n'enverrait personne sur place : ce serait une perte de temps alors que la police locale avait fait son boulot, et du bon boulot. Il s'était à peine intéressé au récit que lui avait fait Baxter de sa rencontre avec Tiko Swili. Il ne voyait aucun rapport avec l'affaire en cours.

Hanah était ressortie furieuse du bureau, se hâtant d'aller informer Kate. Celle-ci jura de faire tout son possible pour demander qu'une enquête soit ouverte sur la mort et la personnalité du père Necker. À ses yeux non plus, les circonstances du décès n'étaient pas claires, et la présence de ces deux mambas noirs à son domicile associée à la mise au jour d'activités clandestines liées à la sorcellerie constituaient des éléments suffisants. S'il n'était pas « leur homme », peut-être était-il lié à ces meurtres d'une façon ou d'une autre. Quelqu'un aurait alors décidé de le supprimer, maquillant son assassinat en accident.

Alors que Hanah s'apprêtait à sortir de la salle où elles s'étaient retrouvées seules autour d'un café, elle eut l'impression que Kate voulait lui dire quelque chose et s'arrêta sur le pas de la porte. Elles se regardèrent, légèrement embarrassées. Elles n'avaient pas pu reparler de ce qui s'était passé l'autre soir. Et Hanah ne l'avait pas rappelée. En réalité, aucune ne savait trop à quoi s'en tenir de la part de l'autre. Peut-être avaient-elles succombé un peu trop vite aux effets grisants du vin.

— Je rentre à l'hôtel, besoin de décompresser, dit Baxter dans un effort pour maîtriser son trouble.

Une fois dans sa chambre, la criminologue retourna en tous sens cette histoire, loin d'être aussi limpide que l'estimait le Mexicain.

D'une humeur massacrante, elle se brûla sous la douche et pesta tout haut contre le mauvais réglage de la pression et de la température de l'eau, puis installa son petit autel de voyage à côté du lit. Pieds nus, elle se tint prostrée devant Little Bouddha.

En même temps lui revint la formule de Vifkin à l'époque de leur association, lorsqu'elle s'était convertie : « Conneries bouddhistes. » Tout rituel, pour le profane, s'apparente à du folklore ainsi qu'à une gestuelle qui peut parfois sembler étrange ou barbare, comme dans le cas de sacrifices. Comme tout ce qu'on ne connaît pas ou trop peu.

Baxter, quant à elle, trouvait dans la méditation une paix intérieure qui la ressourçait à chacune de ses missions. La religion bouddhiste, relevant plutôt d'une théosophie, lui était apparue comme une pensée très ouverte, fondée sur la compréhension intime de l'être étroitement lié à la nature. Ce qui lui permettait de mieux faire face à son passé et à ceux dont elle dressait le profil.

La sonnerie de son portable la tira de ses réflexions. Elle prit l'appel, bien que le numéro lui fût inconnu. En mission, elle ne négligeait rien.

— Indra Collins, fit une voix féminine au bout du fil. J'espère que je ne vous dérange pas à cette heure. Quand seriez-vous disponible pour nous rendre visite à Hope Camp ?

— Eh bien, demain, ça vous irait ?

— Parfait. Quelqu'un passera vous prendre devant votre hôtel à 7 h 45. J'enverrai un des gardes, un grand gars en uniforme de ranger. Je vous attends avec plaisir.

— Merci, Indra, j'ai hâte de découvrir ce lieu et de faire connaissance avec les enfants.

Hanah savait que cette visite serait éprouvante, mais qu'elle serait également un moment de grâce qui tombait à point.

Une fois qu'elle eut raccroché, ses pensées errèrent dans la vacuité du moment. S'accrochèrent à une image rassurante, un visage désirable. Elle se rappela aussitôt ses « bonnes » résolutions, mais les mit vite au rencard. Cette fois, le désir fut plus fort.

Se disant qu'elle pourrait rattraper le temps volé de l'autre soir, elle chercha dans une de ses poches de jean le bout de papier sur lequel Kate avait écrit son numéro de portable et, le cœur palpitant, le composa sur le clavier de son smartphone.

Au bout d'une dizaine de sonneries, la boîte vocale s'enclencha sur un message d'accueil impersonnel qui signalait simplement que le correspondant se trouvait au bon numéro. Un peu déçue, Hanah hésita une fraction de seconde à parler, puis se décida. Kate ne connaissait pas son numéro, aussi ne décrocherait-elle pas. Il lui fallait s'identifier. Surmontant sa sainte horreur des répondeurs, Hanah laissa un message succinct, qui invitait Hidden à passer la voir si elle le souhaitait à l'hôtel, chambre 403, histoire de reprendre leur soirée là où elle avait été interrompue.

La moustiquaire battait faiblement des ailes sous le souffle de la clim. Hanah était restée en string dans le lit, sous le drap. Si, avant sa rencontre avec Karen, on lui avait dit qu'un jour elle porterait ce genre d'accessoire frivole, elle aurait éclaté de rire. Et puis l'ouragan Karen avait fait irruption dans sa vie, bouleversant tout ou presque sur son passage. «Une éducation à refaire! Ça se voit que les bonnes sœurs sont passées par là! Mais maintenant, c'est Sœur Karen qui va s'occuper de toi, ma belle! Et pour commencer, tu vas me jeter ces horribles culottes qui te remontent jusqu'aux seins!» avait déclaré celle qui deviendrait son ex au bout de trois ans d'une passion tumultueuse et d'une relation fragmentée. Pourtant, ces «horribles culottes» cachaient partiellement sa cicatrice. Mais hormis ces détails futiles, c'était à Karen qu'elle devait d'avoir pris conscience de son corps et de toute la sensualité qu'il recelait. Elle pouvait dire que son ex lui avait défloré l'esprit. C'était la plus belle preuve d'amour et d'attention qu'elle eût jamais reçue.

Hanah attendit encore presque une heure devant la télévision allumée — qu'elle ne regardait que distraitement — avant de s'assoupir. Kate ne viendrait pas. Peut-être n'avait-elle pas eu le message, peut-être préférait-elle l'ignorer. Au fond, c'était mieux comme ça.

Alors qu'elle fermait les yeux sur sa déception, appelant le sommeil de toutes ses forces pour oublier, trois coups à la porte la firent sursauter. Un instant, elle se demanda si c'était bien à la porte de sa chambre qu'on avait frappé et non à celle d'à côté.

— C'est moi, lui confirma la voix étouffée de Kate.

Tout à fait tirée de sa torpeur par une soudaine décharge d'adrénaline, Hanah se leva d'un bond, faillit s'empêtrer dans la moustiquaire et, enfilant rapidement un tee-shirt, alla ouvrir.

— Je…, commença-t-elle en guise d'excuse — elle n'avait pas eu le temps d'enfiler le bas —, mais d'un « chut » qui se voulait gentiment autoritaire, l'index plaqué sur les lèvres de Hanah, Kate referma la porte derrière elle et entraîna Baxter sous la moustiquaire.

— C'est ici qu'on sera le mieux, non? lui souffla-t-elle à l'oreille.

Ce furent les seuls mots de Kate et les derniers que Hanah entendit avant de basculer dans un rêve éveillé. Elle tendit machinalement le bras vers l'interrupteur de la lampe de chevet et éteignit la lumière.

— Je préfère comme ça… murmura-t-elle.

En un clin d'œil, elles s'arrachèrent mutuellement leurs fripes ou ce qu'il en restait et, pour la première fois nues l'une contre l'autre, se laissèrent aller à cette découverte sans bouger. Puis, n'y tenant plus, leurs corps engagèrent la lutte, peau contre peau, seins contre seins, tandis que leurs bouches se cherchaient.

Cambrant les reins sous les caresses avides de Kate, Hanah passa ses bras autour de ses épaules et la plaqua contre elle, lui rendant ses baisers et ses morsures dans le cou, sur les bras. Elle sentait la langue de Hidden partout sur son épiderme, qui laissait une trace humide et parfumée. Elle s'abandonna quelques minutes à cet assaut sensuel, puis, d'un coup de hanches, se retourna et se retrouva cette fois au-dessus de sa partenaire. Leurs regards se heurtèrent. Hanah crut littéralement tomber dans l'onde verte qui l'aspirait. Les yeux dans les yeux, leurs bassins soudés ondulaient, leurs pubis se frottaient l'un contre l'autre, donnant des à-coups qui ne faisaient qu'augmenter leur désir. La main de Baxter s'échappa enfin et se faufila entre les cuisses tendues de Kate. « Fermes et musclées, comme ses fesses », releva Hanah pour elle-même, en connaisseuse. Il lui sembla alors que Hidden se livrait entièrement, l'encourageant d'un mouvement des reins à poursuivre ce qu'elle avait entrepris. Ses doigts atteignirent prudemment leur cible. Lorsqu'ils la pénétrèrent avec douceur mais sans hésitation, Kate poussa un faible gémissement en fermant les yeux. Sa tête bascula en arrière.

L'intérieur était doux à pleurer. Du velours... Des larmes roulèrent malgré Hanah de ses paupières closes. Des larmes de plaisir et d'émotion confuse. Aucune de ses aventures en dehors de Karen n'avait provoqué cela en elle. Elle se savait à la frontière ténue du désir et des sentiments. La ligne rouge à ne pas franchir. Elle entreprenait sa partenaire avec une tendresse et une fougue inhabituelles. Leurs odeurs se correspondaient, leurs corps s'encastraient à la perfection.

L'aube les cueillit dans son giron, harassées, fourbues et encore haletantes. Mais lorsque Kate fit mine de se lover contre Hanah pour s'endormir, celle-ci se leva sans un mot et alla prendre une douche qui lui permit de se ressaisir.

— Tu ne veux pas que je reste ? lui demanda Kate quand Baxter revint de la salle de bains, vêtue d'un short et d'un maillot qu'elle portait pour dormir.

Hanah vint s'asseoir sur le lit à côté d'elle.

— J'adorerais, Kate. Mais je crois qu'il vaut mieux

que tu ailles chez toi essayer de te reposer un peu. Je ne partage mon sommeil qu'avec la personne avec qui je vis.

Hidden braqua sur elle un regard soudain méfiant.

— Tu es avec quelqu'un ?

— Oui… non… enfin, c'est compliqué, avoua Hanah qui tendit la main vers le visage de Kate.

Celle-ci recula ostensiblement.

— OK, j'ai compris. Tu l'as trompée avec moi, c'est ça ?

— Non, Kate, je n'ai trompé personne. Elle a sa vie et moi la mienne. En fait, c'est mon ex, mais je n'ai pas trop envie d'en parler. On a une relation particulière, elle et moi. Plutôt de dépendance, si tu vois ce que je veux dire.

— Mais… tu l'aimes encore.

— Ce ne sont plus les mêmes sentiments qu'avant. Et toi ? Tu as quelqu'un ?

— Pas en ce moment. Enfin… j'ai cru, cette nuit, dit Kate en se rhabillant.

En regardant son corps se mouvoir, Hanah savait qu'à peine franchie la porte, la jeune femme allait lui manquer.

— Avant, je voyais des mecs de temps en temps, mais j'étais mieux seule, ajouta Hidden. Aucune femme ne m'avait encore attirée. Tu es la première.

Hanah avala un noyau de salive. Il eut du mal à passer. Cet aveu la bouleversait. Elle savait ce que la « première » pouvait provoquer. Un séisme, un changement de l'être en profondeur. Une nouvelle vision de l'amour. Et quelles empreintes elle pouvait laisser. Des traces incrustées dans l'âme. Des cicatrices invisibles.

Elle avait cru devoir se protéger de Hidden, mais

elle venait de comprendre que c'était l'inverse. Il lui fallait éloigner Kate, la préserver.

— L'enquête résolue, je vais repartir à New York et toi, ta vie est ici. Il vaut mieux qu'on en reste là, Kate.

Il sembla que les yeux de la métisse se brouillaient, mais qu'elle tentait de garder contenance.

— Très bien, chère coéquipière, message reçu, il ne s'est rien passé entre nous.

— Ce n'est pas ce que...

— Pas la peine, Hanah, dit Kate en levant la main. Je comprends, même si c'est dur de te quitter comme ça, après... cette belle nuit, je comprends, *vraiment*. Merci pour ce que tu m'as donné et merci de m'avoir appelée hier soir. À tout à l'heure, au bureau. Ne m'en veux pas si je garde mes distances. C'est mieux pour moi. Et c'est ce que tu veux.

Sans laisser à Baxter le temps de répondre, Kate déposa un long baiser sur ses lèvres et sortit de la chambre. Une fois seule, Hanah se sentit submergée par une déferlante de sentiments contradictoires. Son expédition à Hope Camp, qui n'était pas étrangère à sa décision de congédier Kate, serait finalement providentielle à double titre. Non seulement elle lui ferait découvrir un univers exceptionnel, mais elle la maintiendrait à distance de la métisse au moins une journée.

Hanah aspira une pincée de coke par chaque narine et se recroquevilla sous le drap encore imprégné de leurs odeurs mêlées. Quelques secondes après, une vague la souleva. Une vague nommée Kate Hidden.

19 JUIN

Une journée à Hope Camp

Comme prévu, le garde, un colosse à la barbe et aux cheveux platine très courts lui donnant l'air d'une balle de tennis posée sur une tour, s'était présenté à l'hôtel et ils avaient roulé une soixantaine de minutes sur une piste d'un rouge ocre avant d'emprunter un chemin cabossé encore plus étroit qui les mena à destination.

Le soleil s'était levé depuis quelques heures derrière une couche de nuages et l'air était déjà lourd et moite. Heureusement, le 4 × 4 de Hope Camp était équipé d'un climatiseur en état de marche. Hanah et son chauffeur, peu loquace, n'avaient échangé que quelques mots durant tout le trajet. Ce qui avait laissé à la profileuse tout le loisir d'admirer le paysage qui se déroulait autour d'eux.

À perte de vue s'étendaient des hectares de brousse et une végétation verdoyante en cette saison humide. Bientôt, à la fin de l'hivernage, commenceraient les grandes migrations. Un spectacle unique au monde, une course effrénée des mammifères ruminants vers un point qu'eux seuls connaissaient. Des troupeaux entiers de buffles se déverseraient dans les plaines du Massaï Mara, bravant tous les dangers, véritable rivière de sabots et de cornes qui se jetait dans la Mara à corps perdu pour rejaillir de l'autre côté, comme propulsée par une force invisible.

En attendant, un calme apparent régnait sur la savane, que seuls troublaient les 4 × 4 ou minibus transportant des touristes en quête d'images et de sensations, souvent inconscients de ses véritables dangers. Mais sur le chemin de Hope Camp, Baxter et le garde ne croisèrent personne, excepté un éléphant, statue vivante en travers de la piste, constellé de poussière rouge, qui ne semblait pas disposé à bouger d'un cil malgré la présence du véhicule. Il y eut un bref bras de fer durant lequel les petits yeux inquisiteurs du pachyderme les fixèrent de leur hauteur impressionnante. À la longueur et au diamètre de ses défenses acérées, Hanah put aisément imaginer que leur 4 × 4 n'aurait pas eu le dessus s'ils avaient forcé le passage.

— C'est un grand mâle, voyez comme il bat des oreilles. Nous sommes sur son territoire et il veut nous prévenir, dit le garde.

— Que faut-il faire alors ? demanda Hanah, bien plus impressionnée par l'un des plus grands mammifères de la planète que par les monstres humains qu'elle traquait.

— Profil bas et il nous laissera passer. Sinon, nous devrons le contourner.

Au bout de quelques minutes d'un face-à-face silencieux, le pachyderme leur tourna le dos avec un dernier battement d'oreilles et disparut dans la végétation. Hanah le regarda s'éloigner presque à regret, lui souhaitant par la pensée d'échapper aux braconniers et autres traqueurs d'ivoire. C'était la première fois qu'elle voyait de si près un éléphant, de surcroît en liberté, elle en eut des frissons un long moment. Le 4 × 4 repartit en direction de Hope

Camp. Lorsque le centre apparut enfin dans leur champ de vision, Hanah ne le remarqua pas tout de suite. Son enceinte se fondait parfaitement au paysage.

Hope Camp était aménagé dans un ancien poste de rangers, dont les murs avaient été fortifiés en 2005. Le personnel qui encadrait les enfants jour et nuit était trié sur le volet. Des enseignants à la femme de ménage, en passant par la cuisinière, tous étaient entièrement dévoués aux petits pensionnaires. Une psychologue et un médecin passaient une fois par semaine. Les équipes étaient renouvelées tous les deux ans pour éviter tout attachement excessif à leurs protégés, mais aussi pour ménager leur vie privée. Les salaires étaient si minces que le travail pouvait s'apparenter à du bénévolat. Mais il ne s'agissait pas ici d'argent. Tous ceux qui étaient passés par Hope Camp étaient des gens extraordinaires.

Une nouvelle équipe avait pris la relève en septembre 2011. Elle comprenait une institutrice, Mme Kanda, Kenyane d'origine massaï elle-même albinos, ce qui permettait aux enfants une forme d'identification, un professeur de sport, John Langat, homme sombre et secret derrière une barbe épaisse, une cuisinière, Darajat, et une femme de ménage nommée Fata. Seule Sara, l'assistante personnelle d'Indra Collins, était là depuis l'ouverture de Hope Camp.

Cette année, le centre comptait trente-deux enfants, et non plus trente-trois — l'été précédent, un garçon de neuf ans avait été victime d'une insolation alors qu'il était rentré pour une semaine chez ses parents. Les enfants vivaient au camp comme dans un internat. Ils y suivaient une scolarité à peu près normale, retournant dans leurs familles quelques jours par an, sous étroite protection. Mais parfois cela ne suffisait pas à éviter les coups du destin.

Le camp se composait d'un édifice central aux murs enduits d'une chaux du même ocre que la terre ; autour étaient concentrées les cases du personnel à la façon d'un village massaï. À leur arrivée, Hanah eut l'impression d'un endroit désert. Les enfants devaient être à l'intérieur, en classe. Mais derrière ces apparences d'habitat traditionnel de brousse, la sécurité était assurée par un dispositif de vidéosurveillance et cinq gardes bien entraînés, vigiles de métier ou anciens militaires. C'est par l'écran d'un des moniteurs qui équipaient le bureau d'Indra qu'elle fut avertie de l'arrivée de Baxter.

Elle sortit aussitôt l'accueillir à bras ouverts.

— Ravie de vous voir ici, Hanah. Le voyage n'a pas été trop long ? demanda-t-elle de sa belle voix grave.

— J'ai pu admirer les splendeurs de la savane et nous avons même fait une rencontre insolite.

— Ah oui, sourit Indra, sans doute Simba.

— Simba ?

— Un magnifique pachyderme mâle, le gardien de ce temple. Probablement le plus sûr.

— Oui, c'est ça, c'était bien lui. Mais j'en tremble encore.

— Alors venez vous rafraîchir dans mon bureau, avant de faire les présentations avec les enfants. Ils vont sortir de classe pour la pause dans dix minutes. Le temps de boire un thé, la meilleure façon de s'hydrater, sous ces climats.

Situé dans le bâtiment principal, le bureau d'Indra était aussi accueillant que simple, meublé avec goût et sobriété — un bureau en teck, deux fauteuils recouverts de batiks, un tapis végétal et une solide bibliothèque vitrée où s'alignaient des livres reliés dont certains, des essais sur la sauvegarde des espèces en milieu naturel, avaient été écrits par Indra. Mais surtout, les murs étaient tapissés de dessins d'enfants très colorés, dans lesquels n'importe quel psychologue aurait aussitôt vu la joie de vivre et un incroyable optimisme. Des photos encadrées montraient Indra et les employés ou Indra seule, entourée de tous les enfants, le visage rayonnant.

— Je vous présente Sara, mon assistante et certainement l'âme de Hope Camp qu'elle accompagne depuis sa fondation. Hanah Baxter, une amie de New York.

— Si je suis son âme, tu es son cœur, Indra, répliqua Sara, une petite femme d'environ trente-cinq ans, dynamique et calme, aux formes généreuses.

Elle était vêtue d'un boubou vert iguane qui faisait ressortir l'éclat de sa peau d'ébène. Elle tendit la main à Hanah dans un geste gracieux. Au fil de ses rencontres, Baxter ne cessait de s'extasier sur les mains de la plupart des femmes africaines, d'une finesse et d'une élégance incomparables, contrastant parfois avec des corps plutôt charnus.

— J'ai préféré vous présenter comme une amie, histoire de ne pas alourdir l'atmosphère par d'inutiles précisions sur votre profession et sur la vraie raison de votre présence au Kenya, expliqua Indra une fois qu'elles se retrouvèrent seules.

— Je comprends, approuva Baxter. Je serai moi-même plus à l'aise incognito.

Alors qu'elles buvaient leur thé avant d'aller rencontrer les enfants, Indra lui parla librement de sa vie privée et Hanah put en savoir un peu plus sur Collins.

— Avant de rencontrer Col, je vivais en Afrique du

Sud où je suis née, commença-t-elle. J'achevais une thèse sur l'environnement exotique et la sauvegarde de ses espèces rares. Col était venu passer des vacances là-bas avec sa deuxième femme et c'est à ce moment que nous nous sommes connus. J'ai tout de suite su qu'il était l'homme que j'épouserais. Étrange, puisqu'il était encore marié ! Mais c'est comme ça, certaines choses sont inexplicables. Nous nous sommes revus, je ne l'ai pas tout de suite suivi au Kenya. Nous nous sommes mariés au bout de huit ans d'une relation à distance, nourrie par un profond respect mutuel et une cause commune, la protection des albinos d'Afrique. C'est Col qui m'a donné le virus. Son meilleur ami était albinos. Il est mort tragiquement, Col vous l'a peut-être déjà raconté. Il connaît tous les gosses du camp. Nous n'avons pas pu avoir d'enfants à cause d'un problème de stérilité dont je souffre. Mais ici, nous sommes une famille unie face au danger. Ces enfants sont comme les nôtres. Il est d'ailleurs temps de vous les présenter, j'entends la cloche tinter.

Reposant leur tasse vide, les deux femmes se levèrent, sortirent dans un couloir par une autre porte et se dirigèrent vers une salle de classe qui venait de se vider. Elles y trouvèrent Mme Kanda, la seule adulte albinos du camp, proche de la cinquantaine, un regard de biche derrière des verres rectangulaires et des cheveux de paille retenus par un foulard turquoise assorti à son boubou.

— Je profite de la pause pour vous présenter à mon amie Hanah Baxter et lui montrer la salle de cours, madame Kanda. En vous remerciant.

L'institutrice fixa un instant Hanah par-dessus ses lunettes et la gratifia d'un large sourire. Un rapide tour de la salle de classe révéla à la profileuse une atmosphère de paix et de sécurité. Visiblement, les enfants du camp recevaient l'enseignement de Mme Kanda en toute quiétude, sans être les objets de railleries ou de coups.

— Il n'y a qu'une seule institutrice pour tous, les cours sont les mêmes, quel que soit l'âge ? s'étonna Baxter.

— Nous n'avons pas les moyens d'avoir plusieurs classes, répondit Indra avec un soupir résigné. Mme Kanda a fait des groupes de travail en fonction des niveaux, qui ne sont pas toujours liés à l'âge.

Sortant dans la grande cour en terre battue, Hanah les vit enfin. Leurs petites silhouettes vêtues de l'uniforme réglementaire et leurs têtes pâles sous leurs chapeaux en paille. Ils venaient d'être prévenus de son arrivée par Mme Kanda.

L'esprit ouvert et avide de découvertes, ils se pressèrent autour de Hanah en une nuée de moineaux curieux dès qu'ils la virent.

— Avez-vous tous mis de l'écran total ? lança Indra à la ronde souriante.

Un « oui » assuré et unanime accueillit la question.

— Alors je peux vous présenter l'invitée dont je vous ai parlé hier. Elle vient de New York exprès pour vous voir. C'est en Amérique, vous avez sûrement appris où ça se trouve en cours de géographie.

Les bouches et les yeux s'arrondirent, comme si Hanah était une divinité ou un visiteur d'un autre monde. Le mot « New York » passa sur les lèvres, tel un vent frais. Les enfants avaient entre quatre et quinze ans. Si tous avaient le même aspect étrange dû à la blancheur inattendue de leur peau associée au type africain, chaque visage était différent, avec son caractère propre, son expression, joviale ou rêveuse, insolente ou douce, sans aucune trace d'hostilité ou de méfiance.

Indra les appela l'un après l'autre, par leur prénom. Chaque enfant nommé vint saluer Hanah d'une voix presque chantante.

— Il se peut que vous tissiez un lien privilégié avec certains de ces enfants, bien qu'ils soient tous très attachants, glissa Indra à l'oreille de Hanah, mais dans tous les cas, ne leur donnez que de l'attention, rien qui soit matériel, si vous voyez ce que je veux dire. Je ne voudrais pas qu'ils prennent de mauvaises habitudes. La vie et les rapports aux autres ont une autre valeur, c'est ce qu'on enseigne ici.

Hanah trouva cela plutôt sain et louable. Pendant ce temps, chaque enfant faisait un pas face à elle avec un petit signe de tête à son attention. Tous arboraient un sourire radieux, enchantés que le monde extérieur vienne à eux en la personne d'une femme aussi sympathique et enjouée.

— Mercy, Lisa, Peter, Faith, Victor, Justus, Ken, Victoria, Naomi, Tyra, Zenah, Leakey, poursuivit Indra, tandis que se succédaient les visages à la peau de papier, déjà parsemée de taches brunes pour certains, les petites mains parcheminées, et les iris marron ou rouges selon le type d'albinisme. Vous savez qu'on ne peut pas rester longtemps dehors, surtout avec cette lumière, encore cinq minutes et on rentre, ajouta-t-elle.

Lorsque les présentations furent terminées, Indra invita tout le monde à se diriger vers le bâtiment et à gagner le réfectoire entièrement décoré par les enfants, où était organisée une petite fête en l'honneur de Hanah avec un buffet préparé par Darajat, la chef cuisinière, à base de spécialités kenyanes principalement végétariennes. Collins avait dû passer le mot à sa femme au sujet du mode alimentaire de Baxter. À l'occasion de cette réception, Hanah fit connaissance avec le reste du personnel encadrant. Seul manquait le professeur de sport, John Langat, qu'une crise de paludisme avait contraint à rentrer chez lui quelque temps.

Hanah passa une partie de l'après-midi à leur parler de son pays natal, la France, plus particulièrement Saint-Malo, ses remparts et l'océan qui charriait tant de trésors pour l'enfant qu'elle était à l'époque, de New York aussi, ville fascinante par son architecture vertigineuse et son caractère cosmopolite. Là-bas, le même océan que lorsqu'elle était petite venait lui lécher les orteils. Elle leur montra, sur son smartphone, un portrait de Bis, à la vue duquel des rires fusèrent. Tous se pressaient pour voir le chat à la peau glabre. « Oh il est tout nu, il est tout nu ! Il a une tête de chauve-souris ! » s'exclamèrent les enfants, qui n'avaient jamais vu cette race de petits félins.

Mais la principale attraction fut Invictus. En le sortant de son étui pour le leur montrer, Hanah fit sensation. Le pendule passa de main en main mais certains enfants, plus méfiants, ne voulurent pas y toucher.

— Ce n'est pas dangereux, les rassura Hanah. C'est du cristal.

— Qu'est-ce que c'est beau ! C'est un bijou ? demanda la petite Tyra, des étoiles dans les yeux.

— C'est aussi joli, mais non, c'est un pendule, dit Hanah.

— Ça sert à quoi ? s'enquit Victor avec une moue dubitative.

— À différentes choses. À trouver des métaux dans la terre, de l'eau, expliqua Hanah, à voir s'il y a de bonnes ou de mauvaises ondes dans une maison.

— Et à toi, ça sert pour quoi ? cria Ken, un garçonnet aux gestes dégourdis.

— Un peu tout ça à la fois, rit Baxter.

À la fin de cette journée singulière, Hanah avait retenu chaque prénom et chaque visage avec ses caractères. Elle avait particulièrement échangé avec deux gamines de sept et douze ans au regard pétillant, Mercy et Faith, et avec un garçon de treize ans, Akon, qui voulait devenir champion de boxe. Une certaine dureté figeait les traits de son visage, lui faisant perdre un peu de sa juvénilité. Les stigmates d'une petite enfance confrontée à l'horreur. Hanah apprit d'Indra qu'il était arrivé au camp l'année précédente, après avoir échappé aux tueurs d'albinos venus les enlever lui et sa sœur en l'absence de leurs parents. Il avait pu s'enfuir mais sa petite sœur avait été mutilée et était morte des suites de ses blessures. Depuis, il voulait faire de la boxe pour pouvoir se défendre.

Chaque enfant de Hope Camp portait avec dignité son histoire ou sa tragédie. Pourtant, Hanah n'avait jamais ressenti autant de goût pour la vie, autant de générosité et de respect que dans cette oasis gérée avec amour et exigence par une femme dont l'existence était vouée à ses protégés. Depuis qu'elle avait ouvert ce centre, Indra avait sauvé des centaines de vies. Elle avait aussi redonné espoir à des familles entières et à des orphelins qu'elle armait pour faire face à un monde où ils étaient particulièrement vulnérables, grâce à une éducation fondée sur des valeurs d'humanité et de fraternité.

Le moment venu, Hanah quitta le camp à regret et ne put retenir ses larmes durant les adieux. Dans ces sourires et ces prénoms désormais gravés dans sa mémoire, elle puiserait la force nécessaire pour mener à bien cette double mission dont ces enfants et tous leurs semblables faisaient désormais partie.

La nuit était presque tombée quand, vers 18 heures, le 4 × 4 quitta les lieux, conduit par un autre garde armé. Au bout du chemin, Hanah se retourna une dernière fois sur Hope Camp, mais le centre avait déjà disparu, englouti par les ténèbres.

20 JUIN

Ça n'était pas la basse température des pièces de stockage de N2 Chemicals qui faisait frissonner Hanah de la tête aux pieds. Les explications réfrigérantes de Larry Randalls lui suffisaient.

Ébranlée par son périple à Hope Camp, Baxter avait passé une bonne partie de la nuit à réfléchir aux raisons possibles de la disparition d'une telle quantité de liquide cryogénique et souhaitait retourner voir Randalls pour le cuisiner encore un peu sur les différentes utilisations possibles de l'azote liquide. En réalité, elle supposait qu'il pouvait intervenir dans le broyage des membres et autres fragments organiques entrant dans la composition des poudres miraculeuses.

Kate Hidden avait immédiatement accepté d'aller cuisiner Randalls avec des questions plus techniques quant aux différentes applications de l'azote liquide.

Elles ne furent pas déçues.

Très à l'aise dans ce rôle pédagogique et pas peu fier d'étaler ses connaissances sur un produit qu'il vénérait, Randalls se pavanait devant les deux femmes, la voix haut perchée. On aurait dit un concessionnaire auto en train de vanter amoureusement son produit.

— Les possibilités d'exploitation de ce gaz sont infiniment vastes. Un de ses atouts majeurs est son faible coût, en comparaison avec l'hélium liquide, par exemple.

— Dans quel domaine l'utilise-t-on ? s'enquit Hidden.

— La liste est longue. Je vous donnerai de la documentation si vous le souhaitez. Les laboratoires pharmaceutiques, qui sont parmi mes plus gros clients, l'utilisent pour la thermorégulation dans le stockage de certains médicaments. Des entreprises agroalimentaires s'en servent pour conserver ou surgeler les viandes, les poissons, les plats cuisinés, le lait et ses dérivés, le pain, et pour le cryobroyage des épices. Je travaille également avec les hôpitaux, les laboratoires de recherche qui emploient l'azote dans l'insémination artificielle, la conservation de matières organiques, sang, sperme, cheveux, ongles, moelle osseuse, globules rouges, peau… Tenez, le labo de la Criminelle, Biogene, est aussi un de mes clients, tout comme la cité mortuaire.

À cette évocation de la police scientifique et de l'Institut médico-légal, les sens de Baxter se tendirent, soudain en éveil. Un des employés pourrait avoir assez de connaissances pour manier du liquide cryogénique et en détourner l'usage. Par exemple pour réfrigérer des cadavres, puis pour les broyer jusqu'à ce qu'ils deviennent poussière.

— Vous dites que l'azote liquide est utilisé dans les hôpitaux ? reprit Kate.

— Oui, et également par les laboratoires biologiques, pour le broyage des déchets organiques. Mais cette méthode a ses limites.

Randalls trépignait, jouant de ses gros doigts rougeauds. Trop épais pour y glisser une alliance.

— Expliquez-nous.

— À cause de sa température très basse, l'azote liquide inhibe le processus des enzymes responsables de la détérioration de l'ADN ou des protéines du tissu organique broyé. Je fournissais également l'armée en stocks importants, poursuivit Randalls, avant… avant que ne soit mis au point un générateur autonome d'azote liquide capable de produire de l'azote gazeux à haute pression, pur à 99,5 %, simplement à partir de l'air, avec une très faible consommation d'électricité. Il a permis à l'armée de se passer des systèmes de stockage et de transport en containers. Une logistique complexe et coûteuse.

— Et à quoi leur sert cette production d'azote liquide ?

— À toutes sortes de choses… À gonfler des pneus, à réapprovisionner en gaz les amortisseurs des trains d'atterrissage, entre autres.

— Quoi d'autre, justement ? insista Hidden.

— Au fonctionnement des missiles. Le remplissage de leurs capacités sous haute pression.

— Perdre un tel client, ça a dû être un gros manque à gagner…

Randalls essuya du bout du doigt la sueur qui affleurait à sa lèvre supérieure.

— J'avais envisagé de commercialiser ces types de générateurs et puis j'ai renoncé. Les usages qu'on peut faire de l'azote liquide sont si multiples que N2 s'en sort très bien avec sa seule production.

— Quels sont les autres types d'utilisation ?

— Là, nous abordons un univers merveilleux, celui de la supraconductivité, un phénomène qui se réalise à des températures extrêmement basses et grâce auquel il serait possible de conduire l'électricité sans aucune perte d'énergie. Vous avez sans doute entendu parler du Maglev, le fameux train japonais à sustentation magnétique ou lévitation, si vous préférez. Les aimants, en niobium ou en titane, scellés aux wagons et permettant la lévitation, ont besoin d'être refroidis à -269 °C pour optimiser leurs propriétés supraconductrices. Dans le cas du Maglev, c'est l'hélium qui est utilisé, mais cela pourrait tout aussi bien être l'azote liquide, cinquante fois moins cher. La supraconductivité va de pair avec des gaz liquides et réfrigérants comme le nitrogène.

Les explications de Randalls sonnaient comme de l'hébreu aux oreilles de Baxter, mais son instinct de limier flairait la piste possible parmi tout ce qu'il énumérait. Ce n'était pas le moment de relâcher son attention sous prétexte qu'elle avait failli rater son bac à cause d'un 3/20 en physique-chimie.

— Vous présentez ça sous le jour le plus beau et dans le meilleur des mondes, rétorqua Baxter, mais imaginons une utilisation de cette supraconductivité à d'autres fins. À des fins destructrices, dans le domaine de l'armement, par exemple. Serait-ce possible ?

La question prit Randalls de court. Il suffoqua légèrement, puis se ressaisit aussitôt. Sa voix rebondit, sèche, contre les containers métalliques. Mais l'air vibrait d'autre chose. Une odeur, une présence discrète. Hanah éprouva alors la désagréable sensation qu'ils étaient observés.

— Ici, on aborde un domaine complexe dont je suis loin de connaître toutes les subtilités. Alors, pour faire court, si ça tombait entre de mauvaises mains, si, dans un scénario des plus délirants, un cerveau génial mais malade parvenait à exploiter cette technologie à des fins de destruction massive, ce serait la catastrophe, oui. Autant dire qu'avec le potentiel d'exploitation des champs magnétiques, on pourrait se rendre maître du monde. Mais il faut bien plus d'une trentaine de Deware pour ça !

— Deware ?

— Ah, euh oui, excusez-moi, dans le jargon, ce sont ces bonbonnes isothermes où l'azote liquide est conservé. Deware est le nom de leur inventeur, un Écossais. Le principe de la bouteille thermos !

— Vous vendez l'azote dans ce type de containers ? interrogea Kate.

— Nous avons différents réservoirs et containers en fonction des besoins et de la destination de l'azote liquide, industrielle ou médicale. Pour l'usage industriel, la capacité maximale est de 800 litres. Le Deware est coûteux et fragile. Nous l'utilisons encore pour les laboratoires et les hôpitaux, mais il est peu à peu remplacé par d'autres concepts isolants...

Un bruit derrière lui interrompit net Randalls qui tourna brusquement la tête. Avait-il eu la même impression que Baxter ? Était-ce la raison de son agitation ?

— Ah, c'est vous, patron, vous avez besoin d'un coup de main ?

Winston Blade, le responsable des stocks, apparut entre les colonnes métalliques de réservoirs. De véritables installations qui auraient séduit plus d'un collectionneur d'art contemporain.

— Ce serait plutôt à moi de dire « Ah, c'est vous, Blade ! », grogna Randalls. Pas besoin de coup de main, merci. Vous pouvez retourner à vos stocks...

— Attendez un instant, ordonna Hidden qui fit un pas vers l'employé. Je vous pose la même question qu'à votre patron, Blade. Si une quantité importante d'azote liquide tombait entre de mauvaises mains, que pourrait-il se passer, selon vous ?

Ses prunelles minérales sondaient le regard du responsable des stocks.

— Que voulez-vous que j'en sache ? Je suis pas devin.

Jambes écartées, bras musclés, croisés sur son torse, l'employé regardait les flics avec indifférence. On aurait dit que cela ne le concernait pas.

— Depuis que Blade est à ce poste, il ne s'est jamais rien produit de tel, intervint Randalls. Si ces dames n'ont plus besoin de vous, vous pouvez retourner travailler, Blade.

Hanah suivit l'employé des yeux tandis qu'il s'éloignait d'un pas assuré. Rien ne semblait l'impressionner. Le comportement étrange et défensif de Blade ouvrait la voie à toutes les possibilités. Y compris celle d'une complicité au sein de l'usine.

Randalls regarda ostensiblement sa Rolex en or incrustée de diamants.

— Désolé, Mesdames, je vais devoir vous quitter, j'ai un rendez-vous important dans cinq minutes.

Tout en regagnant la voiture, Hanah se sentit gagnée d'une intuition, en même temps que d'une angoisse croissante. De plus en plus, l'idée que ce vol pût être le fait du tueur aux corps de poussière s'éloignait de son esprit. En revanche, qu'il fût lié à un trafic humain à plus grande échelle ne l'étonnerait pas. Randalls était-il impliqué ? Rien ne pouvait encore le dire. L'étrange lueur dans ses yeux lorsqu'il avait vu Singaye n'était pas non plus une preuve. Mais Hanah en avait la quasi-conviction, les vingt-neuf barils de N2 allaient servir à quelque chose d'horrible. Une chose qu'il fallait absolument empêcher.

Kate Hidden tentait par tous les moyens de chasser le souvenir de la nuit passée à découvrir Hanah, à aimer son corps. Cette attirance subite pour une femme engendrait forcément des questions. Était-elle devenue lesbienne ? L'avait-elle toujours été sans le savoir, Baxter étant dans ce cas l'élément déclencheur ? Qu'éprouvait-elle réellement pour elle ? Elle ne trouva aucune réponse satisfaisante, mais elle savait que ce qu'elle ressentait pour Hanah n'était pas seulement charnel. Son cœur tremblait de ce petit sursaut douloureux chaque fois qu'elle la voyait. Pourtant, Hanah avait raison, laisser naître un sentiment amoureux ne les mènerait nulle part. De surcroît, l'ombre d'une autre femme planait entre elles… Cette « ex » avec laquelle cela semblait si compliqué. Mais qu'il serait difficile de renoncer ! Le travail serait encore sa meilleure échappatoire.

C'est pourquoi, plongée dans le dossier N2 Chemicals jusqu'au cou, Kate manqua ce jour-là un appel de son père, dont elle n'écouta le message que bien plus tard, de retour chez elle.

« Salut Kate, disait-il. J'aurais souhaité reprendre

contact autrement et pour d'autres raisons que celle qui me pousse à le faire aujourd'hui. Il faut absolument qu'on arrive à se voir. Je ne peux pas t'en dire plus au téléphone. Rappelle-moi dès que tu peux. »

Mark Hidden, homme d'affaires d'origine britannique, avait toujours été un aventurier, mercenaire à ses heures, à la fortune variable, tantôt ruiné, tantôt refait par des moyens à la morale douteuse. Il n'était resté que cinq ans avec la mère de Kate, une Massaï qui avait transmis à sa fille des gènes guerriers et un caractère impétueux.

Kate était restée vivre avec son père, qui souhaitait lui donner une éducation occidentale. Très vite, à l'approche d'une adolescence tourmentée et assombrie par la drogue, elle était entrée en conflit avec lui. Mark Hidden, contraint de délaisser sa fille à cause de fréquents voyages à l'étranger pour affaires, avait finalement décidé de l'emmener en Asie dans l'espoir qu'elle décroche de l'héroïne. Ils y étaient restés six mois, effectuant un long périple en Chine et au Tibet, faisant étape dans les monastères accrochés aux montagnes à 4 000 mètres d'altitude, marchant sur des milliers de kilomètres dans des paysages à couper le souffle.

Ce furent les plus beaux souvenirs de jeunesse de Kate, et une victoire sur elle-même. À son retour, la drogue faisait partie de son passé. Elle décida de s'inscrire à la faculté de médecine de Cambridge, en Angleterre : elle serait médecin légiste. Mais l'Afrique lui manquait, elle lâcha tout pour rentrer. De retour à Nairobi, elle choisit d'entrer dans la police et de monter les échelons pour devenir inspectrice à la Criminelle. Alors qu'elle intégrait le poste, elle connut une nouvelle rupture avec son père après qu'il lui eut présenté Bao, une femme d'origine chinoise avec laquelle il envisageait de vivre. C'était elle qui lui avait fait rencontrer son futur associé de la Sodash. Kate, convaincue qu'elle n'en voulait qu'à son argent, coupa les ponts.

Ce qu'elle perçut dans la voix de son père en écoutant le message le soir même l'alerta aussitôt. La peur. Son métier lui avait appris à la reconnaître. Son père n'avait jamais eu cette voix, tendue, presque éteinte, fêlée d'un tremblement à peine perceptible.

Elle le rappela aussitôt, maudissant son fichu orgueil. Mais tomba sur le répondeur. Elle se dit qu'il avait dû se coucher et qu'elle le rappellerait le lendemain, à la première heure. Et que ça tombait bien qu'ils se parlent, parce qu'elle avait quelques questions à lui poser sur les rapports qu'il entretenait avec Randalls.

Au milieu de la nuit, un bruit tout près d'elle réveilla Kate. Elle s'était endormie dans le canapé du salon, au milieu des papiers du dossier N2 Chemicals. Ses yeux s'adaptèrent peu à peu à la pénombre de l'appartement traversé par la faible lumière d'un réverbère. Elle balaya la pièce du regard. Soudain, elle se figea. Son père se tenait devant elle, debout, la bouche ouverte, le visage violacé. L'inspectrice suffoqua violemment tout en cherchant à tâtons l'interrupteur de la lampe sans quitter son père du regard. Il cherchait visiblement à lui dire quelque chose.

Mais lorsque, trouvant enfin l'interrupteur, elle alluma, la vision se dissipa.

21 JUIN

Nairobi, entre 8 h 04 et 10 h 15

Les corps de Larry Randalls et de Mark Hidden furent retrouvés le même jour, celui du solstice d'été, à une heure d'intervalle, mais pas au même endroit.

Mark Hidden flottait mollement sur l'eau turquoise de sa piscine à débordement, tandis que Randalls gisait, renversé dans son fauteuil de bureau, la moitié inférieure du visage emportée par la balle qu'il semblait s'être tirée dans la bouche, la main droite encore serrée sur son arme.

Ce fut Mouna, la gouvernante et ancienne nourrice de Kate, qui, en arrivant tôt le matin, découvrit Mark Hidden, inerte, au beau milieu de la piscine. Depuis le départ de Kate, elle ne vivait plus dans la maison. En revanche, Hidden avait deux gardes du corps à son service, en plus du jardinier, dont la gouvernante ne s'expliquait pas l'impardonnable défaillance. Où étaient-ils ? Comment était-il possible qu'ils n'aient rien vu, rien entendu ? Ils expliquèrent aux inspecteurs arrivés sur place que Mark Hidden avait pour habitude de se détendre en piquant une tête dans l'eau tiède, tard le soir après être rentré du travail, et qu'ils n'assistaient pas toujours aux ébats aquatiques de leur patron. D'ailleurs, celui-ci ne le souhaitait pas, arguant que cette surveillance nocturne était inutile. Visiblement à tort. À minuit environ, les gardes avaient fait leur ronde aux quatre coins de la propriété avant d'aller dormir quelques heures.

La propreté des extérieurs, le gazon verdoyant, aussi soyeux qu'un tapis, les haies taillées au cordeau, le soin apporté aux parterres de fleurs, tulipes, pivoines, iris, étaient le reflet de la personnalité du jardinier, entièrement dévoué à son travail et à son employeur depuis vingt ans. Dehors, rien n'avait été arraché, aucune empreinte ne trahissait une intrusion. Çà et là voletaient quelques colibris au plumage éclatant, friands de nectar et de pollen, se distinguant à peine d'insectes presque aussi gros qu'eux.

En revanche, à l'intérieur de la maison, c'était un vrai désastre. Des livres et des papiers jonchaient le sol, tout avait été retourné, des étagères renversées, les coussins et le matelas de la chambre de Hidden éventrés, laissant s'échapper des poignées de plumes.

Les équipes de la police scientifique et du coroner avaient envahi les lieux en même temps que les agents du CID, dont Titus Kiplagat, un petit Black à lunettes, coincé dans son costard rayé et sa chemise immaculée. Une vraie réplique d'agent du FBI dans les séries télévisées que Kate Hidden trouvait parfaitement ridicules.

Aussitôt avertie, elle arriva sans tarder, le visage défait. Mais lorsqu'elle voulut franchir le cordon jaune qui matérialisait la scène de crime, on l'en empêcha.

— Qu'est-ce que ça veut dire ? cria-t-elle. Ici c'est la maison de mon père et il vient d'être assassiné ! Laissez-moi le voir ! Kiplagat !

Le jeune agent s'approcha d'elle et, sur un ton officiel, lui expliqua que si le meurtre était confirmé suite à l'autopsie, elle serait potentiellement suspecte, en tout cas témoin numéro un, et ne pourrait pas participer à l'enquête.

N'ignorant pas le règlement, accablée, elle répondit en automate aux questions de son collègue chargé des interrogatoires sur place.

— Où étiez-vous hier soir ?

Elle ne cessait de se repasser le film de la nuit et de repenser au message de son père. Il s'était probablement senti menacé. Elle s'en voulait de ne pas avoir réagi aussitôt à son appel.

— Chez moi. Mon père et moi ne nous voyions pas souvent.

— Quel genre de rapports entreteniez-vous ?

— On baisait ensemble un week-end sur deux, railla-t-elle, acerbe.

C'était parti comme ça, tout seul, comme un gros gaz à la figure du flic.

— C'est ce que je dois noter ? demanda celui-ci sans se laisser démonter.

— Écrivez ce que vous voulez, Kiplagat, mais foutez-moi la paix avec vos questions à la con !

Cette fois, Kate Hidden s'exprimait avec des sanglots dans la voix. Ceux qui ne jaillissaient pas des yeux sous forme de rivières de sel, mais qui remplissaient les poumons d'air comprimé.

— Je sais, agent Hidden, que c'est difficile de se retrouver de l'autre côté de la barrière quand on est soi-même habitué à poser les questions. Mais dans ces moments, vous ne vous demandez pas si vous posez des questions « à la con », vous vous contentez de faire votre boulot… Et en l'occurrence, il n'y a que vous qui puissiez me renseigner de façon un peu plus personnelle sur votre père.

Kate avait l'impression que chaque mot prononcé par le flic lacérait sa chair jusqu'au sang. Elle était comme plaquée au sol sous le poids du chagrin. Mais était bien décidée à ne rien dire de l'appel de son père sur son portable, volontairement oublié dans sa voiture. Elle mènerait sa propre enquête et retrouverait les fumiers qui avaient fait ça. Car, bien sûr, elle était convaincue qu'il ne s'agissait pas d'une noyade accidentelle.

— Lui connaissiez-vous des ennemis ? poursuivit Kiplagat, tel un rouleau compresseur.

— Il était sans doute son plus grand ennemi, soupira la métisse en se triturant les cheveux d'une main tremblante.

— Que voulez-vous dire ?

— Il brûlait la vie par les deux bouts. Ils ont fini par se rejoindre.

Elle accompagna ses mots d'un coup de menton en direction de la dépouille.

— Vous pensez qu'il détenait quelque chose d'important, que le ou les meurtriers recherchaient ?

— Je ne pense rien, Kiplagat. Ça, c'est votre boulot, maintenant.

— Alors, Hidden, quel effet ça fait, d'être interrogée ?

La voix grinçante de Mendoza dans son dos. Il aurait pu casser une noix avec. Ou lui broyer les cervicales. Il ne manquait plus que cette ordure, pensa Kate.

— Ce n'est pas pire que de perdre son père brutalement.

— Ce sont des choses qui n'arrivent qu'aux riches, claquer dans leur piscine.

— J'ignorais que la mort tenait compte des différences sociales.

Mendoza songea avec rage que si Maria et les enfants,
sans oublier tous les autres, n'étaient pas retournés dans
leur bidonville après son départ du Mexique, ils auraient
peut-être survécu. Alors non, dans la mort, comme dans
la vie, tout le monde n'est pas logé à la même enseigne.

Malgré les va-et-vient des agents de la Scientifique
et les voix qui parvenaient en sourdine aux oreilles de
Kate, un silence monolithique entourait la piscine.

Au bruit de fermeture de la housse mortuaire dans
laquelle fut conditionné Mark Hidden, Kate eut l'impression qu'on lui zippait le cœur. Le travail des légistes ne s'arrêterait donc jamais…

— L'entreprise de votre père apparaît dans le fichier
client de N2 Chemicals. Lui et Larry Randalls se connaissaient ?

— Je vous rappelle, Kiplagat, que mon père a un
associé qui pourra mieux vous répondre que moi.
Mais, oui, je confirme.

— Deux collègues sont partis l'interroger à Magadi,
ne vous inquiétez pas. Il me faut toutes les versions.

Une hirondelle surgit soudain de la haie de frangi-
paniers dans un rayon de soleil et vint raser la surface
bleutée de la piscine pour s'y abreuver en vol. Suivie
d'une autre, puis d'une troisième.

Kate les regardait emporter dans leur bec, vers leur
morceau de ciel, un peu de cette eau dans laquelle
s'était noyé son père. Son enfance défila en Super 8.
Des images qui crépitent, le bonheur par flashes, des
rires mêlés, mais pas vraiment ce qu'on appelle une
enfance dorée.

Jusqu'à son adolescence, son père n'avait été qu'une
ombre furtive apparaissant et disparaissant sur le seuil

de la maison. Elle avait toujours été confiée à des *muu-guzis* aux mamelles de vache.

Apercevant Kate à travers les allées et venues des équipes, Mouna s'approcha d'elle et, les yeux remplis de larmes, la serra contre son cœur. Puis, d'un geste discret, l'entraîna à l'écart dans le jardin. Kate enveloppa sa nourrice d'un regard humide. La pauvre femme, qui avait été sa seule référence maternelle après le départ de sa mère, avait, elle aussi, subi l'épreuve de l'interrogatoire sans trop de ménagements et s'y était soumise avec toute la dignité et la résignation de son peuple. Elle n'avait pas beaucoup changé, seuls ses cheveux avaient blanchi, se détachant, lumineux, sur sa peau sombre, à peine barrée de rides. Tout en lui parlant à l'oreille, Mouna lui glissa un petit objet dans le creux de la paume. Une clé USB.

— Il y a quelques jours, ton père est parti en Europe, sans dire où exactement, souffla-t-elle. Il semblait plutôt tendu. À son retour, il n'était plus le même. Il m'a dit qu'il fallait absolument qu'il te parle et il m'a remis cette clé en me demandant de te la confier s'il lui arrivait quelque chose. J'aurais préféré ne jamais avoir à te la donner, ajouta Mouna entre deux sanglots. C'est sans doute ça qu'« ils » voulaient trouver. Kate, ton père avait découvert quelque chose qu'il n'aurait jamais dû savoir et il se sentait menacé. Il avait peur pour sa vie.

À peu près dans le même temps, une autre équipe s'affairait autour de Larry Randalls, qui n'était pas en meilleur état que son client. Les tortues californiennes de l'aquarium, repues, ne semblaient pas perturbées par leur nouveau statut d'orphelines. Apparemment, avant de se donner la mort, Randalls leur avait offert un dernier festin de paillettes animales et végétales.

La scène était moins « propre » que celle de la piscine. Le bureau en aloa et les papiers qui le recouvraient en un bordel organisé étaient souillés du sang de Randalls et maculés de bouts de chair. Ses molaires, pulvérisées, étaient ressorties par-derrière et s'étaient plantées dans le mur. Il n'avait plus ni menton ni mâchoire inférieure. À la place, un trou béant qui ressemblait à un affreux rictus.

Selon ses employés, Randalls n'était pas connu pour être dépressif, mais certaines personnes cachent bien leur jeu. Peut-être était-ce le contrecoup du vol, peut-être n'avait-il pas supporté ce que l'enquête pourrait révéler, une vérité qu'il ne voulait pas voir profaner, ni étaler au grand jour.

Sa secrétaire Tina, les seins débordant du soutien-gorge comme deux muffins au chocolat de leur moule, l'avait découvert en venant déposer le courrier dans le bureau et avait couru vomir aux toilettes avant de pouvoir alerter le directeur adjoint en déplacement en Tanzanie, qui lui avait demandé de l'attendre avant d'avertir la police. Il avait tout interrompu pour revenir ventre à terre. Un poste de direction générale à N2 Chemicals pointait de ces circonstances morbides. La place était encore chaude, sanglante même, mais il allait falloir assurer rapidement la succession.

Tina fut aussitôt interrogée, puis on la remercia. Elle n'avait rien noté d'étrange dans le comportement de son patron, il était venu au bureau avant tout le monde, très matinal comme d'habitude, bien sûr, cette affaire de vol de N2 le préoccupait plus que tout, mais pas au point de se suicider comme ça, sans crier gare. Et des ennemis, bien sûr, il devait en avoir, comme n'importe quel entrepreneur d'envergure. Ne serait-ce que dans la concurrence.

Les enquêteurs éplucheraient la vie professionnelle de Randalls, mais aussi son intimité. En attendant, le corps fut acheminé vers la cité mortuaire, là où se trouvait déjà la dépouille d'un de ses plus gros clients, Mark Hidden.

Cratère du volcan de Menengaï, 11 h 01

Le monstre noir venait de se garer dans un nuage de poussière cuivrée aux abords d'un autre monstre, le Menengaï, un volcan éteint, le deuxième plus grand cratère du continent africain après celui du Ngorongoro, en Tanzanie.

Lorsqu'on abordait la zone volcanique, au loin, grise et menaçante, la silhouette du Menengaï surgissait d'une végétation abondante, une sorte de bête mythologique dressée dans la brume.

Au fil de l'ascension jusqu'au bord de la caldeira, les reliefs se précisaient, se hérissaient de dents et de pics rocheux ; le paysage, traversé de rivières de lave pétrifiée, procurait au visiteur la sensation de pénétrer dans la gueule du diable. La traduction de *menengaï* en dialecte maa — « cadavre » — ainsi que le surnom du volcan, « la maison des démons », donnaient le ton. Une des légendes qui entouraient le cratère infernal affirmait que c'était l'entrée du royaume des ténèbres : des hommes y avaient disparu à jamais, d'autres avaient été retrouvés comme en transe, errants sur la caldeira. On racontait aussi que l'esprit tourmenté de guerriers massaïs morts lors de combats ethniques remonte du cratère sous forme de vapeurs blanches, à la recherche du paradis.

Coiffé d'un panama et en panoplie de safari, Darko Unger, l'homme au visage de porcelaine, descendit de l'arrière du véhicule aux vitres blindées de type Hummer, tandis que son chauffeur lui tenait la portière ouverte.

«Je n'ai aucun commentaire à faire sur la mort de mon associé, si ce n'est que c'est pour moi et pour la Sodash Society un véritable drame», était le message qu'Unger avait fait passer aux inspecteurs venus jusqu'à Magadi pour l'interroger, avant de les inviter à consulter ses avocats. Qui leur transmettraient «tous les éléments nécessaires au dossier». Quant à lui, il était contraint de s'absenter dans le cadre d'une thérapie lourde qu'il était censé suivre.

En fait, Darko Unger avait tout simplement plus urgent à faire avec ce qui venait de se produire au bord du cratère. Il n'était pas homme à craindre les démons du Menengaï. Et encore moins les représentants de l'ordre. Car l'ordre, ici, sur la caldeira et dans la région de Magadi, c'était lui.

Grâce à ses précieux capitaux investis, il avait pu acheter non seulement quelques magistrats et hommes politiques, mais aussi des milliers de mètres cubes de vapeur à la Geothermal Development Company, une entreprise publique fondée en 2009 pour exploiter à moindre coût des sources de chaleur émises par le cratère du Menengaï en vue de produire de l'électricité. L'utilisation de la géothermie à ces fins énergétiques était sans doute le plus grand espoir pour l'Afrique dans ce domaine. Unger l'avait très vite compris et mis en application.

Le premier forage avait été entrepris en 2011 par la GDC. Pourtant, en 2012, seuls six puits étaient opérationnels, alors que plus d'une centaine auraient été nécessaires pour atteindre l'objectif de la première phase de ce projet ambitieux, d'un coût de 850 millions de dollars.

D'un autre côté, la construction d'une usine thermique ne demande que quelques mois et semble plus aisée que son financement. Unger avait tenu bon, ayant largement les moyens de faire pression sur le gouvernement kenyan. La BAD — Banque africaine de Développement — avait consenti à céder des fonds, attirant ainsi d'autres locateurs tels que la Banque mondiale et l'Agence française de Développement.

Mark Hidden, moins gourmand que son associé, avait préféré s'en tenir à la Sodash et ses filiales en Tanzanie et s'était abstenu de suivre Unger dans la grande aventure géothermique. Ce refus avait été l'une des premières divergences à tracer une ligne de faille entre les deux hommes. Puis leur collaboration et leur amitié devinrent un terrain sismique, ce qui n'empêcha pas Unger de paraître très affecté par la mort brutale de Hidden.

Plantée dans le sol bouillonnant de la caldeira se dressait, en rangs serrés, une petite armée de cylindres métalliques exhalant des jets de vapeur blanche. Autour de chacune de ces cheminées, des hommes en tenue réglementaire aux couleurs de la GDC s'affairaient quotidiennement, casquette jaune sur la tête.

Le chemin jusqu'à la zone aquifère souterraine était ardu. Afin de parvenir à extraire la vapeur du sous-sol, la foreuse devait creuser la roche sur au moins trois kilomètres de profondeur. De quoi sortir de leur sommeil tous les démons du royaume des ténèbres…

Pourtant, ce jour-là, comme si la mort de Hidden et de Randalls ne suffisait pas à calmer les dieux, un autre fait s'était produit, paralysant toute activité humaine et provoquant le départ précipité d'Unger pour le chantier géothermique du Menengaï.

Il n'existait pas de mots pour décrire la créature hideuse qui gisait, sans vie, à moitié enterrée dans la poussière volcanique, que l'un des ouvriers avait découverte aux premières heures du jour en heurtant du pied son crâne émergeant du sol.

Une fois complètement exhumé apparut aux regards atterrés un être d'environ 1,30 mètre, doté, comme un humain, d'une tête et d'un corps avec deux bras et deux jambes, dans des disproportions stupéfiantes.

Il ne s'agissait pas cette fois d'une créature imaginaire, mais bien d'une chose réelle, organique, tout à fait répugnante, tapissée de poils blancs, dont la viscosité pouvait faire penser qu'elle se trouvait captive d'une sorte de placenta géant.

L'individu était nu, replié en chien de fusil, sa peau craquelée ressemblant à celle d'un lézard, si ce n'était sa blancheur crayeuse. Les chairs n'étaient pas putréfiées, la mort ne devait pas remonter à très longtemps.

La plupart des hommes qui travaillaient sur le chantier étaient hermétiques aux légendes du Menengaï et ne craignaient pas les démons qui hantaient le cratère, cependant certains n'avaient surmonté leurs craintes que pour un salaire un peu plus élevé qu'ailleurs. La peur est contagieuse. À la vue de la créature, elle se propagea sur le chantier de façon fulgurante. Les plus touchés partirent en courant, les autres se pressaient autour de la fosse dans un mélange de terreur et de fascination.

Avec son crâne au sommet aplati, ses oreilles effilées, ses yeux à l'iris rouge et sa bouche grande ouverte, comme asphyxiée, la créature semblait venue d'un autre monde. Peut-être celui des ténèbres.

Libérés par le forage, les esprits captifs du volcan se réveillaient… Et ils ne semblaient pas dans les meilleures dispositions.

Cratère du volcan de Menengaï, 12 h 15

— Ses dents ! Vous avez vu ses dents…

Cette même phrase, en un souffle, en un murmure, passait de bouche en bouche comme une bulle de savon, unanimement scandée par ceux qui avaient eu le courage de rester.

Ponctuée de jets de vapeur blanche expulsés des entrailles terrestres, la scène n'en paraissait que plus irréelle.

La surprise de la découverte à peu près digérée, les témoins avaient entrepris de détailler la créature qui gisait à leurs pieds en attendant l'arrivée de la police locale de Nakuru, l'un des centres urbains les plus importants du pays et également capitale de la province de la vallée du rift.

La dentition de l'humanoïde était pour le moins inhabituelle chez un être proche de l'apparence humaine. Toutes les dents, sans exception, d'une blancheur étonnante, étaient taillées en pointe, mais le plus frappant, c'est que cela semblait naturel.

Excepté son aspect semi-humain ou simiesque, elle ne pouvait s'apparenter à aucune espèce vivant actuellement sur terre. Seul son appareil génital, visible malgré les particules volcaniques dont était recouvert le corps, semblable à celui d'un humain, permettait de dire qu'il s'agissait d'un spécimen mâle. Les ongles de ses mains et de ses pieds, véritable corne, mesuraient au moins deux centimètres, formant des griffes redoutables.

Darko Unger était en train de négocier âprement avec les représentants de la GDC un transfert rapide de la créature, à sa charge. Mais les responsables de l'entreprise publique refusaient obstinément de transiger. Il fallait attendre l'arrivée des autorités locales. Ce que voulait précisément éviter Unger.

— Si la police s'en mêle, messieurs, ce sera ensuite au tour de la presse, et vous pouvez être sûrs d'accueillir ici une déferlante de journalistes et autres paparazzis en quête de sensationnel, avec le risque de perturber considérablement l'avancement du chantier. Voire même de nous obliger à tout suspendre. Si c'est ce que vous voulez… argumentait Unger.

En vain. Les responsables de la GDC demeuraient aussi inébranlables qu'une forêt de séquoias.

D'origine encore indéterminée, la créature pouvait représenter un risque de contamination, être porteuse de germes inconnus et dangereux. Effectuer des prélèvements et des analyses des tissus organiques ainsi que de la matière terrestre en contact avec le monstre s'avérait donc indispensable.

Tels étaient les arguments des représentants de la GDC.

Les échanges entre les types de la GDC et Unger se firent de plus en plus houleux et la tension devint palpable.

— Je vous rappelle, messieurs, que j'ai investi la plus grosse part dans ce projet. S'il doit être compromis par un afflux de journalistes et d'enquêteurs sur les lieux, je préfère me retirer, menaça Unger.

Sur ces entrefaites apparurent cinq hommes de la police locale, suivis du coroner. Celui qui semblait être le shérif s'approcha de la fosse. Un Noir rasé, sans cou, en uniforme vert, aux petits yeux de sanglier, donnant l'impression que sa tête ronde reposait en équilibre sur ses épaules, et dont le ventre était celui d'une femme enceinte arrivée à terme. À se demander comment il était possible de rencontrer un tel embonpoint sur un continent ravagé par la famine et la misère.

Tout à fait décalée et imprévue, une voix fluette émergea de ce gras-double.

— Alors c'est ça, le monstre terrifiant du Menengaï? Pour commencer, tout le monde s'écarte, dispersion! Je ne veux plus voir personne dans les parages de… de cette chose. Laissez mes hommes faire leur boulot! Allez, les gars, ramenez vos fesses et inspectez-moi ça. Mettez vos gants, hein!

Le shérif distribuait ses ordres comme des claques.

Le périmètre autour de la créature fut matérialisé par des rubans jaune fluo, sans qu'il fût signalé comme scène de crime. On ne savait pas encore ce qui avait frappé le monstre.

Face au shérif, trop heureux qu'un événement aussi singulier vienne briser la routine et puisse même avoir des retombées positives sur sa carrière, Unger et ses caprices ne faisaient pas le poids.

La cellule de risques biotechnologiques de Nairobi fut aussitôt contactée et dépêchée sur place à bord d'un hélicoptère, un AS350 B3e, le même modèle que celui qui avait été fourni à la police kenyane un an plus tôt. Une version optimisée de l'Écureuil.

L'engin avala un peu plus de cent kilomètres en une demi-heure et se posa sur la caldeira dans une tornade de poussière grise. Des hommes vêtus de scaphandres orange en dégringolèrent, mallettes à la main, équipés de masques et de compteurs Geiger.

À la demande du shérif, un anthropologue les accompagnait.

Les lieux, vidés des derniers curieux, devinrent bientôt la scène d'opérations scientifiques classées secret-défense.

Le shérif, qui supervisait les manœuvres, se tourna vers Darko Unger pour lui poser quelques questions, mais celui-ci, ainsi que sa garde rapprochée, avait disparu. Son Hummer ne formait plus qu'un petit nuage de sable sur la piste, en contrebas. Tout en le suivant des yeux, le flic fronça les sourcils, deux bandes Velcro poivre et sel greffées sur son cuir tanné.

Il n'avait jamais pu capter le regard de l'homme d'affaires dans l'ombre du panama. Ça n'était pas une coïncidence. L'homme au chapeau avait visiblement préféré se soustraire à un interrogatoire de routine.

Apprenant par l'équipe de la GDC qui était Darko Unger, le bibendum imprima les renseignements dans un coin de son cerveau, bien décidé à pousser jusqu'à Magadi un de ces jours.

Les prélèvements effectués sous tente stérile gonflable, semblable à un champignon de couche géant sorti de terre, le sujet fut conditionné dans une housse hermétique transparente avant d'être chargé dans l'hélicoptère sur une civière.

Sous l'abri, l'anthropologue avait procédé à un examen du spécimen et donné ses premières conclusions.

L'hominidé concentrait, à la première lecture, des caractéristiques improbables, vu le parfait état de

conservation et la « fraîcheur » de la chair et des carti-
lages.

Excepté la dentition et les oreilles en pointe, son
anatomie, sa taille — entre 1,20 mètre et 1,40 mètre —,
sa capacité crânienne — 600 cm³ —, et certaines de
ses spécificités physiques pourraient s'apparenter à
celle de l'*Homo habilis*, apparu en Tanzanie et en
Afrique du Sud, et défini comme le premier homme
véritable.

— La momification naturelle est un phénomène qui
reste exceptionnel, expliquait l'anthropologue au shérif, en prenant soin de choisir ses mots. On aurait dit
qu'il s'adressait à un enfant de primaire. Les restes
humains retrouvés sont en général à l'état de fragments
d'os. Certains ont été mis au jour précisément dans les
sédiments volcaniques, en Éthiopie. Des restes d'aus-
tralopithèques ont aussi été découverts au Kenya, ici,
dans la région du rift. Mais je n'ai jamais rien vu de
pareil. Cet individu présente des caractéristiques
inconnues. À la couleur et à la texture de sa peau, à ses
iris dépigmentés, il se pourrait qu'il soit atteint d'albinisme. Les analyses génétiques devraient le confirmer
et permettre de déterminer ses origines. Mais on ne
connaît pas à l'*Homo habilis* une telle dentition. Ses
canines étaient plutôt réduites par rapport à ses incisives, ce qui le classe parmi les omnivores. Or, dans ce
cas précis, toutes les dents sont acérées naturellement !
Ses oreilles sont presque celles d'un animal…

— Peut-être une malformation ? avança le shérif.

— Les malformations sont des dérapages de la nature,
on va dire. Sans aucune utilité, ni déterminisme. Or là,
par exemple, la forme des dents peut faire de cet individu un terrible prédateur. Il a dû s'adapter à un environnement hostile ou bien à un régime exclusivement carné.

— C'est peut-être dans ce but précis qu'on a obtenu ce type de dentition…

— Obtenu ? Que voulez-vous dire ?

L'anthropologue semblait totalement déconcerté. D'une main, le shérif fit basculer sa casquette en arrière, découvrant un front bombé et ruisselant d'une écume blanchâtre. À la chaleur volcanique, sa graisse commençait à fondre…

— La science ne rend pas toutes ses recherches et ses découvertes publiques, surtout en matière de manipulation génétique…

— Shérif, vous voyez trop de films ! s'esclaffa l'anthropologue.

Le représentant de l'ordre détailla son interlocuteur des pieds à la tête avec une acuité particulière. Le spécialiste de l'espèce humaine affichait une singulière ressemblance avec les spécimens étudiés. Plus exactement les hommes préhistoriques. La forme de sa boîte crânienne, un front et des arcades sourcilières proéminents, la mâchoire saillante, affligée d'un net prognathisme, le sourcil épais et une façon de se tenir quelque peu simiesque, le dos voûté : il aurait suffi de peu pour qu'il se mît à marcher à quatre pattes.

— Ça fait des années que je n'en ai pas vu un seul, rétorqua le shérif. C'était une hypothèse induite par vos commentaires. Vous savez, ce qu'on rencontre, nous autres flics, dépasse parfois tout ce qu'on peut imaginer. En tout cas, je veux un rapport complet sur cette créature, préhistorique ou non.

— Bien entendu, bredouilla le spécialiste, la lippe pendante.

— Nous allons le transporter à Nairobi, intervint le responsable de la cellule. Il nous faudra en référer aux autorités sur place qui seront averties dès notre arrivée.

Ce rappel sembla contrarier le shérif, qui voyait déjà ce dossier des plus insolites entre ses paluches.

— Bah, faites selon la procédure, c'est tout, balança le bibendum en balayant l'air d'une main molle.

La décontamination et la recherche d'éléments pathogènes ou radioactifs terminées, le monstre disparut dans le ventre de l'hélicoptère pour un dernier voyage.

Une fois dans les airs, tout le monde se détendit, les blagues et les rires fusèrent au sujet de « ce » qu'ils transportaient.

Dès le lendemain, toute la capitale saurait par les journaux que ses murs abritaient un hominidé d'un autre temps. Un monstre. La créature blanche du Menengaï.

Caldeira du Menengaï, 15 h 12

De toute cette agitation, qui se déroulait assez loin pour que personne ne le remarquât, un Noir équipé de jumelles, une Camel sans filtre fichée entre les lèvres, n'avait pas perdu une miette. La semelle de ses rangers avait commencé à mollir à la chaleur du sol. Le crâne rasé sous une casquette, vêtu d'un pantalon treillis kaki et d'un tee-shirt noir qui moulait ses pectoraux, l'animal était puissant, discret et, surtout, rapide. Et portait bien son surnom : la Lance.

Son biplace jaune s'était posé quelques minutes auparavant, moustique géant sur la terre rouge du versant opposé de la caldeira. Survolant la région seul aux commandes, il avait aperçu l'attroupement autour du monstre et avait décidé d'aller y voir d'un peu plus près.

Son avion amphibie, avec lequel il s'était rendu dans les pays frontaliers du Kenya, lui permettait d'atterrir aussi bien en mode « neige » que sur l'eau ou la terre. Le décollage et l'atterrissage lui procuraient chaque fois le même sentiment de puissance et de liberté.

D'un geste las, les jumelles dans une main, la Lance sortit son mobile d'une de ses poches de pantalon et composa un numéro. Attendit une dizaine de sonneries avant d'entendre un crépitement à l'autre bout de la ligne.

— La Lance. Les choses se précisent. Je ne sais pas encore dans quelle direction, mais je sens une piste, là, sous mes pieds.

— Vous êtes où ? demanda son correspondant.

La Lance exhala un résidu de fumée.

— Sur le Menengaï. Je brûle. Enfin, au sens propre comme au sens figuré.

— Ah, le volcan se réveille, alors…

— Vous ne croyez pas si bien dire, Collins. J'ai par ailleurs une info qui va vous intéresser. Un de mes anciens contacts dans l'armée m'a dit qu'un chauffeur de camion a trouvé la mort dans une violente collision avec un blindé de la cellule antiterrorisme. Il transportait une trentaine de barils contenant un produit chimique potentiellement dangereux, de l'azote liquide… Un militaire est mort après avoir inhalé les émanations qui s'échappaient d'un des barils. Je donnerais ma main à couper qu'il s'agit des containers volés à N2 Chemicals. Mais l'armée a fait de la rétention d'informations en classant ce dossier secret-défense dans l'éventualité où il y aurait un groupe terroriste derrière tout ça. Parce qu'un camion censé convoyer du lait et qui transporte des barils d'azote liquide, ça devient tout de suite suspect.

— Bien, très bien, excellent travail, je vais en informer mon remplaçant. En attendant, je vous laisse creuser discrètement la piste des containers. Merci, en attendant une amélioration de mon état de santé, je vais devoir me reposer sur vous aussi. Pour un temps que je m'efforcerai de raccourcir. Mais ça ne dépend pas que de moi. J'ai parlé du dossier et de votre intervention à la profileuse Hanah Baxter, mandatée sur l'affaire de l'Égorgeur. Elle va nous donner un coup de main. Si vous pouviez vous rencontrer ce serait bien.

— Je tâcherai de la trouver. J'avance. De la poussière plein les yeux, mais j'avance. Et vous ? Comment allez-vous ?

— Comme quelqu'un qui a un cœur usé.

— Bon rétablissement, alors.

— Bonne chance à vous. Et faites attention où vous mettez vos rangers, la Lance.

— Elles ne craignent plus grand-chose.

La Lance raccrocha et fourra le téléphone dans sa poche. Il était temps de rentrer. La prospection avait été bonne. Inespérée, même.

De retour à Nairobi, il activerait ses contacts du GSU pour obtenir un peu plus d'informations sur cette découverte qui avait nécessité le déplacement en hélicoptère d'une équipe de la cellule de risques biotechnologiques. Et il n'avait pas vraiment été surpris de voir Darko Unger se défiler à l'arrivée des flics de Nakuru.

L'enquêteur retrouva son biplace, plus bas, sous une pellicule de particules de lave grises soulevées par le vent des hauteurs. Excellent camouflage, se dit-il en enfilant son blouson en cuir. Il jeta son mégot et grimpa à bord.

Après avoir pris un peu de vitesse pour un décollage plutôt court et chaotique sur une piste improvisée, l'avion s'arracha du sol en tanguant, pour prendre rapidement de la hauteur et enfin se stabiliser sous la couche de nuages.

La Lance ne se sentait vraiment bien que là-haut, dans le ciel d'Afrique. Il pensa à ceux qu'il traquait. Des barbares assoiffés de fric et de chair humaine. Sa mission était de les trouver et leur régler leur compte une fois pour toutes. Il regarda la terre, en dessous. La vallée du rift et ses reliefs, cette grande faille géologique qui s'étendait comme une cicatrice.

Le Kenya. La terre de ses ancêtres massaïs, chassés et expropriés. Une terre convoitée, meurtrie, qui portait ses blessures visibles ou invisibles. Nulle part ailleurs il n'aurait pu se réveiller face à ce sommet mythique, le Kilimandjaro et ses neiges éternelles, honoré par la plume d'Hemingway, pour contempler ce spectacle en terminant une bouteille de Cardhu, seul et nu sous les étoiles. Rien que ça valait d'être resté en vie au fil de ses missions, toutes plus dangereuses les unes que les autres. Il faisait le sale boulot, il le savait. Rien de bien gratifiant à essuyer la merde de la police devenue impuissante. Mais l'Afrique, il fallait la nettoyer de sa pourriture, décaper la saleté pour en faire réapparaître l'éclat.

De retour chez elle, exténuée après une journée d'interrogatoire et de démarches administratives suite au décès suspect de son père, Kate trouva la porte de son appartement entrouverte. Sa main se posa sur la crosse de son Glock qu'elle libéra de son holster avant de pousser la porte du bout de sa chaussure. De sa main libre, elle chercha l'interrupteur et alluma. « Police ! » cria-t-elle en faisant irruption dans le salon, son arme pointée devant elle. Elle n'y surprit personne, mais ce qu'elle découvrit la cloua sur place. La même scène que chez son père le matin. Tout était retourné, saccagé. Ceux qui avaient fait ça n'étaient pas repartis depuis très longtemps. Elle pouvait encore sentir une odeur de tabac flotter dans la pièce. Faisant un rapide état des lieux, elle constata qu'aucun objet précieux n'avait disparu. Ses bijoux et ses montres étaient là. En revanche, nulle trace de son ordinateur, ni de son appareil photo. La clé USB, elle, était en sûreté dans une de ses poches d'uniforme depuis que Mouna la lui avait confiée. Mais elle ne pourrait pas lire son contenu ce soir comme elle l'avait prévu.

Aucun doute, les deux « visites » étaient liées. « Ils » devaient chercher la même chose que chez son père. Mouna avait raison. Certainement des documents compromettants que Hidden avait stockés sur cette clé. L'auraient-ils tuée elle aussi, si elle avait été chez elle au moment de leur passage ? La métisse ne put s'empêcher de frémir à cette idée.

Une chose la chiffonnait cependant. Cette forte odeur de tabac. Elle aurait juré que c'était un relent de cigare. Et elle ne connaissait, dans son entourage, qu'une seule personne qui en fumait en permanence. Mendoza. Qu'est-ce qu'il aurait bien pu foutre chez son père, puis chez elle ? Pourquoi toute cette mise en scène ? Et surtout, l'assassinat de Hidden. Quel intérêt aurait-il eu à le tuer dans une enquête sur un vol à N2 Chemicals ? Le Mexicain lui avait paru bizarre lorsqu'il s'était pointé sur la scène de crime, et plus agressif que d'habitude. Il n'avait sans doute pas supporté qu'elle ait pu lui tenir tête l'autre jour, dans son bureau. Mais ça n'expliquait pas son éventuelle contribution à tout cela. Non, le Mexicain était un connard, une brute, mais pas un tueur. Ni un flic corrompu. Du moins, selon ce que ses collègues connaissaient de lui.

Collins avait toujours dit à son équipe de ne pas formuler de conclusions hâtives. Que ce qui, à leurs yeux, formait des indices pouvait n'être que des fausses pistes. L'objectivité est le maître mot d'un enquêteur. Ne pas se laisser submerger par ses émotions. Et Kate devait en convenir, si ce qu'elle ressentait pour Mendoza était une émotion négative, c'était, malgré tout, une émotion. Le Mexicain n'était pas le seul homme au monde à fumer le cigare. Pourtant, tout laissait penser que le fumeur avait voulu laisser cette empreinte olfactive, comme s'il avait

tenu à ce qu'elle soit identifiable, même s'il n'avait abandonné aucun mégot. Cette odeur lui semblait une provocation. Comme si le «visiteur» s'était attardé sur les
lieux après les avoir violés en savourant son cigare.

Sa réflexion la ramenait malgré elle au point de
départ : qui d'autre que le Mexicain aurait pu vouloir
la provoquer...

Elle devait absolument se débarrasser des pensées
parasites, refroidir son affect. Ne pas agir avec son
cerveau reptilien mais solliciter le lobe frontal. Et en
premier lieu, décider si elle devait ou non mettre
Mendoza et les autres au courant. Que son appartement ait été visité à la suite du meurtre de Hidden et
de la même façon que le domicile de celui-ci, risquait
d'attiser les soupçons de ses collègues quant à son
implication ou sa complicité dans le cas où son père
aurait été victime d'un règlement de comptes pour
avoir trempé dans des affaires douteuses. Pour eux,
elle serait avant tout la fille de Mark Hidden. De plus,
le nom de son père figurait en haut de la liste des
clients de Randalls, retrouvé mort lui aussi. Mendoza
avait raison, il y avait un vrai conflit d'intérêt, maintenant plus que jamais.

· Mieux valait ne rien dire pour le moment. La seule
personne en qui elle pouvait avoir confiance était
Hanah. Comme les collègues du CID, elle devait
savoir ce qu'il était arrivé à son père, mais ne s'était
pas encore manifestée. Si seulement elle était là, près
d'elle... Comme elle aurait aimé sentir sa présence
apaisante...

Kate alla verrouiller la porte d'entrée, ferma les
rideaux, alluma l'halogène du salon et, son Glock à
portée de main, entreprit de tout ranger après avoir
pris quelques clichés de la scène avec son smartphone.

Comme il se produit dans ce genre de circonstances, en retournant toutes ses affaires personnelles, le visiteur avait exhumé sa vie. Parmi les papiers divers, les factures et les lettres éparpillées, elle retrouva des photos pêle-mêle de son enfance. Des clichés d'elle à différents âges, pour la plupart avec son père. Une seule avec sa mère. Ce pan de son existence avait été escamoté. Son père était bel homme, le genre qui fait tourner les têtes, séducteur, d'un blond Redford, les yeux vert émeraude comme ceux de sa fille, sûr de lui, et qui, au petit matin, laisse une place vide dans le lit.

Kate refoula un sanglot. Pourquoi pleurer maintenant? Hidden avait eu la vie qu'il voulait, flirtant à plusieurs reprises avec l'illégalité et avec de nombreuses femmes, dans tous les pays où il se rendait.

Tout à coup, elle tomba sur une photo qui l'intrigua. Un plan serré de son père et d'un homme coiffé d'un chapeau de type panama. Tous deux souriaient, liés par une évidente connivence, d'un autre ordre qu'une simple amitié, se dit la flic en remarquant devant chacun une coupe à moitié remplie de champagne. Mais ce qui frappa Kate fut le visage de l'inconnu. Il lui rappelait d'une certaine façon Singaye. Un Noir albinos, or l'homme au chapeau avait des traits plus fins. Elle ne se souvenait pas que son père lui eût parlé d'un ami africain qui fût albinos. Retournant la photo, elle y lut : «Mark Hidden et Darko Unger, 25 juillet 2010.» Darko Unger, son associé! s'exclama-t-elle. Elle connaissait son nom mais ne l'avait jamais rencontré et son père n'avait jamais mentionné son albinisme. Ils s'étaient d'ailleurs à peine parlé ces dernières années... D'où lui venait cette photo? Elle n'avait pas souvenir que son père la lui eût donnée. Il apparaissait donc comme une évidence que « quelqu'un » l'avait glissée parmi les autres.

Alors qu'elle la regardait comme si elle y cherchait une réponse à la mort de son père, ou un semblant d'indice, un détail attira son attention. La main d'Unger. Ou plutôt ce qu'il tenait entre ses doigts. Un cigare.

Un frisson la parcourut de la tête aux pieds. Ils étaient deux maintenant. Deux à avoir pu pénétrer chez elle et imprégné son appartement de cette forte odeur de havane. Deux à avoir des raisons de s'en prendre à elle. Mendoza et Unger. Celui qui avait fait ça était sans doute aussi l'assassin de son père. Il lui restait à trouver lequel.

22 JUIN

Nairobi, cité mortuaire, 10 h 32

L'Institut médico-légal de Nairobi se composait d'un ensemble de constructions vétustes en briques grises conçues dans les années cinquante, auquel on avait dû rajouter deux ailes. Les bâtiments étaient censés pouvoir recevoir environ cent cinquante corps, mais dans les faits il en parvenait deux fois plus.

La plupart des cadavres, amenés en tas dans les fourgons de la police, étaient des victimes de violences. Il en résultait un encombrement qui dépassait ce qu'on pouvait imaginer. Les corps, habillés ou nus, enfermés dans des chambres froides dignes de nos abattoirs ou de nos boucheries, étaient entassés pêle-mêle, âges et sexes confondus, sur des étagères métalliques rouillées, comme la plus vulgaire des barbaques.

Une quinzaine de préposés travaillaient dans cet antre de la mort, dont cinq femmes.

La porte de la salle d'autopsie arborait cette inscription : MORITURI TE SALUTANT.

Debout entre les deux tables d'autopsie métalliques occupées par les dépouilles de Larry Randalls, qui paraissait avoir rétréci, et de Mark Hidden, auquel l'anoxie mortelle avait donné une teinte bleuâtre, Ali Wildeman était absorbé dans un monde parallèle lorsque Mendoza arriva sur les lieux.

— La concomitance des deux décès me fait plutôt opter pour l'hypothèse du meurtre pour chacun de ces hommes, déclara sans préambule le Mexicain, en enfilant la blouse blanche que lui tendait Tiger.

Puis il se tartina sous le nez un peu de pommade camphrée contre les émanations putrides.

— L'assassinat de Randalls ne fait aucun doute, il n'y a pas de trace de poudre ou de mouchetures de sang sur la main où se trouvait le pistolet, et les dégâts sur toute la partie inférieure du visage sont révélateurs, appuya le coroner en chef, en évitant le regard acéré de Mendoza. Il s'agit d'un calibre 9 ou 10. La balistique confirmera. En revanche, c'est moins évident pour Mark Hidden. Nous le saurons bientôt. Prêt à sonder l'insondable ?

Wildeman faisait allusion à la mort et à ses profondeurs inexplorées, au-delà de certaines limites repoussées à chaque grande avancée scientifique dans ce domaine.

— Commençons par le noyé.

La chair de Hidden crissa sous le scalpel, bruit devenu tristement familier à tout officier de police envoyé sur les autopsies des victimes.

Des échantillons de tissus organiques furent prélevés sur les poumons, le cerveau, le contenu de l'estomac et des intestins récupérés pour analyses, la prise de sang ayant déjà été faite.

Quelques dizaines de minutes plus tard, un œil vissé sur le microscope, Wildeman s'exclamait. C'était le seul moment où il s'animait vraiment.

— Notre ami n'est pas mort noyé dans sa piscine. À moins qu'elle n'abrite également des animaux aquatiques… proféra-t-il.

— C'est-à-dire ?

— Eh bien, ce qui apparaît au microscope, ne sont pas les éléments ni le type de bactéries qu'on a l'habitude de trouver dans une eau chlorée. Sauriez-vous me dire si la piscine de Hidden est à l'eau de mer ?

— Aucune idée. Attendez une minute.

Mendoza sortit pour appeler Andry Stud, de la Scientifique. Obtint les renseignements demandés par Wildeman et revint à la salle d'autopsie.

La scène, que le faisceau circulaire de la Scialytique entourait d'une atmosphère froide et confidentielle, évoquait de loin un tableau de Rembrandt sur une leçon d'anatomie. Sans ces clairs-obscurs admirablement rendus par le peintre.

— Non, l'eau de la piscine n'est pas de l'eau de mer véritable, mais elle est salée artificiellement.

— Merci. Ceci confirme donc ce que révèle le microscope. Mark Hidden a macéré un moment dans sa piscine, dont on retrouve bien les composantes superficiellement, sur la peau, les cheveux, dans le nez et la bouche, mais il s'est noyé ailleurs. Ou plutôt a été noyé, vu qu'il serait étonnant qu'on puisse se noyer tout seul dans un aquarium contenant des tortues d'eau.

— Des tortues aquatiques ? s'exclama Mendoza. C'est quoi cette histoire ?

Le seul regard que Wildeman daigna accorder au Mexicain fut un regard chargé de mépris.

— Celle d'un homme d'affaires assassiné par noyade dans un aquarium assez grand pour qu'on ait pu l'y plonger jusqu'aux épaules et l'y maintenir suffisamment longtemps pour que mort s'ensuive. La présence, dans les alvéoles pulmonaires, de germes et de bactéries propres aux tortues aquatiques et plus précisément californiennes, me permet d'apporter cette conclusion. Il y a aussi des restes de nourriture déshydratée composée d'insectes, de mollusques et de crustacés et d'une petite quantité de céréales. Alimentation qui entre dans le menu de base d'une tortue d'eau.

En un mouvement de lèvres, le cigare que Mendoza venait d'allumer changea de côté.

— Vous avez trouvé tout ça dans ses poumons ? siffla-t-il, hésitant entre une méfiance innée et une vraie admiration pour les progrès de la médecine légale.

— Oui. Ce qui me fait dire que cet homme a été noyé dans un aquarium, avant d'être transporté chez lui et balancé dans sa propre piscine, déjà mort. Il ne vous reste qu'à trouver l'aquarium en question. Et si ça ne vous ennuie pas d'éteindre votre cigare. Ce n'est pas que la fumée risque de les déranger, fit le coroner en désignant du menton les deux cadavres, mais la moindre pollution extérieure peut tout fausser. Il y a un cendrier dans le coin, là-bas.

D'un geste nerveux, Mendoza y écrasa son cigare d'un air contrit. Ces histoires de macchabées lui flanquaient des sueurs, et téter son Partagas le déstressait. À la place, il s'envoya un chewing-gum entre les dents et en proposa un à Wildeman qui déclina. Aussi incisif que ses instruments, pensa le Mexicain. Il éprouvait finalement un soupçon de jalousie inavouée devant l'amitié qui, contre toute attente, liait Collins à ce bougre de type.

— Et il se serait laissé gentiment noyer au milieu de tortues d'eau sans résister ? lança l'officier de police.

L'assistant Tiger gloussa, aussitôt remis en place par un coup d'œil réfrigérant d'Ali Wildeman.

— L'hématome sous-dural aigu découvert à l'examen de la matière cérébrale montre qu'il a sans doute perdu connaissance suite à un coup violent à la tête, comme la crosse d'un pistolet. On aura profité de ce laps de temps pour le noyer.

L'autopsie de Larry Randalls recelait en apparence moins de mystère et pourtant, il y eut le coup de théâtre qui fait le bonheur de tout enquêteur. Et même d'un légiste tel qu'Ali Wildeman.

— Eh bien, pour le coup, le destin de nos deux hommes semble étroitement lié, déclara-t-il en relevant une nouvelle fois la tête de son microscope.

Quant à lui, pratiquer des autopsies semblait le métamorphoser.

— Figurez-vous, inspecteur, poursuivit le coroner, que je retrouve sous les ongles de Randalls les mêmes composantes de nourriture déshydratée pour tortues aquatiques… Alors que les corps ont été découverts dans des endroits distincts. Un truc de dingue.

— Vous supposiez vous-même que Hidden avait été noyé ailleurs, puis transporté chez lui pour faire croire à une noyade dans sa piscine. Mais l'assassin n'a pas tout anticipé, on dirait…

— Réussir un crime parfait est un exercice très difficile. Rares sont ceux qui y parviennent.

Mendoza tiqua. Wildeman avait dit ça sur un ton singulier. Tout à coup, le Mexicain éprouva une furieuse envie de rallumer un cigare.

— Pour que des particules restent incrustées sous ses ongles, Randalls devait avoir l'habitude de manier cette alimentation pour tortues, souligna Wildeman en se frottant le nez du dos de sa main gauche, recouverte de latex bleu. Vous êtes allé l'interroger, savez-vous s'il a un aquarium chez lui ou à son bureau ?

— Je ne m'y suis pas rendu personnellement, répondit Mendoza. Mais j'y ai envoyé deux de mes inspecteurs. Hid... Kate et Singaye.

Il avait failli lâcher le nom de Hidden. Wildeman aurait inévitablement fait le rapprochement et l'aurait questionné sur un lien possible entre « son » cadavre et l'inspectrice. Et il n'avait pas franchement envie d'en parler.

— Un instant...

Nouveau coup de fil, cette fois à Singaye. Absorbé par la lecture du dossier N2 Chemicals au bureau, le flic albinos décrocha en soufflant.

— Mendoza. Singaye, quand vous êtes allés interroger Randalls avec Kate, tu n'aurais pas vu un aquarium avec des tortues d'eau dans son bureau ou ailleurs chez N2 Chemicals ?

— Attends... Oui, oui... tout à fait ! Un super gros aquarium, dans son bureau, il était sans arrêt penché dessus, à distribuer de la bouffe à ses tortues, là... Et elles bouffaient, elles bouffaient...

— OK, Singaye, quel genre de nourriture ?

— Ben, genre les paillettes qu'on donne à son poisson rouge. La bouffe séchée qui pue la poiscaille pourrie à plein tube.

— Parfait, merci. Et toi, l'épluchage des comptes, ça donne quoi ?

— Un truc qui sonne intéressant... La Sodash de Mark Hidden et de son associé Darko Unger a racheté tout récemment N2 Chemicals. Ce qui a permis à la Sodash d'entrer en Bourse.

— *Puta de M...* T'es certain ?

— J'ai l'acte de vente sous les yeux.

— Attends un peu… Randalls nous aurait caché ça, alors que la preuve par document se trouve dans les dossiers de l'usine qu'il vous a fait remettre ?

Ou alors, la fille de Mark Hidden aurait-elle « oublié » de lui rendre compte de cet élément important ?

— Je confirme qu'il ne nous a rien dit sur cette vente. Mais peut-être qu'à l'usine il y a quelqu'un qui tenait à ce que nous le sachions et qui aurait glissé cet acte ? Miss Grololo, par exemple…

— Possible… Miss Grololo ?

— La secrétaire de direction, quoi…

— Ah, je vois. Autre chose ?

— Ouais… Darko Unger, l'associé de Hidden. Personne de chez nous n'a pu lui parler en direct. Il a fait savoir qu'il était en traitement lourd, radiothérapie, je crois, et qu'il fallait s'adresser à son avocat.

— Pourquoi, il se sent coupable ?

— Juste pressé.

Mendoza raccrocha et retourna vers les tables d'autopsie.

— Il y a bien ce genre d'aquarium dans le bureau de Randalls, confirma le Mexicain au légiste.

Randalls aurait tué Mark Hidden à cause d'une mésentente ou d'une dispute qui aurait mal tourné au sujet du rachat de son usine, puis, pris de panique, il aurait balancé l'homme d'affaires dans sa piscine, serait revenu à son bureau récupérer son arme et se donner la mort. Ce qui voudrait dire que le légiste se serait trompé et qu'il s'agirait bien d'un suicide. Pourtant, Wildeman semblait sûr de ses conclusions, ce qui, au fond, épaississait le mystère.

Nairobi, locaux de Biogene, 10 h 55

Baxter, qui, s'étonnant de ne pas voir Kate venir travailler, venait d'apprendre par Singaye la mort suspecte de son père en même temps que celle de Randalls, était sous le choc. Elle songea aussitôt à appeler la métisse et lui apporter un peu de réconfort, bien qu'elle sût que chaque être humain était en réalité profondément seul face à ce genre d'épreuve. Mais, sur le point de composer son numéro, elle se ravisa. Dans ces situations délicates, elle se trouvait tellement maladroite qu'elle préférait ne pas se manifester. Aucun mot ne lui semblait assez fort pour accompagner et soutenir une âme endeuillée. Même si c'était Kate. Justement, parce que c'était elle. La tournure qu'elle voulait faire prendre à leur relation la dissuadait de faire ce geste. Elle lui exprimerait ses plus sincères condoléances de façon formelle lorsqu'elle la verrait. C'était, dans ces circonstances et après ce qu'elles avaient vécu, la meilleure attitude à adopter.

Pour tenter de retrouver ses esprits dans l'action, Hanah décida d'aller voir Andry Stud au labo. En réalité, elle avait réfléchi à une stratégie lui permettant de l'approcher dans son contexte professionnel et de mieux l'observer.

L'homme l'intriguait et, depuis qu'elle avait appris par Randalls que Biogene et l'Institut médico-légal s'approvisionnaient en azote liquide chez N2 Chemicals, elle avait décidé de s'attarder sur la personnalité du chef de la Scientifique.

— Je voudrais parler à Andry Stud, demanda-t-elle à Kenyatta qui la mata des pieds à la tête comme s'il venait de voir surgir la reine d'Angleterre.

— Stud ! Y a l'American lady qui veut te parler, cria le Kenyan en direction d'un bureau ouvert, sans quitter Baxter des yeux.

— J'arrive !

Cinq minutes après, Hanah vit arriver Stud et sa démarche chaloupée. Apparence nonchalante, mais au fond du regard, un contrôle absolu, nota la profileuse.

Il s'assombrit ostensiblement lorsqu'il la vit.

— Bonjour Stud, désolée de vous déranger sans m'être annoncée, entama-t-elle. Pourrions-nous parler ?

— Suivez-moi dans mon bureau.

Malgré la banalité des mots, l'intonation avait quelque chose de menaçant. J'espère pour vous que ça en vaut la peine, aurait-il pu dire à la place.

— Qu'est-ce qui vous amène ? fit-il en fermant la porte avant de s'installer derrière sa table de travail, les mains jointes.

Baxter remarqua la courbure prononcée de ses pouces, détail caractéristique des manuels.

Il aurait pu terminer son interrogation par « malgré un premier abord difficile entre nous ».

— Je sais que j'ai été un peu abrupte, l'autre jour, Stud, commença Hanah. Et je voulais m'en excuser. Vous faites du très bon boulot.

Stud la regarda avec une pointe d'incrédulité au fond des yeux.

— C'est tout ? Vous vous êtes déplacée spécialement pour me dire ça ?

Hanah déglutit.

— À vrai dire, pas seulement. J'aimerais vous accompagner sur le terrain ce matin. Même sur une autre affaire.

— Eh bien j'allais justement partir. Et ça pourrait vous intéresser. Allons-y.

Alors qu'ils sortaient du bureau et que Stud s'écartait pour laisser passer Hanah, un reflet doré autour du cou de l'officier scientifique retint l'attention de la profileuse. Au bout d'une chaînette en or pendait une médaille identique à celle que portait Ali Wildeman. La même tête de Christ au faciès négroïde, les mêmes initiales PN. Il ne pouvait plus s'agir des initiales d'une petite amie. À moins que les deux hommes n'aient connu la même...

— Un problème, Baxter ? demanda Stud.

— Non, c'est juste votre médaille... Wildeman, le chef coroner, en porte une identique.

— Je l'ai reçue à mon baptême.

— Collins m'a dit que c'est une médaille qu'ont reçue les anciens d'un orphelinat de Murang'a... risqua Baxter.

Stud parut troublé.

— C'est vrai, reconnut-il avec un geste d'impatience. Mais qu'est-ce que ça peut vous faire ?

— Je comprends, Stud, en parler n'est pas facile.

Sans un mot de plus, Andry Stud remit sous sa chemise la médaille qui s'en était échappée fortuitement et alla récupérer sa mallette.

Il avait reçu le matin même un appel de Mendoza lui demandant de se rendre d'urgence au domicile du pasteur Necker à Murang'a effectuer des prélèvements complémentaires.

Un coffret semblable à celui qui avait été retrouvé renversé dans l'atelier du pasteur sorcier avait été découvert deux jours auparavant, dans la valise d'un magistrat, à l'aéroport Jomo-Kenyatta, rempli d'un étrange contenu.

Le voyageur avait reconnu qu'il s'agissait du *djara-tuta* qu'il portait toujours avec lui lors de ses déplacements. Seulement un objet dans le coffret avait particulièrement attiré l'attention des douaniers. Un petit pot scellé qui contenait une poudre claire, comme des cendres.

Sur intervention de son avocat, le magistrat avait été libéré, avec interdiction formelle de quitter la ville tant qu'on n'aurait pas identifié les composantes du remède.

Lors de l'interrogatoire préalable mené par Singaye, il avait affirmé ne pas savoir de quelle nature était cette poudre, ni connaître celui qui les fabriquait. Un homme était venu lui livrer ce coffret avec sa clé six mois auparavant.

— Avait-il l'allure d'un pasteur ? avait demandé le flic albinos.

— Jamais de la vie ! s'était exclamé le notable. Un religieux m'aurait plutôt remis un crucifix !

Baxter avait pris place dans un des véhicules de Biogene, à côté d'Andry Stud au volant.

Ils avaient mis presque deux heures à atteindre Murang'a tant la circulation était dense et la route encombrée. Les échanges avec Stud avaient été plutôt laconiques. Il ne semblait pas disposé à tenir le crachoir pour le plaisir. Étant donné qu'il n'en éprouvait visiblement aucun à subir la compagnie de la profileuse.

Mendoza et deux agents du CID étaient déjà sur place. Les rapports des autopsies de Randalls et Hidden recueillis, le Mexicain, sans repasser par Kiambu Road, avait rejoint la sortie de la ville, en direction de Murang'a.

Tous se retrouvèrent devant la maison en bois. Un nuage se déplaça, découvrant l'œil brûlant du soleil comme un gigantesque projecteur orienté sur une scène.

Hanah cligna des yeux.

À ce moment, son regard s'arrêta sur la silhouette immense de Stud et sur un détail qui lui avait échappé. Probablement parce qu'il venait de retrousser ses manches de chemise. Ses mains et ses avant-bras étaient couverts de plaques de dépigmentation.

Démarche lente, gestes mesurés, précis, sans gaspillage, distribuant quelques ordres à deux types plus jeunes, vêtus à l'identique, en combinaison blanche, des pieds à la tête.

À la différence des flics du CID, ceux de la Scientifique n'étaient pas armés et accomplissaient leur travail de fourmi avec une extrême concentration. En un sens, Hanah admirait leur boulot, un bond en avant en matière d'analyses d'ADN, de reconnaissance d'empreintes et autres détections. Cette section scientifique de la police était surtout développée aux États-Unis. Ces types et leurs outils étaient de véritables scanners sur les scènes de crime.

Baxter, maniaque et peu bavarde, se serait bien essayée à un tel métier alliant terrain et laboratoire, mais elle n'aurait pas aimé suivre une formation en chimie et encore moins avoir à manier des produits à longueur de temps. Des produits chimiques...

Son cœur se contracta. À moins d'être la conséquence d'une maladie de peau, la dépigmentation visible sur les membres supérieurs du policier scientifique était sans doute due à leur utilisation prolongée. Pourtant, au labo comme sur le terrain, leurs mains étaient protégées par des gants.

Elle regarda l'heure, 14 h 04, heure kenyane, il était donc 7 heures du matin à New York. Tonton Buck devait déjà être réveillé depuis longtemps, si seulement il s'était couché.

Elle s'éloigna dans le terrain vague, sortit son portable et chercha le numéro de son correspondant dans le répertoire. Buck n'avait aucun lien de parenté avec Hanah, mais tel était son surnom à la Scientifique de l'État de New York, tant son expérience était grande à cinquante piges et sa présence sur le terrain souvent rassurante.

La connexion établie, les sonneries se succédèrent à l'oreille de Baxter. Tonton Buck décrocha *in extremis*, à la dixième, l'avant-dernière.

— Toi, t'es pas à New York, la Frenchie, tu n'es même plus sur le sol américain, sinon tu ne prendrais jamais le risque de m'appeler à 7 heures du matin.

— Arrête ton char, Bucky, tu sais bien que tu es comme ta ville, tu ne dors jamais... J'ai juste besoin d'un renseignement.

— Tu veux dire qu'à 7 heures, je me couche... Je me doute que si t'es au bout du monde, tu m'appelles pas pour une partie de poker, quoique, avec Internet, tout devient possible...

Même à ses amis les plus dignes de confiance, de surcroît dans la police, Hanah ne révélait pas le lieu où elle se trouvait en mission. Sauf à Karen. Mais Karen n'était pas une « meilleure amie ». Karen était… Karen.

— Accouche, Frenchie, mon temps est compté, ce matin.

— Est-ce que l'azote liquide peut provoquer des dépigmentations sans brûlure, au contact répété de la peau ?

— Tu m'arraches aux bras de ma pute préférée alors que la réponse est dans la question ? Ça va te coûter cher, Frenchie, tu devrais réfléchir avant de ramener tes p'tites fesses par ici…

— Merci, Bucky, retourne à tes moutons… Je te bise.

Elle raccrocha, un sourire aux lèvres. Tonton Buck était également réputé pour être un grand amateur et consommateur de femmes. Sauf qu'il ne les aurait jamais, elle et ses « p'tites fesses ».

Se sentant soudain observée, elle leva la tête en rangeant son iPhone et, l'espace d'un instant, son regard croisa celui d'Andry Stud, blotti dans l'ombre de sa casquette.

Bien qu'il reprît aussitôt une attitude affairée, il ne faisait aucun doute qu'il avait Hanah en ligne de mire pendant qu'elle parlait au téléphone.

La meilleure solution pour approcher un type dans son genre sans déclencher son hostilité était de l'entretenir de son travail et d'en vanter les mérites.

Baxter attaqua le plus banalement du monde, sur un ton détaché, en le regardant à peine.

— Quelle chaleur, n'est-ce pas… Vous avez du courage pour faire du terrain dans ces conditions…

Elle nota le roulement nerveux de ses muscles temporaux. Et le scintillement intermittent de la médaille en or qu'il portait au bout d'une chaînette courte.

— Peu importe la météo, les morts s'en moquent, de la pluie ou du soleil ! Et les indices, eux, n'attendent pas...

Stud fit claquer sur ses poignets les gants en latex qu'il venait d'enfiler. Un bruit qui sonna aux oreilles de Baxter comme un avertissement. Et aussi une façon de clore l'échange.

Hanah le suivit du regard tandis qu'il s'éloignait de sa démarche dansante.

— Drôle de type, lâcha-t-elle à l'attention de Mendoza venu se planter à côté d'elle.

— Qui ça ? Stud ?

— Oui.

— Pas très bavard, mais un excellent professionnel. Il vous débroussaille une scène de crime comme pas deux.

« Certainement pas comme Tonton Buck », sourit Baxter pour elle-même.

— Vous avez déjà remarqué ces plaques de dépigmentation sur ses bras ? demanda-t-elle.

— Sans doute des marques de naissance.

— Ou bien des plaques provoquées par le maniement d'un produit chimique, comme l'azote liquide.

— Je vous vois venir, Baxter. Mais ça, vous oubliez tout de suite. Andry Stud est le boss de la Scientifique et il est irréprochable.

— Personne n'est irréprochable, Mendoza. Pour l'instant, c'est une simple observation.

— Si vous êtes en mal d'observation, allez plutôt faire le tour de la maison avec votre bordel de pendule ! Vous trouverez peut-être des corps désintégrés en poussière... Alors les types qui vous paraissent bizarres, je m'en bats un peu les burnes, là, tout de suite.

« Des corps en poussière »… Mais *tout* n'est que poussière dans ce pays, la terre, les victimes, la vie… Transportée par le vent chaud, la poussière se dépose partout, sur les voitures, sur les feuilles des arbres, dans les rues, sur les vitres, le rebord des fenêtres…

L'esprit soudain en alerte, Hanah déroula dans les grandes lignes le profil du tueur qu'elle avait commencé à dresser.

Caractéristiques physiques : grand, souple, robuste, 82 kilos environ, pas de surcharge pondérale, sexe masculin, entre trente et trente-cinq ans.

Caractéristiques psychologiques : net sentiment de supériorité, narcissisme développé, méticuleux, d'une intelligence vive.

Connaissances et compétences : études supérieures, expérience en produits chimiques.

Un officier de la Scientifique tel que Stud serait très bien placé pour se procurer de l'azote liquide en grande quantité et savoir le manier afin de désintégrer un corps humain adulte. Elle n'oubliait pas non plus que Biogene faisait partie des clients de N2 Chemicals.

Ce fut comme si les pièces d'un jeu de construction s'assemblaient lentement, laissant entrevoir un résultat partiel. Mais c'était encore trop peu.

Si, ainsi que le révélait cette médaille, Andry Stud et Ali Wildeman avaient tous deux grandi dans un orphelinat, c'était un élément de plus qui concordait avec une des premières hypothèses qu'elle avait avancées à Collins sur le trajet de l'aéroport.

Hanah sentit ses mains frémir comme les feuilles d'un arbre prises d'un léger tremblement sous l'effet d'une brise. Andry Stud avait tout, ou presque, pour être le tueur aux corps de poussière.

Tandis qu'elle scandait mentalement le nom de l'officier de la Scientifique, Hanah sentit la sueur couler entre ses omoplates.

Stud... STUD. L'anagramme de « DUST ». Poussière.

De retour dans sa chambre d'hôtel, Hanah ouvrit son MacBook avec le plaisir qu'on éprouve à retrouver un vieux compagnon de route fidèle, silencieux et discret, qui ne pose jamais de questions mais toujours prêt à donner les réponses souhaitées.

Tandis que le disque dur chargeait, le lit, les draps, l'espace de la chambre, rappelèrent à Hanah que Kate n'était pas venue travailler aujourd'hui non plus. Elle s'aperçut que cette présence dans les locaux du CID ou sur le terrain lui manquait.

L'écran teintait son visage de nuances verdâtres. Elle chaussa ses lunettes et, une canette de Coca zero dans une main, de l'autre tapa « Orphelinat PN Kenya » dans le navigateur. La recherche était vague, mais elle espérait bien qu'elle parviendrait à la resserrer par élimination.

La première des trois cents occurrences sur Google la fit tressaillir. « Orphelinat Priorus Necker de Murang'a. »

Trois informations en une. Les initiales PN gravées sur les deux médailles correspondaient sans aucun doute à Priorus Necker, qu'ils avaient questionné à proximité d'une scène de crime à Murang'a. Ce prêtre avait donné son nom à un orphelinat dont il était probablement le fondateur, et cet orphelinat se trouvait dans la même ville que sa paroisse.

Le palpitant au maximum, Baxter cliqua sur la ligne interactive «Orphelinat Necker Murang'a», mais n'obtint que des bribes, des embryons de références sur l'institution, parmi plus de 5 000 résultats. Aucun site Internet ne lui était dédié. Beaucoup d'articles, mais pas de coordonnées postales ou téléphoniques. Existait-il toujours en tant qu'orphelinat?

Elle contacta les renseignements et demanda le téléphone du secrétariat de l'établissement. Attendit cinq bonnes minutes en se demandant combien ça lui coûterait depuis l'hôtel — elle assumait elle-même tous les frais de route —, avant que l'opératrice ne la reprenne en ligne pour lui dire qu'il n'y avait pas de numéro correspondant à ce nom. OK, merci, au revoir, deuxième appel, cette fois à la mairie de la ville concernée. Fermée, bien sûr, passé 20 heures. Elle appellerait le lendemain à l'aube.

Ça lui laissait au moins le temps de méditer devant Bouddha une fois installé son autel portatif. Ce qu'elle fit avant d'attaquer, en guise de dîner, un paquet de chips, arrosé d'une deuxième canette.

Elle surfa sur quelques résultats concernant l'orphelinat Necker, lut une courte bio de son fondateur, correspondant au prêtre sorcier de Murang'a. Lui-même orphelin, il avait passé les seize premières années de sa vie dans un orphelinat de Murang'a. L'établissement avait été fermé dans les années soixante et détruit au bulldozer pour laisser place à un centre commercial hideux aux couleurs criardes. Necker, à l'époque enfant de chœur très impliqué dans la vie religieuse de l'établissement, avait été très affecté par la disparition de l'établissement et avait décidé d'ouvrir un nouvel orphelinat dix ans après, à l'aide de subventions et d'économies personnelles. L'histoire s'arrêtait là. Il y avait au moins cinq années qu'aucune information n'avait été mise à jour concernant l'orphelinat Necker.

Il était désormais avéré que l'ecclésiaste s'adonnait à des pratiques occultes parallèlement à sa paroisse. Se pouvait-il qu'il eût un lien quelconque avec le tueur au corps de poussière ? Hanah n'aurait pas été étonnée que ces meurtres en série fussent en réalité le reflet de crimes bien plus organisés. Pour avoir étudié les catégories existantes de tueurs en série, elle savait qu'en Afrique, faute de techniques appropriées, ils étaient beaucoup plus difficiles à appréhender et à identifier que n'importe où ailleurs. Si la plupart tuaient sous le coup de pulsions, les assassins étaient aussi motivés par l'appât du gain, par un goût prononcé pour le meurtre allant de pair avec des croyances occultes particulières. C'était ce genre de prédateurs que les sorciers engageaient pour se fournir en matière organique humaine. Ces pratiques, plus courantes en Afrique du Sud, régnaient sur tout le continent, divisé entre les adeptes de la sorcellerie et ceux qui, sans aucune compréhension de la médecine traditionnelle, décrétaient la mise à mort des *sangomas*, *mgangas* et *mchawis*. Par ailleurs, les accusations hâtives de sorcellerie étaient souvent prétextes à l'élimination pure et simple, par vengeance ou escroquerie, d'un adversaire ou d'un rival.

Après avoir parcouru quelques articles et extraits d'ouvrages anthropologiques sur le sujet, les pensées de Hanah se tournèrent vers Randalls. À ses yeux, sa mort n'écartait en rien l'hypothèse d'une implication dans le vol des containers de N2 au profit d'un réseau de trafic de produits humains.

Des précisions sur les vastes possibilités d'exploitation de l'azote liquide dont leur avait parlé Randalls pourraient peut-être l'éclairer. Elle tapa le mot « supraconductivité » sur son clavier.

Cet accès à des milliards d'informations sans avoir à se déplacer, à remuer la poussière des bibliothèques ou des archives, lui donnait parfois le vertige. Et en même temps, dans un métier comme le sien, quel précieux gain de temps et, par voie de conséquence, d'argent ! Internet et l'informatique permettaient des bonds prodigieux dans une enquête.

À partir d'un seul mot clé, une véritable jungle et une infinité de ramifications l'accueillirent comme une exploratrice. Chaque clic l'entraînait un peu plus loin, un peu plus profond dans le monde de la physique lié, comme souvent, à celui de la chimie. Elle avançait à coups de machette imaginaire, s'enlisait dans des marécages, puis finissait par déboucher sur une clairière. Des tâtonnements qui la conduisirent au royaume presque magique des champs magnétiques et de leur utilisation.

Une explication de la supraconductivité sur un site de vulgarisation scientifique retint son attention.

« Dans la méthode industrielle, des champs magnétiques très puissants sont générés au moyen d'électro-aimants supraconducteurs comme ceux qui composent les IRM, les spectroscopes RMN ou encore les trains à lévitation magnétique. »

Randalls avait évoqué cette dernière technologie.

L'explication se poursuivait ainsi : « L'emploi du supraconducteur permet d'écarter les problèmes de résistance électrique. Une seule spire supraconductrice est donc suffisante pour y faire circuler un courant de l'intensité souhaitée. Il existe toutefois un inconvénient, à savoir que les céramiques entrant dans la fabrication de l'aimant ne présentent des propriétés de supraconductivité qu'à basse température. Il est nécessaire de les placer dans une enceinte de confinement thermique remplie d'hélium liquide à -196 °C qu'on introduira dans une autre enceinte contenant cette fois de l'azote liquide (-269 °C). Un peu le principe des poupées gigognes… »

Les yeux de Hanah se prirent dans ces mots comme dans des barbelés. « De l'azote liquide. » Avec un bel exemple d'utilisation dans le but de créer des champs magnétiques puissants.

« En conclusion, on obtient un aimant de la taille d'un réfrigérateur, susceptible de générer un champ d'environ dix teslas, à peu près un million de fois le champ magnétique terrestre… »

N'importe quel apprenti sorcier averti, sans être prix Nobel de physique-chimie, pourrait y parvenir.

Hanah renversa la tête pour aspirer la dernière gorgée de Coca, tout en réalisant que le soda, aussi tiède que de la pisse, n'avait pas étanché sa soif.

Les mots « azote liquide », « aimant », « réfrigérateur », « un million de fois le champ magnétique terrestre » et « poussière » défilaient en continu dans son cerveau, tel un affichage digital sur une bande lumineuse.

Avec ces découvertes et la nouvelle de la mort de Mark Hidden, elle disposait de tous les ingrédients pour sombrer dans un cauchemar. Un de plus.

23 JUIN

Nairobi, 00 h 01

Il l'avait appris par la presse, qu'il passait tous les jours au crible. Les analyses du contenu du coffret tombé entre les mains de la Criminelle étaient en cours. Les flics resserraient les rangs et les fouilles s'intensifiaient. Mais malgré tout, comment cet imbécile de magistrat s'était-il fait prendre avec son *djaratuta* ?

À cause de lui, il avait été contraint de quitter son foyer cette nuit encore. De revenir sur ses résolutions. Le *hatma* s'acharnait sur lui et sur sa famille. Ou bien le goût du sang ne l'avait pas quitté et la moindre excuse était bonne pour le pousser à y retourner… L'ombre du révérend ne lui laisserait donc pas de répit.

La veille, l'auteur de l'article avait lâché le nom du magistrat moyennant une somme coquette contre la promesse du silence. Mais il lui avait réglé son compte. On n'est jamais trop prudent. Quand la famille et le journal signaleraient sa disparition, il serait trop tard. Le journaliste avait été le N° 69. Le suivant serait l'homme de loi. Celui-ci avait connu son père adoptif et ses méthodes. Il savait comment Necker fabriquait ses fétiches. Necker Junior ne pouvait pas prendre le risque de le laisser en vie : il pourrait parler à la police, donner son signalement. Les enquêteurs ne devaient surtout pas établir de lien entre le révérend et lui.

Repérer la maison du notable fut un jeu d'enfant. Une villa cossue dans le *upper* Nairobi. Trop luxueuse pour un magistrat méconnu. Un client de son père, qui avait reçu le kit de protection compromettant : le prêtre sorcier disait avoir réalisé un des plus puissants *djaratutas* qu'on puisse imaginer. Le plus pur aussi. Il y avait mis un pot contenant les restes d'un des corps de poussière. Mais il ne protégeait que celui à qui il était destiné. Ses pouvoirs bénéfiques se retourneraient en force malfaisante contre quiconque le volerait ou l'aurait en sa possession sans que le propriétaire le lui eût donné avec bienveillance. Désormais, il était entre les mains de la Criminelle comme pièce à conviction.

Le tueur avait suivi le magistrat qui rentrait chez lui seul à la nuit tombée et, profitant du passage d'un épais nuage devant la lune — cette fois, elle était pleine mais il n'avait pas eu le choix —, il s'était précipité sur sa proie pour lui injecter la dose de venin paralysant. Il avait garé le fourgon à proximité, de sorte qu'il n'eût pas une grande distance à parcourir avec sa charge vivante. Inoculé dans l'artère carotide, le venin agissait rapidement. Bientôt, il lui faudrait renouveler son stock ou trouver une autre substance neutralisante. Il avait laissé le mamba noir vivant dans l'aquarium, mais le reptile avait dû être emporté après la perquisition comme pièce à conviction.

Cette fois encore, il n'avait pas prélevé les organes et en éprouva une certaine satisfaction. Il n'avait plus de comptes à rendre à personne. Son père ne lui dicterait plus ses actes, n'exigerait plus cette régularité contraignante. Il pouvait enfin donner naissance à un autre homme. Celui qu'il était vraiment.

Il éprouvait une jouissance réelle à voir le corps de glace se fissurer dans le caisson, puis devenir corps de poussière sous les coups de pilon. Il y plongeait les doigts comme dans un sable infiniment doux, laissait couler de sa paume un mince filet de cette poudre d'une pureté absolue.

Cette nuit-là, en regardant la poudre organique s'écouler de son poing fermé, il eut une idée de génie. Celle qu'on n'a qu'une fois dans sa vie. Un don de Dieu. Il fabriquerait des sabliers qui contiendraient non pas du sable, mais des particules organiques. Il fabriquerait du temps à partir de la matière corporelle. Quel plus beau symbole de la vie qui passe que celui-ci ? Un corps de poussière pour matérialiser les secondes, les minutes, les heures…

Grâce au magistrat, le N° 70, il venait d'avoir la révélation : il serait l'Artisan du Temps.

Murang'a, 9 h 30

La première chose que Hanah aperçut depuis le
taxi-brousse alors que celui-ci empruntait le boulevard
qui menait à l'orphelinat Necker fut l'épaisse volute
noire assombrissant le ciel au-dessus de la ville. Prise
d'un mauvais pressentiment, elle demanda au chauffeur d'accélérer. C'étaient les premiers mots qu'elle lui
adressait depuis le départ de l'hôtel.

Tôt le matin, après avoir ingurgité un demi-litre de
café pisseux, Hanah avait appelé la mairie de Murang'a. On lui avait répondu sans conviction que l'établissement Necker était fermé depuis une dizaine
d'années, remplacé par les archives municipales. « Ça
tombe bien, enfin oui et non, à ce propos, y a-t-il des
archives sur l'orphelinat Necker consultables sur
place ? Ou peut-être, une personne y ayant travaillé ? »

Puis la chance lui avait souri de toutes ses dents
blanches, d'une façon inespérée. Ça n'arrive pas qu'au
cinéma, s'était dit la profileuse, écrivant fébrilement
dans la partie répertoire de son Filofax le nom de la
personne en question, « recyclée » à un poste d'archiviste. Malaïka Kimutaï. Une des anciennes bénévoles

ayant travaillé à l'orphelinat aux côtés des sœurs. Elle pourrait certainement lui en dire plus sur le père Necker, même si elle ne savait sans doute rien de ses activités de sorcellerie.

Elle avait raccroché, soulagée. Le tout était de se transporter jusqu'à Murang'a. Un taxi-brousse lui coûterait les yeux de la tête, même pour une vingtaine de kilomètres, étant donné qu'elle serait prise pour une simple touriste. Une voiture de location par l'intermédiaire de l'hôtel la ruinerait définitivement sur cette mission. Enfin, demander une voiture au CID la contraignait à passer par Mendoza et elle ne voulait surtout pas attirer son attention sur son initiative plutôt hasardeuse. Elle n'aurait pas besoin de brandir une carte de flic pour faire ce qu'elle avait à faire. Seule une voiture lui était indispensable…

Le pick-up de Collins… Ne parvenant pas à le joindre sur son portable, elle appela le standard de l'hôpital et demanda sa chambre. On lui répondit qu'il était actuellement en salle d'opération. Les dieux la mettaient à l'épreuve. Il lui faudrait franchir cette difficulté supplémentaire pour arriver jusqu'à la personne dont elle avait eu aisément les références.

Elle s'était rabattue sur la solution du taxi-brousse, la moins onéreuse.

Après avoir enfilé un pull en coton léger, elle s'était hâtée de rassembler ce dont elle avait besoin dans son sac à dos, appareil photo, carnet, stylo et cette fois, n'oublia pas son Glock, qu'elle rangea dans son holster d'épaule, sous son gilet reporter.

À hauteur de l'ancien orphelinat, le désastre se confirma. Tout n'était que concentration de voitures de police, de camions de pompiers et de secours. Le bruit des sirènes leur parvenait en continu.

Hanah ne mit pas longtemps à comprendre ce qui venait de se produire. Le bâtiment avait entièrement brûlé. Les lances à eau fonctionnaient à faible régime, incapables de venir à bout de flammes qui se propageaient à une vitesse extraordinaire, comme alimentées par des produits inflammables. L'incendie était peut-être criminel.

Baxter hésitait entre la crise de nerfs et sauter du taxi pour voir s'il y avait encore une chance de retrouver Malaïka Kimutaï vivante.

Elle opta pour la deuxième solution, tendit un billet de 500 KSh au chauffeur de taxi médusé et, sans attendre la monnaie, bondit dehors, le sac à dos battant son épaule au rythme rapide de ses pas. Visiblement, les dieux entendaient s'amuser…

On ne la laisserait certainement pas approcher, elle devait aviser quelqu'un qui pourrait la renseigner sur les éventuelles victimes.

Hanah se dirigea vers les deux ambulances stationnées à la limite du périmètre de sécurité, portes arrière grandes ouvertes. Elle décida de rester à proximité et d'attendre le retour des secouristes. Ceux-ci ne tardèrent pas à revenir, au nombre de quatre, le nez et la bouche protégés par un masque à gaz, poussant et tirant un brancard sur lequel reposait un corps recouvert d'un drap rougi.

Hanah s'approcha de l'un d'eux.

— Excusez-moi, je cherche une personne qui travaille dans ce bâtiment, du nom de Malaïka Kimutaï. Pourriez-vous me dire si…

— Poussez-vous, madame, vous ne voyez pas qu'on est débordés ! Si vous croyez qu'on a le temps de s'occuper de l'identité des victimes maintenant…

— Dites-moi juste si le corps qui est sous le drap, là, est celui d'un homme ou d'une femme, je vous en prie !

Baxter dut presque crier ces derniers mots à l'urgentiste qui était déjà monté dans l'ambulance.

La fumée s'épaississait et menaçait de tous les avaler. Hanah commençait à suffoquer. Les yeux irrités, elle sortit un mouchoir d'une de ses poches, qu'elle plaqua sur son nez et sa bouche tout en poursuivant fébrilement ses recherches. Elle courait d'une ambulance à l'autre, tournait la tête de tous côtés. Aperçut enfin une deuxième civière à roulettes qui émergeait de la fumée, transportant un corps à demi recouvert d'une couverture de survie et relié à des bouteilles à oxygène.

Hanah put identifier une femme aux cheveux crépus qui, avant le feu, avaient dû être blancs, le bras et le visage partiellement brûlés. La peau foncée formait des cloques, dont certaines s'ouvraient sur la chair à vif. Baxter eut l'intuition d'avoir trouvé la personne qu'elle cherchait.

S'accrochant à la civière, elle interpella la pauvre femme à travers la cohue et le fracas atroce de la charpente en train de s'écrouler sur les gravats déjà carbonisés, au milieu d'un nuage de poussière noire.

— S'il vous plaît, madame, êtes-vous Malaïka Kimutaï ? Ma-laï-ka Ki-mu-taï ? répéta-t-elle en détachant les syllabes.

Un secouriste s'interposa.

— Vous ne voyez pas qu'elle est gravement blessée ? Dégagez !

— Rien qu'une minute, s'il vous plaît, je dois savoir si c'est la personne que je recherche, c'est important !

— Écartez-vous ! Cette femme a besoin de soins !

Il sembla soudain à Hanah que la brûlée remuait faiblement les lèvres, comme pour lui dire quelque chose. Son acharnement redoubla et elle saisit la main intacte de la victime. Mais elle n'eut pas le temps d'ouvrir la bouche qu'elle sentit aussitôt une poigne formidable l'arracher de terre. Elle retomba sur ses pieds un peu plus loin et darda des yeux ulcérés sur son agresseur.

— On vous a dit de dégager et de laisser les secouristes faire leur travail, alors je vous conseille de déguerpir sur-le-champ ! lui cria le flic qui venait de la traiter comme un vulgaire sac à patates.

Ne voulant pas s'attirer plus d'ennuis, Baxter préféra obtempérer et s'éloigna en réfléchissant.

L'archiviste allait certainement être transportée à l'hôpital de Murang'a.

Si Malaïka Kimutaï était toujours en vie, elle pourrait peut-être tenter de lui parler là-bas. Alors qu'elle se dirigeait vers une file de taxis garés, pratiquement seule Blanche dans les rues, elle eut la nette sensation d'être observée. Ce fourmillement dans la nuque ne la trompait jamais.

Elle hélait un taxi quand son portable sonna. C'était un numéro masqué.

— Hanah Baxter ? fit une voix d'homme, profonde, grave.

— Oui ?

— Collins a dû vous parler de moi. La Lance.

— En effet, confirma Baxter, soulagée d'avoir enfin l'homme de l'ombre au bout du fil. Au moins, il était toujours en vie. Vous devez savoir ce qui lui est arrivé…

— Nous sommes en contact. Ça tombe plutôt mal, mais nous devrons faire avec en attendant son retour.

C'est une intervention bénigne, et tel que je le connais, il n'est pas du genre à jouer les convalescents très longtemps. Il est impératif que vous et moi nous tenions au courant, échangions des informations dès que nous avons du nouveau. Je vous appelle d'un téléphone sécurisé. Je vous en ai déposé un à l'accueil de l'hôtel dans un paquet cadeau. Si vous voulez me contacter, vous n'aurez qu'à vous en servir. Nous pourrons parler plus librement.

— Nous verrons-nous ? demanda Hanah.

— Pas tout de suite. Ce serait trop dangereux pour vous. Je dois vous laisser. Bonne chance.

— Merci, à vous aussi.

Après avoir raccroché, Hanah demeura pensive. À quoi la Lance pouvait-il ressembler ? À sa voix, il était impossible de lui donner un âge, d'imaginer son physique. S'il était directement menacé, cela voulait dire qu'il avait remonté une piste et n'était pas loin du but.

Le taxi ralentit soudain, puis s'arrêta. Ils étaient arrivés à l'hôpital de Murang'a. Après avoir réglé la course, Baxter descendit de la voiture et se dirigea vers l'entrée, espérant y trouver l'archiviste vivante.

Kiambu Road, bureaux du CID, 10 h 07

— Quelqu'un peut me dire ce que je fais ici ? Je veux voir le directeur !

— Tu l'as devant toi, grinça Mendoza.

— Je veux voir le chef Collins !

— T'as pas de chance, mon gars... Il est à l'hôpital. Et il va y rester encore un moment, répliqua Mendoza, les dents serrées sur son cigare.

L'homme vitupérait, accompagnant ses cris de gesticulations inutiles puisqu'il était menotté et retenu sur une chaise, sous la poigne du Mexicain.

Les premiers suspects dans le dossier « DUST » défilaient depuis bientôt vingt-quatre heures dans les salles d'interrogatoire du CID. Mendoza avait ordonné l'arrestation de chauffeurs de fourgons blancs, suite au témoignage des jeunes dreadlockés de Murang'a, ainsi que de personnes ayant décelé chez leurs conducteurs des comportements douteux. N'ayant rien de plus concret à se mettre sous la dent, le Mexicain se contentait de récits approximatifs, à l'affût du moindre indice.

— Alors, si tu le connais, tu devrais savoir qu'il vient d'être opéré… rétorqua-t-il au suspect.

— Je ne dirai plus rien. Je veux un avocat.

Mendoza éclata de rire, manquant laisser échapper son Partagas. Baissa la tête à hauteur du visage du Noir et lui souffla son haleine de havane dans le nez.

— Pourquoi un avocat, t'as pas la conscience tranquille ? Tu sais, mon pote, lâcha-t-il d'une voix basse, ton avocat, avec moi, tu peux te l'enfoncer profond… OK ?

L'homme ne répondit pas, le regard rivé à un point du mur. Le Mexicain retourna s'asseoir derrière son ordinateur. Les papiers d'identité du type dans une main, il lut à voix haute.

— John Langat, hum, date de naissance non connue, domicilié à Nairobi, signe particulier : cicatrice œil gauche. Ils ont oublié la barbe.

Il regarda cette fois plus attentivement le visage de Langat, en partie dissimulé par une barbe drue. De la paille de fer. Une méchante cicatrice lui barrait l'œil gauche, à moitié fermé.

— Un souvenir ?

— De la Légion.

À cette évocation, le regard du Kenyan sembla briller d'un éclat singulier. Le nez dans les papiers de Langat, Mendoza acquiesça.

— Exact, il y a ta carte d'ancien légionnaire. Tu as pris ta retraite ?

Langat leva les yeux au plafond.

— Et alors ? J'ai pas le droit ?

— Bien sûr que si, mon pote, t'es un dur à cuire, toi, hein ? Légionnaire de mes deux !

Langat le mitrailla du regard. La Légion étrangère, intégrée à dix-huit ans, avait été pour lui une famille. Une religion.

— Et aujourd'hui, tu fais quoi ?

Le Black s'agita sur sa chaise.

— Je suis prof de sport.

— Mais encore ? Où ça ?

— Je ne dirai rien de plus.

— Dans ce cas, tu vas rester bien au chaud ici. En notre charmante compagnie.

Langat laissa retomber le menton sur sa poitrine. Il lui était impossible de parler de Hope Camp. Même au directeur par intérim du CID. Son existence était ultra-confidentielle. Mais il n'avait plus trop le choix.

— Je travaille avec la femme de Collins.

Nouvel éclat de rire du Mexicain.

— Ah ouais ? Rien que ça ? Et moi, yé souis Mère Teresa !

Le Mexicain pianota dans l'air avec ses doigts, mimant un joueur de flûte.

— Vous n'avez qu'à vérifier.

— Auprès de qui, siouplé ?

— D'elle ou de Collins. Comme je vous l'ai dit, il est au courant.

— C'est bon. Je vais le faire. Lameck !

Le jeune flic du bureau voisin se pointa, moulé dans un tee-shirt vert pelouse à l'effigie du Gor Mahia Football Club, détenteur du plus grand nombre de titres du pays à ce jour.

— Tu me le tiens à l'œil, j'ai un coup de fil à passer.

Mendoza sortit du bureau sans aucune intention de se renseigner. Il avait décidé de jouer avec les nerfs de cet enfoiré. C'est comme ça qu'il arrivait à les faire craquer.

Il alla se faire un café à la machine. Le but tranquillement et revint. Lameck lui céda la place avec un clin d'œil.

— Mauvaise nouvelle, mon pote, fit Mendoza, debout à quelques centimètres de Langat. Collins n'a jamais entendu parler de toi. C'est con, hein ?

Le Noir ne daigna même pas accorder un regard au Mexicain. Il avait connu pire. Et connaissait aussi les techniques d'interrogatoire. Les tortures physiques et morales. Presser, essorer. Casser.

— Je te crois pas, maugréa Langat dans sa barbe.

— Ben tu devrais. Je dis toujours la vérité. Mais pas toi, hein ?

— Quand je saurai ce que je fous ici, peut-être.

— Tu roules en fourgon blanc.

— Et alors, c'est un crime ? Je ne savais pas que la loi avait changé, au Kenya, répliqua Langat mollement.

— Le crime, c'est ce que t'en fais, de cette putain de fourgonnette !

— Tu viens de le dire, je roule avec.

Le Mexicain retroussa ses lèvres sur son cigare. En aspira une bouffée. Recracha.

— Fais pas le malin avec moi, mon pote ! Il y a une femme qui a déposé une main courante pour avoir été poursuivie par un type, d'après elle « barbu », au volant d'un véhicule comme le tien, cria-t-il, soudain dressé face à Langat. Ton fourgon, on va le visiter, voir ce que tu caches à l'arrière.

— Je croyais que c'était déjà fait, dit Langat d'une voix lasse. De toute façon, vous ne trouverez rien qui puisse vous intéresser. À part un sac de sport, des baskets. Si vous pouvez au moins me laisser ça.

Par « au moins », Langat sous-entendait qu'ils venaient de lui voler sa dignité. Pire que ça, ils la lui avaient violée. Il n'avait jamais supporté l'injustice, en particulier quand elle le touchait. Là, il se sentait bafoué, humilié. Il était impossible que Collins ne se souvienne pas de lui. Même si ça ne faisait qu'un an qu'il travaillait à Hope Camp. Le chef du CID venait de temps en temps là-bas. Ils s'étaient vus deux ou trois fois. Se pourrait-il que Collins, pour protéger le secret, l'abandonnât aux mains de ce salopard de flic ?

Mendoza tapota sur le clavier de son PC. Entra le nom de Langat dans le logiciel du Fichier central. Qui recracha sa fiche presque instantanément.

— Ohohohoo ! Intéressant... Décidément, tu en caches des choses, derrière ta barbe ! Monsieur est connu des services de police ?

Langat se renfrogna. Un passé dont il ne voulait plus se souvenir. Un passé sur lequel il avait tracé une croix rouge. Grâce à la Légion, il avait eu le sentiment de retrouver le droit chemin. Même si ce n'étaient pas des enfants de chœur.

— J'étais jeune. C'est fini, tout ça.

— Ouais, je vois. Vol à main armée à treize ans, agression sur une femme à quatorze, braquages, incendies... Tu t'es bien amusé, avant la Légion, mon pote !

— Je suis sûr que toi aussi, avant d'intégrer la police... Qu'est-ce que vous recherchez, exactement ?

— « Qui », plutôt. Si tu lis les journaux, tu dois être au courant des « corps de poussière », une série de meurtres sans cadavres, des croix tracées avec le sang des victimes... D'ailleurs, elle est jolie, la croix que tu portes au cou...

— Je suis au courant, comme beaucoup de gens... Ce pendentif, c'est parce que je suis croyant. Mais qu'est-ce que j'ai à voir avec tout ça ?

— Je te l'ai dit mon gars, il se pourrait que le meurtrier roule en véhicule modèle fourgon blanc, en tout cas un truc assez grand pour transporter des corps et

362

leur faire subir des trucs pas très orthodoxes à l'intérieur…

Langat ricana à son tour.

— Si vous serrez tous les types de ce pays qui
roulent en camionnette blanche, vous avez pas fini, les
mecs !

La mâchoire du Mexicain se crispa. C'était le genre
de remarque qu'il redoutait à ce sujet, l'ayant lui-
même opposée aux arguments de Baxter. Dans quelle
merde elle le fourrait avec son profilage à la con !
Rien ne valait les vieilles bonnes méthodes…

Pour passer ses nerfs, il décida de s'acharner sur
Langat, à qui il trouvait une vraie gueule de bouc
émissaire.

Ce pays avait besoin d'exemples ? Il allait lui en servir !

— Lameck ! Mets-moi ça au trou, qu'il macère un
peu ! aboya-t-il. Et amène-moi le suivant !

Dans la même matinée, entre deux interrogatoires
musclés, le Mexicain tenta de joindre Hanah de
nouveau, sans succès cette fois. Il voulait lui demander de venir voir Langat au cas où des critères cor-
respondraient au profil qu'elle avait commencé à
dresser.

En attendant, il appela Stud sur son portable.

— Des nouvelles des analyses du fameux coffret du
magistrat ?

Stud marqua une hésitation.

— Boose, qui était chargé de ça, n'a eu le temps que
d'en faire une partie. Il lui est arrivé un truc bizarre. Il est
tombé par terre et a commencé à se convulser en poussant des cris, Dieu, des cris inhumains. Je ne sais pas ce
qui s'est passé.

— Et où il est, en ce moment ?

— À l'hôpital, il passe un scanner. Les urgentistes pensent à une crise d'épilepsie. Mais pour en avoir déjà vu, ça n'y ressemble pas vraiment.

— Et qu'est-ce qui te fait dire ça? s'étonna le Mexicain.

— Sa langue, boy. Sa langue était noire.

Murang'a's hospital, 13 h 10

Incrédule, Hanah Baxter fit répéter trois fois l'information à l'accueil du centre hospitalier régional où le taxi venait de la déposer. Mais même au bout de la troisième fois, elle n'avait pas changé : un homme, se présentant comme un parent de Malaïka Kimutaï, était venu la chercher en ambulance peu de temps après son arrivée aux urgences. Il avait assuré qu'il l'emmenait dans une clinique privée, où elle bénéficierait de meilleurs soins, prodigués par des médecins européens.

La patiente avait réussi, tant bien que mal, à signer une décharge de sa propre main, soutenue par l'inconnu.

— Comment était cet homme ?

— Qui êtes-vous, madame ? opposa la secrétaire à la question de Baxter en prenant un air suspicieux.

— Une connaissance de la vic... de Malaïka.

— Qu'est-ce qui me le prouve ?

Hanah Baxter sentit un picotement envahir ses joues. Ici, elle était en position d'infériorité.

— Qu'est-ce qui vous « prouve » aussi que cet homme connaissait Mme Kimutaï ? Ce qu'il vous a versé sous la table ?

365

Baxter regretta aussitôt cette dernière insinuation, même si elle était probablement vraie.

La secrétaire aux cheveux lissés — décidément, parvenues à un certain statut social, nombre d'Africaines cherchaient à ressembler aux femmes occidentales, se lissant les cheveux, quand elles n'allaient pas jusqu'à se blanchir la peau — lui lança un regard dédaigneux par-dessus ses lunettes dorées, mais resta correcte.

— Si elle ne connaissait pas ce monsieur, elle n'aurait pas accepté de partir avec lui.

« Dans l'état où elle se trouve, elle est la proie idéale », faillit ajouter la profileuse, cependant elle s'abstint.

— Écoutez, je ne peux pas vous en dire plus, mais c'est important, peut-être même vital. Comment était cet homme, de quoi avait-il l'air ?

— Et moi, je dois vous croire ?

Hanah bouillonnait. Cette manie de répondre à une question par une autre l'agaçait au plus haut point. Elle décida d'en lâcher un peu plus tout en restant dans le flou. Elle regrettait de ne pas pouvoir brandir une carte de police sous le nez de cette dinde.

— Faites ce que vous voulez, je suis en mission pour le CID, à Nairobi. Le CID, la police criminelle, ça vous dit quelque chose ? Une affaire de meurtre. Malaïka Kimutaï est un témoin potentiel. Je pense qu'on cherche à la faire disparaître.

Baxter avait bien conscience, là encore, de sortir des rails.

La secrétaire ne répondit pas, les yeux rivés à l'écran de son ordinateur aux allures de dinosaure.

— Il vous a payée, c'est bien ça. Si vous voulez, je peux demander à mes collègues du CID de mener une petite enquête, en commençant par vous ?

— C'est un prêtre, répondit sèchement l'Africaine.

— Il vous a laissé son nom ?

— Quelque chose comme Necker.

Baxter ravala sa bile. Ça ne pouvait pas être une coïncidence.

— Rien d'autre ?

— Quoi ?

— Vous n'avez rien remarqué ? Un signe particulier ? Ses mains ?

Hanah Baxter poursuivait son idée.

— Il portait des gants en cuir.

Pour ne pas laisser d'empreintes, bien sûr…

— Et ça ne vous a pas surprise, un prêtre qui porte des gants en cuir par cette chaleur ?

— Chacun fait ce qu'il veut… rétorqua la standardiste en mâchouillant son chewing-gum avec nonchalance. Pour nous, c'est l'hiver.

— Dans quelle clinique l'emmenait-il ?

— Il y a trois cliniques privées à Murang'a. Je ne sais pas. Peut-être ailleurs.

Baxter sentit ses dents grincer sous la pression des mâchoires.

— Ce serait très aimable à vous de regarder les adresses et les numéros de téléphone sur Internet et de me les donner.

Pressée d'en finir avec cette emmerdeuse professionnelle, la secrétaire s'exécuta en émettant ce petit bruit de succion propre aux Africains lorsqu'ils veulent exprimer leur indignation ou leur mépris. Elle nota les coordonnées des trois cliniques et tendit le papier à Baxter sans lui adresser un regard.

— Merci pour votre amabilité !

Hanah ressortit de l'hôpital les joues en feu et prit son smartphone. Il ne lui restait plus que 30 % de batterie. Par malchance, le chargeur était resté dans la chambre d'hôtel. Elle composa le premier numéro, celui de la clinique de la Joie, un vrai nom de secte, se dit-elle. Tomba sur un standardiste à l'accent nasillard.

Elle décida d'y aller au bluff.

— Bonjour, pourriez-vous me dire, s'il vous plaît, dans quelle chambre se trouve une patiente du nom de Malaïka Kimutaï, qui a dû arriver ce matin, gravement brûlée, avec un prêtre, du nom de Necker ?

— Attendez un instant… Je consulte le tableau des entrées… Non, désolé, personne à ce nom.

— Vous êtes sûr ?

— Je sais encore lire !

— OK, OK, merci !

Elle raccrocha. Pourquoi devait-elle toujours douter de tout ce qu'on lui disait ?

Fit le second numéro. Celui de la clinique de la Santé. À la bonne heure ! Présenté comme ça, c'était plutôt rassurant pour les patients…

Cette fois, une femme lui répondit, avec un accent britannique prononcé. Même question, même réponse. Baxter n'avait plus qu'une chance. La batterie était passée à 20 % de charge.

Elle appela le troisième établissement, la clinique Sainte-Marie. Posa la même question, reçut la même réponse. Pas de patiente récemment hospitalisée du nom de Malaïka Kimutaï.

Soit on l'avait mal renseignée à l'accueil de l'hôpital, soit l'homme qui se disait prêtre avait emmené la victime ailleurs. Pour la cacher ou bien la supprimer. Il ne pouvait s'agir de Necker, puisqu'il était mort. Qui se faisait donc passer pour lui ? Le tueur ? Dans quel but ?

À l'évidence, quelqu'un cherchait à écarter Malaïka Kimutaï de la circulation. L'incendie des archives et maintenant l'enlèvement de l'archiviste grièvement brûlée : pour Hanah, il ne pouvait s'agir d'une coïncidence.

Elle fit quelques pas sur le trottoir. Avec, toujours, la sensation gênante d'être observée. Elle tourna brusquement la tête et balaya les environs du regard, s'attardant sur les endroits un peu dissimulés ou ombragés. Mais elle ne vit personne qui pût s'attirer ses soupçons.

La profileuse n'eut pas de mal à trouver un taxi pour prendre la route du retour. Bredouille. Mais alors qu'elle était sur le point de donner la destination — Nairobi, Kiambu Road —, son portable, presque en bout de charge, sonna une nouvelle fois. En voyant le numéro s'afficher, son cœur fit un bond. C'était Kate. Retenant son souffle, elle décrocha aussitôt.

— Hanah ? fit une voix lointaine. Je ne te dérange pas, j'espère ?

— Je viens de monter dans un taxi, le réseau n'est pas terrible. J'ai su, pour ton père… Désolée…

— Je ne suis pas retournée au CID depuis, l'interrompit Kate. Beaucoup de choses à régler. J'aurais aimé te parler, rien à voir avec… ce que tu penses, s'empressa-t-elle d'ajouter. Ça ne t'ennuie pas de passer chez moi ?

— Alors c'est ton adresse que je vais donner au chauffeur. Je pense être là dans moins d'une heure.

Nairobi, chez Kate Hidden

Lorsque Kate lui ouvrit, Hanah faillit ne pas la reconnaître. Cheveux défaits ressemblant à une barbe à papa brûlée, visage ravagé, cernes sous les yeux, joues creusées. Les derniers événements avaient eu raison de sa fraîcheur, altérant sensiblement l'éclat naturel de cette belle fleur.

— Entre, lui dit la métisse d'une voix éteinte, mais visiblement heureuse de la voir. Avant de refermer, elle jeta un coup d'œil inquiet dans le couloir, puis ferma à double tour.

En se dirigeant vers le salon après un baiser furtif à Kate, Hanah faillit trébucher sur un des cartons remplis de sous-verre cassés, vases et autres bibelots brisés par les visiteurs.

— Tu déménages ? demanda-t-elle.

— Pas encore, mais je vais peut-être devoir y songer, répondit la métisse, un léger tremblement dans la voix. Installe-toi…

— Je… je ne suis pas très douée pour ça, tu sais, mais avec ton père, je… j'imagine ce que tu dois traverser, dit Hanah en posant son sac sur une chaise.

— La mort de mon père m'affecte beaucoup en effet, je n'avais plus que lui sur cette terre, mais étant en froid ces derniers temps, années devrais-je dire, nous ne nous sommes même pas parlé avant qu'il…

Elle s'interrompit, le menton tremblant, réprimant un hoquet entre ses larmes.

— Je t'ai vue regarder dehors, après que je suis entrée, dit Baxter pour faire diversion, comme si tu avais peur que j'aie été suivie… Que se passe-t-il ?

Hidden soupira et invita Hanah à s'asseoir.

— C'est précisément la raison de mon appel. Je te sers quelque chose ? Thé ? Café ? Jus de fruits ? Je n'ai pas eu le temps de ravitailler le frigo en sorbets…

— Ne t'inquiète pas, un café et un verre d'eau avec quelques glaçons, ce sera très bien, répondit Hanah en prenant place sur le canapé.

Pendant que Kate s'affairait dans la cuisine, Baxter sortit ses antennes et inspecta les lieux du regard. La pièce avait été fraîchement rangée, des papiers triés et posés en piles, mais le ménage n'avait pas été fait et sur le tapis traînaient encore quelques petits éclats de verre et de céramique. Ces vestiges étaient familiers à l'œil de la profileuse. Ils révélaient une violente dispute ou un cambriolage. Hanah opta plutôt pour la seconde hypothèse. Dans un coin de la pièce, non loin du bureau en verre fumé sur lequel était branché un laptop, un emballage neuf capta l'attention de Baxter. Kate venait de s'acheter ou de racheter un PC. Ce qui renforçait la thèse du cambriolage.

— Ne fais pas attention au désordre, dit Kate, qui apportait deux tasses fumantes sur un plateau.

— Selon mes critères, c'est parfaitement rangé, sourit Hanah. Cette distance entre nous me fait tellement mal, si tu savais, soupira-t-elle après une courte hésitation. J'aimerais être auprès de toi dans ces moments. Je ne sais pas faire semblant.

— Ne regrettons rien, actuellement il n'y aurait de place ni dans ta vie ni dans la mienne pour une nouvelle histoire, si délicieuse soit-elle. Dans un instant, tu vas comprendre pourquoi je dis ça.

Posant le plateau sur la table basse, Hidden vint s'asseoir à côté de Hanah, une photo à la main. Mais avant de la lui montrer, elle raconta à la profileuse tout ce qui s'était produit depuis le meurtre de son père jusqu'à la « visite » de son appartement : la mise en scène identique à celle du domicile de Mark Hidden, le vol de son PC et de son appareil photo, sans omettre la clé USB que Mouna lui avait discrètement glissée dans la main.

— On dirait qu'ils n'ont pas trouvé ce qu'ils cherchaient chez ton père, alors ils ont pensé qu'ils pourraient sans doute le trouver chez toi, conclut Hanah en portant la tasse de café à ses lèvres.

Le parfum corsé la revigora.

— Ils n'ont rien trouvé ici non plus, dit Kate. En revanche, quelqu'un a laissé un indice, à mon sens, délibérément. Comme une menace ou une signature.

Hanah dressa l'oreille.

— Qu'était-ce ?

— Un détail immatériel. Très subtil. Une odeur de tabac, de cigare, plus précisément.

— De cigare ?! bondit Hanah. Tu ne crois quand même pas que…

— Ah, toi aussi, ça t'interpelle, n'est-ce pas ? J'ai un instant pensé à lui, mais cela m'en a détournée et intriguée davantage encore. Surtout que je suis sûre de ne pas avoir eu cette photo chez moi avant. Ou bien est-ce mon père qui me l'a laissée à mon insu ?

Sur ces mots, elle montra à Hanah la photo qu'elle gardait retournée. Celle de son père et de Darko Unger.

— Qui est-ce, à côté de ton père ?

— Tu… tu as déjà vu mon père ? sursauta Kate.

— Non, mais la ressemblance avec toi me paraît évidente. Et tu ne m'aurais pas montré, dans ces circonstances, la photo d'un seul étranger. Simple déduction.

— À côté, c'est Darko Unger, son associé à la Sodash.

— Il semble être atteint d'albinisme, non ? Et il fume le cigare…

— Je me suis fait la même réflexion. Surtout que ce que je vais te montrer pourrait sérieusement le compromettre. Mais pourquoi serait-il venu ici ?

— S'il a soupçonné ton père d'en savoir un peu trop, Unger a pu penser qu'il t'aurait naturellement confié des preuves matérielles. Ton père voulait te parler, Kate, cela semblait vital. Ils l'ont tué pour ça, peut-être es-tu à ton tour en danger ?

— Je le sais, maintenant ! Je sais pourquoi ils l'ont tué ! s'écria la métisse en se levant. Attends une seconde.

Elle alla prendre le laptop sur le bureau et revint. La clé USB était connectée.

— Selon Mouna, il serait récemment parti en Europe pour affaires et à son retour il avait changé, comme si quelque chose l'accablait.

Kate tapota sur le clavier, puis tourna l'écran vers Hanah.

— Regarde ça. Je te laisse tout lire et cliquer à ton rythme après chaque page. Je te préviens, il y a aussi des images dont la vue est parfois à la limite du supportable. Mais commence par cette lettre que mon père m'a écrite, où il explique pourquoi et comment il a mené cette investigation.

Sur un regard tendre à son amante, Hanah attaqua la lecture du long message de Mark Hidden. Il expliquait à sa fille comment, à partir d'un simple documentaire sur lequel il était tombé un soir, chez lui, à la télévision, il avait découvert que Darko Unger n'était pas celui qu'il croyait.

« Les Médecins de la Mort », réalisé avec des images d'archives, était un document unique sur les recherches génétiques menées par les nazis en vue de créer une race pure à partir de la race aryenne. Y étaient évoqués de sombres célébrités, comme le docteur Mengele, notamment chargé de la sélection des déportés à Auschwitz, mais également des sommités ayant soutenu ou contribué à ces recherches. Parmi elles, un certain Pàl Unger, psychiatre praguois renommé d'origine austro-hongroise, devenu directeur de l'Institut psychiatrique de Bohnice de Prague sous l'occupation allemande. À la fin de la guerre, il fut destitué de ses fonctions et, accusé de crime contre l'humanité, il se réfugia en Argentine pour échapper à une condamnation certaine. Ses recherches personnelles avaient pour thème principal l'albinisme, sur lequel il avait écrit une thèse.

Deux éléments avaient alerté Mark Hidden : le patronyme d'Unger — doublé d'un vague air de famille avec Darko Unger — ainsi que l'intérêt que Pàl portait à l'albinisme, tare dont souffrait Darko. Avec l'aide d'un détective privé et d'un généalogiste, Mark avait reconstitué le passé de son associé. Darko avait fait des études de biogénétique à Londres, où il avait été propriétaire d'un bar et d'une boîte de nuit. En 1999, il s'était installé en Afrique pour se lancer dans les affaires. Il avait bien un lien de parenté avec Pàl Unger : celui-ci était son grand-père. Mark Hidden avait par ailleurs cherché à entrer en contact avec les deux auteurs du documentaire pour la chaîne Discovery. L'un des deux était mort accidentellement. Une somme conséquente et l'engagement à une discrétion absolue avaient fini par vaincre les réticences de l'autre.

Mark Hidden s'était aussitôt rendu en Angleterre pour cet entretien. Il en avait enregistré une vidéo, téléchargée sur la clé USB sous le fichier « PU », initiales de Pàl Unger.

À la fin de sa lettre, Mark Hidden disait à sa fille qu'il lui confiait les documents présents sur ce support au cas où il lui arriverait quelque chose. Ils révélaient non seulement des éléments intimes de la vie de son associé mais aussi son implication et sa responsabilité probables dans une affaire terrible, une découverte qui devait mettre rapidement fin à leur association. Il disait qu'il allait aussi en référer à Randalls, PDG de N2 Chemicals, récemment rachetée par la Sodash.

Soudain fébrile, Hanah cliqua sur le fichier vidéo de l'entretien entre Hidden et le journaliste, un certain Aerts. Sur la vidéo, seules les mains du journaliste, croisées sur ses genoux, étaient visibles.

— Je voudrais que vous me parliez de Pàl Unger, qui apparaît dans votre reportage, demandait Hidden à son interlocuteur.

— Nous sommes bien d'accord : vous ne révélerez pas mon identité, et cette vidéo ne sortira pas du cadre personnel, insistait Aerts.

Un court silence indiquait que Hidden avait sans doute acquiescé d'un signe de tête.

— Bien. Je ne vais pas vous répéter ce que vous avez déjà appris dans le documentaire. Je suppose que ce qui vous intéresse c'est ce qui n'y est pas évoqué, mais que les auteurs sont malgré tout censés savoir ?

— Son petit-fils, Darko Unger, est atteint d'albinisme. Est-ce la raison qui a poussé Pàl à se lancer dans des recherches sur cette anomalie génétique ?

— C'est plutôt l'inverse. Pàl Unger a étudié de près le gène de l'albinisme dans la perspective de créer une race pure, sans origine ni existence antérieure. Une race zéro. Vous le savez, les nazis faisaient des expériences sur les humains à des fins raciales, des manipulations génétiques dont nul ne pouvait avoir la moindre idée. Et Unger avait de fortes sympathies pour leurs théories et pour la doctrine hitlérienne.

— Je croyais que, selon les théories nazies, la race aryenne était issue des peuples nordiques et que les chercheurs nazis cherchaient à développer cette race ?

— Les nazis n'ont rien inventé. Ils n'ont fait que se réapproprier des notions antérieures pour servir l'idée d'une race pure et supérieure qui tire sa source de théories scientifiques du XIXe siècle servant à justifier le colonialisme et les dominations de l'homme par l'homme. À l'origine, les Aryens sont un ancien peuple de langue indo-européenne. Étymologiquement, aryos signifie « noble » en indo-européen. Les théories darwiniennes sur la sélection naturelle ont été complètement déformées à des fins de domination raciale. Ce sont ces interprétations erronées qui ont contribué à élaborer la doctrine biologico-politique du nazisme. Il faut quand même savoir que, à la fin du XIXe, selon un dénommé Ludwig Geiger, Juif allemand et fils de rabbin, l'Europe centrale est le berceau de la race aryenne. Et le gendre du compositeur Richard Wagner, Stewart Chamberlain, soutenait que cette race supérieure vivait à l'état pur en Allemagne et en Europe du Nord ! Alors que plus tard, en 1940, s'inspirant de ces critères, les lois édifiées sous le maréchal Pétain déclaraient « aryens » les Français antillais, africains et amérindiens.

— Wagner, la musique qu'écoute en boucle Darko Unger, même en voiture…, relevait Hidden. Mais dans ce que vous me dites, je ne vois pas de lien direct avec l'albinisme qu'étudiait Pàl.

— L'albinisme est une mutation génétique récessive qui touche les animaux et les humains quelle que soit leur « race ». Pàl Unger voulait créer la race zéro à partir du gène de l'albinisme. Une sorte de mélange des caractéristiques nordiques et négroïdes, associées à celles des albinos pour l'apparence physique. Il a pratiqué des expériences sur des humains, mais aussi obtenu des… des croisements et des hybrides par des manipulations génétiques. Pàl, de type plutôt blond lui-même, avait épousé une jeune Aryenne, c'est-à-dire une germano-nordique blonde aux yeux bleus et au crâne allongé, répondant aux canons les plus épurés du type aryen. Elle a donné naissance à des jumeaux hétérozygotes, une fille et un garçon. Le fils avait hérité de nombreuses caractéristiques maternelles. Lorsqu'il fut adulte, Pàl recueillit son sperme et insémina artificiellement une jeune Africaine atteinte d'albinisme. Car, bien sûr, il n'était pas question que son fils s'accouplât avec cette femme. Mais avant d'aboutir au résultat escompté, il y a eu des essais infructueux, des « brouillons », en quelque sorte. La naissance d'un enfant « pie »… À la peau bicolore, comme celle d'un cheval ou d'une vache…

— J'ai peur de comprendre…, disait la voix altérée de Hidden.

— Cet enfant pie était le frère aîné de celui qui arriva un peu plus tard, apparemment, Darko Unger.

— Et cette jeune Africaine, leur mère biologique, qu'est-elle devenue ?

— Dans le laboratoire de Pàl Unger, abandonné tel quel au moment de sa fuite en Amérique du Sud, on a retrouvé des bocaux remplis de formol où il conservait les embryons atteints de malformations et les fœtus issus de fausses couches, les fameux brouillons. Dans l'un d'eux, les enquêteurs ont découvert une tête de femme de type africain. Les tests pratiqués ont démontré qu'il s'agissait d'une Africaine albinos. L'autre bocal contenait un nourrisson de deux mois dont la peau était bicolore, blanche et noire par endroits.

— L'enfant pie ? demandait Mark Hidden.

— Selon toute probabilité. Une tête de cheval faisait également partie de cette macabre collection. Un cheval albinos. Or ce cheval n'était pas atteint d'albinisme en tant que tare génétique. Il s'agit d'une vraie race, caractérisée par une robe entièrement blanche, une peau rosée autour des naseaux et des yeux bleus aux nuances plus ou moins foncées. C'est l'une des races de chevaux les plus dociles, faciles à dresser, grâce à leur intelligence et à leur douceur. Cavalier émérite, Pàl avait acquis ce cheval une fortune et a passé son temps à en étudier les caractéristiques. L'animal devenu trop vieux, il a été obligé de mettre un terme à sa vie et a fait conserver uniquement sa tête. Le taxidermiste a magnifiquement reproduit l'intelligence de son regard. Je pense que c'est pour cette raison aussi que Pàl a voulu garder cette tête, après en avoir prélevé le cerveau, qu'il a pu ainsi étudier. Je pense qu'il voulait créer une telle race chez les humains.

On entendait ensuite la voix de Hidden demander :

— Pàl Unger vit-il toujours ?

— Il est mort en 2001, à Buenos Aires, à l'âge de quatre-vingt-six ans.

La vidéo s'interrompait là. Toute retournée, avant de poursuivre sa navigation Hanah regarda Kate Hidden. Le visage hagard, la jeune femme semblait perdue.

— La suite se passe de mots, Hanah, dit-elle.

La suite, Baxter, qui croyait être déjà arrivée au bout de la folie, la découvrit en apnée. D'une traite.

Une autre vidéo, dont l'auteur était sans doute Mark Hidden lui-même ou le privé auquel il avait fait appel, montrait, dans un premier plan, les abords d'un entrepôt de béton gris, en apparence désaffecté. Un second plan était tourné à l'intérieur, dans un espace éclairé par la lampe torche de celui qui filmait, où s'alignait une rangée de cages vides et rouillées, semblables à celles où transitent les animaux destinés aux zoos. Un peu plus loin, des palettes sur lesquelles étaient empilées des caisses en bois estampillées Sodash. Le visiteur avait zoomé à l'intérieur des caisses, maculé de sang. Tandis que le plan se resserrait, l'image devenait floue, puis l'instant d'après, plus nette.

Dans le fond d'une des caisses, des taches de sang, mais aussi, à peine distinctes, ce qui pouvait être des touffes de cheveux blanchâtres. La suite était filmée dans un autre espace, plus confiné, dont le contenu surgissait toujours dans le faisceau circulaire de la lampe torche. La pièce, carrelée de blanc, ressemblait à un laboratoire déserté dont les principaux résidents étaient d'énormes cafards et des araignées sur leur toile. Au sol fleurissaient quelques flaques séchées brunâtres, comme de la rouille. Au centre se trouvaient trois tables rectangulaires métalliques, souillées de taches de même couleur, équipées de quatre bracelets d'acier ayant de toute évidence servi à attacher quelqu'un.

Sur un plan de travail était encore disposé tout ce qui pouvait servir à disséquer, trancher, couper, saigner, bistouris, scalpels, couteaux à lame fine, avec un matériel d'amputation traditionnel composé d'un garrot, d'une pince à disséquer, d'une scie de Gigli, d'une lame de Delbet, d'un ciseau, d'un porte-aiguille, d'un couteau d'amputation, d'un bistouri froid, d'une pince gouge et de pinces de Christophe pour contenir l'hémorragie. Tous ces instruments présentaient les mêmes traces brunes que les tables et le sol. À n'en pas douter, il s'agissait de restes de sang et de matières organiques. Ensuite, la caméra embarquait le spectateur dans une troisième pièce, une sorte de débarras où étaient stockés deux grands congélateurs débranchés, ainsi que des barils réfrigérants du type Deware, en tous points identiques à ceux dans lesquels on conditionnait l'azote liquide à N2 Chemicals.

Tandis que de sa main gantée l'auteur de la vidéo en ouvrait un, le film se figea sur le contenu comme si le type avait été victime d'un arrêt cardiaque. À la lueur de la lampe apparut ce qui restait du chargement : un grand sac plastique où des restes humains à moitié décomposés nageaient dans leurs humeurs. Une main, deux pieds et un crâne affligé d'un épouvantable rictus.

Prise d'un haut-le-cœur, Baxter détourna les yeux de l'écran.

— Qu'est-ce que c'est ? parvint-elle à articuler, se sentant abondamment saliver.

— Un ancien entrepôt de la Sodash, dont la fonction première a été détournée, dit Kate.

— On sait où il se trouve ?

— Mon père ne le précise pas.

— Mais Unger était-il impliqué ?

— Mon père avait tout lieu de penser qu'Unger s'y rendait régulièrement, à la faveur de notes personnelles écrites de sa main, retrouvées dans l'armoire d'un bureau.

— Que disaient ces notes ? s'enquit Hanah abasourdie.

— Ça… ça ressemble à des formules, des sortes de recettes chimiques. Enfin, des trucs qui n'ont rien à voir avec son activité à la Sodash !

— Il faudrait les montrer au labo…

— Justement, Hanah, je voulais avoir ton avis. Doit-on en parler ou non à Collins quand il reviendra ?

Baxter hocha la tête. Intuitivement, elle pensa au dossier dont lui avait parlé le chef du CID au cours de leur déjeuner. Les disparitions d'albinos.

— Ces images prouvent que tout cela est du ressort de la Criminelle et, quoi qu'il en soit, le garder pour toi devient dangereux, Kate. C'est une bombe à retardement.

— Mais ce lieu semble désaffecté, souligna Hidden, en ramenant une mèche de cheveux tire-bouchonnés derrière l'oreille.

Au cours de leur dîner, Hanah avait déjà noté ce tic chez la jeune femme, qui trahissait une certaine fébrilité.

— On pourrait peut-être déjà essayer de trouver où c'est…

— Au vu de cette vidéo, si Unger participe ou pratique des choses illégales, il n'a pas arrêté, dit Hanah. Il a changé de lieu, c'est tout. L'endroit devenait soit trop petit, soit trop dangereux pour ce qu'il y faisait.

— Mais qu'y faisait-il, Hanah ? risqua Kate faiblement, qui, au fond d'elle, avait déjà deviné.

— Du trafic, Kate. Du trafic humain.

26 JUIN

Le retour de Collins au CID suscita un profond émoi dans tout le service. Il avait les traits tirés et une mine de papier mâché, mais il tenait debout. On voyait bien qu'il s'efforçait d'économiser chacun de ses gestes et de ses mots. Même sa voix s'était un peu modifiée, affligée d'une cassure à peine perceptible.

Transgressant les recommandations des médecins et notamment du chirurgien, sous traitement, il s'était quand même décidé à regagner son poste. En douceur, avait-il promis à Indra. Tout en sachant parfaitement qu'il n'était pas question de douceur, dans ce métier.

Il retrouvait non seulement son travail, mais aussi sa femme, revenue de Hope Camp spécialement pour le ramener à la maison. Ne pouvant pas délaisser le camp trop longtemps, elle avait malgré tout fait la promesse à Collins de rester deux jours près de lui. À la seule perspective de la voir chez eux après cette première journée de reprise, il souriait. Le soir de leurs retrouvailles, elle lui avait raconté un événement qui s'était passé au camp, à la plus grande joie des enfants. Par le biais d'« Albinos Life », l'unique association avec laquelle

elle travaillait en toute confiance, un griot était venu offrir une veillée à Hope Camp, apportant deux instruments traditionnels kenyans, l'orutu, une espèce de violon monocorde et l'ohangla, un tambour en bois sur lequel est tendue une peau de serpent, qui avait particulièrement attisé la curiosité des enfants. À l'inquiétude qu'avait exprimée Collins quant à la présence d'un étranger au camp, Indra avait rétorqué que le griot était lui-même albinos, souriant et très doux, et que l'entendre raconter des histoires accompagné de ses instruments avait été un enchantement pour tout le monde. Il y a si peu de distractions, là-bas, pour toutes ces raisons de sécurité ! s'était-elle exclamée. Ce qui était la pure vérité, songea Collins, qui, en guise de réponse, s'était contenté de serrer sa femme dans ses bras.

Au grand dam de Mendoza, qui perdait son statut de patron du CID par intérim, Collins avait réintégré sa place encore tiède et demeurait là, assis à son bureau, immobile et songeur, les doigts joints devant sa bouche, dans le ronronnement du ventilateur à pales.

Malgré sa santé défaillante, il ne pouvait pas raccrocher. Pas maintenant.

Toute sa carrière, il s'était senti lié par sa promesse d'assurer la sécurité du pays. Ramener le taux de criminalité le plus près possible de zéro. Sans oublier l'objectif qu'il s'était fixé, unissant ses efforts à ceux d'un homme de l'ombre et à la merveilleuse initiative d'Indra avec Hope Camp. Éradiquer le trafic d'albinos était une tâche essentielle, autrement plus dense que la traque d'un tueur en série isolé. Car il s'agissait de tout un système, corrompu, pourri jusqu'à la moelle, permissif et vénal, où on tolérait les prémices d'un véritable génocide.

À peine était-il revenu qu'il avait reçu un appel d'un poste de la police de province, non loin de la frontière tanzanienne, l'informant de nouvelles disparitions d'enfants et d'adultes albinos. Les parents, les amis, venaient signaler ces faits à la police de la région qui commençait à être débordée, mais il était difficile de faire la part entre la vérité et les affabulations. Certaines familles avaient elles-mêmes vendu leurs propres enfants atteints d'albinisme, et n'hésitaient pourtant pas à venir porter plainte.

Collins en avait la nausée. Il s'en voulait d'avoir négligé cette tragédie au profit de l'affaire des corps de poussière, ces derniers temps. Mais à la lumière de certains éléments, quelque chose lui disait que la piste de « Dust » pouvait mener à celle des trafiquants.

Connaissant les circonstances de la mort du père Necker et ses activités parallèles, Collins savait que désormais, tout était possible. Il n'était pas exclu que le venin décelé dans le sang des victimes du tueur de poussière provienne d'un des deux mambas noirs découverts chez le prêtre. Il serait donc mêlé à la série de meurtres. Peut-être en était-il le commanditaire, pour fabriquer des fétiches. Collins savait à quoi s'en tenir sur les pratiques de ces sorciers peu scrupuleux. Il en avait déjà placé quelques-uns en garde à vue, mais n'avait pu réunir aucune preuve tangible d'un trafic humain.

D'autre part, les résultats complémentaires des analyses d'ADN dans l'affaire O'Neil étaient arrivés. Ceux présents sur le préservatif retrouvés à proximité de la scène de crime de l'hôtel Heron, ainsi que ceux prélevés sur chaque employé masculin de cet établissement.

Un seul correspondait à l'ADN retrouvé sur le préservatif. Il s'agissait de celui d'un garçon d'étage de dix-huit ans, Fahari.

Collins hocha tristement la tête face au constat inévitable.

Ce gros porc d'O'Neil était venu en Afrique faire du tourisme sexuel à l'insu de sa pauvre femme, et il avait dû payer ce garçon pour ses « services ». La misère et l'appât du gain étaient tels que des jeunes comme Fahari — et parfois même de bien plus jeunes —, sans avoir de penchants homosexuels, n'hésitaient pas à vendre leur corps à des *nyama ya nguruwe* occidentaux friands de sexe exotique.

Le chef du CID les connaissait bien et savait les repérer. Il lui faudrait néanmoins envoyer un de ses hommes interroger Fahari, non seulement sur la nature de ses relations avec O'Neil, la prostitution étant interdite, mais dans le cadre de l'affaire qui les intéressait.

Que s'était-il passé, une fois l'acte consommé dans une obscure clandestinité ? Fahari avait dû repartir aussitôt, laissant O'Neil derrière lui, pour qu'on ne les surprenne pas, revenant ensemble des environs de l'hôtel. O'Neil avait-il été agressé à ce moment-là ? « Dust » les avait-il repérés bien avant, attendant dans l'ombre que sa future victime soit seule ? Ou avait-il un complice ? Fahari ? Il restait encore une masse de questions à éclaircir dans cette affaire.

Avant de retrouver Mendoza, Baxter et Hidden pour le débriefing, le patron du CID sortit un dossier d'un grand classeur noir, étiqueté « Al-K », abréviation discrète d'« Albinos-Killing ».

Il devait s'y replonger, y joindre les derniers éléments, les disparitions qui venaient d'être signalées, avant de rappeler la Lance en espérant qu'il ait avancé sur sa piste.

D'un air sombre, Collins parcourut le dossier, son regard s'arrêtant sur les chiffres des meurtres et des disparitions, en nette progression depuis 2005.

Son regard, errant sur son bureau, tomba sur le journal de la veille qui dépassait d'une pile de courrier. À la une, en gros titre, « Le monstre albinos du Menengaï », illustré d'une photo prise au moment de la découverte de la créature sur la caldeira.

Sourcils froncés, Collins lut l'article qui relatait les faits. « «Monstre albinos» ! Qu'est-ce qui leur permet de rendre publiques de telles conclusions ? » fulminait-il. Ça n'allait pas arranger la mauvaise réputation des *yellow men*…

Il composa aussitôt le numéro direct de son contact au quotidien *Kenya News*.

— Collins. Je veux parler à Wali.

— À quel sujet ?

— Au sujet de son article irresponsable sur le « monstre albinos ».

— Il est pas là.

— Bien entendu. Écoute, Newille, passe-lui bien le message, sinon, il risque d'avoir des ennuis et toi aussi.

— Et la liberté de la presse, mon frère ?

— La liberté de la presse, ce n'est pas écrire des insanités, affirmer des choses qu'on ne prend même pas la peine de vérifier. Parce que cette soi-disant liberté condamne des êtres humains à L'ENFER !

— Sauf que l'albinisme de ce… cette créature est un fait, confirmé par l'Institut médico-légal. Alors toi, t'appellerais ça comment ? La Belle au bois dormant ?

— Votre priorité, à vous, journalistes, c'est le sensationnel, mais à nous autres, flics, c'est d'assurer la sécurité dans ce pays. Tu mesures les conséquences de cette une sur des hommes et des femmes déjà objets des pires atrocités à cause des pouvoirs surnaturels qu'on leur attribue ? C'est grave, Newille, très grave.

Réunion dans le bureau de Collins

Le café était le carburant auquel tout le monde marchait, à la Crim. Sans ce petit rituel quotidien, il était impossible de démarrer la journée, et plus encore de la terminer. Collins le fit servir dans son bureau avant de commencer le débriefing.

D'entrée, une fois qu'il eût présenté ses condoléances à Kate Hidden, le chef du CID évoqua les derniers résultats reçus de Biogene. Entre autres les analyses du contenu du pot découvert dans le coffret confisqué au magistrat.

Hanah leva les yeux sur le Kenyan.

— Ce sont les mêmes particules organiques que celles qui recouvrent les scènes de crime, lut-elle. Le magistrat aurait un lien avec le tueur ?

— Sa femme vient de signaler sa disparition. Il devait rester à la disposition de la police jusqu'à ce que nous obtenions les résultats des analyses.

Hanah souffla sur son café.

— Vous pensez qu'il aurait pu prendre la fuite ? demanda-t-elle.

— La question reste entière, répondit Collins. Peut-être quelqu'un l'a-t-il enlevé, ou éliminé, de peur qu'il ne révèle comment il s'est procuré son *djaratuta*.

— À ce propos… intervint Mendoza. Il s'est produit un événement étrange au labo. L'agent chargé des analyses du coffret, Boose, a été hospitalisé après avoir été pris de convulsions sur son lieu de travail.

— Crise d'épilepsie ? supposa Hanah en reposant sa tasse sur un coin du bureau.

— Il doit passer un scanner et un électroencéphalogramme. Mais le plus inquiétant est la teinte qu'a prise sa langue. Il paraît qu'elle était devenue toute noire. Ses collègues présents l'ont même cru possédé.

— Vous voulez dire que…

Collins leva la paume.

— Ce sont juste des faits, Hanah, dit-il prudemment. Il y a sans doute une explication rationnelle.

« Ou peut-être pas », pensa Baxter, qui sentit un frisson lui remonter le long de la colonne vertébrale.

La magie noire en Afrique n'est pas un mythe. Les authentiques sorciers réussissent à provoquer des choses incroyables par envoûtement. Les charlatans, eux, se contentent d'abuser de la naïveté de leurs clients.

Hidden, quant à elle, ne disait rien. Il avait été convenu avec Baxter qu'elle parlerait avec Collins hors de la présence du Mexicain. Aussi attendait-elle le moment propice.

— Autre chose, Collins, dit soudain son remplaçant comme dans un échange d'égal à égal. Nous avons interrogé quelques suspects. Certains ont été placés en garde à vue, principalement des conducteurs de fourgons blancs, selon le signalement de témoins. Ça n'a rien donné. Mais parmi eux il y avait un coriace, un certain John Langat, soi-disant prof de sport. Il affirmait vous connaître et même travailler avec votre femme. Encore une histoire à dormir debout, alors je l'ai bouclé pour lui faire passer l'envie de jouer avec la police. Je n'ai même pas voulu perdre mon temps à vérifier ses bobards. J'imagine que vous n'en avez jamais entendu parler ?

Au nom de Langat, Collins avait dressé l'oreille. Langat… Langat, bien sûr qu'il le connaissait, il travaillait au camp depuis un an… Un type réservé, plutôt taciturne, mais très bien avec les enfants. Seulement, impossible de mentionner Hope Camp à Mendoza et à Hidden.

— Ce nom ne me dit rien, mentit Collins en mordant dans une racine de kola. Vous l'avez relâché ?

— Oui, on n'a rien trouvé de suspect dans son fourgon, il n'y avait rien de plus à sa charge. Dommage, parce qu'il avait bien la gueule de l'emploi, répondit Mendoza, nerveux.

N'y tenant plus, il prétexta une envie pressante et sortit du bureau pour aller fumer.

Sur un signe d'encouragement de Hanah, Kate Hidden sauta sur l'occasion pour parler à Collins. Elle résuma la situation en quelques mots et lui remit une autre clé USB sur laquelle elle avait téléchargé tous les fichiers rassemblés par son père. Le chef du CID l'avait écoutée sans l'interrompre, les yeux plissés, fixés sur un point de la pièce.

— Vous devriez quitter votre domicile quelque temps, Kate, lui dit-il. Prenez une chambre à l'hôtel, vous serez défrayée bien sûr. Mais je n'aime pas l'idée de vous savoir en danger chez vous, seule. Et si j'envoie un gars assurer votre sécurité, ça risque d'éveiller les soupçons.

— Peut-être pourriez-vous demander à Singaye ?

suggéra Hanah. Un enquêteur supplémentaire dans cette affaire ne serait pas du luxe. Je pense qu'on peut lui faire confiance et qu'il prendra à cœur de contribuer au démantèlement du réseau.

Collins hocha pensivement la tête.

— Je vais y réfléchir Hanah. L'idée me paraît judicieuse.

Sans toutefois évoquer Hope Camp ni la Lance, le chef du CID estima le moment propice pour informer Kate Hidden de l'existence du dossier albinos.

Le téléphone sonna sur le bureau.

C'était Andry Stud.

— Vous êtes sûr que ça n'est pas une invention ou un délire ? s'écria Collins.

D'une main tremblante, il raccrocha sans un mot de plus.

— C'est Boose. Pas de trace de lésion cérébrale au scanner, et l'électroencéphalogramme ne décèle aucune anomalie. L'infirmière qui s'est occupée de lui dit l'avoir vu cracher quelque chose de très long et sombre, qui s'est sauvé sur le lit en se tortillant. Elle est certaine d'avoir vu cette chose.

— Mais a-t-elle pu l'identifier ? demanda Hanah, tout à fait sérieuse.

— Ce serait un serpent. Un mamba noir.

« DUST »

Il ne pouvait plus s'absenter trop longtemps, depuis qu'il avait ramené chez lui cette pauvre femme grièvement brûlée. Il devait changer régulièrement la perfusion de glucose, la plonger dans des solutions calmantes, laver ses plaies et lui administrer des morphiniques à haute dose afin de soulager les douleurs atroces qui affligent les grands brûlés.

Quelques jours avant cet événement, à son retour du travail, il avait trouvé sur la table de la cuisine une lettre de sa femme lui annonçant qu'elle le quittait et emmenait leur fils. Elle lui demandait de ne pas chercher à la retrouver. Ce serait vain. Elle ne pouvait plus continuer à vivre recluse ainsi, craignait pour le bien-être et l'équilibre psychologique de l'enfant.

À la lecture de ces mots, il s'était mis à hurler dans le silence des murs. S'était cogné la tête aux meubles, avait frappé, frappé les poings fermés dans un craquement de phalanges, crié à se casser la voix. Le bien-être ! L'équilibre ! Madame craignait pour le bien-être de leur fils ! Ce qu'il avait de plus cher au monde ! Il leur avait tout donné, avait tout fait pour qu'ils se sentent bien et profitent du plus grand confort. Et elle n'avait pas trouvé mieux que briser ce qu'il avait construit pour Adam et elle.

Lorsqu'il en aurait fini avec la brûlée, il les retrouverait, récupérerait son fils et la tuerait. Il élèverait l'enfant lui-même, il n'avait pas besoin d'une épouse indigne. Elle le privait de sa chair, il lui enlèverait la vie.

En attendant, il avait ramené cette femme blessée dans l'incendie des archives de Murang'a sans avoir à répondre à des questions qui l'auraient obligé à évoquer ce qu'il avait appris à la mort de son père adoptif.

Priorus Necker lui avait réservé une lettre qu'il avait dû aller chercher au coffre de sa banque. Selon les termes du testament, le prêtre voulait léguer la vérité à son fils, à défaut de biens matériels. Necker lui révélait la véritable identité de ses parents biologiques.

Selon la version officielle, son père, violeur alcoolique, avait terminé en prison et sa mère, prostituée dès l'âge de seize ans pour faire vivre sa famille, l'avait abandonné devant l'orphelinat après avoir accouché accroupie dans la poussière.

Sang et poussière. Il était né sur ce même sol où il tuait et répandait le sang avec les corps désagrégés. Il était un enfant de la poussière et du sang versé.

Mais seule la seconde partie de cette version, concernant sa mère, était vraie. La lettre du révérend lui apprit que, bien avant qu'il ne sorte de l'orphelinat — il devait avoir neuf ans —, sa mère s'était manifestée, pleine de repentir, et avait dévoilé son identité à Necker lors d'une confession. Elle s'appelait Malaïka Kimutaï. Elle avait vingt-six ans. Elle voulait en finir avec la prostitution et cherchait un travail honnête. Au cours de la même confession, elle lui avait parlé du père biologique de l'enfant. Il s'agissait du chef de la police en personne, un homme brutal et corrompu jusqu'à la moelle. Il avait consenti à épargner à la jeune fille la prison lors d'une grande rafle de prostituées, en échange de son corps.

Après avoir mis son enfant à l'abri, Malaïka avait fait chanter l'homme, exigeant de l'argent contre son silence. Même si elle ne pouvait être certaine qu'il était le père, elle lui avait précisé qu'elle avait assuré ses arrières pour que la vérité éclate au grand jour au cas où il lui arriverait un « accident ». La brillante carrière et les activités parallèles de l'homme auraient été compromises par un bâtard conçu avec une pute.

Ce que, fine mouche et prudente, Malaïka avait pris soin de lui cacher, c'était qu'elle avait abandonné le nourrisson à l'orphelinat Necker de Murang'a. Elle envoyait anonymement à l'orphelinat une partie de son « salaire ». Mais huit ans plus tard, à la mort du chef de la police, les rentrées d'argent cessèrent. C'est alors qu'elle se mit à chercher du travail et vint trouver Priorus Necker.

Touché par la confession et la situation précaire de la jeune femme, le révérend lui proposa de travailler bénévolement pour l'orphelinat, en échange du logement et de la nourriture. Ensemble, ils convinrent de taire la vérité à l'enfant.

Priorus Necker s'était pris d'affection pour lui. Espérant, en noircissant le tableau, le dissuader de rechercher jamais ses parents biologiques, il avait inventé cette histoire de père dangereux criminel, mort en prison. Le Grand Sorcier de la Communauté de l'Ivoire avait des projets pour le garçon.

Malaïka Kimutaï resta à l'orphelinat. La honte l'empêchait de dire la vérité à son fils. À la fermeture de l'institution, faute de moyens financiers et de subventions, elle intégra les archives municipales, aménagées dans le même bâtiment.

C'était sa véritable histoire que «Dust» avait apprise dans la lettre du révérend. Tout un pan de vie sur deux pages contenues dans une mince enveloppe, accompagnées d'un portrait noir et blanc de sa mère. L'ensemble pesait à peine vingt grammes. Il ne pouvait en vouloir au prêtre d'avoir souhaité le protéger, mais n'en conçut pas davantage de remords de l'avoir tué en situation de légitime défense.

Connaissant l'identité de sa mère et son lieu de travail, il savait que cette fouineuse de Baxter pouvait remonter la piste de l'orphelinat et aller fourrer son nez aux archives de Murang'a, où elle risquait de rencontrer Malaïka Kimutaï.

Sa mère connaissait-elle sa part obscure? Savait-elle qui il était vraiment? Le tueur l'ignorait. Mais il ne voulait pas courir le risque d'être découvert, et peut-être dénoncé. Il était allé aux archives, avait repéré sa mère d'après l'ancienne photo. Une femme plutôt menue, aux beaux traits réguliers, aux yeux clairs, à l'aube de la quarantaine, les cheveux pourtant intégralement blancs. Il ne s'était pas approché : on ne devait pas le reconnaître. Était retourné une seconde fois aux archives et y avait mis le feu.

Sa mère en réchapperait, ou pas. Dans le doute, il était prêt à la sacrifier.

Il avait suivi de loin l'intervention des pompiers et des secours, qu'il regarda embarquer deux victimes sur une civière, tandis que les huit autres employés émergeaient de la fumée en crachant leurs poumons.

L'une des deux victimes semblait morte. L'autre, sa mère, avait été emmenée à l'hôpital dans un état critique.

Il avait vu tout ça et il avait pu suivre l'ambulance jusqu'à l'hôpital. Mais ce qu'il avait vu surtout, c'était une femme aux cheveux courts, qui cherchait à tout prix un contact avec les victimes et qu'il reconnut aussitôt. Hanah Baxter.

Il avait donc eu raison. Elle avait flairé une piste et sans doute déjà fait le rapprochement avec l'ancien orphelinat.

Il lui réglerait son compte dès que l'occasion se présenterait.

En attendant, il s'occuperait de sa mère, Malaïka. Quand elle irait mieux, ils auraient une conversation. Il lui lirait la lettre du révérend. Avait-elle été informée de sa mort ? Il lui demanderait si Necker lui avait parlé de lui, son fils, et en quels termes. Sa réaction, le moindre frémissement de menton, une ombre dans les yeux, lui indiquerait aussitôt si elle savait ou non. Ensuite, il prendrait une décision.

Nairobi, appartement de Mullah Singaye, 22 h 31

En rentrant chez lui ce soir-là, Singaye s'était senti suivi. Son sentiment se confirma lorsqu'il regarda par la fenêtre : en bas de l'immeuble stationnaient deux types. Coiffés d'une casquette à motifs militaires, vêtus d'un baggy, l'un portait un blouson en jean, l'autre une veste longue en cuir noir. Ils avaient tous deux des lunettes de verre fumé malgré la nuit. Singaye ne quittait pas non plus ses lunettes de soleil, mais c'était pour d'autres raisons. Il devait protéger ses yeux d'une lumière violente. Il savait que, à terme, il deviendrait aveugle. C'était inscrit dans son gène récessif. Atteint d'une forme atténuée d'albinisme — il avait les yeux d'un bleu translucide, et non dé- pigmentés et rouges comme beaucoup d'albinos —, il était malgré tout un homme en sursis.

Alors qu'il détaillait les deux types, l'albinos avait même cru entrevoir, sous la veste trois quarts, l'éclair d'une lame qui pouvait être celle d'une machette. Mais sa mauvaise vue le trahissait peut-être.

Toute sa prime jeunesse, il était passé entre les mailles du filet, par chance ou par miracle. Il n'avait cependant pas été à l'abri des railleries et des insultes. À six ans déjà, les enfants de sa classe lui répétaient que sa mère avait fait l'amour dehors, par une nuit de pleine lune. Son père avait tout essayé pour qu'il reste à l'école et suive une scolarité normale. Mais à l'adolescence, Singaye n'en pouvait plus des moqueries et des violences et avait tout arrêté. Il avait passé son bac par correspondance et s'était inscrit en droit à la faculté. Il s'installait dans le coin le plus obscur de l'amphithéâtre. Le *yellow man* devint ainsi un homme de l'ombre.

Plus tard, son statut de flic et son insigne du CID, ainsi que son arme, dont il ne se séparait jamais, l'avaient sans doute protégé. Mais le nombre de chasseurs d'albinos avait augmenté. Ils devenaient de plus en plus féroces. Rien ne les arrêtait.

Les plus acharnés n'hésitaient plus à s'attaquer à des albinos en plein jour, à la vue de tous. Quand il marchait dans la rue, derrière ses lunettes noires, Singaye savait ce que valait chacun de ses membres, sa tête, ses organes. À chaque pas, il sentait des regards posés sur lui, méfiants ou lourds de convoitise, l'évaluant comme un métal précieux.

Un jour, peut-être, viendrait son tour. La mort le surprendrait au détour d'un immeuble. Comme beaucoup de ses semblables. Comme Aka Merengue. Parce que ça allait de plus en plus loin. Il arrivait même que certains albinos dans la misère se tranchent eux-mêmes la main, le bras ou les jambes pour les vendre. La plupart mouraient des suites des automutilations réalisées dans des conditions effroyables d'hygiène et de souffrance. Sans avoir même pu profiter de leurs gains.

Privé de mère très tôt, son père travaillant dur dans le bâtiment du matin au soir, Singaye avait dû s'habituer à se débrouiller seul depuis son plus jeune âge. Il n'était pas du genre à appeler du renfort, même s'il se sentait en danger. Il préférait gérer ça sans aide, se concentrant entièrement sur la présence inquiétante des deux individus qui tournaient en bas de chez lui.

Le flic albinos regardait par la fenêtre, caché derrière le rideau. Les deux types faisaient toujours les cent pas, fumant cigarette sur cigarette. Plutôt des joints, constata-t-il. Celui qui portait la veste noire leva brusquement la tête en direction de Singaye, qui eut juste le temps de se retirer dans la pénombre. Le type l'avait-il surpris en train de les observer ?

Il en avait désormais la certitude, ils étaient venus pour lui, mais, le sachant entraîné et armé, avaient décidé d'y aller avec prudence et comptaient sans doute attendre la nuit, profitant de son sommeil pour s'introduire dans l'appartement.

Pour le « nègre blanc », la nuit allait être longue. La nuit des chasseurs.

27 JUIN

Collins avait décidé de se déconnecter de tout, cette nuit-là, et de profiter du retour d'Indra de Hope Camp pour deux jours. Elle s'était endormie, blottie contre lui.

Ils s'étaient redécouverts avec une émotion vierge, comme deux adolescents. Leurs gestes tendres, leurs caresses pudiques, étaient le reflet d'une profonde complicité et d'une estime réciproque sans faille, quotidiennement mises à l'épreuve par leurs activités respectives et leurs absences prolongées du domicile conjugal.

Ali Wildeman était venu dîner. Indra avait cuisiné un cuisseau de springbock au gingembre et Collins avait sorti une bonne bouteille de pinot noir, qu'il s'était contenté de goûter. La discussion avait commencé par la mort de Hidden et de Randalls, puis ils avaient évoqué la complexité de l'énigme des corps de poussière.

— Il est clair que l'auteur de ces actes a rendu impossible toute identification des victimes, avait relevé Wildeman.

Il parlait peu, mais allait à l'essentiel.

405

Son amitié était importante pour Collins, qui aimait leurs échanges et éprouvait un certain apaisement en sa compagnie. Le légiste était un homme cultivé, qui, en dehors de « ses » morts, se passionnait pour la vie, l'art et la poésie. Mais, à l'instar de Collins, son livre de chevet était la Bible. Au départ, son laconisme avait dérouté le chef du CID, habitué à plus de démonstrations dans son entourage proche. Mais en apprenant à le connaître, il avait découvert en Wildeman un homme fiable, serviable et à l'écoute. Les ingrédients d'une solide amitié entre les deux Kenyans étaient réunis. La mayonnaise avait bien pris.

— Depuis qu'on se connaît, Ali, tu ne nous as jamais présenté ta femme, avait dit Collins d'un ton amène. Mais peut-être n'en as-tu pas…

— Eh bien non, avait répondu Wildeman en souriant. Je suis un indécrottable solitaire. Dis-moi quelle femme aimerait dormir à côté d'un type qui sent le cadavre et le formol ?

Ils rirent tous de bon cœur à cette réplique qui ne manquait pas de lucidité.

Le dîner s'était achevé sur un cigarillo pour Wildeman, accompagné d'un whisky sec. Pour éviter de fatiguer Collins davantage, il n'était pas parti trop tard.

Le lendemain, à la première heure, Ti Collins se leva sans bruit, prenant soin de ne pas réveiller sa femme qui soupira faiblement en se tournant de l'autre côté. À la cuisine, il se prépara un de ces cafés à l'arôme intense, qu'il savoura à petites gorgées, rêveusement.

Il voulait prendre son temps, ce matin-là. Une pincée de ces instants apaisés que la vie daignait lui offrir avec largesse au milieu de ce chaos.

Après une douche chaude, Collins se rasa de près et s'aspergea d'eau de toilette à l'essence citronnée. Il y avait quelque temps qu'il n'avait pas réitéré ces gestes de la vie quotidienne, pourtant anodins, mais qui, alors qu'il en redécouvrait la saveur, lui apparurent indispensables, faisant partie de son être. Les habitudes font l'homme. Souvent méprisées par ceux qui sont en quête d'extraordinaire, bousculées, brusquement modifiées, elles sont vite regrettées et l'on n'aspire plus qu'à se réapproprier ces repères sur lesquels repose un équilibre fragile.

Indra dormait toujours et Collins aimait évoluer au cœur de ce silence familier, rythmé par la respiration calme et régulière de sa femme. Il sortit devant la maison, dans l'air matinal déjà chargé de remugles urbains, mêlés aux exhalaisons sauvages des fleurs du jardin.

Pourquoi, se dit-il, alors que tout pourrait être à l'image de ce bonheur volé au temps, alors que l'existence pourrait s'écouler ainsi, paisible et douce, régnait-il tant de violence sur le monde ? Pourquoi des milliers d'innocents devaient-ils payer de leur vie la cupidité d'une poignée d'hommes ?

À deux affaires déjà bien lourdes s'ajoutaient la mort brutale du père d'un de ses meilleurs agents et celle de Larry Randalls. L'enquête sur ce double meurtre piétinait. Winston Blade, le responsable des stocks, avait disparu. Il n'y avait rien d'étonnant à ce qu'on ait retrouvé des traces de son ADN et ses empreintes dans le bureau de Randalls — c'était un employé qualifié, qui passait régulièrement voir son supérieur. Mais sa disparition faisait de lui un suspect. Par ailleurs, le directeur adjoint avait pris ses nouvelles fonctions à la direction générale de N2 Chemicals. Était-il en danger lui aussi ? En attendant, il figurait sur la liste des suspects de l'assassinat de Randalls.

La sonnerie du portable d'Indra tira Collins de ses réflexions. Il rentra dans la maison et entendit la voix ensommeillée de sa femme depuis la chambre.

— Tu peux répondre, Col? Bon sang, on peut jamais faire de grasse matinée, même en congé… soupira-t-elle en s'étirant.

Elle entendit son mari prendre la communication, puis plus rien. Un silence accablant.

— Col? appela-t-elle du lit, appuyée sur un coude. Ça va?

Elle le vit surgir dans l'embrasure de la porte, le téléphone à la main, défait, aussi pâle qu'un mort.

— C'était Sara. Le… le camp a été attaqué cette nuit, articula-t-il péniblement. Les vigiles sont tous morts. Ils… Ils ont regroupé les adultes dans une des salles, menaçant de les tuer s'ils tentaient quoi que ce soit.

— Et les enfants? demanda Indra d'une voix tremblante, en bondissant du lit vers ses vêtements.

Collins baissa la tête. Les mots se coincèrent dans sa gorge.

— Col? Les enfants?

— Ils ont été enlevés.

— Oh mon Dieu! Oh mon Dieu, non! Pas ça! sanglota Indra. Comment… comment ont-ils su pour Hope Camp?

Collins s'approcha de sa femme, et la prit contre lui.

— C'est ce que je vais tâcher de découvrir, ma chérie, lui dit-il, les yeux dans les yeux. Nous retrouverons leurs ravisseurs, tu as ma parole, et ils seront punis pour ça. Je dois appeler la Lance, vite. Avec son aide et celle de Baxter, cette fois nous allons mettre les bouchées doubles…

— Pourquoi, Col ? Pourquoi tu ne l'as pas fait avant ! explosa Indra, le visage dans les mains.

Le chef du CID en resta les bras ballants. Il n'avait rien à répondre à un tel reproche, aussi tranchant qu'un couperet.

La seule explication à cet enlèvement était qu'ils avaient à faire à un réseau extrêmement organisé, il n'était plus question d'attaques isolées de chasseurs d'albinos travaillant pour leur propre compte et revendant les membres amputés à quelques sorciers complices. Mais ce dernier coup de force les mettait, lui et son équipe réduite, face à leur impuissance. Quoi qu'il en soit, les enfants de Hope Camp étaient désormais en danger de mort et il fallait les retrouver avant qu'ils ne soient transformés en poudres et potions magiques.

Il était 6 h 33 lorsque Collins joignit la Lance sur son portable, à qui il apprit la nouvelle. L'homme de l'ombre lui rapporta à son tour le résultat très faible de ses investigations dans la ville de Nakuru au sujet de la découverte du Menengaï. Le shérif était resté sur sa réserve et avare d'informations sur la créature. Il ne lui en avait donné qu'une vague description. Rien de plus.

— En revanche, par mes sources, j'ai obtenu une info qui peut vous intéresser, enchaîna-t-il. Il s'agit d'un touriste américain, un banquier du nom de James Right, qui a fait une déposition dans un poste de police au sujet d'un incident qui a bien failli lui coûter la vie. Il dit s'être rendu chez Tiko Swili, le guérisseur de N'ginri, pour un problème d'impuissance. Le sorcier lui a donné à boire une préparation soi-disant fabriquée à partir d'ongles et de cheveux d'albinos, qui lui en auraient fait don. Or, la séance à peine terminée, un jeune garçon, Salim, une vilaine cicatrice à la tête, s'est pointé chez Swili. Il a remis un sac au *mganga* contre de l'argent. Ensuite, Swili a demandé à Right de ramener le gamin en ville, mais en route, alors que Right s'était arrêté pour acheter à boire, le gosse en a profité pour récupérer l'arme du banquier dans la boîte à gants. Ils sont repartis sans que l'Américain ne se doute de quoi que ce soit. Ils avaient à peine parcouru un kilomètre que le gamin a sorti le flingue de sa poche et a menacé de tuer Right s'il refusait de lui faire une fellation. De toute évidence, le gosse voulait humilier l'Américain qu'il appelait « toubab ». Right allait s'exécuter sur le bord de la route où le gamin l'avait contraint à s'arrêter, mais un coup de feu a retenti au même moment et le gosse est tombé raide mort devant lui.

La Lance poursuivit son récit avec l'étrange rencontre de Right avec Darko Unger, l'homme providentiel surgi de nulle part.

— En plus de l'avoir tiré de ce mauvais pas, continua la Lance, Unger lui a appris à quel horrible trafic participait le gamin pour Swili en lui apportant ce jour-là les restes d'une femme albinos qu'il venait de mutiler. Avant de le quitter, Unger a dit à Right vouloir « enterrer le jeune chien quelque part ».

— Mais qu'est-ce qui a décidé Right à déposer ? demanda Collins.

— Quelque chose qui ne collait pas, selon lui, dans les explications d'Unger. S'il avait repéré le manège du gamin depuis un certain temps, pourquoi n'a-t-il rien fait pour l'empêcher de sacrifier cette femme ? Et Right voulait aussi se blinder. Un enfant a été tué, même si c'est un gosse des rues et que c'est soi-disant pour la bonne cause.

— Aka... Je la connaissais aussi, soupira Collins. Je pense que cette histoire avec Right n'est pas étrangère à notre affaire. Il faut que vous alliez interroger Swili et que vos sources vous aident à retrouver la trace de Right. C'est un témoin important. Allez-y avec Baxter, si elle est disponible. Je m'occuperai d'Unger, il doit nous dire ce qu'il a fait du gosse et comment il en est arrivé à l'avoir dans le collimateur. Mais là, je dois me rendre au camp avec Indra de toute urgence.

— Faites attention, répondit l'enquêteur. Ils ont peut-être piégé les abords en repartant.

— Col, je peux y aller seule, ils ont besoin de toi, au CID, souffla Indra, qui avait entendu les dernières phrases de l'échange.

— Pas question. Je t'accompagne, sans discussion. Toi aussi, tu as besoin de moi. Tiens, prends ça, on ne sait jamais...

Il lui tendit un semi-automatique qu'il venait de récupérer dans un tiroir fermé à clé.

— Dire que le mien est dans mon bureau! se rappela Indra d'une voix étranglée.

— Allons-y.

Avant de sortir, elle le retint par le bras.

— Col...

— Oui, ma chérie?

— Je crains que tu ne sois maintenant obligé de parler de Hope Camp à toute ton équipe.

Ils arrivèrent à la réserve à peine une heure plus tard, à bord du vieux pick-up de Collins. Il n'avait pas tenu à mobiliser un Land du CID, dont il aurait dû ensuite consigner le kilométrage et la destination dans le carnet de route.

411

Au loin se dressait, énigmatique dans son manteau de brume, le sommet du Kilimandjaro, le plus haut d'Afrique — frôlant les 6 000 mètres. À sa vue, le cœur de Collins se serra. Lorsqu'il venait voir Indra au camp, ils aimaient se perdre ensemble le soir dans la contemplation muette de ce spectacle : au sommet, la calotte de glace du volcan mythique s'embrasait dans les rayons pourpres du couchant.

Et maintenant, tous deux y retournaient la peur au ventre, redoutant la vision de ces lieux désormais privés de sens.

À Hope Camp

« Ils ont peut-être piégé les abords. » La phrase de la Lance résonnait dans l'esprit de Collins alors qu'ils approchaient de l'enceinte. Il serra les dents et continua de rouler. Le pick-up franchit l'entrée — le lourd portail en bois était déjà ouvert — sans tomber sur une mine.

Sara, qui les attendait dehors, se précipita au-devant du couple, le visage ravagé. La femme de Collins la serra contre elle.

— Oh Indra, c'était horrible ! dit-elle d'une voix défaite.

— Tu ne peux pas savoir comme je m'en veux de ne pas avoir été là ! pleura Indra sur son épaule. Mais...

— Je comprends, Indra, ce n'est pas ta faute... Ton mari avait besoin de toi.

— Où sont les autres ? Mme Kanda, Langat, Darajat, Fata...

— Là-bas, à l'intérieur, ils sont encore sous le choc.

— Et les gardiens ? Collins m'a dit...

— Ils... Ils ont été exécutés dans la salle de réunion, où on les avait conduits sous la menace, haleta l'assis-

413

tante. Nous avons entendu les coups de feu... C'était terrible.

— Vous avez pu voir leur visage ? demanda Collins, atterré.

— Non... Ils portaient des cagoules noires et des... des treillis, et ils étaient armés de gros fusils. Comme... comme des mitraillettes.

— Ma pauvre Sara ! gémit Indra qui soutenait son assistante, tandis qu'elles se dirigeaient vers le bâtiment central, suivies de Collins.

— Combien étaient-ils ? interrogea de nouveau le chef du CID.

Sara lui lança un regard apeuré.

— Je... je ne sais pas... Une dizaine, peut-être plus...

Précédés de Sara, Indra et Collins entrèrent dans la salle de classe où Langat, Mme Kanda, Shiro, l'infirmière, Fata, Darajat et ses aides cuisinières étaient prostrés sur leurs chaises, livides et tremblants.

Tandis qu'Indra tentait de réconforter les femmes, particulièrement choquées, Collins s'approcha de Langat et le salua. Mais le professeur de sport, le regard dans le vague, ne leva même pas la tête vers lui.

— Je suis vraiment désolé pour tout ça, John, commença le chef du CID à voix basse, en s'asseyant à côté de Langat. Et je suis désolé aussi pour ce qui vous est arrivé avec mon adjoint, dans les locaux du CID. Je ne remets pas en question son travail, seulement, comme tous mes hommes en ce moment, il est à cran à cause de cette enquête qui n'avance pas. Mais... je vous demande d'accepter, malgré tout, mes excuses. Il a commis une erreur en vous plaçant en garde à vue. J'en prends la responsabilité. Tout ce que je pourrai faire pour vous dédommager, je le ferai, soyez-en sûr.

Langat le toisa, impavide. La veille, cet homme sortait, révolté, d'une garde à vue humiliante et aujourd'hui, c'était un homme brisé.

— Que voulez-vous que je vous dise, Collins ? Que je vous remercie pour votre sollicitude ? Le mal est fait… Mais ce n'est rien à côté de ce que nous venons de vivre ici. Les enfants…

Sa voix s'étrangla dans sa gorge. Il porta la main à ses yeux. Collins lui toucha l'épaule.

— Pouvez-vous me raconter comment ça s'est passé ?

Langat renifla et s'essuya le nez avec sa manche de training.

— J'aurais dû revenir au camp après cette crise de paludisme qui m'a obligé à me faire soigner en ville. Mais je suis tombé sur vos hommes, qui se sont acharnés sur moi. Je ne suis revenu au camp qu'hier soir.

— Vous n'avez rien vu d'anormal en arrivant ?

Langat sembla réfléchir.

— Non. J'ai croisé un des vigiles, celui qui m'a ouvert, il semblait OK. Les enfants étaient déjà en train de dîner et ils étaient encore tout excités de la visite d'un griot albinos qui était venu ici pour une veillée. Il leur avait chanté, entre autres, *Akouna Matata*, «tout va bien»… Les gosses n'avaient que ces deux mots à la bouche et, à la fin du repas, ils se sont mis à chanter…

Langat s'interrompit de nouveau, tant l'émotion le submergeait. Il se racla la gorge puis reprit.

— Ensuite, ils ont gagné le dortoir… Comme j'étais de garde, je les ai suivis pour le traditionnel «Bonne nuit les lionceaux ! » et l'extinction des feux. Après, je suis allé me coucher dans la petite pièce collée au dortoir, réservée à la personne de garde. On fait ça à tour de rôle. On change toutes les semaines. Je me suis assoupi... et... plus tard, il était peut-être 5 heures du matin, j'ai entendu du bruit dans la cour. Les coups de feu ont éclaté peu de temps après. Tout s'est passé si vite... J'allais sortir sur le pas de la porte voir ce qu'il se passait et là, deux hommes cagoulés ont surgi dans ma chambre et dans le dortoir, armés de kalachnikovs. L'un des deux a pointé son arme sur moi et m'a conseillé de ne pas bouger si je voulais que nous restions en vie, les gosses et moi.

Langat, qui commençait à suer à grosses gouttes, dut s'interrompre pour reprendre sa respiration. Il s'épongea le front avec un mouchoir en tissu déjà trempé.

— Je ne savais pas ce qu'ils avaient fait des autres, des femmes, mais après avoir entendu la fusillade, j'ai pensé au pire. Alors, je n'ai eu qu'une idée en tête, sauver les enfants et aussi ma peau. J'ai guetté l'occasion, mais elle ne s'est pas présentée. Le cagoulé m'a mis à genoux, les mains sur la tête... J'ai pensé que c'était la fin et j'ai commencé à prier. Le canon du fusil sur mon front... un contact que je n'oublierai jamais.

Les mains trapues de Langat s'étaient remises à trembler.

— L'autre type a fait sortir tous les gosses du dortoir, poursuivit-il d'une voix éteinte. J'ai entendu leurs pas... Ils étaient en pyjama... pieds nus. Un instant, j'ai cru que c'était leurs pieds qui claquaient sur le sol, mais c'étaient le bruit de leurs dents qui s'entrechoquaient... Ensuite, on m'a empoigné sous les bras et poussé vers cette salle, où j'ai retrouvé les femmes. Ils nous ont dit de ne pas bouger, toujours sous peine qu'ils tuent les gosses. Vous pensez bien qu'on a obéi. Il y a eu des bruits de moteur. Il devait y avoir au moins deux véhicules, dont un plus grand, pour les enfants. Les moteurs se sont éloignés, jusqu'à ce qu'on n'entende plus rien, mais on a mis au moins une heure avant d'oser sortir de là avec Sara et d'aller voir. La suite, vous la connaissez. Vous pouvez aller vous rendre compte, les corps des vigiles sont là où ils les ont massacrés. Qu'ils ne nous aient pas tous tués reste pour moi un mystère.

Soudain, les femmes poussèrent un cri. Les regards convergèrent vers l'entrée de la salle. Debout dans l'encadrement de la porte, les traits décomposés, se tenait un jeune albinos.

— Akon ! s'écria Indra, qui se précipita vers lui.

C'était l'adolescent avec lequel Hanah avait lié amitié lors de sa visite. Le futur champion de boxe. Les femmes se pressèrent autour de l'enfant comme autour d'un trésor inestimable.

Comme il le raconterait plus tard lorsqu'il pourrait articuler un mot, Akon avait réussi à se cacher. Son lit était l'un des derniers au fond du dortoir et, lorsque les types cagoulés avaient surgi, il avait eu le réflexe de rouler à terre et de se glisser sous le sommier, où il était resté plusieurs heures sans bouger, pétrifié, osant à peine respirer.

Ce miracle portait à trente et un le nombre d'enfants enlevés par le commando. Mince consolation pour les membres de Hope Camp, mais pour ses parents chez lesquels Indra et Collins le raccompagneraient un peu plus tard, ce serait un immense soulagement.

Après avoir interrogé le reste du personnel, Collins, vidé, suivit Indra dans son bureau pour se reposer un peu et avaler un deuxième café avec un verre d'eau avant de repartir. Il n'aurait pas le même goût que l'expresso avec lequel il avait commencé cette journée, dans les parfums exotiques de leur jardin.

En entrant, ils le virent aussitôt, posé en évidence sur le bureau en teck. L'ohangla, le tambour du griot.

— Tiens, il n'aurait pas oublié son instrument, ton musicien ? dit Collins en s'écroulant sur une chaise.

— Peut-être, et Sara l'aurait déposé ici, répondit Indra, étonnée. Attends, il y a un mot dessus…

Elle le prit et lut à voix haute en même temps que ses jambes se dérobaient :

« Ils sont entre de bonnes mains. Un grand merci pour cette belle prise. Avec les compliments du griot. »

Dans les locaux du CID, 14 h 04

De retour à Kiambu Road, Collins convoqua Kate Hidden et Singaye dans son bureau où les rejoignit Hanah, qui s'était inquiétée de l'absence du chef de la Criminelle. Elle avait reçu un appel de la Lance lui demandant si elle pouvait l'accompagner à N'ginri interroger Swili dans la matinée. Il lui avait appris en même temps que Ti Collins avait dû partir précipitamment pour Hope Camp qui avait subi une attaque nocturne. Imaginant le pire, Baxter avait préféré rester au CID attendre le retour de Collins.

— Même si je n'ai guère de doutes sur les motivations des ravisseurs, déclara Collins, encore éprouvé par ce qu'il avait vu au camp, nous ne sommes sûrs de rien et ne devons négliger aucune piste.

Il avait commencé par apprendre à ses agents l'existence de Hope Camp et du dossier Al-Killing qu'il suivait avec un enquêteur spécialisé. L'information devait rester confidentielle.

En qualité de chef de l'Institut médico-légal, Ali Wildeman avait été également mis dans la confidence, et chargé de rapatrier les corps des vigiles à la morgue.

419

Les autopsies seraient pratiquées dès le lendemain. Quant à l'ohangla, il avait été remis sans autre explication à Stud, prié de rendre ses premiers résultats au plus vite.

Bien que rompus aux pires tragédies humaines, les trois professionnels du crime qui faisaient face à Collins au moment où il déroulait son récit, un masque de douleur sur le visage, demeurèrent quelques instants sans voix.

Baxter rompit le silence la première.

— Y aura-t-il un suivi psychologique pour Akon ? demanda-t-elle, bouleversée, les yeux brillants.

— Vous savez, Hanah, pour cela il faudrait des moyens bien supérieurs aux nôtres. Son meilleur suivi sera le réconfort qu'il trouvera dans sa famille, auprès de ses parents.

— Sa petite sœur a été massacrée à leur domicile, il y a quatre ans, rappela Baxter. Akon en a réchappé de justesse. C'est lui qui me l'a raconté. Où étaient ses parents, à ce moment-là ?

— Les enfants étaient seuls à la maison. Leurs parents travaillent tous les deux.

— Donc, en principe, il était plus en sécurité à Hope Camp.

— Oui, Hanah, soupira Collins, comme tous ses camarades, jusqu'à cette nuit. Je pense que tant que nous n'aurons pas appréhendé ces criminels organisés, lui et ses semblables ne seront en sécurité nulle part dans ce pays. Il faudra aussi contacter rapidement l'association du nom d'Albinos Life avec laquelle travaille ma femme. C'est par elle que ce griot est venu au camp. Néanmoins, ajouta-t-il, nous ne devrons pas négliger pour autant le dossier DUST. Je vais dire à Mendoza de s'y coller en exclusivité.

— Avez-vous pensé à la presse ? intervint Kate. Des fuites sur l'attaque du camp pourraient être néfastes à l'enquête.

— Indra et moi avons demandé au personnel la plus grande discrétion.

— Et la famille d'Akon ? lui rappela Hanah.

— J'espère qu'ils tiendront leur langue… reconnut Collins.

— Je ne sais pas s'il y a un rapport avec l'attaque du camp, dit Singaye, sortant de sa réserve, mais hier soir, je pense avoir été suivi et surveillé par deux types. Ils sont restés un moment en bas de chez moi. J'ai éteint les lumières et j'ai pu observer leur manège. Ils se cachaient à peine.

— Étaient-ils armés ?

— L'un d'eux portait une machette, je crois. Je me disais que… je pourrais peut-être dormir sur un matelas, ici, chef, le temps que ça se tasse.

Collins marqua une pause.

— Accordé, dit-il enfin. Et vous, Kate, avez-vous pensé à votre sécurité ?

Avant que la métisse ait le temps de répondre, la porte du bureau s'ouvrit sur le Mexicain. Il n'avait pas pris la peine de frapper.

— Je peux vous voir un instant, Collins ? lança-t-il sans un regard pour ses collègues.

— Je vous remercie, dit le chef du CID à ses agents, avec un coup d'œil entendu à Hanah.

Tous trois sortirent, laissant la place à un Mendoza assombri, les lèvres serrées sur un reste de cigare.

— Je vous rappelle que je suis votre adjoint et qu'il n'y a pas si longtemps, je vous ai remplacé à la tête du département, lâcha-t-il sans préambule, d'un ton mauvais.

421

— Et je ne l'oublie pas, répondit le directeur, stupéfait de la sortie de son subordonné.

— Eh bien, on ne dirait pas. J'ai surtout l'impression que vous me tenez à l'écart.

Collins recula sur son fauteuil, les mains posées à plat sur le bureau.

— Je suis encore le maître de ce navire, Mendoza, ne vous en déplaise, répliqua-t-il d'une voix sévère. Laissez-moi juger de ce que j'ai à faire. Mais vous tombez bien. Vous dirigerez l'enquête sur les Corps de poussière. Il faut qu'on avance et il y a d'autres dossiers à traiter. Je dois donc déléguer.

— Désolé, « chef », cracha Mendoza, mais je n'ai pas besoin d'un os à ronger.

Sur ces mots, il sortit en claquant la porte.

Après avoir quitté le bureau de Collins, Baxter demanda à Hidden et Singaye s'ils pouvaient lui accorder un moment pour qu'elle leur montre quelque chose. Elle avait besoin d'un ordinateur. Ils finirent par trouver une salle libre, équipée du matériel nécessaire.

Prenant place devant l'écran, entourée des deux agents, Hanah sortit une clé USB et la brancha sur le PC. Elle cliqua sur la vidéo de l'entrepôt désaffecté. Les images commencèrent à défiler sous leurs yeux. Singaye les voyait pour la première fois.

— J'ai regardé cette vidéo de plus près hier soir, dit Baxter. Quand vous me l'avez montrée, l'autre jour, Kate, je savais que mon subconscient avait enregistré un détail. Alors j'ai voulu en avoir le cœur net. Ça va peut-être nous permettre de localiser l'entrepôt et d'aller y faire un tour. Attendez… là, regardez, au-dessus du mur extérieur, c'est un peu coupé, mais il s'agit bien de la partie inférieure de lettres. Le bas d'un S, ensuite la courbe inversée d'un O, là, on dirait un D, ah, un espace, puis de nouveau un S et ici, je parierais sur les pattes d'un H. Je lis S, O, D, S, H.

En même temps qu'elle les énumérait, Hanah écrivait les lettres sur son carnet.

— Le A est effacé, mais c'est bien une enseigne de la Sodash, conclut-elle. Et sur d'autres plans, on peut voir des caisses vides avec le tampon de la société.

Elle se tourna vers la métisse. L'intensité de son regard lui donna un coup au cœur. Reprendre le vouvoiement avec Hidden la mettait mal à l'aise.

— Kate, se pourrait-il que votre père ait été au courant de ce qu'il s'y passait et qu'il ait décidé de s'amender en vous confiant ces documents?

La jeune femme secoua la tête. Elle semblait elle aussi gênée par la situation.

— Je ne peux pas vous dire. Au moment où il s'est associé avec Darko Unger, j'ai décidé de prendre mes distances.

— Pourquoi? Vous avez tenté de le convaincre de renoncer à un projet et il ne vous a pas écoutée?

La métisse se mordit légèrement la lèvre inférieure.

— En fait, il fréquentait alors une femme dont je pensais qu'elle n'en voulait qu'à son fric. J'ai essayé de lui ouvrir les yeux, mais vous connaissez les hommes…

Baxter sourit. Elle les connaissait, oui, et c'était peut-être pour cette raison qu'ils n'étaient pas sa tasse de thé.

— C'est elle qui lui a présenté Unger. Ils ont racheté la Sodash à une compagnie indienne à bas prix. C'est tout ce que je sais.

— Et cette femme, où est-elle maintenant? demanda Hanah. Il est étrange qu'elle ne se soit pas manifestée à la mort de votre père, s'ils étaient ensemble.

— Mouna m'a appris qu'ils s'étaient séparés depuis un petit moment déjà. J'ignore où elle vit. Je sais que la Sodash est établie sur les rives du lac Magadi, mais je ne connaissais pas l'existence de cet entrepôt et je ne peux pas vous dire où il est.

— Ça vaudrait peut-être le coup d'interroger quelqu'un de la Sodash, suggéra Singaye. Quelqu'un qui ne serait pas Unger, bien sûr. En tout cas, s'il est derrière ce putain de trafic humain, une chose m'échappe : comment un *yellow man* pourrait-il faire ça à d'autres albinos ?

Là-dessus, Collins surgit dans la salle, fébrile.

— Je viens d'avoir un appel de la police des douanes de l'aéroport. Grâce aux chiens policiers, les douaniers ont intercepté des caisses contenant une poudre blanchâtre, conditionnée dans des récipients hermétiques. Ce n'est pas de la drogue. Ça les intrigue beaucoup. Je leur ai dit d'envoyer un échantillon au labo. Nous aurons les résultats dès demain, je pense. Ces caisses allaient partir pour l'Asie. En Chine, exactement.

Nairobi, ancienne zone industrielle, en fin de journée

Comme le laissait imaginer la vidéo, l'entrepôt abandonné avait un aspect fantomatique, mais dans la réalité il paraissait encore plus inquiétant, comme plongé dans un bain de sang aux rayons du soleil déclinant.

Singaye gara le Land à proximité. Suivi de Baxter et de Kate Hidden, armes à la main, il entreprit d'inspecter les extérieurs.

Dans leurs tentatives de localiser l'endroit, ils s'étaient heurtés à un premier obstacle lorsqu'ils avaient téléphoné à la Sodash. Là-bas, personne n'avait pu ou voulu les renseigner sur l'existence d'un entrepôt ayant autrefois appartenu à la compagnie minière.

Après une bonne heure de recherches infructueuses, ils étaient parvenus à le localiser sur une photo satellite des zones industrielles de la région. Le bâtiment et son aspect rectiligne — mais surtout, l'enseigne identique, bien que floue au zoom — semblaient correspondre.

Sans perdre plus de temps, ils avaient sauté dans un 4 × 4 du CID et, aidés du GPS, avaient roulé jusqu'à une ancienne zone industrielle de la capitale où avaient survécu quelques bâtiments et bureaux abandonnés à cause de leur vétusté.

Tout autour de l'entrepôt, le sol était criblé de trous et autres nids-de-poule où la dernière pluie avait laissé un fond d'eau boueuse. L'endroit, livré aux ravages du temps, semblait abandonné depuis longtemps.

Sans en faire part à ses coéquipiers, chacun redoutait intérieurement de découvrir de nouveau les scènes qui les avaient fait frémir dans la vidéo de Hidden.

Le flic albinos ouvrait la marche, suivi de près par les deux femmes. À peine eurent-ils franchi la porte, dont les verrous avaient visiblement été forcés, que l'obscurité les happa en même temps qu'une violente odeur de viande pourrie. L'endroit semblait avoir abrité une boucherie, plutôt que des stocks de soude raffinée. Quoi qu'il en soit, chacun alluma sa lampe torche, et ils commencèrent une lente et prudente prospection dans une atmosphère saturée de relents nauséabonds et d'humidité.

Tout à coup, un battement affolé suivi d'un cri venant d'en haut les fit sursauter. Tous pointèrent leurs pistolets vers le plafond.

— Une chauve-souris, souffla Singaye, d'une voix rassurante.

En réalité, il n'en menait pas large. L'idée que ces lieux avaient pu être les témoins silencieux d'actes barbares commis sur des humains, et peut-être des albinos, ne le quittait pas. Depuis sa création, le CID n'avait jamais été confronté à une affaire d'une telle envergure, ni à de telles horreurs, même si les criminels qu'ils avaient l'habitude d'appréhender faisaient parfois preuve d'une imagination cruelle.

Dans une autre salle, ils tombèrent sur les caisses découvertes dans la vidéo. Après avoir enfilé une paire de gants en latex, ils entreprirent d'inspecter de plus près l'intérieur des containers. Hidden sortit une petite bombe de Bluestar mélangé à de l'activateur, qui l'accompagnait toujours sur le terrain, et en aspergea les parois souillées, tandis que Hanah promenait Invictus au-dessus d'une des caisses.

Après quelques secondes au contact du produit chimique, les souillures se teintèrent d'un bleu fluorescent dans la pénombre. Les enquêteurs se regardèrent.

— Du sang, constata Kate.

— Ou des matières fécales, objecta Singaye. Le révélateur réagit aussi aux excréments et prend la même fluorescence.

— Il serait plus plausible que nous soyons en présence d'hémoglobine, répliqua Hidden. Pourquoi ces caisses contiendraient-elles des matières fécales ?

— Peut-être y transportait-on des animaux ? Peut-être s'agit-il d'un trafic d'espèces du genre NAC ? C'est de plus en plus à la mode, ces dernières années. Et c'est un marché juteux.

— Je crois, Singaye, que tu ne veux pas voir la réalité en face, lança Kate en réitérant l'opération sur une autre caisse.

— Ces caisses ont contenu de la matière organique en quantité, confirma Hanah, Invictus à la main. C'est étrange, mon pendule réagit de la même façon que pour les corps de poussière.

— Regardez ! s'écria Hidden, l'index pointé vers le fond du container. Là… Comme des restes de fine poudre… Je doute fort que ce soit de la soude.

— Bon, ça me suffit, à moi, coupa l'albinos, on embarque cette caisse et on se tire de là !

— Attends Singaye, on n'a pas terminé cette visite, dit Kate, sur la vidéo il y avait comme une sorte de… de labo ou je ne sais quoi. Allons voir !

Délaissant les caisses, ils reprirent leur progression à travers l'obscurité, balayant l'espace et les murs suintants de leurs lampes torches.

— Ici ! appela Baxter qui s'était éloignée des deux autres, venez voir !

Elle s'était arrêtée devant une porte rouillée entrouverte portant l'inscription « Private ».

— Entrons ! fit Kate en poussant la porte du pied.

— Après toi, lâcha Singaye, de plus en plus tendu.

Ils entrèrent l'un après l'autre. L'odeur les fit suffoquer.

— Putain il fait noir comme dans le trou du cul d'un négro ! s'exclama l'albinos.

Sa mauvaise vue n'arrangeait rien.

— C'est peut-être mieux de ne pas y voir trop clair... Vu l'odeur, ce qu'on risque de trouver ici ne sera pas forcément très agréable, souffla Kate, une main plaquée sur la bouche et le nez.

— C'est la pièce de la vidéo ? demanda Singaye, là où il y avait les tables et... et tout le matériel de torture ?

— Ça y ressemble, en tout cas, murmura Kate en éclairant devant elle.

Le spectacle qui se révéla dans les trois cercles lumineux convergents leur confirma qu'il s'agissait bien de la pièce maudite.

Chacun retenait son souffle, à cause des relents de pourriture, mais aussi parce qu'ils redoutaient le pire. Penser que son père était venu ici avant elle aidait Kate à garder son sang-froid. Elle devait le faire pour lui, à sa mémoire et aussi pour les malheureux qui avaient été, selon toute probabilité, enfermés et mutilés dans cet endroit sinistre.

Ils passèrent en revue tout ce que contenait la pièce, dont ils avaient déjà eu un aperçu avec la vidéo. Mais les images prises au caméscope ou depuis un smartphone instaurent une distance avec la réalité sans laquelle il fallait avoir le cœur bien accroché. Kate recommença l'opération au Bluestar et obtint le même résultat. Les instruments de chirurgie, parmi lesquels ils découvrirent un forceps, devinrent bleu électrique quelques secondes, juste le temps de les photographier avec l'appareil qu'elle s'était acheté pour remplacer celui volé avec son PC.

— Là, ça ne peut être que du sang, affirma-t-elle, convaincue de ses conclusions. Ils vont avoir du boulot, à la Scientifique…

Au fur et à mesure qu'ils avançaient vers le fond de la pièce, l'odeur de putréfaction devenait insoutenable. Contre le mur étaient alignés des containers en métal inoxydable, fermés par un cadenas au bout d'une chaîne que la rouille attaquait.

— Vous vous souvenez de ça dans le film ? demanda Kate, la gorge de plus en plus serrée et douloureuse.

— Non, répondirent de concert Baxter et Singaye.

— Il faut les ouvrir, dit la métisse.

— On n'a rien pour couper ces chaînes, rien d'autre que des scies à amputation, rétorqua Singaye, et ça m'étonnerait que ça marche sur du métal.

— La chaîne de celui-ci est pas mal rouillée, lui fit remarquer Hanah, elle peut céder rapidement.

Sans un mot, Kate s'éloigna dans l'obscurité et revint avec une scie qu'elle tendit à Singaye.

— Après toi, lui envoya-t-elle.

— Mais avec plaisir, dit l'albinos en prenant l'outil avec lequel il vint à bout de la chaîne en quelques minutes.

— Vu ce qu'il y avait dans l'un des congélos d'après la vidéo, rappela Kate, je m'attends au pire. Vas-y, ouvre, Singaye.

L'albinos s'exécuta et la boîte de Pandore révéla son contenu sous les regards horrifiés des visiteurs qui faillirent tous les trois s'évanouir tant l'odeur était insoutenable.

Une sorte de gelée recouverte d'une pellicule blanche grouillante remplissait le container à ras bord.

— Nom de Dieu c'est quoi ce truc ? tonna Singaye d'une voix soudain aiguë. On se croirait dans *Alien* !

— Au moins, c'était une fiction… souffla Kate au bord du malaise, respirant péniblement dans sa paume.

— C'est un corps en décomposition. Ou plusieurs, dit Hanah qui n'était pas plus fraîche. Mais rien ne nous dit que ce soit d'origine humaine.

— Mais pourquoi c'est aussi gluant ? cria Singaye à bout de nerfs. Depuis combien de temps c'est là ?!

— Ce sera… aux gars de Biogene de… le déterminer, ainsi qu'au coroner, articula Kate d'une voix entrecoupée de hoquets. Mais… Hanah a raison, il y a un cadavre… là-dedans, ou plusieurs et… ce qui est blanc, ce sont… des larves d'insectes nécrophages… et des vers.

À cet instant, Singaye, ne tenant plus, courut vers un des éviers qu'il n'eut pas le temps d'atteindre avant de rendre tripes et boyaux. Il en avait partout sur son bas d'uniforme et sur les chaussures.

— Je… je suis désolé, gémit-il en revenant vers les deux femmes.

Elles ne le regardèrent même pas. Toute leur attention était rivée sur quelque chose dans le container.

De la masse gélatineuse pointait un pied. Un pied d'enfant, à la peau blanche comme la lune.

Heron Hotel, 23 h 03

À la nuit tombée, à bord de son fourgon blanc, «Dust» s'était dirigé vers le Heron, et s'était garé à distance. Il avait gagné à pied les abords de l'hôtel pour attendre dehors, tapi dans la pénombre.

Il avait décidé de l'intercepter. Elle, Hanah Baxter. Elle serait sa cible cette fois. Elle mourrait en découvrant le visage de celui qu'elle traquait. Il lui serait impossible de révéler son identité à ses petits camarades du CID. Comme elle allait être surprise... Mais peut-être avait-elle déjà son idée ? Et pourquoi n'était-elle toujours pas rentrée ? Il l'attendrait le temps qu'il faudrait.

Il ne se doutait pas que ses plans allaient être bouleversés.

Le garçon d'étage, le jeune Fahari, terminait à 21 heures sa journée commencée à 7. Mais ce soir-là, il avait fini plus tard.

Il allait monter sur son scooter pour rentrer chez lui, lorsqu'il vit un homme de haute stature, immobile dans la pénombre, un peu à l'écart de l'entrée. Délaissant son deux-roues, le jeune alla lui demander une cigarette. Depuis la mort du toubab, ce Harry O'Neil auquel il avait fait une petite gâterie derrière l'hôtel à une heure tardive — et depuis l'interrogatoire qu'il avait subi après la découverte de son ADN sur le préservatif —, il se méfiait des types qui n'étaient pas clients de l'hôtel. Mais en plus de son maigre salaire de garçon d'étage, 80 euros mensuels, c'était avec l'argent des touristes qu'il faisait vivre sa famille.

Visiblement, l'homme était venu pour ça. Tant pis pour le risque, Fahari n'allait pas lâcher un client potentiel. Celui-ci dégageait une sensualité animale qui ne déplaisait pas au jeune Kenyan.

— Une pipe avec capote, c'est 25 dollars, lui glissat-il entre deux bouffées de tabac. Pour une sodomie, c'est 35 et sans capote, pipe ou sodomie, c'est 40. Si t'es OK, viens par là.

Après une courte hésitation, le tueur le suivit sans broncher à l'écart de l'hôtel. Il lui fallait éliminer ce gêneur, pour s'occuper de Baxter.

Avec pour seul éclairage les étoiles et une lune rousse filamenteuse, Fahari remit sur ses béquilles son scooter qu'il poussait, moteur éteint, et fit face à l'inconnu.

— Ben alors, tu la sors, ou pas ? Avec ou sans capote ? lança-t-il.

— Avec.

— Alors faut que je t'enfile ça avant...

Agenouillé devant l'homme, sur le point de baisser sa braguette, Fahari sortit un préservatif d'une de ses poches. Mais avant d'avoir terminé sa phrase, le garçon ressentit une vive piqûre au cou, doublée d'une forte étreinte. Il se débattit quelques secondes avant de s'abandonner sans la moindre résistance, les membres paralysés. Ensuite, il eut droit à la deuxième injection.

« Dust » fit une petite incision dans chaque carotide, mit en place les cathéters dans lesquels le sang commença à couler lentement, puis plus vite, pour de nouveau ralentir et cesser complètement au bout de quelques minutes. Il aimait cette petite musique, celle du sang qui s'échappait du corps en même temps que la vie.

L'exsanguination terminée, le tueur porta le cadavre, d'un poids léger, jusqu'à la camionnette où il le chargea.

Il roula un peu avant de s'arrêter dans un endroit tranquille, installa le corps de Fahari dans le sarcophage transparent et se livra à son plaisir absolu : la glaciation des chairs et des organes.

Une fois obtenue la poudre, si fine, si pure, il la tamisa pour l'expurger de tous les débris potentiels, en réserva une poignée dans une boîte d'ébène étiquetée « Nº 71 », puis en versa dans un sachet qu'il répandrait sur les lieux avec le sang. Il garderait le reste pour fabriquer le sablier. Ainsi, l'âme malsaine de ce garçon serait purifiée.

Une fois le rituel achevé, épuisé et furieux de devoir renoncer à Baxter pour une proie improvisée, « Dust » remonta dans sa fourgonnette et rentra chez lui.

La tête dans un étau, il avala une aspirine et se coucha dans la chambre d'Adam, sur le lit que l'enfant avait occupé. Les draps étaient encore imprégnés de cette odeur tendre, rassurante.

Assailli d'angoisses et de pensées noires, le tueur éprouva le besoin d'enfouir le visage dans l'oreiller où reposait encore la tête de son fils il n'y avait pas si longtemps. Il lui fit en silence le serment de le retrouver. Bientôt. Ils ne se quitteraient plus jamais.

Dans la pièce voisine, l'ancienne chambre conjugale, reposait désormais Malaïka, cette femme qui était sa mère et qui se rétablissait peu à peu de ses brûlures.

Il ne savait pas encore ce qu'il ferait d'elle. Sa cécité la rendait dépendante et vulnérable, mais pour lui, elle était un atout.

Avec une pensée pour Adam, dont les éclats de rire enfantins lui manquaient si cruellement, il ferma les yeux sur la douleur qui lui forait le crâne et sombra dans un gouffre.

28 JUIN

Une équipe de Biogene avait été dépêchée à l'entre-pôt dès le retour des trois enquêteurs de leur esca-pade dans l'ancienne zone industrielle. Ils y avaient travaillé une bonne partie de la nuit. Ali Wildeman s'y était également rendu avec Tiger aux alentours de 19 heures, puis avait dû repartir après avoir fait son rapport.

Les containers étaient remplis de déchets organiques humains à un stade de décomposition avancée. Princi-palement des membres et des troncs. Ce qui ne pouvait pas servir avait été simplement jeté là et mis sous clé. Les victimes semblaient être surtout des enfants, mais le légiste et son assistant avaient pu identifier aussi des parties de corps d'adultes. À première vue, sans analyses approfondies, des albinos.

Selon l'estimation des légistes, les mutilations et sans doute le décès qui avait suivi remonteraient à environ trois mois : des larves d'insectes sarcophages, succédant habituellement aux diptères du tout premier stade de putréfaction, s'étaient développées avant le passage à l'étape de réduction squelettique.

Collins avait convoqué Kate Hidden, Singaye et Baxter dans son bureau pour un conseil de guerre. On attendait les résultats des analyses de l'ohangla, du contenu des caisses interceptées aux Douanes, et des restes de poudre et de cheveux retrouvés dans les caisses de l'ancien entrepôt de la Sodash.

Personne n'avait croisé Mendoza depuis qu'il était sorti de son entretien avec Collins en claquant la porte.

— Votre enquêteur, la Lance, n'assiste pas à la réunion ? demanda Hanah qui venait de se brûler la langue en avalant une première gorgée de café. Je sais qu'il devait aller à N'ginri rendre une petite visite à Swili suite à un élément nouveau, il m'a demandé de l'accompagner, mais j'ai préféré attendre ici votre retour de Hope Camp. J'étais trop inquiète, ajouta-t-elle.

— Vous ne le verrez jamais au CID, dit Collins, les poings serrés sur les accoudoirs de son fauteuil. Nous communiquons essentiellement par téléphone. Mais il m'a récemment livré une information intéressante.

Collins rapporta à son équipe l'histoire de James Right et d'Unger. Tous les trois doutaient de la version servie à l'Américain.

— Peut-être joue-t-il un double jeu ? supposa Hanah.

— En tout cas, avec la découverte de cet entrepôt de la Sodash révélé par la vidéo, Unger est plus que jamais concerné dans ce dossier, intervint Kate.

— Sauf que rien ne prouve à cette heure qu'il est impliqué, objecta Collins. Après avoir été vidé et déserté par la Sodash, l'entrepôt a très bien pu être squatté et détourné de sa fonction première par un réseau organisé dans le trafic humain, contesta Collins. Par ailleurs, n'oubliez pas, Kate, et là je m'adresse à la professionnelle, que si Unger est impliqué, il est possible que votre père l'ait été aussi.

— Malheureusement, dit Hanah d'un ton grave, il y a de grandes chances qu'il existe un lien entre les activités mortifères de l'entrepôt et le rapt des enfants de Hope Camp. Les restes découverts sont ceux d'albinos, apparemment. Ce qui les relie au trafic, auquel sont, sans doute, destinés les enfants du camp. Et le kidnapping est survenu après le meurtre de Mark Hidden.

Collins se passa la main sur le front. Il aurait voulu ne pas y penser. Il n'avait pas encore parlé à Indra de la macabre découverte de l'entrepôt. Il repoussait ce moment-là de toutes ses forces.

— Ça me rappelle l'affaire des « corps dans les tonneaux » qui avait secoué l'Australie en 1999, se souvint Hanah. Ça s'est passé à Snowtown, une petite ville du Sud. Des tonneaux qui contenaient au total huit cadavres ont été découverts par la police dans une banque désaffectée. Les tueurs étaient quatre, entraînés par l'un d'eux qui tenait le rôle de véritable gourou du meurtre. La différence était que ceux-là ne tiraient aucun profit financier de leurs crimes. Ils tuaient pour tuer. Surtout deux d'entre eux. Ils ne tuaient que par plaisir.

— C'est terrible aussi… convint Collins tandis que ses doigts fouillaient nerveusement dans un de ses tiroirs à la recherche d'un morceau de racine de kola. Mais… dites-moi, comment avez-vous eu connaissance de l'existence de cet entrepôt et qu'est-ce que c'est que cette histoire de vidéo ?

Kate soupira. Elle ne l'avait pas encore montrée à Collins, mais il lui fallait à tout prix disculper son père. Elle lui tendit la clé USB.

Il visionna aussitôt les images, découvrant à son tour ce que ses agents et Baxter avaient vu la veille. Il s'attarda sur l'histoire de Pàl Unger et son projet de race pure, visiblement intrigué. Puis s'enfonça dans son fauteuil en secouant la tête d'un air consterné.

— Mon père est mort pour avoir mis au jour tout cela, dit Kate d'une voix dure. Il ne peut pas avoir été complice de ces horreurs, ni avoir participé à ce trafic de près ou de loin.

— Quelque chose me semble contradictoire, fit remarquer Collins. Les recherches de Pàl Unger allaient dans le sens d'une race pure afro-aryenne. Si son petit-fils Darko, produit vivant de sa folie, est le ou l'un des cerveaux de ce réseau, pourquoi s'acharnerait-il à détruire ses semblables ?

À cette observation déjà soulevée par Singaye, le silence se fit. Hanah fut la première à le rompre.

— Précisément parce que les Africains qui ont eu le malheur de naître avec cette anomalie génétique qu'est l'albinisme ne sont pas ses semblables, malgré les apparences. Il ne se considère pas comme eux. Il se rapproche davantage de ce que Pàl Unger cherchait à obtenir dans son délire. Dans son ambivalence, Darko Unger accorde pourtant aux albinos un statut particulier, un pouvoir sacré ancré dans les croyances populaires, dont il tire profit. Hitler n'a pas fait autre chose avec ses théories sur le surhomme. Ben Laden non plus. Ils se sont posés en sauveurs du peuple auquel ils ont prôné sa propre autonomie et sa propre puissance, tout en le maintenant dans la soumission et l'obscurantisme. Unger n'en est pas encore là, mais il a l'envergure et le machiavélisme de ces dictateurs. Et il entend bien éliminer ceux qui se dresseront sur son chemin.

Sur ces derniers mots, Hanah lança un œil entendu à la métisse.

— Votre père, Kate, a été l'un des premiers à en faire les frais, ajouta-t-elle.

— Et ce Pàl Unger ? Qu'est-il devenu ? demanda Collins.

— Il s'est enfui en Amérique latine où il est mort, répondit Kate en même temps qu'on frappait à la porte.

— Entrez ! lança Collins, une pointe d'agacement dans la voix.

Le jeune flic du nom de Lameck se présenta, un beau gars à la mâchoire carrée et aux yeux noirs en amande, moulé cette fois dans un tee-shirt vert et rouge siglé du mot *Unbwogable* — indestructible — en lettres noires, une liasse de papiers à la main.

— Désolé de vous déranger, chef, mais je dois vous remettre ceci, apparemment des résultats de chez Biogene. Ils viennent d'arriver par fax.

Collins fronça les sourcils. Il semblait carrément en colère.

— Par fax ? Mais où ça ? Je leur avais demandé de les envoyer sur ma ligne !

— Ben... on dirait qu'il y a eu erreur alors, dit timidement Lameck. Ils sont arrivés sur le fax de la salle de réunion.

— Et... tu y as jeté un œil ?

Lameck parut soudain gêné.

— Ben non, c'est... c'est marqué « confidentiel » dessus... bredouilla-t-il en posant les documents.

— Tu parles d'une confidentialité ! Ils vont m'entendre, au labo ! pesta Collins dans sa barbe. Merci Lameck, tu peux disposer.

Il se saisit des papiers et, chaussant ses lunettes, commença à lire devant Hidden, Singaye et Baxter.

Puis, il leva la tête, retira ses lunettes dont il mâchouilla l'une des branches comme si c'était une racine de kola et poussa les feuilles vers Kate.

— Mauvaises nouvelles, annonça-il sur un ton las.

Nairobi, domicile de « Dust », 10 h 44

Après l'avoir cherchée en vain chez lui, où il avait même démonté la plomberie de la cuisine et de la salle de bains, « Dust » avait retourné son laboratoire mobile dans l'espoir de retrouver sa médaille en or.

Offerte à tous les orphelins à leur départ de l'Institut Necker, d'une valeur aussi symbolique qu'affective, elle ne l'avait jamais quitté. S'il l'avait perdue, comme il le craignait, là où il avait achevé le jeune prostitué, elle devenait une réelle menace. Ses empreintes et sa sueur, détectables sur le métal, le trahiraient. Si la police découvrait l'objet sur la scène de crime, il était cuit. Il était pourtant trop risqué d'y retourner maintenant : il allait devoir attendre la nuit. Mais ça restait dangereux. Les soupçons de cette profileuse pesaient sur lui, il le sentait. L'étau menaçait de se resserrer plus tôt que prévu.

Il ne lui restait plus qu'à espérer l'avoir perdue ailleurs. Il avait même téléphoné aux objets trouvés, sans résultat. Sentir les événements lui échapper dans de telles proportions devenait insupportable.

C'est au beau milieu de toute cette confusion que la femme qu'il soignait de ses brûlures, sa mère biologique, Malaïka Kimutaï, lui parla pour la première fois.

Elle n'avait pas recouvré la vue, mais son état s'était sensiblement amélioré. Hydratée par perfusion et sous morphiniques, elle avait conservé toute sa lucidité.

La peau morte et cloquée partait dans les bains que lui faisait prendre son fils, laissant place à un derme cicatrisé et régénéré. Elle garderait, malgré tout, une peau fripée par les brûlures.

— Vous avez la même odeur... tu sens comme lui, ta sueur est aussi épicée, mais tu n'es pas lui, fils, lui avait-elle soufflé alors qu'il s'affairait autour d'elle, à la recherche de sa médaille.

« Dust » transpirait par tous ses pores et sa peau dégageait des relents musqués. Les mots de sa mère l'interrompirent net. Il ne lui avait encore jamais révélé son identité.

— Pourquoi « fils » ? Que sais-tu de moi, femme ?

— Que je t'ai donné la vie. Que tu me retrouverais un jour.

— Et « lui » ? Qui est-il ? C'est quoi « LUI » ? Le porc qui t'a baisée et engrossée comme une chienne ?

Il tremblait, dressé devant sa mère aveugle, narines palpitantes, pressentant le choc de la vérité. Celle-ci lui parvint, au travers d'une voix frémissante, étouffée par la douleur des souvenirs.

— Ton vrai père. Il ne t'a pas élevé et moi non plus, d'ailleurs. Je t'ai laissé à l'orphelinat juste après avoir accouché, seule, accroupie sur la terre. Je n'ai pas eu le choix.

« Dust » écoutait, le souffle suspendu aux confidences de sa mère, les paupières boursouflées, informes, fermées sur des yeux qui ne verraient peut-être plus jamais.

— Pourquoi ?

— J'étais trop jeune pour t'élever, sans argent. Une prostituée ne peut pas s'occuper d'un enfant. Plus tard, lorsque j'ai eu cette place à l'orphelinat, par la grâce de Dieu, je te voyais de loin, mais nous avions passé un accord, avec le père Necker. En échange de ce poste, j'ai dû promettre de ne chercher en aucun cas à t'approcher ou à te récupérer.

— Tu sais, pour moi et le *sadaka*, Necker t'a tout dit, c'est ça ? Tu n'as rien deviné par toi-même, n'est-ce pas, femme ?

— Il n'en a pas eu besoin. Tu es ainsi fait. Tu es venu au monde avec la marque du diable. Je me demande seulement pourquoi tu es de retour à Murang'a, et ce que je fais ici, chez toi... Ce que tu veux savoir ou comprendre. Ce que tu attends de moi.

— Avant de mourir, Necker m'a laissé une lettre dans laquelle il m'explique d'où je viens, que tu avais abandonné ton enfant, quelle avait été ta pauvre vie auparavant. La prostitution. J'avais l'intention de t'en parler.

— Necker est donc mort... Mais détrompe-toi, mon fils...

Il bondit, le poing levé.

— Ne m'appelle pas ton fils, femme ! Je ne veux plus entendre ces mots qui n'ont aucun sens ! Je ne suis pas plus ton fils que tu n'es ma mère.

— Baisse le bras. Ce n'est pas une raison pour me frapper. J'ai fait ce que j'ai pu à l'âge que j'avais quand je t'ai mis au monde !

Pris au dépourvu, il abaissa son bras, mais garda le poing serré sur sa cuisse.

Lui qui se croyait seul sur terre après la disparition d'Adam, se retrouvait avec une mère ancienne prostituée des faubourgs.

445

« Dust » se pencha sur elle, une tempête noire au fond des yeux.

— Qui était mon vrai père, femme ? Son nom !

Mais Malaïka Kimutaï était déjà retombée dans son sommeil morphinique et ronflait doucement.

Kiambu Road, devant le CID, 12 h 32

La réunion avec Collins s'était prolongée une heure encore après la réception des résultats des prélèvements.

Le verdict du laboratoire était sans appel. La peau de l'ohangla n'était pas, comme le veut la tradition, celle d'un serpent. C'était de la peau humaine, dont restait à établir le profil génétique. Mais les traitements qu'elle avait subis, notamment à l'arsenic, pour la tendre davantage et lui donner une résonance particulière sous les doigts sans qu'elle perde de sa souplesse, rendaient la tâche complexe.

— Et pour information, avait dit Andry Stud à Hanah, l'ohangla est aussi une danse rituelle luo, donnée à l'occasion de la naissance de jumeaux, de mariages ou d'enterrements d'adultes. Dans ce dernier cas, il s'agit du *tero butu*, qui signifie en langue luo « emporter les cendres ». Les femmes s'en enduisent de la tête aux pieds, pour accompagner le défunt dans l'au-delà. C'est peut-être de ce côté qu'il faut chercher.

Hanah imagina les enfants de Hope Camp, leurs bouilles radieuses tournées vers le griot et son ohangla en train de les distraire avec des histoires contées au rythme du tambour. Un instrument envoûtant, fait de peau humaine… Et maintenant, ils se trouvaient entre les mains d'un fou à l'origine du pire trafic qui soit. En effet, il n'y avait pas de place pour autre chose que le travail. Son regard se porta sur Kate, s'attardant sur la grâce de son visage, puis se détourna aussitôt, de crainte d'être surpris par ses coéquipiers, mais surtout par Hidden elle-même.

La poudre retrouvée par les douaniers dans les caisses prêtes à être expédiées en Chine était, elle aussi d'origine humaine. Au total, une demi-tonne avait été interceptée par la police. La destination finale, après l'aéroport de Hong Kong, demeurait inconnue. Enfin, les restes de poudre découverts dans les containers de l'entrepôt désaffecté étaient de la même origine. Les traces brunes qui avaient suscité la petite controverse entre Kate Hidden et Singaye étaient bien du sang séché. Et les touffes de cheveux blancs, ceux d'albinos.

Un détail notable compliquait les choses pour les enquêteurs, même s'il constituait un point positif : la technique utilisée pour réduire les matières organiques en poudre était sensiblement la même que dans l'affaire DUST. De l'azote liquide, afin de produire en quantité industrielle. Le vol de l'azote liquide de N2 Chemicals était lié à ce réseau de trafic humain. Quant aux mystérieuses équations chimiques écrites par Unger, d'après l'Intello, il pouvait s'agir précisément de « recettes » de dissolution de matières organiques. Comment atteindre la perfection dans la fabrication de potions.

Cette matinée, commencée sur les chapeaux de roue, s'était achevée de la même façon, à travers une pluie incessante de coups de fil et le crépitement du fax. Après la réunion, Hanah était restée avec Collins. Elle lui avait fait part de ses recherches sur le révérend Necker, de son expédition aux archives de Murang'a en flammes, puis de la réponse donnée à l'hôpital au sujet de Malaïka Kimutaï, l'archiviste probablement blessée lors de l'incendie.

— Cette femme peut nous apprendre des choses sur l'orphelinat et sur Necker, il faut absolument retrouver sa trace, avait-elle conclu.

Le chef du CID leur avait fait apporter des sandwichs qu'ils s'apprêtaient à manger quand était tombée la nouvelle de la découverte d'une nouvelle croix sanglante près du Heron, non loin de l'endroit où O'Neil avait trouvé la mort. La direction de l'établissement signalait parallèlement la disparition de Fahari, le garçon d'hôtel, dont on avait retrouvé le scooter abandonné à proximité. Collins chercha aussitôt à joindre Mendoza, toujours invisible, sur son portable. En vain.

— Encore un crime signé « Dust », releva Baxter en mordant dans son sandwich. Même s'il pense qu'on est sur le point de le découvrir, il continue, c'est plus fort que lui. En tout cas, ce nouveau crime disculpe Necker à titre posthume.

— Et encore une fois presque sous vos fenêtres, Hanah. Ça s'est passé hier soir, apparemment, dit Collins. J'enverrai dès ce soir deux policiers devant le Heron assurer votre sécurité. À quelle heure êtes-vous rentrée à l'hôtel ?

— Je ne sais plus… Assez tard, j'ai pris un taxi… répondit Baxter, frissonnante sous le ventilateur.

La sonnerie du téléphone l'interrompit. Un appel externe. Collins, qui s'apprêtait à manger, décrocha de mauvaise grâce. Hanah le vit se décomposer.

449

— C'était encore Stud, dit-il en raccrochant. Un des techniciens a retrouvé une médaille en or avec sa chaîne près de la nouvelle scène de crime.

— Une médaille ? Que représente-t-elle ?

— Une tête de Christ noir. Deux initiales y sont gravées : PN. Ils vont essayer de trouver des empreintes ou de l'ADN.

— Cette fois on dirait que les dieux sont avec nous, Collins, sourit Baxter.

— Mais vous savez ce que ça impliquerait, dit gravement Collins, dans le cas où les analyses montreraient que…

— Avec cette découverte, nous avons déjà deux suspects de taille, l'interrompit Hanah. Ali Wildeman et Andry Stud lui-même. Les deux hommes qui répondent le mieux au profil que j'ai établi, désolée, Collins.

Le chef du CID croisa les mains et braqua son regard délavé sur Hanah. Elle y perçut une lueur d'angoisse.

— Ce serait terrible si l'un d'eux s'avérait être le tueur, dit-il d'une voix tremblante. Et le jeune Fahari était un témoin clé, il avait côtoyé de près une des victimes du tueur.

— C'est le moins qu'on puisse dire, acquiesça la profileuse.

Du dos de la main, Hanah essuya furtivement quelques miettes sur ses lèvres et avala une longue gorgée de soda frais.

— Stud m'a donné aussi des nouvelles de Boose, dit Collins. Il est sorti de l'hôpital, mais il reste chez lui se reposer quelques jours. Le *djaratuta* a été mis en lieu stérile et sûr. Personne n'ose plus le toucher, au labo.

Hanah éprouva soudain le besoin de sortir prendre l'air. Les effets du rail de coke pris la veille dans sa chambre d'hôtel étaient retombés depuis un moment et elle commençait à être en manque. Elle avait passé une partie de la nuit le nez dans ses dossiers et dans le profil du tueur, sur lequel elle avançait pas à pas. Elle n'avait, encore une fois, rien entendu, bien qu'elle ait veillé jusqu'à environ 3 heures, mais peut-être le crime s'était-il produit avant son retour, ce qui restait à déterminer.

— Depuis quand connaissez-vous Ali Wildeman, Collins ? demanda Hanah en se levant, avant de quitter le bureau.

— Cinq ans, à peu près. Mais notre amitié est plus récente. Ali n'est pas très liant, il faut apprendre à le connaître, l'apprivoiser. Ça prend du temps.

— Puisque vous vous fréquentez, je suppose que vous savez s'il est marié ? Vous avez dû voir sa femme ? A-t-il des enfants ? insista Baxter.

— Il n'est pas marié. Pourquoi toutes ces questions ?

Ce qu'elle n'osait pas rappeler à Collins, c'était que la plupart des tueurs en série, contrairement à l'image qu'en donne le cinéma, sont des hommes d'une banalité affligeante, maris et pères de famille irréprochables, M. Tout-le-monde en somme.

— Si c'est lui le tueur, c'est surtout à vous que ça posera un problème, Collins, se contenta-t-elle de répondre. Réfléchissez-y. À tout à l'heure.

Devant le bâtiment du CID

Craignant d'y être allée un peu fort un peu fort avec Collins, Hanah descendit dans le hall et sortit dans l'air moite. Des rivières dégoulinaient sur ses côtes, elle détestait ça — et un tee-shirt mouillé sous les bras n'était pas du meilleur goût.

Elle ferait donc un saut à l'hôtel pour se doucher et se changer. Mais alors qu'elle s'apprêtait à franchir la barrière devant le bloc des vigiles, elle aperçut Mendoza qui bavardait tranquillement avec deux d'entre eux, un Partagas aux lèvres et Keops assise contre ses jambes. Gonflé, ce connard, alors que Collins cherche désespérément à le joindre ! pensa-t-elle, bouillonnante.

D'un pas assuré, elle se dirigea vers lui et se planta à côté du petit groupe d'hommes. Il ne l'avait pas encore remarquée.

— Mendoza, vous êtes donc vivant ! l'apostropha-t-elle sans agressivité. Salut Keops...

À l'approche de Baxter qui tendait la main pour la caresser, la chienne gronda en montrant les dents.

452

— Je connais cette voix, qui n'annonce rien de bon, grogna le Mexicain en se retournant à demi.

— Je peux vous voir deux minutes ?

— Les affaires reprennent, on dirait, ricana un des vigiles, un grand Noir costaud à la tête comme un cube.

— Je reviens, maugréa le flic entre ses dents.

Il s'éloigna à contrecœur, suivi de Baxter. Quelques mètres plus loin, il s'arrêta brusquement et lui fit face, l'air furieux.

— Je peux savoir ce que vous me voulez, Baxter ?

— Collins vous cherche partout, vous ne répondez pas…

— C'est pas votre business, je crois, pesta le Mexicain, soudain très agité.

Hanah le regarda droit dans les yeux.

— Vous ne voulez pas enterrer la hache de guerre, Mendoza, dit-elle, au moins jusqu'à l'issue de cette enquête qui, malheureusement pour vous, doit nous réunir encore quelque temps ? Collins a besoin de vous.

— Ah ouais ? C'est pourtant pas l'impression qu'il donne, siffla le Mexicain.

— Qu'est-ce qui ne va pas, Mendoza ? Votre fichu caractère a même déteint sur cette brave bête, dit Hanah en désignant du menton Keops, en éveil, oreilles pointées en avant.

— Vous jouez à la psy, maintenant ? Désolé, adressez-vous à ceux que ça peut vraiment aider, et ils sont nombreux, ici !

— Écoutez, Juan… Je sais ce que vous avez traversé. Collins m'a parlé de ce qui s'est passé. Il a beaucoup d'estime pour vous et vous trouve d'un grand courage d'avoir… d'avoir pu continuer après tout ça. Rendez au moins justice à son humanité, une qualité plutôt rare de nos jours.

Sans rien dire, Mendoza mordit dans son cigare, mâchoires crispées. Il sentait sa vue se brouiller. Putain de soleil et putain de poussière dans les yeux. Avec ce vent…

— Votre culpabilité, que vous changez en colère contre le monde entier, ne les fera pas revenir, Juan.

— Arrêtez ça, Baxter… Arrêtez de m'appeler Juan, on n'a pas élevé les cochons ensemble… et surtout, je n'ai pas de leçons à recevoir. Vous ne savez pas de quoi vous parlez. Depuis que… depuis que ma femme est… est morte, je baise avec une pute que je paie pour ça. C'est ma façon de rester fidèle à Maria. Avec ça…

Mendoza releva la manche de sa chemise, révélant un tatouage grossier sur son avant-bras. Un M à l'intérieur d'un cœur ailé.

— Celle que vous payez pour vous tenir compagnie a beau être une prostituée, elle n'en est pas moins une femme, animée de sentiments, rétorqua Hanah. Et ça vous fait quand même une présence le soir, non ?

— Pour la présence, je préfère ma chienne.

— On fait quelques pas ensemble ? proposa Hanah. Je vais à la station de taxi.

Jetant un regard sombre du côté des vigiles qui les observaient du coin de l'œil, Mendoza haussa les épaules.

— Au point où j'en suis… dit-il.

Il tira sur son cigare et rejeta une volute de fumée grise de côté.

— Collins vous a sans doute parlé de la mort de Brandon, se décida-t-il après quelques instants de silence. Vous l'aviez rencontré lors de votre première mission.

— En effet, oui, un jeune assez nerveux.

— Mais déjà un très bon agent, à vingt-six ans. Il aurait fait un malheur, au CID, s'il était resté en vie.

Brandon, c'était sans doute son heure, mais il aurait pas dû mourir comme ça. Et personnellement, je trouve qu'on l'a oublié un peu vite, ici. Deux petits mois d'enquête et hop, affaire classée.

— Collins ne s'est pas étendu là-dessus. Comment est-il mort ?

— Évidemment, il en est pas très fier. Brandon est mort comme un chien. Vous imaginez, un agent du CID qu'on retrouve refroidi, à la limite de Dandora, ça fait tache… Surtout l'état dans lequel on l'a retrouvé !

— Dandora ?

— Ah, il ne vous en a pas parlé, de cet endroit, Collins, hein ? C'est vrai, c'est pas très chic… La zone, sans doute un des bidonvilles les plus insalubres de la planète ! Un ramassis de plaques de tôle rouillée et de planches pourries, des montagnes d'ordures à même la terre boueuse, et pourtant, le paradis des stars locales du hip-hop et des plus dangereux criminels et psychopathes de la capitale, comme le Casseur d'os.

— Qui est-ce ?

— Probablement le meurtrier de Brandon, dit Mendoza qui respirait fort, dans la chaleur de midi. Deux gangs des plus redoutables se partagent le bidonville, les kamjesh et les mungikis. Mung'o King, alias le Casseur d'os, est le chef du deuxième gang. Ils rackettent les *matutus* notamment, sans parler des braquages souvent meurtriers. Et si les chauffeurs de *matutus* refusent de payer, hop, ni une ni deux, ils les font exploser en pleine rue avec un tir au bazooka, les clients avec. Où que tu mettes les pieds, dans ce bidonville, tu peux être sûr de marcher sur des cadavres à moitié enterrés. À Dandora, Baxter, on ne vit pas, on meurt.

Hanah avala sa salive. Le récit du Mexicain lui donnait presque la chair de poule.

— Et qu'est-ce qui vous fait penser que Brandon a été tué par ce Casseur d'os ?

Mendoza émit un petit rire sinistre.

— Justement, sa signature, qui lui a valu ce surnom très... parlant. Pour tuer, King n'utilise qu'une barre de fer d'environ un mètre, qu'il manie comme une petite cuiller. Après les avoir désarmées d'un coup de barre, il frappe ses victimes jusqu'à ce que mort s'ensuive. À la fin, le pauvre type n'est plus qu'un sac d'os brisés, réduits en bouillie, sans une plaie ouverte. Attention, King porte quand même un flingue sur lui, au cas où la situation dégénérerait. Et vous voulez que je vous dise, Baxter ? Collins a pas eu les couilles de se le faire, ce psychopathe. Il a tout simplement baissé les bras. C'est comme ça qu'on venge la mort d'un agent, au CID.

— Il vit à Dandora, ce Mung'o King ?

— Ouais... c'est son fief. Il y a sa tanière et c'est pas une façon de parler ! Tout autour, à part les canettes de root-beer et autres cadavres de bouteilles, le sol est jonché de carcasses d'animaux, d'ossements de chats, de chiens errants et même de singes, bref, tout ce que bouffe ce malade.

— Donc Brandon a été retrouvé là-bas les os broyés...

— Dans une espèce de terrain vague, juste à la limite du bidonville. Pour les légistes, son autopsie n'a pas été une partie de plaisir... Ils ont dû désosser le cadavre pour reconstituer son squelette. Ali Wildeman en était malade.

— Ah, c'était déjà lui ?

— Il n'était pas encore chef coroner, mais premier assistant.

Hanah s'arrêta de marcher et leva la tête vers Mendoza.

— Wildeman, vous le connaissez bien ?

— Pas vraiment et c'est pas trop le genre de type avec lequel on meurt d'envie d'aller taper une partie de poker. Collins a fait ami-ami avec lui, je crois. Pourquoi ?

— Oh rien, comme ça…

— Ah non, pas avec moi, Baxter ! s'esclaffa le Mexicain entre deux bouffées de Partagas. Je vous repose la question : pourquoi ?

En deux mots, Hanah lui parla du sang retrouvé près de l'hôtel, de la disparition du témoin clé dans l'affaire O'Neil et, plus troublant, encore, de la médaille de l'orphelinat avec sa chaînette retrouvée dans les parages de la nouvelle scène de crime.

— Stud et Wildeman portent la même, dit-elle.

Mendoza se gratta le menton.

— Il y a une chose que je devrais peut-être vous dire, Baxter. L'autre jour, Zida… la pute avec laquelle je fricote, m'a parlé d'une histoire que racontent les anciennes et qui circule dans le milieu encore aujourd'hui. Dans les années quatre-vingt, il y avait une prostituée du nom de Malaïka. Un jour, elle est tombée enceinte et comme il n'était pas question pour elle de s'occuper d'un gniard, tout de suite après avoir accouché dans la nature, elle l'a abandonné dans un orphelinat en dehors de Nairobi. À Murang'a. Le plus réputé à l'époque. Apparemment, il aurait été fondé par un prêtre.

— L'orphelinat Necker ! s'écria Baxter.

Mendoza la regarda bizarrement.

457

— C'est là où vous étiez l'autre jour, quand vous vous êtes tirée en solo pour soi-disant faire du tourisme ? lui dit-il.

— Oui, avoua Hanah avec un petit sourire en coin, j'avais fait des recherches sur Necker, qui m'ont menée à Murang'a, aux archives municipales, construites à la place de l'orphelinat... Elles venaient de brûler au moment où j'arrivais... Je devais rencontrer une des employées, qui avait également travaillé à l'orphelinat, avec Necker. Elle s'appelle Malaïka Kimutaï.

— C'est elle, Baxter, l'ancienne prostituée, car Zida m'a raconté qu'un peu plus tard elle a tout arrêté pour travailler à l'orphelinat. En fait, elle voulait être près de l'enfant qu'elle avait abandonné. Un garçon, que le prêtre avait adopté.

— Et qui a forcément été sous son influence jusqu'à l'âge adulte, renchérit Hanah, les joues en feu. Priorus Necker, Grand Sorcier de la Communauté de l'Ivoire, a très bien pu l'initier à la sorcellerie et aux sacrifices humains. Necker fabriquait des coffrets de protection, les *djaratutas*. Dans le *djaratuta* de ce magistrat de Nairobi, probablement fourni par Necker, on a retrouvé un flacon contenant la même poudre organique que celle produite par le tueur à partir du corps de ses victimes. Savez-vous ce que je pense, Mendoza ? Que le fils adoptif de Necker et l'homme qui est allé chercher cette femme à l'hôpital en se faisant passer pour le révérend sont une seule et même personne. Et j'irai encore plus loin, mais ceci n'engage que moi, je n'ai pas de preuves matérielles : la femme gravement brûlée dans l'incendie est Malaïka Kimutaï, et l'auteur de l'incendie n'est autre que son fils. Il ne voulait pas que Malaïka puisse témoigner de son lien avec le révérend. Mendoza, il faut absolument retrouver la trace du fils de Priorus Necker et connaître son identité. Car c'est sans doute l'homme qui a perdu sa médaille près de l'hôtel après avoir fait encore une victime, hier soir. C'est lui, notre tueur. Et je sais qui peut nous aider : la réceptionniste de l'hôpital de Murang'a. Il suffit de lui présenter une photo des suspects.

Mendoza regarda Hanah et parut même impressionné.

— Bravo, Baxter ! s'exclama-t-il, pour une fois, entre nous, ça matche !

— Vous voyez que Collins va avoir besoin de vous plus que jamais.

Le Mexicain hocha la tête en tapotant celle de Keops.

— Vous avez gagné, Baxter, je m'y recolle sur-le-champ !

Hanah regarda Mendoza s'éloigner à grands pas, suivi de sa chienne, et se dit que cette fois elle tenait le bon bout.

Village de N'ginri, 15 h 10

— Salim est mort, il a été tué l'autre jour, en revenant d'ici, dit la Lance à Swili.

Tous deux étaient assis face à face dans la case du guérisseur, jambes croisées, sur la natte à même la terre battue.

Swili demeura impassible. Pas un muscle de son visage tanné ne bougea à l'annonce de la nouvelle. La Lance, pieds nus dans de vieilles baskets, vêtu d'un pantalon baggy et d'un sweat à capuche usés, s'exprimait en sheng. Il n'avait aucun mal à se faire passer pour un voyou d'une de ces banlieues où il avait grandi. Il s'était présenté au guérisseur comme un oncle de Salim. Dans l'une des immenses poches de son baggy pesait son Walther PPK.

— Ça n'a pas l'air de te faire grand-chose, le vieux, enchaîna-t-il.

— Ce n'était pas mon fils. Qui l'a tué ?

— Un type, un albinos qui l'aurait vu découper une femme albinos dans la rue pour revendre sa tête et son bras. Il dit qu'il vengera par n'importe quel moyen ceux qui sont comme lui. Salim, il a fait ça pour toi, le

460

vieux, c'est bien ça? Il t'a revendu la came, hein? Il m'a dit qu'il avait commencé à travailler pour toi.

Le *mganga* cracha par terre sans répondre.

— Pourquoi tu te tais, le vieux? C'est pas vrai, peut-être? Salim, il était pas venu te livrer, avant de se faire dessouder?

— Qu'est-ce que tu veux de moi? demanda Swili d'une voix glacée. La Lance sentit la peur suinter des pores de sa peau.

— Travailler pour toi. Faire la même chose que Salim. Mais c'est moi qui fixe les prix. Tu as besoin d'une protection, maintenant. Le *yellow man*, il va venir te faire la peau, un de ces jours. Je peux aussi te servir de garde du corps.

— Ça va, de ce côté-là, merci, dit froidement le guérisseur. Si tu veux travailler pour moi, c'est à *mes* conditions. Avant, dis-moi une chose… Où as-tu vu cet albinos? Il t'a parlé?

— J'ai un cousin qui travaille à la Sodash, une compagnie minière qui appartient au *yellow man*. Il a ramené le cadavre du gamin là-bas, devant tout le monde. Je pense que c'était un moyen d'intimidation, au cas où un de ses ouvriers aurait certaines idées dans la tête. Il a commencé par Salim mais à mon avis, le prochain sur la liste, ça risque d'être toi. Si tu ne rachètes pas ma came à un bon prix, il se pourrait que j'aille bosser pour lui, tu vois ce que je veux dire?

Swili émit un chuintement entre ses dents en hochant la tête.

— Marché conclu, dit-il à contrecœur en tendant une paume rêche. J'ai besoin rapidement de matière première.

— Je peux te livrer dans deux jours. Du premier choix.

Le visage de Swili s'éclaira. La Lance avait tapé dans le mille.

Enfourchant la bécane sur laquelle il était venu, l'homme de l'ombre reprit la route de Nairobi. En chemin, il s'arrêta sur le bord de la piste rouge, s'assura qu'il n'avait pas été suivi et sortit son téléphone sécurisé pour appeler Collins.

— C'est moi, dit-il, la Lance. J'ai vu Swili en me faisant passer pour l'oncle du gamin. Je lui ai foutu la trouille en lui faisant croire qu'Unger voulait la peau de tous les trafiquants d'albinos, y compris des *mgangas* pour qui ils travaillent. Il a marché à fond et m'a engagé. Je dois le livrer dans deux jours. Vous croyez que votre ami le chef coroner et patron de la morgue pourrait me dépanner d'une jambe et d'un bras ? Seulement, il faudrait que ce soit d'albinos… Il aurait ça en stock ?

— Vous êtes sûr de ne pas avoir d'autre solution ?

— Malheureusement non.

— Alors je vais le lui demander, même si cet aspect me déplaît, répondit le directeur du CID d'une voix contrariée. Vous savez ce que vous faites, je pense.

— Ça ne me plaît pas non plus, Collins, mais m'infiltrer est le seul moyen d'avoir les infos qui nous intéressent. En attendant, je ne crois pas que Swili soit mouillé dans le réseau responsable de l'enlèvement des enfants de Hope Camp.

— Pourquoi ?

— Il veut être livré rapidement. Il manque de… matière première. Ce qui veut dire qu'il n'est pas l'auteur de l'opération commando, sinon il aurait tout le loisir de sacrifier les enfants.

— Ce qui ne nous rassure pas sur leur sort, soupira Collins. Très bon travail, je vous remercie. Faites attention à vous.

L'entretien terminé, la Lance rangea son téléphone et, rabattant sa capuche sur la tête, repartit dans la poussière de la piste sur sa motocyclette pétaradante.

À peine s'était-il retrouvé seul que Swili sortit son portable de la poche de sa tunique. Au bout de quelques sonneries, il tomba sur la messagerie de son correspondant.

— Swili. Les choses tournent mal. Un type qui vient de se présenter pour me fournir en matière première m'a parlé de vous. Il dit être l'oncle du gosse qui me livrait depuis peu. Ce que je ne comprends pas c'est pourquoi, selon lui, vous auriez tué le gamin. Je dois éclaircir ça avec vous. Rappelez-moi dès que vous pourrez.

Bureau de Collins, 16 h 40

Le fax de Biogene sortit de l'imprimante dans un bruit de fraiseuse. Au fur et à mesure qu'il en prenait connaissance, le chef du CID devenait livide.

De retour à l'hôtel, Hanah, douchée et rafraîchie, s'était laissée aller à une sieste dans le souvenir de Kate. À son réveil, après avoir inspiré une pincée de fée blanche, elle avait attrapé un taxi pour Kiambu Road. Puis, prenant le relais à pied, elle était passée par Biogene dans l'espoir d'y croiser Andry Stud. Elle voulait voir s'il avait toujours sa médaille au cou. Mais on lui répondit qu'il était parti sur le terrain suite à la découverte d'un cadavre dans la réserve du Massaï Mara. Elle avait ensuite gagné le bâtiment du CID et le bureau de Collins où elle avait retrouvé celui-ci, maussade, en compagnie de Mendoza. Les deux hommes étaient assis face à face, silencieux dans un halo d'épaisse fumée, Keops couchée aux pieds de son maître.

— Quelque chose ne va pas, Collins ? s'inquiéta la profileuse en refermant la porte derrière elle.

Cette suffocante odeur de cigare ne manquerait pas de lui donner la nausée, d'autant qu'elle n'avait rien

464

avalé depuis la veille. Le patron du CID leva les yeux. Un regard entre impuissance et anéantissement. Quelques feuilles A4 tremblaient entre ses mains.

— Kenyatta vient d'envoyer les résultats des analyses effectuées sur la médaille. C'est bien celle de Wildeman. Les empreintes génétiques et digitales de tous les membres et collaborateurs de la police sont enregistrées dans un fichier sécurisé. Celles de la médaille ont matché avec celles de Wildeman. Par ailleurs, les analyses des éléments capillaires retrouvés chez Necker révèlent le même ADN nucléaire que sur la médaille. Encore Wildeman.

— Appelez l'Institut pour voir s'il est allé sur la nouvelle scène de crime ce matin, suggéra Baxter.

— C'est fait, répondit Collins en soufflant. Tiger me dit qu'ils y sont passés.

— Alors il a très bien pu la perdre là-bas, et les scientifiques sont tombés dessus après, dit Hanah.

— C'est une possibilité, approuva le chef du CID sans enthousiasme.

— On dirait que ça ne vous convainc, pas…

— Et ses cheveux, retrouvés chez Necker ? répliqua Mendoza. Cette fois, il n'y a plus de place pour le doute. Wildeman a dézingué Necker.

— Ou bien il lui a simplement rendu visite en tant qu'ancien pensionnaire de l'orphelinat, objecta Baxter, qui préférait se faire l'avocat du diable dans un premier temps.

Un appel sur la ligne externe les fit sursauter. C'était de nouveau Kenyatta. Le chef du CID raccrocha après un bref échange, plus accablé encore.

— Ils ont trouvé un autre ADN sur la médaille, dit-il, sombre. Le même que celui du prélèvement sanguin sur la nouvelle scène de crime du Heron. Autrement dit, celui de la victime, qu'il leur reste à identifier. Je leur avais demandé d'analyser en priorité la médaille. Le doute qui pouvait encore bénéficier à Wildeman s'étiole…

— On doit le mettre en garde à vue, ce salopard, intervint Mendoza.

— Si je peux me permettre un conseil, glissa Hanah, prudente, c'est peut-être prématuré. Nous n'avons pas encore effectué la recherche dont nous avons parlé tout à l'heure avec Mendoza. Avec le peu d'éléments à votre disposition à l'heure actuelle, Wildeman pourrait s'en tirer.

Les deux hommes se regardèrent.

— Je suis au courant, dit Collins. Allez tout de suite à Murang'a et tâchez d'interroger la personne que vous avez vue à l'accueil de l'hôpital. Montrez-lui une photo des deux suspects, Stud et Wildeman. Sait-on jamais.

Collins avait malgré tout l'espoir tenace en ce qui concernait son ami.

Hanah reprit la route qu'elle avait empruntée le jour de son arrivée au CID. Ses rapports avec Mendoza s'étaient sensiblement améliorés depuis. On aurait dit que le Mexicain s'ouvrait, après leur dernière conversation. Il semblait même reconnaître la nécessité de cette collaboration avec la criminologue.

— Je sais que mon intervention peut vous paraître abstraite, voire superflue, parce que les méthodes traditionnelles vous semblent les meilleures, lui dit Hanah tandis qu'ils roulaient dans le même Land en panne de clim, fenêtres ouvertes. C'est vrai, la police n'a pas attendu l'apparition du profilage pour boucler ses enquêtes, mais cette nouvelle technique, je vous assure que c'est du temps gagné. En savoir un peu plus sur la psychologie du tueur, son fonctionnement, aide et permet d'avancer. C'est comme une sorte de portrait-robot mental, ajouta-t-elle.

— Je reconnais qu'avec cette histoire de corps désagrégés, vous nous avez fait faire un sacré bond vers la résolution, Baxter, convint Mendoza.

Une heure plus tard, ils se garaient sur le parking de l'hôpital et entraient dans le hall d'accueil. Hanah pria pour que l'hôtesse n'ait pas été remplacée. Après quelques minutes d'attente, elle reconnut l'employée qui revenait de sa pause-café. Cette fois, le badge d'officier de police que Mendoza lui glissa sous le nez sembla lui délier la langue.

— Si vous vous souvenez, commença Hanah d'un ton courtois, je suis passée ici il y a cinq jours, et vous ai demandé des renseignements sur une femme du nom de Malaïka Kimutaï, qui avait été transportée aux urgences après avoir été gravement brûlée. Un homme habillé en prêtre l'avait emmenée en vous signant une décharge.

— Oui, oui, je me souviens très bien, répondit l'employée ironiquement, comme pour dire que des emmerdeuses comme elle, on ne risquait pas de les oublier.

— Est-ce cet homme que vous avez vu ? l'interrogea Mendoza en lui glissant d'abord une photo d'Andry Stud sous le nez.

L'employée la regarda, indécise. Puis leva de grands yeux sombres sur Mendoza.

— Je ne sais pas. Ça pourrait être lui. Il y a une ressemblance au niveau de la mâchoire. Mais il me semble qu'il était un peu plus beau.

Le Mexicain brandit la deuxième photo, celle de Wildeman. Cette fois, la standardiste n'hésita pas une seconde.

— C'est lui, là c'est bien lui! s'exclama-t-elle. Un homme aussi beau, on ne peut que s'en souvenir…

— Qu'en dites-vous, Mendoza? lui lança Hanah.

— Que ça ne va pas du tout plaire à Collins.

Au retour de Baxter et de Mendoza avec la confirmation que le faux prêtre de l'hôpital était Ali Wildeman, Collins fit aussitôt appeler Singaye et Hidden dans son bureau pour les informer et organiser avec eux l'arrestation du suspect. Le flic albinos semblait également accuser le coup.

— Hanah et moi allons faire un tour à la cité mortuaire, dit Collins. Vous, Mendoza, soyez prêt à intervenir en renfort avec Singaye, Hidden et les policiers, à mon appel.

À la cité mortuaire, Baxter et Collins furent reçus par le chef légiste dans son bureau. Un local vétuste et dépouillé de tout caractère personnel, aux odeurs de chair froide et d'éther. Wildeman n'y avait rien investi qui pût refléter sa vie privée. Seuls des clichés de cadavres autopsiés. Une compagnie sordide, qui n'avait pourtant rien d'étonnant ici.

Collins avait décidé de ne pas y aller par quatre chemins. Wildeman attendit en silence que son ami prenne la parole, comme s'il pressentait la raison de sa visite à son air grave. Les lèvres pincées de Collins remuèrent sur des mots, mais son regard, adressé à Wildeman, en disait infiniment plus long sur sa déception et son amertume. Le chef coroner s'était saisi d'un sablier miniature sur son bureau, avec lequel il jouait nerveusement. Hanah ne pouvait détacher le regard de l'objet. Sans qu'elle sût pourquoi, ce petit jeu la mettait mal à l'aise.

— Une médaille identique à la tienne a été retrouvée sur la dernière scène de crime. Le présumé meurtre du jeune garçon d'étage du Heron. Tu y es passé, ce matin?

— Oui, Tiger a dû déjà te le dire. Mais je ne suis pas le seul à porter cette médaille de l'orphelinat Necker dans la région. Même Stud en a une, me semble-t-il.

— Mais celle-ci est la tienne. Résultats d'ADN à l'appui. Il s'agit d'ADN nucléaire, Ali, on ne peut donc pas se tromper sur son... propriétaire. D'autre part, le même ADN a été découvert sur des cheveux retrouvés chez Priorus Necker, à Murang'a. Tu le connaissais? Pourquoi n'as-tu rien dit quand tu as eu le corps à autopsier?

Wildeman eut l'air d'un animal blessé. Pire, pris au piège. Trahi. Mais qui avait le plus trahi l'autre... Cependant, il garda le silence.

— Les résultats des analyses sont formels, Ali, insista Collins. Avec un détail en plus... Il y a un autre ADN sur la médaille. Celui de la victime.

Sans lui laisser le temps de réagir, Collins exhiba sous ses yeux la photo de Wildeman présentée par Mendoza et Baxter à l'hôtesse d'accueil.

— La réceptionniste de l'hôpital de Murang'a t'a formellement identifié comme étant le «prêtre» qui s'est présenté à l'accueil après l'incendie des archives municipales pour emmener une des employées, Malaïka

470

Kimutaï, victime de graves brûlures. Ce nom ne te dit rien ? Où est-elle ? Es-tu le fils adoptif du révérend Necker, Ali ? Ancien orphelin de Murang'a, abandonné par sa mère, alors prostituée, aux soins du prêtre ? As-tu tué Priorus Necker ?

Wildeman demeura impassible sous ce bombardement de questions qui sonnaient comme des affirmations.

— As-tu tué Fahari, Harry O'Neil et tous ces autres qu'on a retrouvés désintégrés, réduits en particules organiques sur les lieux des croix sanglantes, Ali ? Es-tu le tueur aux corps de poussière ?

Ces derniers mots semblèrent atteindre de plein fouet le légiste jusqu'alors de marbre. De toute façon, avec le départ de cette garce qui lui avait arraché son fils, il avait déjà tout perdu.

— Oui, c'est moi, Collins, avoua-t-il, avec un orgueil perceptible.

— Pourquoi, Ali ? Pourquoi ?

Cette fois, la voix de Collins tremblait. La veille, presque, Ali dînait avec sa femme et lui, chez eux, et leur parlait sans ciller, les yeux dans les yeux.

— Pendant deux ans, j'ai pratiqué le sadaka, auquel m'avait formé Priorus Necker, mon père adoptif en effet, déclara Wildeman dont l'expression s'était subitement transformée. Il reposa le sablier sur le bureau dans un claquement sec. Mais je ne suis pas un simple *kuhani* aux ordres de son maître. J'ai une mission d'ordre divin à accomplir. Racheter les hommes, les laver de leurs péchés par le sang. Nous retournerons tous à la poussière, tôt ou tard. Moi, j'évite à ceux que je choisis ce processus grossier et vulgaire de décomposition. Je travaille avec la mort, tous les jours, je vois ses ravages sur le corps, en plusieurs étapes, car elle prend son temps. La mort n'est pas seulement l'instant où on s'arrête de respirer. Elle dure bien au-delà, avant qu'on ne revienne à la poussière. Alors j'ai choisi de la contrer. Je suis la mort de chacun de mes sacrifiés. Une mort beaucoup moins longue, avant l'éternité. C'est pourquoi j'ai annoncé à Necker que j'arrêtais le sadaka, qui me rapportait de l'argent mais aucune satisfaction intérieure, et qui m'éloignait de mon fils. Oui, Collins, j'ai un fils et j'avais une femme qui me l'a arraché !

Et il se mit à décrire, d'une voix glaçante, ce qu'il faisait avec ses victimes. Depuis les deux intravei-neuses dans le cou, jusqu'à l'anéantissement total du corps. Les ongles de Baxter s'enfoncèrent dans le gras de son pouce. Ses pulsations cardiaques redoublèrent. Elle gardait les yeux rivés sur cette poudre claire qui s'écoulait doucement dans le sablier.

La plupart de ses profilages s'achevaient sur cet instant unique. Un face-à-face presque mystique avec le tueur. Celui-ci ne passait pas toujours aux aveux. Ou alors bien plus tard, après des heures d'interroga-toire. Mais ces criminels étaient en grande majorité fiers de leurs actes, fiers de s'être longtemps joués de la police. Baxter ne ressentait pas cette jouissance chez Wildeman. Une sincérité l'habitait. Il semblait convaincu du bien-fondé de ses actes.

Le silence qui régnait autour d'eux était presque suffocant. Le chef coroner parla sans s'arrêter, ra-contant tout en détail, le premier corps de poussière, tué selon le rituel du sadaka, puis tous les autres, dont ceux qui n'avaient pas été retrouvés. Il décrivit d'une voix atone son travail à la Communauté de l'Ivoire pour laquelle, sous l'emprise aussi protectrice que néfaste du Grand Sorcier Necker, il était devenu un meurtrier,

Baxter et Collins avaient devant eux un autre homme. Un homme aux yeux brillants, au regard exalté et fou.

— Votre mère, vous l'avez revue, n'est-ce pas ? Vous savez où elle est, trancha Baxter.

Le silence de Wildeman fut une réponse.

— À vos yeux, tout n'est que poussière, néant, puisque vous ne saviez pas d'où vous veniez, sinon de la terre, poursuivit Hanah. Avec l'enseignement de Priorus Necker vous avez arrangé tout ça à votre sauce. Le père ? Symbolisé par vos victimes masculines. Et Necker ? Il est mort peu après que nous l'avons rencontré et interrogé avec les inspecteurs de la Criminelle. L'avez-vous supprimé pour tuer symboliquement le père, ou de peur qu'il ne vous trahisse, tout comme vous aviez trahi ses attentes ?

— Necker était un homme d'Église, mais avant tout un sorcier, un *mchawi*, dit Wildeman d'un ton méprisant. Ses valeurs étaient humaines aussi bien que mystiques. Il a voulu me tuer lorsque je lui ai annoncé mon intention d'arrêter les sacrifices. Peut-être a-t-il eu peur que je le dénonce. Mais de toute façon, il était prévu qu'il devienne un jour poussière de corps dans le sablier du Temps. Tout comme vous, Baxter. Vous avez eu de la chance.

À cette révélation, Baxter frémit. Il était là, sous ses yeux, le sablier dont parlait Wildeman. Rempli de cette poudre grisâtre… Elle eut peur. Peur de deviner de quoi elle était faite. Et peur d'avoir failli terminer elle aussi dans un sablier.

Elle jugea inutile de lui demander ce que tuer lui apportait. Elle le savait.

— Tes crimes ont-ils un rapport quelconque avec le trafic d'albinos ? demanda Collins.

— Penses-tu vraiment que je servirais ces croyances obscures ?

— Tu as conscience que tout ce que tu viens de dire représente des aveux, Wildeman, conclut le chef du CID. Je vais devoir te mettre en état d'arrestation.

— Je savais que ça prendrait fin un jour, reconnut le chef coroner. Je l'ai moi-même souhaité plus d'une fois. Cependant, Collins, tu sais aussi que cette conversation n'a aucune valeur devant un tribunal et que je peux me rétracter à tout moment, ajouta-t-il.

— Tu oublies que les analyses des empreintes sur la médaille sont une preuve irréfutable de ta présence sur les lieux du crime et révèlent un contact étroit avec la victime. Et les cheveux découverts chez Priorus Necker lors de la perquisition à son domicile sont les tiens.

— Il y a aussi le contenu de ce sablier, intervint Hanah sous le regard surpris du flic. Je suis sûre que si je promène mon pendule au-dessus, j'en aurai la confirmation.

Aussitôt, devant Baxter et Collins pétrifiés, Wildeman, les lèvres animées d'un rictus, saisit le sablier entre deux doigts, puis, d'un air de défi, le lâcha par terre. L'objet éclata en morceaux et la poudre se répandit sur le sol. Le légiste se leva pour la piétiner.

— Que disiez-vous, Baxter ? Quelle confirmation ?

— Ça suffit, plus un geste, Wildeman ! ordonna le chef du CID qui venait de se lever en dégainant son arme.

Sans quitter le légiste des yeux, la main droite refermée sur la crosse de son pistolet, l'index sur la détente, il sortit son téléphone portable. Il savait qu'Ali Wildeman

474

alias Dust ne se laisserait certainement pas emmener comme un toutou docile.

— Tu vas appeler tes gars pour venir m'arrêter ? Tu ne peux pas le faire toi-même ? le railla Wildeman. Tiens, mets-moi. les bracelets, je t'en prie, mon vieil ami…

Collins se racla la gorge, gêné, devant les bras tendus du tueur. Mais il ne bougea pas. Ce geste lui demanderait encore un trop gros effort.

— Ce n'est pas une situation très facile pour moi, Ali. Rassieds-toi maintenant.

— Pour moi non plus, fit Wildeman qui, sous la menace de l'arme, regagna son fauteuil de bureau.

— C'est toi, le criminel. Un assassin ! explosa Collins. Dire que tu étais mon ami ! Pendant tout ce temps tu tuais des hommes et des femmes, et tu venais tranquillement nous voir à la maison !

À cette évocation, Wildeman se referma comme une huître. Ses maxillaires roulaient sous la peau de son visage. L'amitié qu'il avait portée à Collins était réelle. Il aimait aller dîner chez eux, se sentait envahi de paix et de bien-être à leur contact.

— J'ai une envie pressante, dit-il brusquement en se tortillant sur sa chaise.

— Il va falloir que tu attendes d'être dans tes nouveaux appartements, cingla Collins.

— Dans ce cas, je vais chier dans mon froc, si ça ne vous gêne pas…

— D'accord, concéda le chef du CID, mais je t'accompagne jusqu'à la porte des toilettes. Je reviens, Hanah.

— Vous pensez que c'est une bonne idée, Collins ? Il n'est pas menotté…, lui souffla-t-elle.

— Ça va aller. Je ne le lâche pas, répondit-il, le canon de son arme toujours braqué sur Wildeman.

Les deux hommes disparurent, laissant Baxter seule dans la pièce, à l'affût du moindre bruit anormal. Un petit escalier menait aux toilettes, situées dans l'entresol. Arrivé à la porte, la main sur la poignée, Wildeman se retourna brusquement, projetant Collins en arrière, qui s'écrasa lourdement au sol, en bas de l'escalier, étourdi. D'un bond le légiste ramassa le pistolet que son ancien ami venait de lâcher dans sa chute.

— Désolé, Collins, ça ne peut pas s'arrêter comme ça ! C'est moi qui déciderai quand viendra le jour ! cria-t-il avant de disparaître au fond du couloir menant à une issue de secours.

Wildeman fut dehors en quelques secondes et sauta au volant de sa vieille Jeep, qu'il fit démarrer dans un vrombissement rauque. Au même moment, un Land Rover du CID conduit par Mendoza, avec Kate Hidden à son bord, surgit en trombe devant le bâtiment. Un autre véhicule suivait, Singaye au volant, avec cinq flics armés de fusils de poing. Lameck, sur le siège passager, s'agrippait à la poignée au-dessus de la fenêtre. À l'appel de Collins, ses hommes avaient roulé à tombeau ouvert jusqu'à la cité mortuaire. Les énormes pneus crénelés crissèrent, laissant deux traces sombres sur le bitume. Le deuxième 4 × 4 qui arrivait derrière l'évita de justesse.

Le choc frontal entre le Land Rover et la vieille Jeep prise dans ses phares fut d'une violence extrême. Ayant heurté le pare-buffle de l'autre véhicule, tout l'avant de la Jeep fut réduit à un amas de tôle froissée. Heureusement, Mendoza et Hidden avaient été retenus par leur ceinture de sécurité. Mais Wildeman, qui n'avait pas pris le temps de boucler la sienne, fut projeté avec une force inouïe contre le pare-brise de sa voiture, qu'il traversa pour aller atterrir à plat ventre sur le capot presque intact du Land Rover. Les bras en croix, la tête tournée de côté, il ne bougeait plus. Il avait la boîte crânienne enfoncée et son œil droit pendait hors de son orbite.

Tous sautèrent des véhicules pour constater les dégâts à la lumière des quatre phares. Le légiste ne respirait plus. De sa bouche entrouverte coulait un filet de sang. Baxter, suivie de Collins encore groggy, arriva à peine quelques minutes plus tard. Alertés par le fracas devant l'entrée de la morgue, les employés déboulèrent à leur tour, Tiger en tête, sans se douter que l'homme qui était leur supérieur et avec lequel ils travaillaient tous les jours depuis des années, était le tueur au corps de poussière.

29 JUIN

Le corps de Wildeman avait été déposé à la morgue, dans un de ces tiroirs qu'il ouvrait chaque jour pour en sortir un nouveau cadavre à autopsier.

Très éprouvé par la perte d'un ami qui, de surcroît, était le tueur le plus recherché de cette dernière décennie, Collins était rentré apprendre la triste nouvelle à Indra. Ils étaient restés un moment silencieux dans les bras l'un de l'autre. Puis sa femme lui avait doucement rappelé que, quelque part, trente et un enfants attendaient qu'on vienne les délivrer d'une situation atroce, si toutefois ils étaient encore en vie. Il fallait désormais se focaliser sur cet objectif. Hope Camp, dont la fermeture provisoire avait été décidée, les attendait.

— Je ne les oublie pas, avait simplement répondu Collins avant de se coucher et d'essayer de trouver le sommeil.

Personne de l'équipe ne dormit vraiment cette nuit-là, chacun étant partagé entre la satisfaction de savoir le tueur aux corps de poussière enfin hors d'état de nuire, et une affliction légitime devant l'identité de ce monstre.

Ali Wildeman, bien que peu chaleureux, était un professionnel estimé et reconnu de ses pairs ainsi que de toute la police kenyane. Le lendemain, la nouvelle de son arrestation et de sa mort accidentelle alors qu'il s'enfuyait ferait la une des journaux — et l'effet d'une bombe dans le milieu médical et policier.

Réveillé à 5 heures du matin, ne parvenant pas à se rendormir, Collins avait regagné son bureau pour essayer de se concentrer sur le dossier Al-Killing. Sa complexité lui donnait le sentiment de se trouver face à une montagne à gravir, tel un Sisyphe roulant une lourde charge jusqu'au sommet. Il ordonna une perquisition au domicile d'Ali Wildeman dans la matinée. Le plus dur restait à faire : avertir la femme du légiste dont Collins ignorait le départ, ainsi que la famille du jeune Fahari. Ces moments étaient les seuls où le chef du CID regrettait d'avoir choisi ce métier.

Les membres de son équipe et Baxter étaient arrivés à peine plus tard, les traits tirés par une nuit agitée. Mendoza avait passé une grande partie de la sienne à boire et à parler avec Zida après lui avoir annoncé la mort du tueur. Elle l'avait bercé, la tête contre ses seins, comme un petit enfant, pour qu'il s'endorme enfin. Au petit jour, malgré une féroce gueule de bois, il l'avait regardée avant de partir, endormie dans son lit, comme s'il la voyait pour la première fois.

Peu avant que ses agents et Hanah ne le rejoignent dans son bureau, la Lance avait appelé Collins sur une ligne sécurisée. Leur échange fut substantiel, l'enquêteur ayant des éléments qui allaient peut-être bouleverser la donne.

— J'ai retrouvé James Right, il est à l'hôtel Intercontinental, lui avait appris la Lance. Vous n'avez plus qu'à le convoquer. Il a réservé jusqu'au 15 juillet, mais il peut très bien décider de partir plus tôt.

— Et pour ce que je vous ai demandé ? lui rappela Collins, après un bref silence, le temps de digérer l'information.

— Ah oui, l'association Albinos Life... Depuis combien de temps votre femme travaille-t-elle avec eux ?

— Depuis un peu plus de quatre ans, je crois. Pourquoi ?

— Parce qu'un nouveau président a été nommé, il y a tout juste deux mois.

— Depuis le début de leur collaboration ma femme n'a qu'une interlocutrice, la coordinatrice, une certaine Damaris. Quel est le nom du nouveau président ?

— Mark Hidden.

Dès qu'il eût raccroché Collins convoqua Kate Hidden et lui exposa les faits.

— Quand bien même mon père aurait eu ce statut dans cette association, ce qui m'étonnerait fort, vu qu'il n'était pas du genre à faire dans l'humanitaire, il est impossible qu'il ait su pour ce faux griot ! Il était déjà mort...

— Et si, pour Unger et lui, l'humanitaire n'était qu'une couverture pour dissimuler leurs trafics ? insista Collins.

— Je ne sais pas quoi vous dire, chef Collins. Je ne connaissais pas toutes les activités de mon père, mais l'imaginer derrière tout ça, malgré...

— Vous comprendrez, Kate, dit le directeur du CID en se passant la main sur le sommet crâne d'un air embarrassé, que je dois vous retirer l'enquête. Je vous ai déjà laissé continuer trop longtemps en dépit de la déontologie.

— Quoi ? s'écria la métisse les yeux exorbités. C'est… c'est impossible ! Avec tout le respect que je vous dois, chef, je reste. Je dois trouver, je dois découvrir la vérité, si ce n'est sur l'assassinat de mon père, au moins sur l'homme qu'il était réellement !

— Vous le savez, Kate, il y a un conflit d'intérêts très clair à ce stade de l'enquête et…

— Dans ce cas, je vous présente ma démission, monsieur, lâcha Hidden en se levant de son siège.

— Prenez le temps de réfléchir, Kate, je vous en prie. Votre place est ici, vous avez devant vous une belle carrière.

— Non, justement, chef, plus j'y réfléchis ces derniers temps et plus je me dis que ma vraie place est à la Sodash. Je dois prendre le relais. N'oubliez pas que c'est moi, maintenant, qui ai plus de 50 % des parts. Mon père n'ayant pas eu d'autres enfants, je suis son unique héritière.

— Vous retrouver dans les parages d'Unger est extrêmement risqué, Kate, tant que nous n'avons pas fait toute la lumière sur ce réseau et sur l'homme qui est à sa tête. Si c'est bien Unger, il fera tout pour vous évincer et pourrait même chercher à vous éliminer.

— Il ne m'impressionne pas et… comme ça, je pourrais vous donner des infos, rétorqua Hidden avec assurance.

Elle ne sait pas où elle met les pieds, se dit Collins une fois que la métisse fut sortie du bureau. Décrochant le téléphone, il demanda au standard d'appeler l'hôtel Intercontinental et de demander James Right de toute urgence.

Quand le standard du CID le rappela, c'était pour lui annoncer une mauvaise nouvelle.

— D'après le réceptionniste de l'hôtel, Right serait parti faire un safari d'une semaine il y a deux jours.

— Sait-on où et avec quel tour operator ?

— Apparemment dans le parc du Massaï Mara. Je n'ai pas demandé pour le tour op. Je vous rappelle.

Au bout de trois minutes, la ligne interne sonna de nouveau.

— Le nom du tour operator est Sereni Tours. Il propose des séjours en lodge et en camp de toile et...

— Très bien, merci.

Collins raccrocha et appela Singaye sur son portable.

— Singaye ? Une journée de safari dans le Massaï Mara, ça vous dit ?

Nairobi, Kiambu Road, bureau de Collins, 11 h 15

Au cours de la perquisition chez Wildeman, supervisée par Mendoza, les policiers découvrirent, dans l'obscurité de la chambre conjugale, une femme étendue sur le lit, sous perfusion, les yeux sous des compresses. Brûlée au troisième degré, avec des lésions très étendues selon Tiger qui, succédant à son chef, avait été aussitôt appelé sur place. La blessée pouvait parler, ce qui était plutôt bon signe. Elle déclina son identité : Malaïka Kimutaï, parvint-elle à articuler en un souffle.

Mais les hommes n'étaient pas au bout de leurs surprises. Au sous-sol, dans une pièce fermée, ils exhumèrent plus d'une centaine de fioles numérotées contenant une poudre claire, qui furent remises à l'équipe de Stud. Un peu plus tard, alors qu'ils s'apprêtaient à partir, un des enquêteurs remonta du sous-sol un carnet noir, qu'il tendit à Mendoza. Celui-ci l'ouvrit, commença à lire et se figea. Tous les sacrifices y étaient répertoriés sous le mot swahili *sadaka*, suivi d'un chiffre. Autrement dit tous les crimes de Wildeman. Autant de sacrifices que de fioles retrouvées en bas. Ce qui ne laissait plus aucun doute sur leur contenu.

De retour au CID, Mendoza fit son rapport à Collins. Il apparaissait que Wildeman vivait séparé de sa femme et avait séquestré Malaïka Kimutaï dans leur chambre. Celle-ci, apprenant la nouvelle de la mort d'Ali Wildeman avant d'être conduite à l'hôpital, avait reconnu qu'il était son fils.

— Vous aviez raison, Hanah, dit Collins en secouant la tête, cette Malaïka Kimutaï était bien la mère de Wildeman. Et il la gardait chez lui. En tant que médecin, il a pu lui apporter les soins nécessaires. Sait-elle que son fils était un tueur ?

— Je ne pense pas, supposa Mendoza. Avant de l'emmener à l'hôpital, nous lui avons seulement dit qu'il avait eu un problème avec la police et qu'il était mort en prenant la fuite lors de son arrestation. C'est déjà assez dur comme ça pour elle.

— Mais je pense qu'elle le sait déjà. Une mère sait tout de ses enfants, même ce qu'ils ne lui disent pas.

Collins approuva en silence et ferma les yeux un instant en pensant à cette pauvre femme qui, d'une certaine façon, avait consacré la deuxième partie de sa vie à ce fils meurtrier, contrainte par Necker à renoncer à lui une seconde fois.

À cet instant, Kate Hidden fit irruption dans le bureau sous les regards ahuris de Baxter et de Mendoza. Elle semblait hors d'elle.

— Chef, un des membres du comité directeur d'Albinos Life est cette femme avec qui était mon père quand nous nous sommes brouillés ! clama-t-elle.

— Mais ils étaient séparés, non ? rétorqua Collins.

— Oui, mais c'est elle ! Je ne l'ai vu qu'une fois, mais ça m'a suffi pour ne pas oublier son visage, surtout ici...

— Que voulez-vous dire ?

— C'est une Asiatique. Chinoise, plus exactement. Mon père craquait pour ces filles.

Collins cligna des yeux. Les caisses de poudre humaine devaient être expédiées en Chine…

— Après ce que vous m'avez dit du nouveau président de l'association, enchaîna Hidden, je suis allée sur leur site et je l'ai vue en photo. C'est elle ! Mais elle ne s'appelle pas Daramis…

— Daramis, dites-vous ? l'interrompit Collins, abasourdi. Ce n'est pas son nom ?

— Son nom officiel, seulement, répondit Hidden, les narines dilatées et le souffle court. En réalité, elle s'appelle Bao, qui signifie dans sa langue « panthère ». Mon père plaisantait assez là-dessus et, comme ça m'énervait, il en rajoutait…

Collins se tourna vers Baxter qui le regardait d'un air interrogateur. Elle ne savait pas encore que le nouveau président de l'association par laquelle le faux griot avait été envoyé à Hope Camp était Mark Hidden.

— Daramis était l'interlocutrice de ma femme depuis quatre ans, dit-il. Indra ne m'a jamais dit qu'elle était asiatique.

— Ce n'est qu'un détail pour elle, répliqua Kate. Allez sur le site et vous verrez la photo et le nom en légende. C'est hallucinant ! Dire qu'elle a présenté Unger à mon père…

— Unger ? bondit Collins. Et c'est cette même Daramis qui a envoyé le griot et son ohangla en peau humaine au camp…

Mendoza fronça les sourcils. Ignorant l'existence de Hope Camp, il ne comprenait rien à leur échange.

— C'est quoi, Collins, cette histoire de camp et de griot ? demanda-t-il.

— Je dois vous mettre au courant aussi, Mendoza. Vous resterez dans le bureau pour que je vous expose tout depuis le début. Vous allez rejoindre l'équipe qui est déjà sur le coup. Vous allez comprendre pourquoi j'ai dû respecter une stricte confidentialité et n'ai rien pu vous dire jusqu'à aujourd'hui. Avant toute chose, Kate, dites à Kiplagat et à Lameck d'aller arrêter cette Daramis illico et de la mettre en garde à vue. Elle ne doit pas savoir que vous participez à l'enquête et vous ne devrez pas vous montrer. À mon avis, elle est le centre névralgique du réseau, avec Unger. Et je commence à me dire que soit elle a convaincu votre père de donner son nom à la présidence d'Albinos Life pour qu'Unger ne risque pas d'être inquiété, soit Unger lui-même, à l'insu de votre père, a utilisé son nom et c'est lui qui est derrière tout ça.

— Je reste sur l'enquête, alors ? demanda Hidden, un sourire aux lèvres, la main sur la crosse de son arme.

— C'est d'accord, mais officieusement, répondit Collins. Mendoza, je suis à vous dans une minute, je dois passer un coup de fil au labo pour voir où en est la suite des analyses du contenu des caisses et de la peau de l'ohangla.

Une poignée de secondes plus tard, Collins raccrochait. Le ventilateur à pales du plafond tournait dans un couinement persistant. On aurait dit qu'il allait se décrocher à tout moment et décapiter quelqu'un au passage.

— La peau de l'ohangla est de la peau d'albinos, déclara-t-il d'une voix éteinte à Baxter et à Mendoza restés dans le bureau après le départ de Kate. Unger fait feu de tout bois. Pour le contenu des caisses, ils rappelleront, les analyses demandent plus de temps.

Quand je pense à quoi pourrait servir l'argent dépensé pour ça…

— Pourtant, c'est aussi grâce au travail de la police scientifique qu'on avance, lui fit remarquer Baxter, qui commençait à sentir des fourmis dans les jambes.

— Exact, mais s'il n'y avait ni crimes ni criminels, nous n'aurions pas besoin de ces méthodes…

— Chose impossible, sauf dans le meilleur des mondes, objecta Hanah.

Le portable de Collins vibra sur le bureau. La voix de Singaye résonna dans le combiné. Il était parti avec un coéquipier dans la réserve à la recherche de Right dès qu'il en eut reçu l'ordre de son supérieur. La tâche lui avait été facilitée par l'agence organisatrice du safari qui avait aussitôt contacté le chauffeur du 4 × 4 pour fixer un point de rencontre avec le flic albinos.

— Je reviens avec Right, chef. Nous sommes en route.

Collins raccrocha, les yeux fermés et respira profondément. Il était bon qu'à certains moments les événements s'enchaînent sans obstacle.

CID, salle d'interrogatoire 1, 12 h 33

— Suis-je considéré comme suspect, pour être conduit en salle d'interrogatoire ? demanda Right, anxieux.

Une auréole de sueur plaquait sa chemise en lin grège sur son dos, entre les omoplates. L'air était particulièrement étouffant dans cette pièce sans fenêtre, équipée d'un seul néon qui dispensait, en même temps qu'une lumière glauque, une chaleur désagréable. Collins leur fit apporter deux verres d'eau.

— Nous ne disposons pas d'autre salle, désolé, monsieur Right, dit Collins, un dictaphone à la main. Séparés par une table, les deux hommes assis sur des chaises métalliques se faisaient face. Et vous n'êtes pas un suspect, mais un témoin dans l'affaire du meurtre d'un jeune garçon. Nous avons été informés de votre déposition dans un poste de police de Nairobi. Je vais vous demander de raconter de nouveau ce qui vous est arrivé, avec le plus de détails possible.

Right s'éclaircit la voix en buvant une gorgée d'eau et s'exécuta, visiblement soulagé d'être enfin pris au sérieux, ce qui n'avait pas vraiment été le cas lors de sa première déposition. Le flic l'avait regardé d'un air sceptique lorsqu'il avait raconté comment un garçon de douze ans avait récupéré son pistolet à son insu, dans sa propre voiture, pour ensuite l'obliger à lui faire une fellation sous la menace. Le policier n'avait de toute évidence pas cru à sa version et avait renvoyé Right avec un rictus de mépris.

— Il est certain que vos confrères, là-bas, m'ont pris pour un pédophile, se plaignit Right une fois son récit achevé. Ils se sont à peine intéressés au meurtre de ce gamin et à ce guérisseur de N'ginri, qui fabrique des remèdes à partir de cadavres humains !

— C'est comme ça, ici, l'échelle de valeurs n'est pas la même qu'en Occident, reconnut Collins en mettant le dictaphone sur pause. La mort d'un gosse des rues a autant de valeur que celle d'un chien errant. En revanche, tout ce qui touche aux déviances peut vous mener, en Afrique, à la peine capitale.

— Ce n'était qu'un enfant…, balbutia Right avec émotion, les yeux humides. Et même si je sais qu'il m'aurait peut-être tué sans aucun état d'âme après m'avoir fait subir cette humiliation, je ne lui voulais pas de mal et je regrette ce qui lui est arrivé.

— À vos yeux, ce n'était qu'un enfant. Mais ici, d'enfants, ils n'ont parfois que l'apparence. Au Liberia, les gamins tiennent une kalachnikov dès l'âge de huit ans et n'hésitent pas à tirer sur tout ce qui bouge. Avez-vous vu ce qu'il y a au fond de leurs yeux ? Rien. Plus rien qui puisse ressembler à de l'innocence, de la candeur juvénile. Ce gosse, Right, a décapité en pleine rue et démembré une jeune femme albinos par simple cupidité. Pas un instant il ne s'est dit que ce qu'il faisait était monstrueux. Non, il débitait des morceaux de viande qu'il allait revendre à prix d'or pour lui. Vous vous imaginez, 500 euros ! Il est le roi du pétrole avec une somme pareille, même si Swili ne l'a pas payé au tarif du marché…

Right tremblait. En banlieue de Chicago, comme dans toutes les grandes agglomérations américaines, les gangs faisaient la loi. Des jeunes s'entre-tuaient et étaient capables d'assassiner quelqu'un pour une poignée de dollars, mais jamais un enfant de douze ans n'aurait commis une telle atrocité.

— Parlez-moi de votre sauveur, Darko Unger, c'est ça ? demanda Collins, le doigt sur le dictaphone qu'il remit en route.

— Je vous ai dit l'essentiel, je crois. Il m'a fait une drôle d'impression.

— C'est-à-dire ?

— J'ai eu un sentiment de malaise. Bien sûr, il venait quand même de flinguer un enfant sous mes yeux, bien que ce fût pour la bonne cause, comme il semblait dire…

— Pas pour vous ? Que se serait-il passé, s'il n'était pas intervenu ?

— Je n'ose pas l'imaginer, avoua Right en plein dilemme. Mais bizarrement, son histoire de venger ses semblables en éliminant ceux qui trempaient dans un trafic d'albinos sonnait faux, sans que j'arrive à m'expliquer pourquoi. J'ai même pensé que s'il avait attendu si longtemps pour faire justice, s'il avait suivi le gamin jusqu'à N'ginri, attendu qu'il reparte de chez le guérisseur, c'était pour lui prendre l'argent reçu là-bas. Mais je me suis raisonné, le propriétaire d'une société n'agit pas comme un délinquant à la petite semaine.

— Bonne déduction, sourit Collins. Sinon, vous êtes ici en vacances ?

— Si on veut… Plutôt en rupture, à commencer par ma femme, enfin, bientôt mon ex-femme, nous sommes en plein divorce.

— Oui, j'ai connu ça deux fois. Il n'y aura pas de troisième, je crois, dit Collins doucement. Et pourquoi l'Afrique ?

— Je voulais me confronter à d'autres valeurs, une culture à l'opposé de la mienne, m'enivrer de cette sensualité africaine… Oublier mes réflexes d'homme civilisé…

— Vous pensez que vous n'êtes pas en pays civilisé, ici ? le taquina Collins, qui avait très bien saisi ce que Right tentait d'exprimer.

— Non, non, non ! Ce n'est pas ce que je voulais dire ! Au contraire, je trouve que nous sommes conditionnés, pris dans un système de consommation qui vous broie à la longue, de constantes exigences de performance, si on n'est pas le meilleur, on n'est rien. C'est ce qu'on appelle paradoxalement « civilisé ». Mais je ne suis pas sûr que ce soit vraiment ça, être civilisé. Les pays colonisateurs n'ont rien de « civilisé ». C'est la soif de conquête qui les motive, ainsi que le gain et la conviction qu'ils détiennent la Connaissance. Quand on plonge dans le monde de l'Afrique avec un regard vierge, tout cela vole en éclats. Bien que les stigmates de la colonisation soient encore perceptibles et que, après l'avoir sucé jusqu'à la moelle, les pays colonisateurs aient laissé ce continent livré à lui-même, dans un chaos indescriptible, on sent une force et une sagesse singulières, la vie et la mort étroitement mêlées, les hiérarchies bousculées, une autre approche de l'humain… bref, des notions qui remettent les choses à leur place…

La tirade sincère du banquier — que Collins trouva pour le moins surprenante de la part d'un homme au service du capital — fut interrompue par Mendoza qui entra dans la pièce.

— La Chinoise est là, dit-il à l'oreille de Collins. En salle 2.

— J'arrive, répondit celui-ci, puis, se tournant vers Right : Nous en avons terminé pour le moment, mais je vous demanderai de rester à disposition encore quelque temps. Si vous pensez vous déplacer à l'intérieur du pays, vous devez nous en informer.

— Bien sûr, vous pouvez compter sur moi, dit Right en serrant chaleureusement la main de Collins avant de ressortir à l'air libre, mais non moins étouffant qu'à l'intérieur.

Ébloui par la lumière d'un soleil à son zénith, il lui présenta son visage et sourit. L'Américain était venu ici en quête de sensations fortes, plus fortes encore que ce qui l'attendait à son retour. Il avait été servi.

Salle d'interrogatoire 2 du CID, 13 h 31

La garde à vue de la coordinatrice de l'association devait se dérouler selon un plan bien précis, échafaudé par Collins. Hidden et Baxter suivaient l'interrogatoire depuis la pièce voisine, sur des écrans de moniteur, pour décrypter la moindre expression ou le signe le plus infime qui pût avoir son importance, tandis que Collins, dans le rôle du flic gentil, secondé par Mendoza dans le rôle de la brute, se chargerait d'interroger Bao-Daramis. Lorsque celle-ci aurait bien macéré dans son jus, sous un prétexte quelconque, Singaye ferait une apparition dans la salle. Collins pensait provoquer une réaction, même imperceptible, de la part de la Chinoise, dans le cas où elle tremperait dans le trafic d'albinos. Pendant ce temps, l'un des petits génies en informatique du CID s'emploierait à rechercher sur Internet tous les renseignements relatifs à cette Bao, quitte à remonter sa trace jusqu'en Chine.

Une fois remplis les formulaires d'usage — à la ligne prénom, elle écrivit « Daramis » —, l'interrogatoire commença. L'atmosphère était pesante. Le néon qui pendait du plafond de la salle insonorisée aux murs

496

noirs donnait aux visages une pâleur presque cadavéreuse. La Chinoise ne disposait que d'un verre d'eau, posé à côté d'elle.

— Je ne parlerai qu'en présence de mon avocat, furent ses premiers mots, prononcés d'une voix plutôt haut perchée mais monocorde.

De taille moyenne et mince, de la panthère elle n'avait que le nom. Ses gestes étaient saccadés, avec quelque chose de mécanique. Ses expressions semblaient forcées, aussi factices que ses cils ou ses ongles coupés au carré. Du reste, elle avait un visage agréable, des traits réguliers et des yeux de chat insondables, mais il n'y avait pas de quoi faire se pâmer un régiment.

Mendoza prit une mine faussement ennuyée.

— Étant donné qu'il y a une grève des transports, ça m'étonnerait que ton cher avocat soit là dans les heures qui viennent, ma belle, dit-il avec un sourire carnassier. Donc, plus vite tu nous parleras du pays, plus vite tu sortiras d'ici.

— Je sais bien que c'est faux, répliqua-t-elle dans un joli froncement de nez.

— Ah ouais ? Pourquoi tu ne pourrais pas rentrer chez toi ? Tu sais que tu as fait des trucs pas jolis-jolis, c'est ça ?

— Si c'est un crime de travailler pour une association humanitaire, alors peut-être.

— Oh mais c'est qu'elle a du répondant, la dame... grinça le Mexicain en mordant dans son Partagas.

— Précisément, parlons un peu de cette association, modéra Collins pour ne pas la braquer d'entrée. Et surtout de ce griot que vous avez envoyé à Hope Camp, deux jours avant l'enlèvement des enfants. On a retrouvé ça dans le bureau de la directrice, posé sur le tambour sur lequel il avait joué.

Collins lui glissa le message du griot sous les yeux. Elle le regarda à peine.

— Lisez ! ordonna le chef du CID. À voix haute.

Prise au dépourvu par ce changement de ton, la Chinoise s'exécuta. Mais son visage demeurait impassible. On aurait dit qu'elle portait un masque. Restait à savoir ce qu'elle cachait derrière.

— Nous ne pouvons pas répondre de tous les intervenants que nous envoyons dans les écoles ou autres établissements, dit-elle en minaudant.

— Je comprends, mais il se trouve que celui-ci semble avoir été envoyé en repérage en vue d'un kidnapping collectif.

— Qui vous dit que c'est lui ? rétorqua la coordinatrice.

— Son message est clair, non ?

— Ça ne veut rien dire. Avez-vous entière confiance dans le personnel du camp ? L'un d'entre eux a très bien pu écrire ce message pour se moquer de votre femme.

Mendoza se pencha vers Bao-Daramis, presque nez contre nez.

— C'est toi, pour l'instant, qui te fiches de nous, lança-t-il entre ses dents.

Collins le retint par le bras.

— Attendez, attendez… Comment savez-vous que la directrice est ma femme ? demanda-t-il, soudain plus menaçant. Ce n'est certainement pas elle qui vous l'a dit.

— Je… Simple intuition, trancha-t-elle en se mordillant les lèvres.

Son trouble était cette fois manifeste.

C'est à ce moment de l'interrogatoire que Singaye se présenta à Collins, une liasse de feuilles à la main, qu'il déposa devant son supérieur. La Chinoise se décomposa.

— La vue d'un albinos la met bizarrement mal à l'aise, commenta Kate, alors qu'elle est censée s'occuper d'une association qui les protège !

— J'ai remarqué aussi, approuva Baxter à l'affût.

— Qu'est-ce qu'elle a fait à mon père pour le séduire, bon sang ?

— Les voies du sexe sont impénétrables… commenta la profileuse.

Kate éclata de rire malgré les circonstances.

De l'autre côté du mur, Collins achevait la lecture du document transmis par Singaye, émanant du service informatique. Les petits gars n'avaient pas perdu de temps et avaient fait un excellent boulot. Lorsque Singaye fit mine de s'en aller, Collins le pria de rester, lui désignant une chaise vide dans un coin. L'albinos l'apporta à côté de ses collègues, sous le néon, face à Daramis. Le chef du CID poussa les copies sous le nez de Mendoza.

— Quel est votre vrai nom ? demanda-t-il à la Chinoise.

— Je vous l'ai dit, je l'ai même écrit : Daramis Bongolé.

— Non, ça, c'est votre nom d'emprunt. Vous avez nettement le type asiatique, sans aucun métissage, et vous avez un patronyme africain ? C'est pour le folklore, non ? Cela facilite les relations, je pense. Mais pour d'autres, pour vos proches, vos complices, vous êtes Bao. Ou bien est-ce aussi un nom de scène, considérant vos activités passées en Chine ?

La prévenue blêmit.

— Je ne vois pas où vous voulez en venir, dit-elle d'un air dédaigneux.

— Pardon, c'est vrai, je dois être plus clair, documents à l'appui, convint le chef du CID en montrant les papiers posés devant lui. Il commença à résumer : Fils d'un ancien général sous le régime communiste chinois, vous avez changé de sexe pour devenir une femme en 1994 sous une nouvelle identité : Bao Tseng Li. Vous avez travaillé dans plusieurs clubs de strip-tease en Europe. Vous avez alors créé votre propre site, pour assurer votre pub. En 1998, vous rencontrez Darko Unger, que vous épousez, devenant Bao Unger. Mariage de façade, Unger étant homosexuel, par ailleurs propriétaire d'un des bars gays et lesbiens les plus branchés de Londres. D'ailleurs, vous divorcez deux ans plus tard. Puis vous rencontrez Mark Hidden, homme d'affaires, un peu aventurier sur les bords, grand voyageur, lors d'un de ses séjours en Chine. Vous le séduisez sans qu'il se doute un instant de votre véritable identité, et vous lui présentez Darko Unger, avec qui vous avez gardé d'excellentes relations de business. Hidden vous ramène au Kenya, où vous vous mariez.

Dans l'autre pièce, Kate avait sursauté, manquant faire tomber un des écrans plats.

— Quoi ? Bao est un trans ! Et mon père l'a épousée ! Le salaud, il ne m'avait rien dit de son mariage !

— Comme beaucoup de choses, apparemment…, soupira Baxter, qui se demandait ce que la pauvre Kate allait encore apprendre sur ce père qu'elle semblait malgré tout mettre sur un piédestal.

— Vous vous séparez une nouvelle fois, poursuivit Collins, seulement là, vous ne divorcez pas.

À la seconde, et avant que Baxter ait pu faire quoi que ce soit pour la retenir, Kate Hidden sortit de la pièce comme une furie. Elle réapparut sur l'écran du moniteur et Hanah, impuissante, la vit se jeter sur la Chinoise à la barbe des trois hommes, qui ne réalisèrent pas tout de suite la gravité de la situation. Kate Hidden avait collé le canon de son arme contre la tempe de Bao, qui tremblait de la tête aux pieds.

— Sale garce! siffla-t-elle comme un dragon dressé. Tu as tué mon père! Tu ne l'aimais pas, tu voulais simplement son fric! Je l'ai su du jour où je t'ai vue avec lui!

— Hidden! Lâchez immédiatement votre arme! lui intima Collins, debout, tandis que Mendoza détachait discrètement son holster, imité par Singaye.

— Ne me forcez pas à la buter, Collins! Je vais lui faire cracher le morceau! hurla Hidden. Ah, tu fais moins la fière, hein? Dis-le! Qui a tué mon père? Dis-le tout de suite! Je quitte la police, Bao, je n'ai plus rien à perdre, alors je n'hésiterai pas une seconde à t'envoyer cette balle dans la tête!

Les lèvres de la Chinoise remuèrent. Baxter, restée devant l'écran, était sur le qui-vive.

— C'est... c'est lui..., articula Bao avec peine tant ses mâchoires tremblaient. En plus du canon sur sa tempe, elle sentait le bras de Hidden se resserrer autour de son cou. C'est... Dar... Darko!

— Pourquoi? Pourquoi il l'a tué? C'est lui aussi qui est venu chez moi? Et Larry Randalls, c'est encore lui?

— Oui... Randalls, c'était pour... pour que le directeur adjoint prenne sa place. C'est un ami d'Unger. Et ton... ton père avait découvert des choses qui risquaient de compromettre nos activités...

— *Quelles* activités? Le trafic d'albinos? hurla Kate dans ses oreilles.

— Oui... Et les armes... J'étais l'intermédiaire pour le réseau chinois... Aïe, tu m'étrangles, Kate...

— Et je t'étranglerai encore plus tant que tu n'auras pas tout dit. Tout!

Hidden resserra son étreinte. Collins, sur un signe de tête, fit comprendre à Mendoza et à Singaye de ne pas intervenir.

— C'était quoi, le plan pour Hope Camp, hein ? C'était quoi ?

— Le... le griot... c'était Unger... il s'est déguisé et est allé lui-même sur place... Il a donné une... une belle somme à l'un des vigiles pour qu'il ouvre la porte à l'heure fi... fixée pour l'opération.

— Mais il n'a pas hésité à le flinguer, avec tous les autres vigiles ! ricana Kate. Et les enfants ? Où sont-ils ? Il les a tués aussi ? Ils sont déjà en poudre dans des caisses en partance pour la Chine ? Réponds !

— Je... je me sens mal...

— Tu vas te sentir encore plus mal si tu ne réponds pas sur-le-champ, salope ! Où sont les enfants ? répéta Kate, cette fois à voix basse et en détachant bien les syllabes.

Le visage congestionné, les carotides sur le point d'éclater, Bao n'eut que le temps d'une réponse avant de s'écrouler, inconsciente, sur Hidden.

— Ils... Ils sont enterrés... quelque part dans le désert...

— Enterrés… C'est ce qu'elle a dit… Ils les ont tués ! répétait Collins, ébranlé par la façon dont s'était terminé l'interrogatoire.

Entouré de Baxter, Mendoza et Singaye dans la salle de réunion, devant leurs tasses de café vides, il songea à Indra. Comment réagirait-elle lorsqu'il lui apprendrait ça ? Les trois coéquipiers avaient eux aussi besoin de recouvrer leurs esprits. Dans un coin de la pièce, sous une housse protectrice reposait le rétroprojecteur qui avait servi à projeter les clichés des scènes de crime dans l'affaire des corps de poussière. Deux semaines s'étaient écoulées depuis son arrivée, pourtant Hanah avait l'impression d'être là depuis bien plus longtemps. Beaucoup de choses s'étaient passées sur le terrain, mais aussi dans son cœur.

Au moment où Bao, victime d'un malaise, s'était écroulée, son avocat arrivait au CID, furieux qu'on ne l'ait pas attendu pour commencer l'interrogatoire. Collins avait dû déployer une bonne dose de diplomatie pour calmer le juriste et apaiser les tensions. La Chinoise, transportée dans le service médical du bâtiment voisin, avait peu à peu repris conscience. Le médecin avait diagnostiqué un malaise vagal dû à une crise de panique. L'écart de Kate Hidden lui avait valu une suspension à effet immédiat, qu'elle avait anticipée en déposant son arme sur la table de la salle d'interrogatoire avant de sortir en claquant la porte. Elle en avait réellement fini avec sa carrière dans la police d'État. Mais elle avait la réponse qu'elle attendait sur l'assassinat de son père.

— Pas de conclusion hâtive, Collins, lui conseilla Hanah. Cette phrase peut avoir plusieurs significations. Pourquoi tuer et enterrer, au sens propre du terme, ces enfants qu'ils venaient d'enlever selon un plan certes élaboré, mais malgré tout assez risqué ? Et à supposer qu'ils les aient tués, pourquoi les avoir enterrés alors que les corps sont censés être utilisés pour ces poudres aux vertus miraculeuses ?

— Je suis d'accord avec Baxter, appuya Mendoza, les fesses sur une table.

Collins le regarda, presque surpris. Le Mexicain avait changé d'attitude, ces dernières heures. Il semblait plus mesuré, plus conciliant et enfin impliqué dans ces enquêtes.

— Cette ordure a voulu nous embrouiller avec sa phrase ésotérique, enchérit-il.

— Elle était sur le point de s'évanouir, nuança Singaye.

— Elle savait très bien ce qu'elle disait, objecta Mendoza calmement. Elle espérait que nous allions prendre ses aveux au pied de la lettre.

— Que proposez-vous, Hanah ? demanda Collins, le regard perdu.

— De décrypter cette phrase, à mon sens métaphorique, et de lui appliquer une vraie logique. J'ai la conviction qu'elle va nous permettre de trouver où sont les enfants, qui sont encore vivants. Prenons simplement «quelque part dans le désert». Je ne pense pas qu'il s'agisse du Sahara. Y a-t-il un autre désert à quelques heures d'ici?

— Le désert de Nyiri, qui s'étend jusqu'à la frontière tanzanienne, à l'est du lac Magadi, répondit Singaye sans hésiter.

Baxter tiqua.

— La Sodash et ses exploitations de soude ne sont-elles pas basées sur les rives du lac? dit-elle.

Les trois hommes hochèrent la tête.

— Alors c'est là qu'il faut chercher. Dans le désert de Nyiri, affirma Hanah, de plus en plus sûre de sa piste.

— Mais que faut-il entendre par «enterrés», alors? demanda Collins, que l'espoir regagnait peu à peu.

— Sous terre, en effet, répondit Hanah, mais dans un abri, Collins. Un abri conçu pour ne pas être repérable. Sauf... peut-être, par des photos satellite extrêmement précises. Beaucoup plus que Google maps, grâce auxquelles nous avons pu localiser l'entrepôt. Mais là, il s'agit d'un abri enfoui, une sorte de bunker qui se fond au relief désertique.

— Ils pourront nous trouver ça au service informatique, dit le chef du CID, ragaillardi.

L'ultime espoir de retrouver les enfants avant qu'ils ne terminent dans des caisses, eux aussi. Bao, toujours en garde à vue, ne tarderait pas à avertir Unger par l'entremise de son avocat. Ou bien n'en ferait-elle rien, de peur de s'attirer des représailles mortelles. Mais c'était maintenant une question d'heures.

30 JUIN

Route de Magadi, 6 h 15

Le départ avait été fixé au lendemain, à 5 heures du matin. Le 30 juin 2012, une date qui resterait à jamais gravée dans l'histoire du CID.

Un Land Rover banalisé de la Criminelle, conduit par Mendoza, avec à son bord Baxter, Collins et Lamek, suivait le pick-up de la Lance en direction du désert de Nyiri. L'enquêteur infiltré avait informé Swili d'un léger contretemps, lui promettant de venir le livrer le surlendemain.

Resté au CID, Singaye était chargé de la coordination et de l'envoi de renforts au sol et par les airs. Un technicien informatique était exclusivement préposé à la géolocalisation lors du départ d'une équipe pour une mission périlleuse et restait en permanence devant ses écrans. Le Land, tout comme les portables, était localisable par les équipes du CID au moyen d'un traceur GSM intégré. Ce dispositif ne rassurait Baxter qu'à moitié. Collins lui avait proposé de rester à Nairobi avec Singaye, mais, malgré son appréhension, Hanah avait refusé tout net, voulant coûte que coûte participer à l'opération Nyiri.

L'expédition serait dangereuse et délicate. Il fallait attirer l'attention le moins possible sur un quelconque mouvement de forces armées. Ils étaient donc partis à deux véhicules, équipés de gilets pare-balles, sans autres armes que les HK G3 du CID, modèle de fusil d'assaut fréquemment utilisé par les services de la police kenyane, cachés dans le coffre de la voiture, ainsi que des grenades à main. Quant à Baxter, elle n'avait pas oublié de prendre son Glock, dissimulé sous son aisselle, dans le holster d'épaule.

Avec le concours éclairé du Service informatique sollicité la veille, ils étaient parvenus, au bout de deux heures de recherches, à localiser quelque chose pouvant ressembler à un abri souterrain dans le désert, à environ dix kilomètres de Magadi. Le cliché satellite, au moyen d'un zoom puissant, révélait une sorte d'anfractuosité dans le sol, semblable à l'entrée d'une grotte. Ce n'était pas très clair à l'œil nu et les avis étaient partagés sur la possibilité que ce fût un abri. Collins allait abandonner, lorsque, sur une autre photo satellite, ils avaient aperçu une forme suspecte au niveau de la brèche rocheuse. Hanah avait été la première à distinguer une casquette et un visage. Le zoom poussé au maximum, tous avaient pu voir la silhouette d'un homme armé d'un fusil, comme sortant de terre. Cette fois, il n'y avait plus aucun doute sur la présence de ce que Baxter pensait être le bunker où se trouvaient « enterrés » les enfants de Hope Camp.

La route de Magadi s'ouvrait devant eux, ravagée de cicatrices, sinuant dans le paysage bosselé des Ngong Hills, collines rendues célèbres pour avoir été le décor naturel du film *Out of Africa*, l'histoire de Karen Blixen. Afin de détendre un peu l'atmosphère durant le trajet, Collins, s'improvisant guide touristique, raconta à Baxter que, selon une légende, ces sept collines étaient les empreintes laissées par un dieu tombé amoureux d'une jeune Massaï et qui, pris d'un accès de colère après sa déconvenue, avait voulu arracher la Terre à pleines mains.

— Seulement à l'époque, on ne disposait pas d'analyses ADN pour confondre ce dieu violent, ajouta Collins, avec un clin d'œil.

Baxter avait à peine souri à son récit, le regard flottant sur les pentes verdoyantes. L'une avait accueilli la première *wind farm* du Kenya, un champ d'éoliennes dressées vers le ciel comme des fleurs d'acier géantes. Un jour, elle avait lu que, sans compter le bilan carbone plus que douteux de ces gros ventilateurs, les éoliennes représentaient un réel danger pour les oiseaux et les chauves-souris. Même s'ils pouvaient éviter le choc avec les pales, ils échappaient difficilement au barotraumatisme, c'est-à-dire au choc provoqué par la baisse soudaine de la pression de l'air à proximité des pales, qui atteignent à leur extrémité une vitesse de 200 km/heure. Une angoissante métaphore de la vie, pensait Baxter, de plus en plus tendue malgré la présence rassurante du Glock dans son holster.

Abîmée dans la contemplation du relief qui se durcissait, Hanah aperçut, ailes tendues, rasant la cime des rares arbres dans un vol majestueux, un aigle au plumage identique à celui qu'elle avait déjà aperçu à deux reprises. Elle distingua les mêmes petites taches blanches à l'extrémité de ses rémiges, comme un signe particulier. «C'est lui, ma parole!» se dit-elle, stupéfaite. Comment était-ce possible… Le rapace l'aurait suivie depuis le début de son séjour en Afrique! Au début, elle y avait vu la présence bienveillante d'un ange gardien. Vifkin, ou bien sa mère. Mais à présent, elle doutait. Et si ce n'était qu'une illusion ? Quelque chose qu'elle seule voulait voir… Il lui suffirait de demander aux autres, pour en avoir le cœur net.

— Collins, dit-elle, sortant de sa contemplation.

— Oui ?

— Non… rien…

Elle se ravisa avec un sourire. Pourquoi chercher à savoir ? Pourquoi briser la magie ? Il était là pour elle. Ce serait leur secret.

Alors qu'ils roulaient depuis presque une heure surgirent devant eux la ville de Magadi et son lac aux couleurs fabuleuses. Sur la ligne d'horizon, comme des îles flottantes, ondulaient des mirages, produits par l'intense chaleur qui régnait aux abords du lac.

Située au sud de la capitale kenyane et de la vallée du grand rift, la petite ville, à l'entrée de laquelle était inscrit *Please, keep Magadi clean*, vivait et prospérait grâce à l'exploitation de gisements de sel produits par le grand lac. C'était sa richesse en soude qui lui avait valu le nom de « Magadi », mot massaï signifiant « soude ». L'usine et les flamants roses se partageaient le territoire du lac, promiscuité qui menaçait la faune, des litres de fioul étant rejetés dans l'eau. Les cristaux de sel et de carbonate de soude étaient le résultat de l'évaporation de l'eau des sources chaudes souterraines du lac à une température extérieure de 40 °C. Une fois raffiné, le carbonate de soude obtenu était utilisé dans la fabrication du verre.

L'usine de traitement de la soude naturelle, propriété de la Sodash Society, avait été agrandie et équipée de deux nouveaux laboratoires. Au total, mille ouvriers, mineurs et techniciens y travaillaient jour et nuit, pour un salaire mensuel de 300 euros. De lourdes pertes humaines — 30 % — étaient causées par les émanations qui entraînaient des problèmes respiratoires. Ces types mouraient dans des conditions atroces et étaient remplacés sans que personne s'en inquiète. Il fallait travailler pour nourrir femmes et enfants, alors on se taisait. La peau et les poumons brûlés par la soude, ils continuaient jusqu'au bout, à une cadence extrêmement rentable. C'était visiblement tout ce qui comptait aux yeux et au portefeuille des deux associés propriétaires, Mark Hidden et Darko Unger.

Baxter cligna des paupières, mais ce n'était ni une hallucination ni un mirage. Sous ses yeux venait de surgir une ruche géante où les ouvriers s'activaient. L'usine de la Sodash se révéla dans la lumière rosée du jour, avec ses blocs rectilignes surmontés de hautes cheminées, ses réservoirs et ses silos phalliques entourés d'un enchevêtrement d'armatures métalliques et de tuyaux. Tout n'était que cylindres, tiges d'acier, monolithes de béton, composant un véritable monument de l'industrie kenyane. D'un bloc à l'autre, sur des tracés bien délimités, fuyaient des rails d'acheminement des wagons transportant la soude anhydre brute extraite des exploitations lacustres sous forme de cristaux purs.

À environ 800 mètres de la route menant à l'usine, le pick-up de la Lance vira à gauche, suivi du Land. Les deux véhicules s'engagèrent sur une piste étroite qui les éloignait des abords de l'exploitation. Ils firent encore une dizaine de kilomètres de lacets avant que le pick-up ne stoppe brusquement. La Lance en descendit et courut vers le Land Rover.

— On n'y est pas encore, mais mieux vaut s'arrêter là, dit-il à Collins.

— Je pense aussi, répondit celui-ci, ruisselant malgré la clim.

Baxter sentait de plus en plus les tensions dans ses membres. Au fond de sa poche, Invictus vibrait. Ainsi, le mal se cachait dans cette blancheur aveuglante…

— Nous laissons ici les voitures et nous y allons à pied, dit Collins, Lamek, tu restes près des véhicules. Si personne n'est revenu avant midi, tu appelles les renforts. Et vous, Hanah, vous êtes sûre de vouloir venir ?

— Certaine, Collins.

— Très bien, dans ce cas, prenez un des fusils, si vous pensez pouvoir maîtriser ce genre d'arme.

— J'ai été initiée au tir au pistolet. Ça ne doit pas être bien différent avec un fusil, si on veut atteindre sa cible. Certains semi-automatiques ont une force de recul aussi puissante.

Après avoir enfilé à son tour un gilet pare-balles, Hanah passa la tête dans la sangle du fusil que lui tendait Mendoza, le mit en bandoulière et glissa son Glock dans la ceinture de son treillis, entre ses reins. Elle avait consenti à chausser des rangers pour la circonstance. Les rangers que Kate Hidden portait lors de missions sur le terrain et qu'elle laissait dans un placard au CID. Elles étaient un peu trop grandes, mais mieux valait que ce fût dans ce sens et peut-être lui porteraient-elles chance. Le relief désertique et rocailleux était impitoyable pour les marcheurs.

Ainsi équipée, les épaules mates et luisantes au soleil, le visage en feu, le maillot moulé sur une poitrine ferme et les muscles tendus, Hanah avait tout d'une guerrière. Une amazone armée d'un fusil mitrailleur à la place d'un arc. Ce continent aussi rude qu'envoûtant la révélait à elle-même. Aux prises avec ce qu'il pouvait y avoir de pire en l'être humain, avec une barbarie sans nom, elle devenait comme cette terre, dure, sauvage et sans pitié. Tandis que son thermomètre interne affichait 40 °C, Baxter avançait résolument sur les pas des hommes qui la précédaient, à la rencontre de son destin, prête à trouer le cuir à quiconque se dresserait entre elle et les enfants de Hope Camp.

Désert de Nyiri, 6 h 45

— Je pense qu'il vaut mieux se séparer en deux groupes, suggéra la Lance. Si on tombe tous les quatre dans une embuscade on est cuits, et personne ne pourra revenir aux 4 × 4 prévenir Lamek.

— Très juste, approuva Collins. Mendoza et moi prenons par là, vous partez avec Hanah. Et au moindre souci, l'un de nous envoie une fusée éclairante.

— S'il en a le temps, dit la Lance avant de se mettre en route. Vous venez, Baxter ?

Après un dernier regard à Collins et à Mendoza, Hanah emboîta le pas à l'ancien militaire. Il semblait habitué au terrain et bien qu'il ne fût pas de la première jeunesse, sa taille et ses muscles en disaient long sur son entraînement. Outre le maniement des armes, il devait pratiquer des sports de combat. Sa peau noire se détachant sur les teintes claires du désert, il avait recouvert son corps jusqu'aux extrémités de vêtements aux teintes sable. Même ses rangers étaient camel. Tout en marchant, il prit une poignée de poussière de roche et s'en tartina le visage. Derrière, Hanah l'observait, impressionnée par l'animalité qui émanait de chacun de ses gestes dont aucun n'était superflu. Il fonctionnait à l'économie de mouvements et de paroles, elle allait devoir apprendre à faire de même.

Partis de l'autre côté de façon à contourner l'abri présumé, Collins et Mendoza progressaient, le Mexicain en tête, sur le sol aride. Ils n'étaient plus que de minuscules points se déplaçant dans l'immensité minérale. Tout autour d'eux, dépourvu de repères, s'étendait le désert de Nyiri et sa végétation devenue toxique sous les émanations de soude apportées par les vents désertiques. Bientôt, un soleil implacable brûlerait tout, avant que les températures nocturnes ne viennent rafraîchir cet enfer.

Tête baissée comme des chiens de chasse sur une odeur de gibier, Hanah et la Lance furent alertés par un cliquetis tout proche. Avant qu'ils aient eu le temps de voir de quoi il retournait, un Africain en rangers, treillis et veste militaire, une casquette kaki vissée sur son crâne rasé, surgit devant eux. Il tenait une mitraillette pointée sur eux, avançant pas à pas, à la manière d'un grand fauve. Pris au dépourvu, la Lance n'avait pas pu armer son fusil.

L'homme leur cria quelques mots que seul la Lance comprit. Du swahili. Imitant son compagnon, Hanah leva les mains. Sur un signe du type, ils commencèrent par se débarrasser de leur fusil qu'ils durent jeter à ses pieds. Hanah pria pour qu'il ne remarquât pas le Glock dans son dos, coincé dans la ceinture de son bas de treillis. Malheureusement, en la faisant marcher devant lui, il verrait certainement la crosse du pistolet dépasser de la ceinture. La Lance désarmé, elle n'eut pas le choix.

Sans réfléchir davantage, réunissant les quelques notions qu'elle avait gardées de ses cours d'arts martiaux, elle profita de ce que le paramilitaire se soit baissé un instant pour ramasser les fusils et prit son élan. L'Africain, pourtant costaud, ne vit rien venir et reçut le coup de talon en plein visage. Sa cloison nasale céda dans un bruit sec et le cartilage éclata sous la pression, en même temps que les cervicales craquèrent. Le sang commença à jaillir à flots par le nez ouvert. La Lance, aussi rapide que la lumière, récupéra son fusil et, d'un coup de crosse, fendit le crâne du type. Celui-ci tituba quelques secondes sur lui-même comme un homme ivre avant d'aller s'écraser au sol, mort. Par chance, il n'y avait eu aucun coup de feu.

— Vous avez un bon coup de talon, Baxter, dit la Lance, presque admiratif.

Fusil en main, cette fois braqué devant eux, Hanah et son coéquipier reprirent leur progression en redoublant de prudence. Ils devaient approcher de la brèche et risquaient de faire d'autres rencontres.

Au bout d'une vingtaine de mètres à peine, un autre type surgit face à eux, prêt à tirer. Avant que le coup n'ait pu partir, il reçut une balle en pleine tête. Un tir muet, propre et net, émanant du Walther PPK muni d'un silencieux.

— Il nous envoie ses amuse-gueules... souffla le Noir à Hanah, gardant son pistolet à la main. Mais bientôt, il y aura les hors-d'œuvre et là, c'est une autre histoire. Ils sont armés comme des militaires. Sans renforts, nous allons tous y passer.

— Il faut avertir Collins et Mendoza, suggéra Baxter. Envoyons-leur une fusée éclairante...

— Non ! Trop risqué... riposta la Lance. Je n'ai pas voulu contrarier Collins, mais ça me paraît une très mauvaise idée. Allons plutôt à leur rencontre, ils doivent arriver par là...

Au même instant, une forte détonation déchira le silence. Ce n'était pas très loin d'eux. Hanah crispa les mains sur son fusil. La Lance lui fit signe de se coucher à plat ventre, derrière un petit rocher à leur droite.

— Collins et Mendoza! souffla-t-elle, ramassée sur elle-même.

— Malheureusement, le tir ne provient pas de leurs HK G3, lui fit remarquer son comparse, alors j'espère que le gilet pare-balles les aura protégés.

La seconde qui suivit, ils entendirent une autre détonation, très rapprochée.

— Cette fois, ça vient d'un de leurs fusils... Allons-y, Baxter, ils vont avoir besoin de renforts.

Ils y allèrent tout d'abord en rampant, puis se redressèrent et se mirent à courir en zigzags en direction des coups de feu, auxquels avait succédé un silence inquiétant. Trois cents mètres plus loin, ils les aperçurent enfin, entre deux rochers.

— Deux hommes à terre! souffla la Lance.

Alors qu'ils approchaient prudemment, regardant tout autour d'eux, Hanah pria pour que l'un des deux blessés ne soit pas Collins. Mendoza, lui, n'avait pas d'épouse qui l'attendait à la maison, ni toute une équipe qu'il avait formée.

Arrivés à leur hauteur, Baxter et la Lance virent les deux hommes qui gisaient sur le sol, dans une mare de sang. L'un d'eux, secoué de spasmes, était le Mexicain, que Collins tentait de maintenir en vie. L'autre était mort, une corolle pourpre s'élargissait autour de son crâne perforé.

— La balle a traversé le gilet de Mendoza... Ce type étendu, là, nous a surpris, il a tiré le premier... Mendoza, qui s'est interposé entre lui et moi, est tombé avant de pouvoir riposter, mais j'ai eu l'autre en pleine tête, dit-il, ému. Mendoza m'a sauvé la vie…

— Laissez-moi voir sa blessure, intervint la Lance, accroupi aux côtés de Collins. Pas très joli… La balle lui a perforé un poumon. Je parierais que ce sont des balles conçues pour percer les gilets.

Respirant avec peine à travers des glaires sanguinolentes qu'il recrachait par la bouche, Mendoza semblait déjà inconscient. D'une main passée derrière sa nuque, Collins lui maintenait la tête, de l'autre il détacha le gilet ensanglanté du Mexicain.

— Je crains que nous ne puissions plus rien pour lui, même avec nos brevets de secourisme, déclara la Lance d'un air sombre. Collins, vous devriez retourner aux 4 × 4 retrouver Lamek et appeler les renforts. On n'y arrivera jamais à trois ! C'est du suicide…

— Mais on ne peut pas le laisser ici…

— Il n'est déjà plus là, Collins. Laissez-le partir. S'acharner sur lui n'est que du temps perdu. Quand tout sera fini, on reviendra le chercher. En attendant, écoutez-moi et retournez aux voitures.

— Entendu, soupira Collins en se relevant, les mains couvertes du sang de son adjoint.

Malgré leurs relations conflictuelles, il perdait un homme de valeur, fiable et loyal. L'émotion le submergea tandis qu'il s'éloignait dans le désert, seul, son fusil à la main.

— Soyez prudent, Collins ! lui cria Hanah. Puis son regard se porta sur Mendoza, étendu sans vie à ses pieds. Il venait de pousser son dernier soupir. Comme s'il avait attendu que Collins ait tourné le dos.

Hanah eut alors une pensée pour la famille du Mexicain, sa femme et ses enfants qu'il allait peut-être rejoindre dans un autre monde, si celui-ci existait. Quant à Keops, elle ne sauterait pas dans les bras de son maître quand ils rentreraient au CID. À moins qu'ils ne terminent tous comme lui. Dans la poussière du désert, une balle dans la peau.

Désert de Nyiri, 8 h 12

Silencieuse derrière la Lance, Baxter essayait courageusement de donner le change, mais elle sentait, plaquée sur sa nuque, la main glacée de la peur. Munis de leur carte topographique, ils avaient rebroussé chemin vers ce qui devait être l'entrée du bunker. Ils firent encore quelques mètres dans ce décor aride de western, avant d'entrevoir une silhouette incertaine dans la chaleur. Un squelette vivant avançait vers eux, le visage et les mains en sang, la peau de craie tendue sur les os comme celle d'un djembé, parsemée de taches brunes, les pieds nus, vêtu de loques crasseuses, le crâne rasé recouvert d'une ombre blanche, les cheveux, qui avaient commencé à repousser. Un Noir albinos, comme Singaye, comme tous ceux qui se faisaient massacrer.

Il se traînait à leur rencontre, vacillant à chaque pas, affaibli, décharné. Ses mains tendues. Ses yeux incolores à peine protégés de la lumière par une barrière de cils blancs. Il était maculé de poussière ocre. La gorge de Baxter se serra.

— Aidez-moi, s'il vous plaît, aidez-moi…

Sa voix déchirée, altérée par la peur.

De loin, à son allure chétive, Baxter ne lui aurait pas donné plus de quinze ans. Mais lorsqu'il fut plus près, elle évalua son âge à plus de cinquante ans. Sa tare génétique et une vie sans espoir avaient déjà fait de lui un vieillard. Il était sur le point de s'affaisser quand la Lance le rattrapa dans ses bras. Un poids plume.

— Ils… Ils sont là-bas… haleta l'albinos en swahili. Enfermés… Ils nous ont emmenés, ils nous gardent dans des cages, choisissent les meilleurs et les tuent pour la poudre…

— Et les autres ? Ceux dont ils ne veulent pas ? demanda l'ancien militaire, visiblement ému.

— Ils… Ils les jettent dans des puits !

— Comment tu as fait pour leur échapper ? l'interrogea la Lance.

— Je ne suis pas assez bon pour la poudre… On m'a enfermé avec ceux qui allaient être jetés dans les puits. Les gardiens ont sorti un groupe, j'étais dedans. Tout d'un coup, il y a eu de la fumée partout, tout le monde toussait, on ne voyait plus rien. J'ai réussi à ramper et à trouver la sortie. Et… il… il y a des enfants, enfermés à l'intérieur, ils sont arrivés il n'y a pas longtemps d'un camp. Ils… Ils vont les tuer pour leur trafic !

— Alors tu vas te cacher par là et attendre qu'on revienne te chercher. Si on ne revient pas dans une heure, tu prends la direction du sud, et dans un kilomètre, tu verras deux 4 × 4… Tu ne t'approches des voitures que si tu vois deux Blacks, dont un assez grand, avec une casquette bleu clair. Sinon, tu te planques, compris ?

— Ne… ne me laissez pas seul…

— Pas question que tu y retournes…

— Avec vous, je me sens rassuré… et je peux vous montrer par où j'ai pu sortir, c'est tout près et c'est moins dangereux. Parce qu'à un endroit, il y a des mines autour du bunker. N'allez pas par là.

C'était donc bien un bunker, se dit Baxter à qui la Lance venait de traduire succinctement cet échange. Une construction à toute épreuve, une petite armée de paramilitaires, le cerveau était bien protégé. Peut-être qu'il s'était même aménagé un abri antiatomique. La Lance finit par se ranger à la suggestion de l'albinos et décida de le suivre. Au fur et à mesure qu'ils avançaient, Baxter se sentait envahie d'un obscur pressentiment. Au bout d'une poignée de minutes, l'albinos s'arrêta, tendit le doigt vers un trou dans la roche. La brèche qu'ils avaient découverte sur la photo satellite.

— C'est par là que j'ai pu m'échapper… C'est une sorte de galerie. On doit ramper.

— C'est sombre ! On y voit quelque chose à l'intérieur ?

— J'ai ce qu'il faut…, dit la profileuse.

Baxter sortit sa petite Maglite d'une de ses poches et la tendit à la Lance.

— Parfait ! Vas-y, on te suit, dit-il à l'albinos, qui ne bougea pas.

— Alors ? Tu ne veux plus nous conduire ?

Le malheureux tremblait de tous ses membres, les yeux hagards.

— Il est mort de peur…, souffla Baxter.

— Tu préfères nous attendre dehors ? OK. Alors cache-toi derrière ce rocher. Allons-y, Baxter.

Sur ces mots, la Lance s'engagea le premier dans la cavité qui, en effet, se prolongeait par une galerie souterraine où il était impossible pour un adulte de se tenir debout. Prenant une profonde inspiration, comme si elle allait plonger sous l'eau en apnée, Baxter s'engagea à sa suite. La lumière du jour, atténuée, les accompagna malgré tout encore un peu, puis, brusquement, disparut dans un fracas épouvantable, amplifié par les parois rocheuses. Baxter et la Lance se retournèrent en même temps et se figèrent. L'entrée venait d'être obstruée par une plaque d'acier. Plus proche de l'issue, la profileuse dut se contorsionner pour revenir sur ses pas en s'appuyant sur ses avant-bras et se traînant sur les genoux, presque à quatre pattes. Arrivée devant la plaque elle tenta de la pousser, sans succès. Elle était comme soudée.

— Que se passe-t-il, Baxter ? lui cria la Lance.

— On s'est fait baiser en beauté, lâcha-t-elle d'une voix sinistre.

De la paume de ses mains, elle frappa la plaque métallique. Pot de chair contre pot d'acier. Revenant sur ses pas, la Lance s'approcha d'elle. À la lueur de la Maglite, elle croisa son regard. Deux billes noires entourées de blanc.

— Cet albinos, dit-elle, c'était lui, c'était Unger, et il nous a conduits droit dans ce putain de trou !

— Je crois que je commence à comprendre, grogna la Lance… On ne l'a pas reconnu sous cette poussière rouge… Il a l'art du déguisement… Après le griot, le voici dans la peau d'une de ses victimes…

— Et nous sommes tombés dans son piège !

— On n'a pas le choix, maintenant, Baxter, on doit avancer dans cette galerie et voir où ça nous mène.

— Dans la gueule du loup, la Lance, tout droit dans la gueule du loup blanc !

Progressant tout d'abord sur leurs paumes et leurs genoux sur une dizaine de mètres, Baxter et son comparse furent obligés de s'aplatir et d'avancer en rampant et se tortillant dans la poussière ocre comme des lézards. La Lance serrait l'extrémité de la Maglite dans sa bouche et soufflait bruyamment par le nez à chaque effort. L'atmosphère se faisait de plus en plus chaude et l'oxygène se raréfiait. Baxter sentait les picotements acides de la sueur sur sa peau. Elle s'efforçait de respirer lentement pour ralentir son pouls et ne pas se laisser submerger par la panique. Elle apercevait les semelles et les fesses musclées de l'ancien militaire à travers une brume. Soudain elle ne le vit plus, accéléra le rythme de sa progression et le trouva de nouveau, devant elle, cette fois debout, lui tournant le dos, les mains levées au-dessus de la tête.

La galerie débouchait dans une sorte de salle souterraine bétonnée où la chaleur s'intensifiait. Incrustées dans les murs, une succession de trappes vitrées derrière lesquelles s'agitaient des flammes. Leur sinistre éclat suffisait à éclairer la salle, qui devait faire une centaine de mètres carrés. Plus loin, une rangée de puits ouvrait leurs gueules béantes. Ceux dont leur avait parlé l'albinos. Au fond bouillonnait une eau provenant de sources chaudes souterraines chargées en soude. On se serait cru dans l'antichambre de l'Enfer.

À l'instant où Baxter émergea de la galerie à son tour, un garde posté en embuscade lui saisit les bras et les lui maintint dans le dos, tandis qu'un autre lui arrachait pistolet et fusil. Neutralisée à son tour, Hanah croisa le regard impuissant de la Lance, qui, comme elle, venait d'être capturé alors qu'il sortait à peine du boyau rocheux. Une voix dure comme la pierre l'avait sommé de jeter son arme et d'avancer, les mains sur la tête. D'une main, il avait déposé le fusil par terre, tandis que de l'autre il avait discrètement fait glisser son Walther PPK derrière lui, le repoussant dans l'une des aspérités naturelles de la galerie.

Ungerbunker, désert de Nyiri, 8 h 46

Face à eux, Baxter et la Lance reconnurent le frêle albinos couvert de sang et de poussière venu à leur rencontre. Sa silhouette malingre et son visage étaient identiques. À la différence qu'il n'avait plus une seule trace de souillure sur lui et qu'il avait enfilé des vêtements neufs. Un ensemble anthracite en lin, qui faisait ressortir la blancheur maladive de sa peau. Aux pieds, il portait une paire de tongs noires et sa tête était couverte de son inséparable panama crème. Darko Unger, le tueur de masse aux origines afro-aryennes. Il avait dû emprunter un passage secret pour accéder au bunker avant eux.

Unger en tête, la Lance et Baxter quittèrent la salle des puits encadrés de deux mastodontes, prirent un ascenseur blindé, descendirent au deuxième niveau, puis traversèrent une enfilade de salles insonorisées, aux murs en béton armé, pour arriver dans ce qu'ils devinaient être la salle principale du bunker. L'expression de l'albinos avait changé pour redevenir ce qu'elle était, froide, sans la moindre émotion, affichant un rictus où pointait une extrême cruauté. D'une maigreur saisissante, Unger n'était plus qu'un spectre ambulant. Un homme condamné par la maladie. Cependant, il semblait encore solide, nourri de noirceur et de perversité. À la seule vue des ombres qui obscurcissaient son regard, on se mettait à frissonner comme au contact d'un glacier.

— Bienvenus dans l'Ungerbunker, mes chers hôtes improvisés, ravi de vous recevoir. À vrai dire, je m'attendais un peu à votre visite, après l'appel de l'avocat de Bao. Il paraît qu'elle a bien souffert, en garde à vue. Ils ne sont vraiment pas hospitaliers, dans la police.

— L'«Ungerbunker», rien que ça, ironisa la Lance. Vous vous êtes inspiré du Führerbunker de Hitler?

— En effet, cet abri à toute épreuve est conçu sur le modèle du dernier bunker de Hitler. Celui-là même où il a mis fin à ses jours. Une trentaine de salles réparties sur deux niveaux, l'ensemble étant protégé par une couverture de béton d'une épaisseur de quatre mètres. Il y a en réalité deux bunkers que j'ai fait relier par des escaliers. Après la découverte de l'abri antérieur presque intact, j'en ai fait construire un autre, d'après les plans du Führerbunker. Il est conçu pour pouvoir y passer tout le temps nécessaire.

— Unger, intervint Baxter, comment un homme comme vous, je veux dire un Européen albinos d'origine africaine, peut-il tenir sans crainte sous ses ordres des types qui vendraient père, mère et enfants s'ils étaient albinos?

— Rien ne m'arrête, répondit la voix glaçante. Les gens voient ce qu'on leur donne à voir. Je manie l'art de la persuasion. Pour les gens d'ici, je ne suis plus un albinos. Parce que je suis venu de l'étranger, d'Europe, avec des projets, des réalisations grâce auxquelles je fais travailler des milliers d'hommes. Et enfin parce que, tout comme pour se faire entendre il faut crier plus fort, ici, pour se faire respecter, il faut tuer plus vite.

— C'est le sort que vous avez réservé à Hidden et à Larry Randalls. Vous les avez fait éliminer, n'est-ce pas ?

— J'avais beaucoup de respect pour mon associé. Mais il n'a pas voulu comprendre où étaient nos vrais intérêts. Il est allé trouver Randalls pour lui raconter ce qu'il avait découvert de mes origines et de mes activités avec Bao. Cela faisait d'eux des témoins gênants.

— Votre taupe à N2 Chemicals était le chargé des stocks, Winston Blade, dit Hanah.

— J'ai entendu dire qu'il est tombé dans un baril rempli d'azote liquide... Les accidents du travail, c'est le risque du métier... Le nouveau directeur de N2 a préféré étouffer l'affaire en faisant croire que Blade n'était jamais revenu travailler de peur d'être suspecté du vol des containers et du double meurtre. Mais ce n'est pas vraiment important. Je vous propose une petite visite guidée et instructive des lieux. Puisque vous êtes arrivés jusqu'ici, autant que ce ne soit pas pour rien ! J'ai su que vous étiez sur ma piste le jour des obsèques de cette pauvre albinos, Aka. Vous étiez en planque dans votre voiture devant l'église. Après c'était moi qui vous filais à votre insu.

— À propos d'Aka, pourquoi avoir dézingué son petit meurtrier, vu que vous avez les mêmes pratiques ? Vous jouez sur deux tableaux ?

— Rien de mieux pour écarter les soupçons. Je savais que cet Américain, Right, n'en resterait pas là et qu'il irait raconter sa petite histoire à la police pour se disculper au cas où on retrouverait le corps du gamin. Mais il a été obligé de tout raconter, y compris que je l'ai tiré d'un sale pétrin. Je devenais le vengeur des albinos massacrés ! On ne me poursuivrait pas pour avoir tué un sale petit tueur d'albinos...

— Alors qu'en réalité, vous êtes de connivence avec Tiko Swili et qu'en tuant le gosse, vous avez pu récupérer l'argent... déduisit la Lance.

— Une connivence qui a ses limites, puisque depuis qu'il m'a prévenu de la visite d'un soi-disant «oncle de Salim», il est dans l'incapacité de dire quoi que ce soit...

— Vous l'avez éliminé, lui aussi... souffla l'enquêteur.

— Il existe d'autres moyens d'empêcher quelqu'un de parler. Il suffit de lui couper la langue.

— Où sont les enfants ? lâcha Baxter, qui commençait à bouillir de rage devant ce monstre.

— Quels enfants, ma chère ?

— Ceux que vous avez enlevés à Hope Camp.

— Vous n'allez pas tarder à le savoir, dit-il. Allons-y maintenant, le temps presse.

Les quatre cerbères se resserrèrent autour d'eux. Ce que Baxter et la Lance devaient découvrir dans ce bunker dépassait de loin leur imagination. Darko Unger les introduisit tout d'abord dans une première salle, vaste, qui abritait des cages en acier rectilignes, de la hauteur d'un homme, aux barreaux épais et serrés. Certaines étaient vides, dans d'autres se terraient, blottis les uns contre les autres, des adultes des deux sexes, nus, entre vingt et trente ans. Des «nègres blancs». Comme lui. Comme Singaye et Aka. Le spectacle était tellement saisissant que, même contre leur gré, Hanah et la Lance ne purent que regarder ces visages terrifiés, ces êtres humains qu'une différence génétique condamnait dès leur naissance au pire des destins, ici même, dans leur Afrique natale.

— Des pièces de premier choix, des Africains albinos, jeunes et en bonne santé, prêts à partir à l'équarrissage avant d'être réduits en une belle poudre blanche très, très chère, lança Darko Unger par-dessus son épaule, sans s'arrêter de marcher.

Un peu plus loin, dans une autre salle, ils passèrent devant une cage où étaient enfermés d'autres Africains albinos, plus âgés, également nus, entre quarante et soixante ans, des hommes aux fesses fripées et des femmes, mamelles pendantes, offrant une vision à la fois grotesque et tragique. Les murs de la salle résonnaient de leurs cris insupportables. De toutes les cages occupées suintaient des rivières nauséabondes d'excréments rejetés par les malheureux. Un silence de mort accueillit le passage du psychopathe.

— Ici, du second choix… commenta Unger, manifestement fier de ce qu'il donnait à voir à ses « invités ».

Dès qu'ils se furent éloignés, les gémissements reprirent. Baxter se croyait dans un cauchemar qu'elle avait hâte de voir se terminer. La Lance avançait entre ses deux gardiens, les poings et les dents serrés. Ce spectacle dépassait tout ce qu'il avait pu rencontrer dans sa carrière militaire.

Ils abordèrent une troisième salle, où étaient parqués, toujours au fond de prisons d'acier, des « nègres blancs » à la peau attaquée par des taches malignes ; la plupart, ne tenant plus sur leurs jambes, étaient couchés dans leur merde et attendaient que la mort les délivre enfin.

Unger les désigna de deux mots, avec un mépris non dissimulé.

— Les déchets. Destinés à être jetés dans les puits, précisa-t-il. Une offrande aux dieux… ou à l'enfer, comme vous préférez.

532

Baxter se demandait combien de temps encore elle pourrait tenir avant de défaillir. Pourtant, la perspective de sa propre mort et de celle de la Lance dans cet endroit maudit lui donnaient assez de force et d'adrénaline pour poursuivre cette visite macabre. S'était-elle, à la longue et à force de baigner dans des climats d'horreur et de meurtres, extraordinairement endurcie ? Une personne normale se serait déjà évanouie ou bien aurait fait une crise de nerfs. Une personne normale n'aurait pas choisi d'exercer ce métier, se dit-elle.

Une nouvelle salle fermée et gardée les attendait, qui contrastait violemment avec le sordide des précédentes. Il s'agissait d'une sorte de jardin d'enfants équipé de jeux divers, où s'ébattaient en riant et en poussant des cris joyeux une dizaine de gosses albinos. Ils étaient vêtus d'une marinière au-dessus d'un short pour les garçons, d'une jupe bleu clair pour les filles. Ils n'avaient pas plus de quatre ans et affichaient de fortes similitudes physiques.

— Je vous présente mes enfants, mes bébés.

— Ils sont mieux traités en raison de leur âge ? demanda la Lance tout en redoutant la réponse.

— Oui, d'une part, mais surtout parce que je les ai conçus et mis au monde. Ce sont mes produits. Issus d'une reproduction entre moi-même et des jeunes femmes de bonne constitution, au patrimoine génétique intact. Bien sûr, par insémination artificielle. Une salle, que je ne peux vous montrer pour des questions d'hygiène, contient les couveuses. Une trentaine au total. Mais j'envisage d'en augmenter le nombre.

— Quel sort leur réservez-vous, une fois adultes ? Le même que les autres ?

— Ceux-là, c'est particulier… Je garderai les plus aptes, ceux qui présentent le QI le plus élevé, pour leur apprendre mes techniques et le sens des affaires. Ils seront mes yeux, quand les miens ne verront plus. Ainsi, ils pourront mieux approcher leurs semblables et continuer ce marché lucratif lorsque je ne serai plus là. Le reste servira à la fabrication des poudres et des substrats.

Hanah avait envie de vomir. Une pensée l'obsédait. Qu'était-il advenu des gosses de Hope Camp? Arrivaient-ils trop tard?

Un des petits albinos, un garçonnet au regard d'un bleu translucide, se détacha du groupe et courut la prendre par la main. Il lui offrit un sourire ravageur auquel Baxter fut incapable de répondre. Le regard de ce gosse, un regard sans âme, reflétait déjà toute la férocité paternelle. Rien à voir avec les gosses de Hope Camp. Un futur petit tueur, pensa Hanah, qui s'écarta instinctivement du jeune albinos. Jamais elle n'aurait imaginé qu'un enfant puisse un jour engendrer une telle répulsion chez elle. Elle se reprocha aussitôt cet irrépressible dégoût, mais elle ne pouvait se contrôler.

Après cette bulle d'oxygène trompeuse les attendait l'indicible, dans des relents de charogne. Une puanteur atroce régnait. Sur toute la longueur du mur en béton, un mot écrit en lettres rouges capitales: «Abattoir». D'énormes chaînes équipées de crochets ensanglantés pendaient du plafond sur un rail. Au sol, à l'emplacement de chaque chaîne, s'étalait une mare de sang à moitié coagulé qui avait viré au noir. Un aménagement qui laissait envisager le pire.

— Je vous ai réservé un petit cadeau. J'espère que vous apprécierez.

— Je crois que nous venons d'avoir un large aperçu de ta folie, Unger, dit la Lance. Nous préférons en rester là. Je ne vois pas comment tu pourrais nous obliger à regarder. Tu peux contrôler beaucoup de choses, mais pas ça.

— Allons, ne me gâchez pas mon plaisir… Je n'en ai plus pour longtemps à cause de ce cancer de la peau, alors je veux profiter de la moindre miette de bon temps. Vous jugez mon action sans savoir. L'idée perdure que les peuples dont les croyances ou les convictions sont éloignées des vôtres sont des barbares. Mais que faites-vous de ces médicaments périmés envoyés en masse sur le continent africain, de toutes les expériences des laboratoires occidentaux sur des cobayes vivants sous des prétextes humanitaires ? Personne ne parle de ce qui se passe ici, sauf quand un virus mystérieux se met à menacer votre beau monde. Modestement, je participe au développement économique et sanitaire de ce pays, et j'espère bientôt au-delà. Le berceau de l'Humanité est sur cette terre. Nous ne pouvons pas réduire à néant ce qui nous a engendrés.

— Le grand Unger, bienfaiteur des hommes, laisse-moi rire, dit la Lance. Comment fais-tu pour oublier que tu es comme eux, comme ces « nègres blancs » que tu tiens dans des cages telles des bêtes. Sur lesquels tu fais des expériences immondes et que tu utilises pour produire en quantité industrielle des substrats humains que tu revends ensuite par ton réseau !

Une grimace déforma le visage de l'albinos.

— Je ne suis pas comme ces macaques ! éructa-t-il. J'ai du sang aryen !

La Lance semblait avoir touché à un point sensible. Les origines. La génétique.

— Cesse de te voiler la face, continua-t-il. Unger, tu as la même peau, attaquée par le même cancer, la même intolérance au soleil, ta vue baisse… Pàl Unger, ton grand-père, n'a pas tout maîtrisé dans ses expérimentations sur la race pure.

À l'évocation de ses faiblesses, mais surtout de son aïeul, Darko s'était mis à trembler. Il parvint à se ressaisir au prix d'un violent effort.

— Vous ne savez pas de quoi vous parlez ! Vous ne connaissez pas mon histoire.

— Si, justement. Et dans cette histoire qui ne t'appartient pas, tu ne joues qu'un rôle de marionnette, Unger. Simplement parce que tu n'assumes pas ta différence. C'est toi-même que tu veux détruire.

— Assez ! Je n'ai pas besoin de psy ! Conduisez-les aux cages, ordonna-t-il à ses sbires.

Ungerbunker, dans l'abattoir, 09 h 01

Des poignes puissantes les forcèrent à marcher vers une porte au fond de l'abattoir sur laquelle était inscrit « Réserve », et à en franchir le seuil. Unger les suivait cette fois, afin de profiter de leur réaction.

— Ma cuvée spéciale, annonça-t-il fièrement. Le millésime de cette année.

Face à eux, deux cages rectangulaires, moins hautes que les précédentes. À l'intérieur se trouvaient des enfants que Hanah reconnut aussitôt avec un frisson glacé dans le dos. Ils étaient tous là, les enfants de Hope Camp, les gosses d'Indra et de Collins. Leurs visages souriants étaient devenus des masques de peur, mais, serrés les uns contre les autres, à moitié nus, aucune plainte n'émanait de leurs gorges. Rien qu'un silence terrifiant. Hanah, qui se souvenait de leurs prénoms, put les associer à chaque visage. Les filles se trouvaient dans la première cage. La petite Zenah, Victoria et ses yeux autrefois rieurs, Faith, Naomi, Lisa, Mercy... Hanah s'avança ensuite vers l'autre cage où se terraient les garçons. Justus, Peter, Ken, Leakey, John, Samuel... Eux non plus ne l'avaient pas oubliée. Elle pouvait le lire dans leurs yeux, mais ils n'osaient pas faire un mouvement.

— Vous les reconnaissez, on dirait, Miss Baxter?

Hanah se tourna vivement et le foudroya du regard. Si seulement elle pouvait tuer ce dégénéré de ses propres mains…

— Eh bien, vous ne dites rien? Vous voyez, ils sont tous là et bien vivants, pour l'instant… Mais vous tombez à point aujourd'hui, car c'est le jour de l'abattage. Et vous allez y assister. Ensuite, il y aura le dépeçage et…

Hanah ne lui laissa pas le temps de terminer sa phrase et, se jetant sur lui comme une furie, le prit à la gorge. Les gardes lui saisirent aussitôt les bras en serrant si fort qu'ils la firent lâcher prise. Ses articulations craquèrent. Profitant de cette confusion, la Lance se précipita sur un des gardes et parvint à arracher son pistolet de l'étui qu'il portait à la ceinture. Il fit coulisser le chargeur, arma le chien et tira sur un premier garde en pleine poitrine, puis sur un deuxième qui venait de dégainer son arme, avant d'achever les deux autres. Mais lorsqu'il chercha Unger pour lui régler son compte, celui avait disparu en verrouillant la porte derrière lui.

— Il va revenir avec d'autres hommes de main et ils vont nous massacrer, cette fois, c'est sûr, dit-il à Hanah sans une once de reproche dans la voix.

— Je n'ai pas pu me contrôler plus longtemps…

Soudain, une détonation fit vibrer le sol sous leurs pieds. Suivie de coups de feu qui éclatèrent au premier niveau. Des échanges de tirs se poursuivirent, plus proches. Les parois crépitaient sous les balles des fusils mitrailleurs. Des cris sporadiques et des ordres lancés de part et d'autre leur parvenaient, étouffés par l'épaisseur des murs de béton.

— Les renforts ! Collins a réussi ! s'écria Hanah en s'adressant aux enfants. Nous sommes sauvés !

À cet instant précis, un sifflement reptilien leur fit lever la tête vers le plafond. Il venait de quatre têtes de douche.

— Du gaz ! cria Hanah. Oh mon Dieu… Au secours, à l'aide ! Hé, on est ici… Ouvrez ! Ouvrez, bordel !

Écarlate, Baxter avait bondi vers la porte blindée et la criblait de coups de poing et de pied. Derrière elle, la Lance la rappela à l'ordre.

— Arrêtez, Baxter ! Gardez votre oxygène ! Pas de mouvements inutiles… Il va falloir que vous m'aidiez…

La Lance retira sa chemise, découvrant un torse sculpté et lisse comme de l'étain et commença à la déchirer avec les dents, puis avec les mains. Ensuite il enleva ses chaussures et ses chaussettes. Donna les morceaux de tissu à Baxter avec les chaussettes en même temps que ses instructions.

— Je vais vous porter sur mes épaules pour que vous puissiez atteindre ces douches et les obstruer à l'aide de ces bouts de tissu. Vous leur enfilez d'abord les chaussettes…

— Attendez, j'enlève les miennes aussi… OK et je noue par-dessus les morceaux de votre chemise.

— Le tissu est poreux, bien sûr, ça ne stoppera pas complètement la propagation du gaz, mais ça va la ralentir et nous donner un peu de temps. Et une chance qu'on vienne nous sortir de là.

En équilibre sur les épaules du Noir, Baxter, en apnée, calfeutrait chacune des quatre douches.

— Heureusement que vous avez un gabarit de souris ! plaisanta la Lance.

— Ne bougez pas les épaules comme ça, protesta Hanah. La dernière, je n'arrive pas à l'atteindre... Remontez-moi encore un peu... Là, voilà, j'y suis !

Une fois que Baxter en eut fini, la Lance examina la porte sous toutes les coutures à la recherche du moindre interstice qui leur aurait permis de renouveler leur réserve d'oxygène. Sans succès. La porte était étanche.

— Il a pensé à tout, ce fumier ! pesta-t-il.

Puis il revint vers Hanah, assise devant les cages. Elle avait adopté la position du lotus et réduit sa respiration au minimum vital. Sur ses injonctions, les enfants l'avaient imitée et se concentraient eux aussi, les yeux fermés, sur leur respiration. Elle savait que s'ils n'arrivaient pas à sortir de là dans les minutes qui suivaient, ils allaient tous mourir. Il fallait fixer leur attention sur autre chose afin d'éloigner d'eux la terrible perspective, dont ils étaient également conscients.

Dans le bunker, les tirs étaient devenus intermittents. Un silence de plomb leur succéda soudain. Ni coups de feu ni martèlements de bottes sur les escaliers métalliques. Plus rien.

Une fraction de seconde plus tard, la porte étanche de la pièce où ils étaient enfermés fut pulvérisée par le souffle d'une explosion. Par chance, personne ne fut touché. Une épaisse fumée âcre s'engouffra dans la pièce, leur arrachant les poumons. Le visage recouvert d'un masque à gaz, six hommes firent irruption dans la pièce.

— Ne tirez pas ! cria l'un d'eux en remontant son masque sur la tête, alors que la Lance braquait son arme dans leur direction.

— C'est Singaye ! s'exclama Hanah.

— Hanah ! Vous n'avez rien ? demanda l'agent du CID.

— Non, ça va, mais il faut sortir les enfants de là, et vite, du gaz arrive par là ! dit-elle en montrant les têtes de douche emmaillotées.

— Nous nous en chargeons, les forces spéciales du GSU ont investi le bunker, les hommes d'Unger sont presque tous hors état de nuire. Nous poursuivons le nettoyage. La voie jusqu'à la sortie est sécurisée, allez-y tous les deux et nous vous rejoignons en surface.

— Non, dit Hanah d'un ton ferme, je reste avec les enfants jusqu'à ce que vous ayez ouvert ces cages et je remonterai avec eux.

— Et moi, je m'occupe d'Unger avant qu'il trouve un moyen de se faire la malle par une des galeries du bunker ! ajouta la Lance, prêt à partir.

— Unger est mort.

— Quoi ? Vous êtes sûr ?

— Certains. Nous sommes tombés sur lui avant d'arriver ici. Il s'est tiré lui-même une balle dans la tête.

— Et les autres prisonniers d'Unger ? s'enquit Baxter. Il y a d'autres cages… Et aussi… une dizaine d'enfants, des albinos également, mais selon Unger ce sont ses propres enfants.

— Nous avons en partie libéré les victimes, mais certains n'ont pas survécu aux fumées… On n'a pas vu les autres gosses, mais on va chercher. Allez, il faut procéder à l'évacuation de ces gamins, dit-il à ses hommes. Faites sauter ces serrures.

Deux des flics collèrent une pâte sur la serrure de chaque cage, un explosif à base de pentrite utilisé par l'armée. Les enfants eurent pour consigne de se tapir au fond, dans un coin, le temps du plasticage. Il y eut deux brèves explosions, sans autres dégâts que matériels, et les portes des cages s'ouvrirent, libérant les enfants.

— Surtout, restez tous avec moi, leur dit Hanah qui commençait à ressentir les effets du gaz. Il faut sortir maintenant et vite !

Encadrés des hommes de Singaye, celui-ci ouvrant la marche, Baxter et ses protégés empruntèrent aussitôt la voie vers la surface, une main sur la bouche et le nez pour seule protection contre les émanations. Mais qu'importe, les enfants étaient sortis des griffes d'Unger et de nouveau libres.

— On se retrouve là-haut, dit la Lance, j'ai quelque chose à récupérer.

Et il disparut derrière le rideau de fumée.

Enjambant des cadavres déchiquetés, il se dirigea en crachant ses poumons vers la salle des puits dans laquelle débouchait le passage souterrain par où ils étaient arrivés. La chaleur devint vite insupportable. Après une succession de salles, il atteignit enfin celle des puits d'où partait la galerie naturelle par laquelle ils étaient venus. La Lance s'y glissa pour reprendre son Walther PPK, espérant qu'il y était toujours. Cherchant à tâtons dans les aspérités, il finit par le trouver. Au contact de son arme favorite, il se sentit mieux.

Pendant ce temps, conduits par Singaye et son équipe, Hanah et les enfants de Hope Camp se retrouvaient à l'air libre, dans l'aveuglante lumière réfléchie par le sol désertique. La première personne qu'elle vit fut Collins, qui se précipita aussitôt à leur rencontre, sa casquette à la main.

Ils revenaient vivants des entrailles de l'horreur et furent accueillis comme ce qu'ils étaient, des miraculés. Avec l'aide de ces hommes, Hanah ramenait trente et une jeunes vies à la surface, des vies d'autant plus précieuses qu'elles étaient menacées à des fins inhumaines. Des larmes brûlantes lui collaient les cils, lui coulaient sur les joues, des larmes de soulagement, des larmes de joie et de douleur mêlées, mais aussi des larmes de sel et de poussière. La poussière mortelle du désert de Nyiri.

Ungerbunker, 12 h 21

Le bunker fut passé au peigne fin le jour même. Ce que les enquêteurs du CID y découvrirent alors dépassait l'entendement.

Collins fit intervenir une équipe de la Scientifique dirigée par Andry Stud pour effectuer des prélèvements sur place. Même celui qui avait le cœur le mieux accroché parmi les flics et techniciens scientifiques manqua défaillir devant le spectacle qui les attendait dans deux des salles au niveau -3 du bunker. Mais le plus éprouvant fut pour Singaye, qui supervisait les opérations.

Forcée à l'explosif, la porte blindée de la première salle s'ouvrit sur un espace divisé en trois bassins carrelés remplis de formol et autres produits de conservation. Dans le premier, sous une lumière bleutée, flottaient, tel du bois mort, des corps démembrés, des bras, des jambes, à la peau grisâtre. Le deuxième bassin contenait également du formol où baignaient des cadavres entiers. Certains étaient recousus sur toute la longueur du torse. Le troisième bassin était vide, aspergé d'éclaboussures sombres. Du sang séché. Des hommes ressortirent précipitamment pour vomir tripes et boyaux. D'autres restèrent au bord, incrédules, pétrifiés.

Singaye, accroupi, la tête entre les mains, la bouche tordue, murmurait des mots incompréhensibles. Il n'avait pas quitté ses lunettes noires, mais le spectacle n'en était pas moins cru et violent.

— Comment est-ce possible, murmura un de ses coéquipiers, debout à côté de lui, les bras ballants.

— Scellez cette pièce, se contenta de répondre le flic albinos.

Dans la deuxième salle les attendait une autre vision d'horreur. Celle de bocaux en verre contenant des organes conservés dans du formol, des poumons, des cœurs, des cerveaux, des reins, des foies... Et, sur la rangée inférieure, alignés comme chez un apothicaire, d'autres bocaux transparents, remplis d'une poudre blanche. Des étiquettes indiquaient leur contenu. « Os », « Cœurs », « Cervelets », « Muscles »... Un peu plus loin, alignés contre un mur, deux rangées de Deware. Un panneau sans équivoque annonçait la couleur : « Cryogénisation ». Lorsque l'équipe scientifique les ouvrirait plus tard, avec toutes les précautions de mise, ils découvriraient des bras, des jambes, des mains et des pieds congelés, conservés dans du nitrogène fumant.

Dans un coin de la salle les enquêteurs avisèrent, roulées sur elles-mêmes, des cordes de tailles et de diamètres différents, d'un blanc un peu jauni. Il y en avait des mètres. Grâce aux photos collées au mur représentant des enfants albinos en plein travail au pied de monticules de laine claire, ils ne mirent pas longtemps à comprendre de quoi étaient faites ces cordes. Entièrement tressées avec des cheveux d'albinos. Par des enfants albinos, au crâne rasé, filles ou garçons. Peut-être étaient-ce leurs propres cheveux. Ils confectionnaient également des filets de pêche, revendus au prix fort à des pêcheurs crédules, persuadés que cela allait leur permettre de gonfler leurs prises.

Incompréhension, mutisme, révolte, autant de sentiments qui frappaient, pêle-mêle, comme de la grenaille, tous ces hommes, alors qu'ils venaient de lever le voile sur la folie humaine à son paroxysme.

Les sens en éveil, leur arme braquée devant eux, les flics stoppèrent devant la porte d'une troisième pièce. Entendirent distinctement des gémissements. Ils entrèrent, canons pointés, lampes torches pointées à l'intérieur. L'un d'eux trouva un interrupteur qu'il actionna. *Fiat lux*. Ils étaient dans un bloc opératoire, sous l'éclairage d'une Scialytique.

Sur la table d'opération, les quatre membres pris dans des bracelets d'acier fixés à la table, encore intubé, était allongé ce qui pouvait ressembler, au premier aspect, à un «nègre blanc». Son abdomen était recouvert d'un champ opératoire bleu électrique. À sa vue, les flics se figèrent sur place. L'albinos avait le ventre ouvert sous le champ. Ses viscères violacés y palpitaient encore. Des râles sporadiques sortaient de sa bouche ouverte.

Singaye, gorge et mâchoires comprimées par l'émotion, s'approcha de la table. Porta la main à sa bouche.

— On dirait un singe, les gars. Un grand singe. Genre bonobo. Albinos, lui aussi. Merde, qu'est-ce qu'ils lui ont fait ?

— Nom de Dieu, regarde, man ! Dans son ventre, ça bouge ! C'est… putain ! Ils étaient en train de lui faire une césarienne ! C'est une femelle et son bébé !

L'opération avait été visiblement interrompue au

moment de l'assaut des forces spéciales. Le bloc opératoire avait été déserté en un clin d'œil et laissé tel quel. Le chirurgien n'avait même pas pris le temps de sortir le nouveau-né encore vivant et de recoudre la pauvre bête. Les hommes en eurent la nausée. Même si ça n'était pas un être humain, la scène les révoltait.

D'une main tremblante mais déterminée, Singaye leva son arme, visa la tête du singe et tira deux fois. L'animal se convulsa dans un cri terrible, puis retomba, inerte, touché au front et au cou. Il agit de même avec le petit qui, sans sa mère, n'avait aucune chance de survie.

— Désolé, ma belle, je n'ai pas eu le choix, murmura-t-il.

Le flic albinos demeura quelques instants silencieux devant les dépouilles de la guenon et de son bébé. Les larmes mouillèrent ses verres fumés. Malgré un métier dangereux et exposé, Singaye n'avait encore jamais tué personne, pas même un singe.

— Allez, mec, c'est fini, lui souffla un de ses coéquipiers en lui mettant une main sur l'épaule pendant que le photographe de l'équipe shootait les deux cadavres sous toutes les coutures. Tu as fait ce qu'il fallait. Tu as vu ses dents ? Pense à une chose, c'est que si cette femelle avait été sur ses deux jambes, elle t'aurait pas fait de cadeau.

Lorsqu'il eut les clichés entre les mains, Ti Collins fit aussitôt le rapprochement entre la guenon de la clinique et le « monstre du Menengaï » dont la photo apparaissait à la une du *Kenya News*. La créature du volcan n'était autre qu'un grand singe albinos. Peut-être le père du petit mort.

ÉPILOGUE

Deux jours après l'opération Nyiri, Singaye remit à Collins sa démission. Avoir dû achever la femelle singe et son petit ne le laissait pas en paix. Il fit part à son chef de son intention de travailler avec Indra à l'aménagement du futur camp, qui garderait le nom de Hope Camp, mais serait déplacé dans une autre réserve naturelle de la région dont la localisation demeurerait secrète. En attendant, les enfants avaient été remis à leurs familles respectives. Les cinq fillettes et garçons orphelins resteraient chez les Collins jusqu'à l'ouverture du nouveau camp, prévue en septembre. Tous les membres du personnel avaient tenu à participer à ce projet avant de retrouver les enfants pour commencer une nouvelle année scolaire. Akon, le futur jeune champion de boxe nationale, avait versé des larmes de joie à la nouvelle de la libération de ses camarades, parmi lesquels il y avait une fille qu'il aimait bien.

Le corps de Mendoza, rapatrié à la morgue le jour même de la prise du bunker, fut inhumé au cimetière militaire de Nairobi avec tous les honneurs, en présence de l'intégralité des membres du CID et de Baxter. Restée à l'écart, le visage dans l'ombre d'un large chapeau noir, une femme pleurait en silence le seul homme à ne pas l'avoir traitée comme une simple prostituée quand ils couchaient ensemble. Keops, adoptée par les Collins, fut chargée de la protection de leurs cinq jeunes hôtes.

Après sa mise à pied, malgré l'insistance de son supérieur, Kate Hidden préféra ne pas réintégrer son poste au CID et donna sa démission pour prendre la tête de la Sodash Company. Elle partit pour Magadi sans revoir Hanah, évitant le déchirement des adieux.

N2 Chemicals, rachetée par la Sodash du vivant de Mark Hidden, revenait à sa fille, unique héritière de toute la fortune et des parts d'Unger, dont les enfants avaient été placés sous surveillance psychologique dans un centre spécialisé. Le complice d'Unger qui avait fait assassiner Randalls avant de lui succéder fut incarcéré. Quant à Bao, on la transféra dans le quartier de haute sécurité de la prison de Nairobi dans l'attente de son procès. Elle serait retrouvée une semaine plus tard, dans sa cellule, morte, les carotides sectionnées. Selon le légiste, elle aurait fait ça avec ses ongles.

Lorsque, installé à une terrasse de café, James Right découvrit à la une de *Kenya News* le portrait de son sauveur, suivi de l'article qui décrivait ses sombres activités, il n'en crut pas ses yeux. Il prononça au moins cinq fois « *Oh my God* » tout haut, sous le regard interloqué de ses voisins de table. Le lendemain, il achetait un billet pour Chicago. Le dépaysement africain avait assez duré. Right avait tout à coup envie de retrouver sa femme et de lui demander de laisser une seconde chance à leur couple.

Ce même matin, face au Kilimandjaro et à ses neiges éternelles, un Noir sortit de sa tente militaire, vêtu d'une tunique rouge de guerrier massaï, une bouteille de Cardhu et un gobelet à la main. Dépliant un tabouret de camping, il s'installa et se versa une bonne rasade de whisky sans glace. Le regard rivé sur le volcan et ses légendes, la Lance porta un toast à sa mission accomplie. Oui, rien que pour ces instants magiques, ça valait la peine de rester en vie.

De son côté, Baxter s'était enfin réveillée, le cerveau au ralenti, la vue brouillée, comme un lendemain de cuite. Épuisée par l'expédition dans le désert, elle avait dormi presque douze heures. Elle s'était fait monter un café dans sa chambre, qu'elle avait avalé d'un trait, puis en avait demandé un deuxième avant de se faire une ligne avec ce qu'il lui restait de coke. Elle avait bien calculé ce qu'il lui fallait pour tenir tout le séjour.

Les idées subitement claires, elle s'était préparée à partir pour son pèlerinage intime au pied des collines du Ngong. Elle avait enfilé un short kaki et un tee-shirt blanc acheté sur le marché et avait retrouvé ses Converse avec bonheur.

Son Glock était resté dans les décombres de l'Ungerbunker. Il lui faudrait s'en racheter un, de retour aux États-Unis, mais pour l'instant, ça suffisait comme ça, avec les armes. Elle était en vacances !

Elle envoya un sms à Collins pour lui dire qu'elle se rendait dans le faubourg résidentiel de Karen Blixen. Fit appeler un taxi et embarqua pour la ferme de la baronne danoise. Aux abords de l'ancienne plantation, un paysage de toute beauté s'ouvrait au regard. Un immense parc ombragé étendait ses quelques hectares verts dans la présence protectrice des collines du Ngong. Une large allée menait à la ferme transformée en musée Blixen, étape touristique incontournable.

Quand Baxter sortit un pied du taxi, l'émotion la submergea. Elle crut qu'elle allait remonter dans la voiture et repartir. Les lieux étaient chargés de vibrations. Celles d'un passé de découvertes et d'aventures, de passions, de labeur. Les puissants échos d'une Afrique resplendissante, prospère, où tout était possible.

La gorge nouée, Hanah remonta l'allée jusqu'à la porte du musée. S'arrêta avant d'entrer, saisie par la beauté de l'affiche placardée sur la devanture. Un portrait magnifique, d'une profondeur et d'une intensité poignantes, représentait le visage de Farah, un Somali, le plus proche serviteur de Blixen, qui lui avait été fidèle jusqu'à son retour au Danemark.

Elle passa de pièce en pièce, admirant l'intérieur arrangé avec goût, les meubles coloniaux en bois sombre, les parquets, les tentures dans des dominantes beige et ivoire. Entrant dans ce qui fut la chambre de la baronne von Blixen, Hanah frémit en croisant le regard figé de ce lion, gueule ouverte, tué par la maîtresse des lieux. Il servait de descente de lit.

Sur une étagère de la chambre se trouvaient deux lanternes, une rouge et une verte, que Karen Blixen plaçait sur le rebord de la fenêtre à l'attention de son amant, Denys Finch Hatton, pilote de l'armée de l'air britannique. Les couleurs des lanternes variaient selon ses humeurs. La rouge quand elle avait un moral sombre, la verte si elle se sentait joyeuse. Une originalité dont Baxter s'amusa, se disant qu'elle pourrait la reprendre à son compte, mais que, sur la fenêtre du quarante-deuxième étage de sa tour de Jay Street, sa Karen ne risquait pas d'en voir la couleur.

Après avoir fait le tour des parties accessibles de la maison, Baxter sortit dans le parc. La végétation y était fraîche et dense. Des séquoias immenses dont le tronc faisait plus d'un mètre de circonférence et d'où plongeaient jusqu'à terre, comme dans une révérence, des lianes aussi épaisses qu'un câble d'amarrage, les silhouettes décharnées des agaves, un arbre du voyageur qui faisait la roue, le faîte fuselé des cyprès, et des fleurs, des parterres de fleurs avides d'air et de lumière.

Hanah respirait cette explosion de parfums végétaux et s'imaginait quelle avait pu être la vie de cette femme fine et cultivée, dans une Afrique sauvage, au début du XXᵉ siècle. Tellement différente de ce qu'elle connaissait de ce continent aujourd'hui. Cette réflexion la ramena aux événements éprouvants qu'elle venait de vivre en trois semaines de mission. À tous ces cadavres qui jonchaient encore une fois sa route. Rares étaient les missions de profilage qui se terminaient par la mort du tueur recherché. La plupart du temps, l'identité du criminel était découverte et l'on procédait à son arrestation en évitant les bavures. Or cette fois, les deux tueurs les plus recherchés du Kenya, Ali Wildeman et Darko Unger, étaient morts. Un dénouement qui prouvait qu'on ne contrôle pas toujours les événements, et encore moins les êtres humains. C'était chaque fois pour elle une nouvelle leçon.

Bientôt elle quitterait cette terre d'Afrique, comme elle avait quitté d'autres lieux, seulement là, elle laisserait un petit éclat de son cœur dans la poussière sanguine. Kate n'avait pas souhaité la revoir avant de partir pour Magadi. Les adieux n'étaient pas son fort non plus, pourtant, à cet instant, Hanah aurait voulu l'appeler, lui dire qu'elle prolongeait son séjour d'un ou deux jours, lui proposer de la retrouver quelque part, pour profiter encore d'elle et qu'importe l'après. Mais la raison et la perspective de ses retrouvailles avec Karen brisèrent son élan.

Au-delà du parc, les collines du Ngong, semblables à un troupeau d'animaux préhistoriques dont on n'apercevrait que le dos arrondi, prenaient une teinte cuivrée, alors que le ciel se chargeait de nuages anthracite. Cette même lumière d'orage arasant le paysage, qui avait rempli de ses feux le regard ému de Karen Blixen.

Hanah pouvait presque sentir son souffle dans la brise qui annonçait une nouvelle averse.